NIGHTBREAKER

L'autrice

Coco Ma est une autrice et pianiste canadienne. Elle a écrit son premier roman, *Shadow Frost*, à l'âge de 15 ans, tout en se produisant en concert sur les plus grandes scènes du monde. Lorsqu'elle ne joue pas de piano ou n'écrit pas, vous pouvez la trouver en train de regarder Netflix ou de manger des gâteaux. Beaucoup de gâteaux.

COCO MA

NIGHTBREAKER

Traduit de l'anglais (États-Unis)
par Antoine Pinchot

POCKET JEUNESSE
PKJ·

Directeur de collection :
Xavier d'Almeida

Titre original :
Nightbreaker

Loi n° 49 956 du 16 juillet 1949 sur les publications
destinées à la jeunesse : juin 2024

Publié pour la première fois en 2023 par Viking,
une maison d'édition du groupe Penguin Random House, USA.

ISBN : 978-2-266-33983-4
Dépôt légal : juin 2024

À Holly Root et à Holly Black,
vous faites en sorte que les étoiles semblent
à portée de main.

IL Y A QUINZE ANS

MANHATTAN, NEW YORK

7 h 05

Tout commence par un grondement.

Une foule se presse derrière la ligne jaune tracée le long du quai. Des hommes d'affaires moroses. Des ouvriers aux traits usés. Des parents harassés, à deux tasses de café d'être pleinement réveillés. Leurs enfants, tout aussi somnolents, solidement agrippés à leurs jambes.

Pour eux, ce n'est qu'un jour comme les autres.

Soudain, ils tendent l'oreille. Le rugissement lointain de l'acier contre l'acier ne leur a jamais semblé aussi mélodieux. Ils se rapprochent du bord du quai avant même que la rame ne débouche dans la station et ne s'immobilise dans un crissement de ferraille. Ils ont beau savoir que la suivante se présentera dans moins de deux minutes, ils sont prêts à se damner pour monter dans celle-là.

Tout ça va tourner au bain de sang.

Les portes s'ouvrent. Avant qu'un seul passager ait pu embarquer, une jeune fille jaillit d'un wagon, une paire de chaussures d'athlétisme à pointes accrochée à la poignée de son sac à dos. Ses tresses rebondissent gaiement sur sa tête tandis qu'elle fend la foule à contre-courant, telle une bourrasque filant entre les arbres.

Elle ne peut pas se permettre d'être en retard. Pas aujourd'hui.

Elle saute par-dessus le portillon. Elle se voit franchir une haie devant une foule en délire, éblouie par les projecteurs d'un stade olympique. Ses pointes de pied mordent la piste rouge brique. Pendant qu'elle gravit deux à deux les marches menant à la sortie, elle le sent.

Le premier grondement.

Il se manifeste dans la semelle de ses baskets, se propage à son épine dorsale et à l'arrière de son crâne. Elle sent les poils de ses bras se dresser.

Qu'est-ce que c'était ? La vibration produite par les rames filant dans les tunnels du métro ? Un tremblement de terre ? Phénomène pourtant improbable dans cette partie du pays… Mais ne dit-on pas que tout peut arriver à New York ?

Alors qu'elle débouche sur le trottoir, son instinct lui dit qu'il s'agit d'autre chose.

Elle observe les passants d'un œil anxieux. À l'évidence, personne n'a rien remarqué. Elle consulte l'heure sur l'écran de son téléphone, au-dessus de la photo où elle pose en compagnie de sa petite cousine. Elle est en retard. Elle marmonne un juron et s'engage sur le passage clouté.

Aussitôt, un deuxième grondement ébranle la chaussée, comme si la ville tout entière était saisie d'un frisson. Cette fois, la secousse est si puissante que les piétons vacillent et que plusieurs véhicules partent en tête-à-queue.

BOUM !

Sans comprendre comment, elle se retrouve étendue sur le dos, en plein carrefour. Elle n'entend plus que le sifflement perçant qui lui vrille les tympans. Elle bat des paupières et voit les conducteurs s'extraire de leur voiture au ralenti. Mais qu'est-ce qu'elle fiche là, allongée au beau milieu de la rue ? *Je bloque la circulation*, pense-t-elle, l'esprit confus. *Il faut que je libère le passage.*

Elle s'arrache péniblement à l'asphalte rugueux et murmure une vague excuse. Tous ceux qu'elle voit pointent quelque chose du doigt. Ils crient. Est-ce à elle qu'ils s'adressent ? De nouveau, elle cligne des yeux. Elle voudrait donner un sens aux images invraisemblables que ses rétines transmettent à son cerveau.

Au loin, d'énormes nuages poussiéreux s'élèvent en tourbillonnant, comme si un volcan venait d'entrer en éruption au cœur de la jungle de béton. La fumée avance, épaisse, opaque, presque visqueuse. En un instant, elle engloutit tout, des immeubles environnants aux gratte-ciel les plus imposants.

BOUM ! BOUM ! BOUM !

Une série d'explosions secoue Manhattan jusqu'à ses fondations. D'autres panaches blanchâtres font leur apparition, du Financial District au quartier de Harlem.

Gagnés par la panique, les passants fuient droit devant eux sans se préoccuper de la jeune fille. Terrorisée, cette dernière s'élance à son tour et se laisse emporter par la marée humaine. Un individu la percute de plein fouet et s'agrippe à son sac à dos pour ne pas perdre l'équilibre. La main de l'inconnu se referme sur la paire de chaussures qui y est suspendue. Les lacets cassent. Les baskets roulent sur le sol. Sans cesser de courir, elle jette un coup d'œil en arrière et voit l'homme disparaître dans la foule affolée.

La sirène d'une ambulance se mêle au chaos ambiant. Le véhicule s'immobilise pour embarquer une femme qui gît inconsciente sur la chaussée, mais le brouillard l'avale aussitôt. Ses gyrophares s'éteignent, telle la flamme d'une bougie.

Désormais, personne ne viendra plus en aide à personne.

La jeune fille s'engouffre dans une autre rue. D'une main tremblante, elle porte son téléphone à l'oreille. Elle compose le numéro de l'appartement familial. Comme elle le redoutait, personne ne décroche. Son père a déjà pris son service à l'hôpital et sa mère participe à une importante réunion au siège des Nations unies, dans l'East Side. Elle sélectionne alors un numéro parmi dans ses contacts favoris.

— S'il vous plaît... S'il vous plaît... répète-t-elle d'une voix plaintive, blottie dans un renfoncement, au coin d'un immeuble.

Elle est seule. Chaque sonnerie sans réponse lui fait l'effet d'un coup de poignard. Puis...

— *Jiě jie* ? lance une voix enfantine. Tu viens jouer avec moi, aujourd'hui ?

Chaque mot est comme un rayon de lumière qui perce les ténèbres. La jeune fille ouvre la bouche pour répondre, mais elle s'étrangle et fond en larmes.

— C'est ta cousine au téléphone ? dit une autre voix en arrière-plan. Est-ce qu'elle va bien ?

La jeune fille entend le « chip-chop » caractéristique du couteau martelant la planche à découper et le grésillement des légumes dans la poêle.

— Est-ce que tu vas bien, *jiě jie* ? reprend l'enfant.

Alors que le sol se remet à trembler, elle ne parvient qu'à bégayer trois mots.

— Ne… sortez… pas.

À l'angle de la rue se dresse une cheminée d'évacuation, l'un des cylindres orange vif striés de bandes blanches réfléchissantes si caractéristiques de Manhattan.

Le dispositif se met à vibrer, puis est pulvérisé par une explosion dévastatrice.

L'effet de souffle projette la jeune fille à plusieurs mètres du recoin où elle a trouvé refuge. Son téléphone lui échappe des mains. Une vague de chaleur intense recouvre les parties exposées de son corps. Le carrefour où elle se trouvait quelques minutes plus tôt n'est plus qu'un gouffre béant où ont sombré feux de signalisation, panneaux indicateurs et un nombre inconnu d'individus. Vingt, trente, peut-être quarante passants disparus à jamais dans les entrailles de New York.

Dieu merci, la jeune fille n'a pas entendu leurs hurlements.

Le nuage de vapeur tourbillonnant déferle dans sa direction comme une avalanche. Il engloutit tout ce qu'il atteint, même la lumière. *Surtout* la lumière. Hypnotisée par le phénomène, elle le regarde approcher.

Elle seule est demeurée debout, mais elle n'a nulle part où aller.

La nappe l'enveloppe et envahit ses poumons…

Manhattan sombre dans les ténèbres.

QUINZE ANS PLUS TARD

CHAPITRE 1

Chaque jour, après les cours, je pars liquider des monstres.

C'est le seul moment de la journée où je peux chasser sans me faire remarquer. C'est aussi la raison pour laquelle je me trouve ici, étendue les bras en croix sur les rails du métro, pissant le sang, et sans le moindre espoir de voir débarquer des renforts.

Du coin de l'œil, je vois les débris du gâteau qui m'a permis d'attirer le nécro, le joli glaçage blanc et les fraises éparpillées sur la voie, semblables à un crâne éclaté à coups de batte.

Tandis que la créature flaire ces restes puis promène son mufle sur mes orteils, je tâche de rester parfaitement immobile. Il flotte dans son sillage une odeur répugnante d'égout, de soufre et d'urine. J'écoute sa respiration hachée. Ses babines dégoulinantes de salive frôlent mon oreille. J'aperçois fugitivement ses innombrables rangées de dents, mobilisant toute mon énergie pour ne pas grimacer.

Dès la maternelle, on m'a martelé les règles relatives aux nécros.

Règle numéro un : *Quand les cloches sonnent le couvre-feu, rentre à la maison.*

Règle numéro deux : *Ne mange jamais de confiseries dans la rue.*

Règle numéro trois : *Ne laisse jamais les nécros t'attraper.*

C'est aussi simple que ça. Trois règles de survie que tout enseignant est chargé de répéter inlassablement. Trois règles que j'aurais mieux fait d'observer. J'ai enfin compris la leçon. Un peu trop tard, sans doute.

Je serre la crosse de mon pistolet automatique, guettant le moment idéal. Le chargeur ne contient qu'une balle nitro-novae. Je ne peux pas me permettre de la gâcher.

J'imagine sans peine quelle sera la réaction de Maura, ma grande sœur, quand je lui raconterai cette mésaventure, si seulement je sors vivante d'ici. J'entends déjà sa voix : « Par la torche de Lady Liberty, *mèi mei* ! Pourquoi faut-il toujours que tu te fourres dans des situations pareilles ? »

*

Tout a commencé cet après-midi. Je me vois encore ranger dans mon casier le *Manuel d'anatomie non humaine, niveau IV*, puis récupérer mon skate-board et mon flingue. La sonnerie retentit à l'instant précis où je fourre ce dernier dans la poche intérieure de mon blazer. Aussitôt, les élèves déferlent dans les couloirs de l'Institut préparatoire du Financial District, ou quartier des affaires, mieux connu sous l'abréviation FD Prep.

Je sprinte vers l'ascenseur, où j'embarque la première. Mes oreilles se bouchent dès que la cabine entame sa descente.

Vingt-deuxième étage, vingt et unième étage, vingtième étage…

Quelques secondes plus tard, un carillon retentit, puis les portes couleur bronze s'ouvrent sur le hall du rez-de-chaussée.

— Que le crépuscule vous soit favorable, lance mécaniquement l'imposant agent de sécurité à tous ceux qui passent devant son guichet.

Juchée sur mon skate, je slalome au mépris du danger entre les voitures, les taxis jaunes et les bus bondés. Dans leurs pare-brise, je vois se refléter le ciel obscurci par les nuages et le brouillard industriel. Au risque d'être fauchés par un rétroviseur, les cyclistes tentent de se glisser entre les files de véhicules. Depuis la fermeture du métro, les automobilistes se livrent une guerre permanente pour les rares places de parking disponibles à Manhattan. De l'aube au crépuscule, les embouteillages paralysent la circulation.

Dans ces conditions, je me félicite d'atteindre la galerie commerciale en un seul morceau. La propriétaire de la boulangerie surveille d'un œil usé les ouvriers chargés de mettre en place un nouveau rideau de fer garni de pointes d'acier. L'ancien rideau gît au milieu de l'allée, cabossé, lacéré et criblé de traces de crocs. Dans cet état, il aurait davantage sa place au musée d'Art moderne que sur la devanture d'un commerce.

J'entre dans la boutique et respire le parfum sucré des pâtisseries, cette odeur qui, précisément, a provoqué le remplacement du rideau de fer.

— Eh bien, il était moins une ! soupire la femme qui se tient derrière la caisse. J'étais sur le point de tout jeter à la poubelle.

Elle me tend une boîte blanche en carton au-dessus du comptoir. Au même instant, un concert de cloches se fait entendre.

Clang ! Clang ! Claaaang !

Le crépuscule approche, comme une vague de froid balayant les rues de Manhattan. Chacun se met aussitôt en mouvement. La caissière fourre un croissant au creux de ma main puis m'accompagne jusqu'au trottoir. Les ouvriers serrent à la hâte les derniers boulons, jettent leur équipement à l'arrière d'une camionnette grise et décampent pied au plancher. Dans toute la ville, les portes se ferment, les volets claquent et les lumières s'éteignent aux fenêtres des appartements.

Je devrais faire comme tout le monde, regagner la résidence et me tenir tranquille jusqu'au matin.

Mais j'ai une mission à remplir.

La boîte sous le bras, je rebrousse chemin en direction de Rector Street. Alors que j'aborde le dernier virage, je manque d'entrer en collision avec un duo de régulateurs.

— Halte ! hurle l'un d'eux en menaçant de dégainer sa matraque.

De mauvaise grâce, j'effectue un dérapage contrôlé et m'immobilise à quelques pas des deux hommes en uniforme vert olive. Le plus grand d'entre eux pousse une brouette remplie de grains de café dont l'odeur âcre me fait plisser le nez. L'autre pointe une pelle à neige dans ma direction.

— Où est-ce que tu crois aller comme ça ? demande-t-il. Tu n'as pas entendu les cloches ?

J'écarquille les yeux, comme si je venais à l'instant d'entendre le carillon qui résonne en écho dans tout Manhattan.

— Oh, mon Dieu ! Je suis navrée. C'est juste que… j'ai oublié un livre de classe dans mon casier et…

— Tu attendras demain pour le récupérer. Tu ne peux pas traîner dans la rue à l'approche du couvre-feu.

— Je sais, mais j'en ai absolument besoin. Je passe l'examen final la semaine prochaine.

— Hé, attends une minute…

Les yeux du régulateur sont rivés sur mon blazer, et plus précisément sur la bosse formée par mon pistolet automatique. Mon cœur s'affole.

— Institut préparatoire ? demande l'homme en désignant le blason brodé sur ma poche de poitrine.

Réprimant un soupir de soulagement, je hoche la tête et désigne la porte de l'école, située au bout de la rue.

— FD Prep. C'est juste ici.

— Tu as l'intention de rejoindre le Syndicat ?

Je hausse fièrement le menton.

— Oui, monsieur.

Le régulateur opine du chef, mais je crois lire dans son regard un soupçon de jalousie.

— C'est bien, dit-il. Nous sommes toujours à court de recrues qualifiées.

— A-t-on des chances de te voir participer au Tournoi ? demande son collègue avec un petit sourire ironique.

— Eh bien, à vrai dire…

Soudain, un hurlement étranglé jaillit de la grille d'égout située derrière les deux hommes. Glacés de terreur, ils font volte-face, matraques brandies. Malgré le frisson qui me saisit, j'en profite pour remonter sur ma planche et leur fausser compagnie.

Régulateurs mis à part, les rues de Manhattan sont désertes. Pas âme qui vive, pas une voiture aux alentours de Battery Park, pas davantage sur Greenwich Street. Les feux de signalisation continuent à faire leur office. Bientôt, ils s'éteindront pour ne se rallumer qu'au lever du soleil.

Avec ses lampes en forme de globe, ses barrières vert bouteille et sa pancarte à demi effacée, l'entrée de la station de métro Rector Street n'est qu'une relique du passé. Un souvenir de la ville telle que nous l'avons connue autrefois, inscrit à jamais dans la mémoire de ceux qui se battent pour lui rendre la vie, mettre fin aux nuits de terreur et voir disparaître à jamais le sang qui, au matin, inonde ses trottoirs.

Les membres du Syndicat.

Une barrière constellée de graffitis bloque l'accès à l'escalier. Sans l'ombre d'une hésitation, je l'enjambe puis dévale les marches jusqu'aux portes métalliques hermétiquement scellées qui séparent le réseau de transport souterrain du monde des humains.

AVERTISSEMENT :
ENTRÉE STRICTEMENT INTERDITE.
MORT ASSURÉE
AU-DELÀ DE CETTE LIMITE !

Cette menace rédigée en grandes lettres noires n'est pas vraiment nécessaire. Aucun individu sain d'esprit n'envisagerait de franchir ces portes. Et même si une idée aussi irresponsable lui passait par la tête, il n'aurait aucune chance de les ouvrir. Elles sont si solides qu'aucun nécro n'en est jamais venu à bout.

Je soulève le capot en plastique qui protège le clavier numérique et compose une série de douze chiffres. La diode clignote en rouge.

Je fronce les sourcils puis renouvelle ma tentative, sans plus de succès. Au niveau de la rue, j'entends le grincement discret des roues d'une brouette, puis la voix des régulateurs dont je viens de tromper la vigilance.

— C'est une blague ou quoi ? je marmonne tout bas.

Le duo se rapproche dangereusement... *Et si je me fais attraper...*

Oh, j'y suis ! Le code est le bon, ça, j'en suis certaine. Il doit y avoir un moyen de le valider. Dièse ou étoile. Oui, c'est ça...

D'une main tremblante, je martèle les touches du clavier.

Ouvre-toi. Ouvre-toi, bon sang.

Dièse.

La diode clignote en vert. À peine les portes se sont-elles écartées que je me précipite à l'intérieur de la station. Elles demeurent ouvertes durant cinq interminables secondes, puis se referment avec une lenteur exaspérante. Enfin, je m'y adosse, puis me laisse glisser jusqu'au sol, le souffle court.

On s'affaire à l'extérieur, en haut des marches. Les régulateurs. Je devine plus que je ne l'entends le son d'une pelle plongée dans la brouette, puis celui de grains de café (le répulsif anti-nécros le plus efficace à ce jour) tombant en pluie sur les marches qui mènent à la station. Avec un peu d'imagination, je jurerais qu'ils sont en train de combler ma tombe.

Je me relève puis, à la lueur blafarde des néons alignés au plafond, j'étudie les panneaux de direction fixés aux carreaux de céramique. « Downtown. South Ferry. » Une main sur la rampe, je descends les marches qui conduisent au quai en tâchant de limiter le bruit de mes pas. L'air qui souffle sur ma peau est aussi froid et humide que la main d'un mort. Rector est l'une des stations les plus modestes à la pointe de Manhattan. Située au-delà du terminus des rames express, elle ne comporte que deux voies, l'une filant vers le centre, l'autre vers le sud.

Parvenue devant le guichet, je pose la boîte en carton sur mon skate et pousse l'ensemble sous le portillon automatique (depuis longtemps hors service). Puis, prenant appui de part et d'autre de l'obstacle, je le franchis d'un bond sans craindre qu'un contrôleur n'accoure pour me verbaliser.

Pistolet dans une main et boîte dans l'autre, je pose un pied sur ma planche et glisse le long du quai. Parfaitement silencieuses, les roues en uréthane tracent deux sillons dans l'épaisse couche de poussière qui recouvre le sol.

À une vingtaine de mètres, les néons ont rendu l'âme, plongeant le reste de la station dans l'obscurité.

Je laisse mon pied droit frotter le sol pour ralentir mon allure et je m'arrête à l'endroit où les ténèbres l'emportent sur la lumière.

Je demeure quelques instants au bord de la bande de peinture jaune vif qui marque la limite du quai. Des souvenirs me reviennent. La masse d'air chaud qui déferlait sur les passagers lorsqu'une rame jaillissait du tunnel. Le brouhaha des New-Yorkais et des touristes venus du monde entier, serrés comme des sardines. Les vibrations croissantes du monstre de métal se communiquant à mes os et à mes dents. Mon petit poing serrant fermement la sangle du sac à dos de Maura. Ses mains plaquées sur mes oreilles pour leur épargner le hurlement perçant des roues qui crachent des étincelles au contact des rails.

« Veuillez vous écarter de la bordure du quai. »

Personne n'a emprunté le métro depuis quinze ans. Depuis le jour de la Disparition.

Je pose mon skate contre le mur puis descends sur la voie. J'évite précautionneusement les mares de boue brunâtre et fétide, ainsi que le rail central, celui où circule le courant électrique. Durant la journée, les techniciens en augmentent l'intensité jusqu'au double de celle employée autrefois. Il me suffirait de le frôler pour être réduite à l'état de chips humaine. Nombreux sont les nécros qui rôdent dans les entrailles de New York à se laisser prendre à ce piège mortel.

Je dépose la boîte en carton sur le ballast et ôte le ruban qui le maintenait fermé. J'en sors un appétissant gâteau à la fraise au glaçage couleur perle que je dépose à proximité du rail électrique, entre ombre et lumière. Après avoir vérifié qu'aucune particule de sucre n'a adhéré à mes doigts, je remonte sur le quai et rejoins mon poste de surveillance : la barricade composée de trois poubelles municipales que j'ai dressée la semaine passée.

Accroupie derrière cet abri, je vérifie à trois reprises que mon chargeur est alimenté. Se procurer des balles NN nitro-novae est un vrai casse-tête et j'ai utilisé la moitié de mes munitions avant-hier. Une seule de ces balles nitro-novae fabriquées par les armuriers du Syndicat peut faire toute la différence face à un nécro affamé.

La première chose à savoir au sujet de ces monstres, c'est qu'ils vous croqueront s'ils en ont l'occasion, sans se poser de questions. Par chance, ils ne se mettent en chasse qu'à la tombée de la nuit.

La deuxième chose, c'est qu'il vaut mieux se tirer en courant à l'instant où une odeur d'œuf pourri vous chatouille les narines, car elle signale à coup sûr l'approche d'un nécro. Si vous ne vous taillez pas en quatrième vitesse, vous n'aurez plus jamais l'occasion de vous servir de votre nez.

La troisième chose à retenir, c'est que ces créatures sont dingues de sucre. Gaufres, churros, barbe à papa, tout peut faire l'affaire, mais je sais par expérience qu'ils préfèrent les pâtisseries à n'importe quelle autre friandise. Comme dit le proverbe : « À tout gâteau son nécro. » Ou quelque chose comme ça.

Les yeux braqués sur la bouche sombre du tunnel, je respire lentement de façon à maîtriser mon rythme cardiaque. Cinq minutes s'écoulent avant que la puanteur ne se manifeste. Je plisse le nez mais reste aussi immobile qu'une statue.

Tel un vautour flairant un corps en décomposition, le nécro approche.

Il a mordu à l'hameçon.

CHAPITRE 2

Chaque nécro est unique, mais tous sont nés du même cauchemar.

Il y a ceux qui rôdent dans les recoins obscurs, au plus profond de la ville. Ils se régalent des hurlements de leurs victimes et les reproduisent à la perfection lorsqu'ils se mettent en chasse. De conduits de ventilation en collecteurs d'égout, leurs cris à glacer le sang épouvantent les habitants de Manhattan, le jour comme la nuit.

Il y a les polymorphes, capables de voler les pensées de leurs victimes et de revêtir leur apparence. Il arrive parfois que l'un d'eux vienne sonner à votre porte, sous les traits d'un de vos proches. Vous regardez alors par le judas. S'il est inexpérimenté, il se contente de sourire à pleines dents, comme s'il arrivait simplement en retard à votre fête d'anniversaire. S'il est plus avisé, il vous encourage à ouvrir en pleurant à chaudes larmes.

Et puis il y a les plus dangereux, ceux auxquels les scientifiques ont attribué un nom sinistrement évocateur…

Tous mes muscles se tendent à l'instant où la silhouette émerge du tunnel. J'étudie sa couronne de cornes barbelées, son corps tendineux recouvert de fourrure et son échine noueuse digne des morts-vivants qui, dans les films d'épouvante, s'arrachent à leur tombe. J'entends ses serres grincer au contact des rails. J'en dénombre sept à chacune de ses musculeuses pattes avant, deux membres qui traînent derrière lui tandis qu'il progresse.

Enfin, son mufle apparaît dans la lumière. Ses naseaux palpitent. Ils frémissent. Il a flairé l'appât. Ses yeux d'un noir d'encre balaient la station déserte puis se fixent sur le gâteau, à quelques mètres de là. À l'extérieur de ses larges mâchoires, saillent d'innombrables rangées de crocs tranchants comme des rasoirs.

Un *noctiphage*.

Sauf que… celui-ci a quelque chose de différent. Sa tête est petite et ses pattes sont anormalement courtes.

Un *jeune* noctiphage.

Jusqu'alors, je n'ai observé de tels spécimens que sur des planches anatomiques en annexe de mes manuels. La curiosité l'emportant sur la prudence, je me redresse très lentement afin de ne pas alerter la créature, me rapproche du quai centimètre par centimètre, puis regarde le monstre grignoter le gâteau et sa queue noire battre joyeusement les airs. Lorsque la pointe de mes baskets atteint la ligne jaune, il se fige. Je reste paralysée, le cœur battant. Cinq secondes s'écoulent, puis le monstre retourne à son festin.

Émerveillée, je m'efforce de graver chaque détail anatomique dans ma mémoire. Si seulement Zaza m'avait accompagnée, elle aurait pu réaliser des croquis. Malheureusement, elle est bien trop prudente pour affronter la double menace qui pèse sur moi en ce moment même : celle de me faire arracher la tête et celle d'être chassée de FD Prep à quelques jours de l'cxamen final censé conditionner le reste de ma vie.

Je devrais capturer ce jeune noctiphage et le livrer au Syndicat, « pour le salut de Manhattan », mais l'idée qu'une équipe de scientifiques dissèque ce petit être pour étudier ses organes internes me brise le cœur.

Il faut que je l'observe de plus près. C'est une occasion en or. Je ne risque pas grand-chose, après tout. Il n'est pas bien gros, et puis, s'il passe à l'attaque, une balle NN suffira amplement à le neutraliser.

Je m'assieds au bord du quai puis me laisse lentement glisser sur la voie. Le monstre se dresse de nouveau. Il soulève son museau souillé de miettes.

Lorsque ses petits yeux noirs et luisants rencontrent les miens, j'éprouve un sentiment étrange. Est-ce leur ressemblance avec les perles de tapioca que l'on trouve dans le *bubble tea* qui me frappe ? Non, il y a autre chose. Une réminiscence. Un écho du passé.

Nous demeurons ainsi durant de longues secondes, regards verrouillés l'un à l'autre.

Puis la créature penche la tête sur le côté. Je lève doucement la main gauche. Elle s'ébroue tel un chien mouillé afin de se débarrasser du glaçage qui recouvre son pelage, puis elle trottine dans ma direction. Une fois encore, un souvenir tente de refaire surface. Sentant ma gorge se serrer, je le repousse aussitôt.

Le monstre s'arrête à mes pieds et baisse docilement la tête. Comme dans un rêve, je m'accroupis pour le caresser, le pistolet calé au-dessus de mon genou. Une idée folle me traverse l'esprit : et si j'étais la première au monde à pouvoir murmurer à l'oreille des nécros ?

Non, je déraille. Il a beau se tenir tranquille, ce petit noctiphage n'en est pas moins redoutable. Pourtant, je continue à douter. Après tout, il n'est pas si différent d'un lionceau. Il n'a pas encore pris l'habitude de dévorer tout ce qui bouge. Il ne se comporte pas comme un spécimen adulte. Au fond, je le trouve presque... mignon.

Un claquement sec retentit au-dessus de ma tête. Oreilles repliées et camail hérissé, le bébé nécro montre les crocs et recule jusqu'aux ténèbres impénétrables du tunnel.

Un grondement se fait entendre puis une puissante odeur d'œuf pourri me frappe comme un tsunami. Je me redresse illico et arme mon pistolet. À FD Prep, je me suis entraînée des années durant en vue d'un tel affrontement. Cependant, rien ne m'a préparée à la vision du nécro pachydermique qui émerge de la pénombre.

Bang ! Bang ! Bang ! Bang !

Mes balles se fichent dans le poitrail du plus imposant noctiphage qu'il m'ait été donné d'observer. Quatre tirs parfaits, pile à hauteur des organes vitaux, qui me vaudraient les compliments de mes instructeurs. La créature pousse un cri perçant puis, contre toute attente, fonce droit sur moi. J'encaisse la charge au beau milieu du torse. En un instant, un revers de mon blazer est taillé en pièces et je sens les serres entailler ma peau de l'épaule au sternum. Sourde à la douleur, je tombe à la renverse. J'essaie d'entraîner le monstre dans ma chute, mais sa taille dépasse de cinq fois celle des adversaires que j'ai affrontés lors des sessions d'entraînement. L'arrière de mon crâne heurte le sol. Ma vision se trouble. Un filet de sang s'échappe de mon nez et se déverse dans ma bouche entrouverte.

« Vise les parties molles ! hurle M. Lee, l'entraîneur, à mes adversaires chaque fois que je les maintiens plaqués dos au tatami. La gorge. Les yeux. L'abdomen. Les espaces intercostaux. »

Si les balles NN n'ont aucun effet sur les humains, elles traversent la peau des nécros avant de provoquer une explosion interne dévastatrice.

Du moins, c'est ainsi que le Syndicat les présente.

Or le Syndicat ne ment jamais.

Prisonnière des serres du nécro, je m'efforce de rester immobile et de relâcher mes muscles. L'adrénaline qui circule dans mes veines ne me facilite pas la tâche. L'instinct me commande de me battre, mais je sais que je n'aurais aucune chance de l'emporter.

Dérouté par mon comportement, le noctiphage promène ses naseaux répugnants sur mon visage. Ses crocs frôlent mes paupières. J'aspire un filet d'air entre mes dents et pointe le canon du pistolet contre son poitrail, à hauteur du cœur. Il ne reste qu'une balle dans le chargeur, mais à bout portant, c'est amplement suffisant. À moins que la puanteur ambiante ne me fasse vomir, je ne risque pas de manquer ma cible. Tout n'est pas perdu. Je peux encore m'en sortir vivante.

À cet instant, j'entends des pas précipités sur le quai. Quelqu'un court dans ma direction. À en juger par le son qui parvient à mes oreilles, il porte des chaussures de ville pointues et à talons ferrés.

Un grondement jaillit de la gorge du nécro. Ses serres exercent une telle pression sur mon ventre que je laisse échapper un cri. Sa gueule cherche ma gorge. Un flot de salive inonde ma chemise et ma cravate aux couleurs de FD Prep. Il me saisit par le col et commence à me traîner vers le tunnel.

— Tiens bon, je suis là ! lance celui qui se trouve sur le quai.

Je lâche un juron. Cet accent londonien… *Roland.* Tout bien pesé, la perspective d'être dévorée par un nécro ne m'apparaît plus aussi désespérante. Au moins, j'en aurai terminé pour de bon avec cet abruti.

Roland, star des liquidateurs et protégé de Maître Sasha, fait tourbillonner les pans de son long manteau de cuir noir. Un arc électrique jaillit du javelot qu'il tient fermement serré dans son poing ganté.

Au moment où la décharge atteint le monstre à la hanche, je lui porte un puissant coup de coude au museau. Il lâche prise une fraction de seconde et je parviens à m'arracher à son emprise. J'effectue un roulé-boulé vers le quai puis m'y hisse d'un bond.

— Rail central ! je hurle.

— Tu comptes m'apprendre mon travail ? rétorque Roland.

Dressé sur ses pattes arrière, le noctiphage nous domine de toute sa hauteur. Seul le crépitement menaçant du javelot électrique le dissuade de passer immédiatement à l'attaque. S'il parvient à atteindre le quai, c'en sera terminé de nous deux. Alors que son regard reste braqué sur Roland, j'ai son œil gauche en ligne de mire… et la possibilité de lui loger une balle directement dans le cerveau.

Je presse la détente.

Le noctiphage pousse un long cri d'agonie. Aveugle, il titube puis, emporté par son propre poids, percute violemment le rebord du quai. Il est à notre merci. À la pointe du javelot de Roland se forme un éclair dont l'une des extrémités s'enroule autour du cou du monstre à la manière d'un lasso. Comme par magie, l'autre extrémité se connecte au troisième rail.

La voie tout entière semble alors entrer en éruption. Les hurlements du nécro se mêlent aux gerbes d'étincelles et aux volutes de fumée noire. J'enfouis mon visage entre mes mains pour me protéger de la chaleur intense et de l'odeur infecte de chair brûlée.

Puis le silence se fait.

Secoué d'une quinte de toux, Roland agite une main devant son visage pour dissiper les émanations demeurées en suspension.

— Voilà qui était pour le moins spectaculaire, dit-il, très content de lui. Encore une mission de secours couronnée de succès à ajouter à mes états de service immaculés.

Comme toujours, son haleine empeste le café. Ses yeux bleus sont larmoyants et injectés de sang. Le manque de sommeil, sans doute. Le connaissant, il est peu probable qu'il ait pleuré.

— Le noctiphage nous aurait tous les deux mâchés à mort si je ne l'avais pas descendu, je lui fais observer.

Roland rengaine son javelot, puis considère tour à tour les gouttes de sang qui coulent sur mon menton, ma veste d'uniforme déchirée et mes genoux maculés d'une substance brunâtre de nature inconnue.

— Plaît-il ? demande-t-il d'une voix dégoulinante de mépris.

— Désolée, mais tu ne peux pas juste…

Il pointe sous mon nez un doigt menaçant.

— Si j'étais toi, compte tenu de ce qui vient de se passer et de ta situation personnelle, j'éviterais de la ramener. Et commence par me rendre le pistolet que tu as volé.

Je n'ai pas l'intention d'obéir. Quoi que je fasse, rien ne l'empêchera de courir me dénoncer. Mon sort est déjà réglé.

— Je l'ai emprunté, pas volé.

— Ah oui, vraiment ? Tout comme tu as *emprunté* le code d'accès à la station, j'imagine ?

Alors que je cherche vainement une réplique saignante, mon attention est attirée par les dix centimètres de papier jauni qui dépassent de la poche de son manteau.

— Hé, attends un peu. Est-ce que c'est...

— La Carte de Randel, en effet. C'est fort bien observé.

Le sourire aux lèvres, il extrait le document de sa poche. Fascinée, je tends une main pour m'en emparer, mais il recule d'un pas.

— Ôte tes sales pattes de mon artefact ! rugit-il.

À présent, c'est à mon tour d'ironiser.

— *Ton* artefact ? Tu sais pertinemment que cette Carte devrait se trouver au département des Archives.

— Ne parle pas de ce que tu ne connais pas.

— Et toi, ne me prends pas pour une débile. Tous les New-Yorkais connaissent l'existence des Archives. Elles sont placées sous la protection des plus illustres érudits du Syndicat.

Il lâche un bref éclat de rire.

— Cette bande de tocards arrogants... Sais-tu seulement qui je suis et ce que j'ai accompli ?

Je hausse les épaules.

— Les érudits sont aussi importants que les opérationnels. Sans les artefacts, nous ne pourrions pas combattre les nécros, et je ne dormirais pas tranquille si tu étais chargé de leur protection. Tous ces témoins de l'histoire de New York rassemblés sous un seul toit... il est préférable qu'ils ne tombent pas entre de mauvaises mains.

— Oh, je vois que j'ai affaire à une experte ! ricane Roland.

Non. Mon père, lui, était un expert. C'est ce que j'aimerais rétorquer, mais je ne veux rien lui conficr qui lui permette de connaître ma filiation.

— Je peux voir la Carte ?

— Non.

Je lui adresse mon sourire le plus angélique.

— S'il te plaît.

Il hausse un sourcil.

— Et pourquoi te ferais-je cette faveur ?

Les archivistes conservent les artefacts à l'abri du public, sous protocole de classe militaire. Il y a des gens, là-haut, à la surface, qui seraient prêts à tout pour contempler de leurs yeux l'une de ces reliques. Et c'est mon cas, je dois bien l'avouer. Je suis prête à mentir pour arriver à mes fins. En cet instant, voir la Carte de Randel est mon seul objectif.

— Eh bien, je réponds, il paraît que seuls les meilleurs liquidateurs sont autorisés à sortir cette Carte des Archives.

Je bats langoureusement des cils. Roland mord à l'hameçon. Il sourit. Il rougit. Il se régale du compliment, ce crétin vaniteux.

— Très bien. Je vais te laisser jeter un coup d'œil, mais je t'interdis d'y toucher. Tes mains sont d'une saleté repoussante.

— Oh, ça ? dis-je en considérant mes doigts souillés de liquide brunâtre. C'est ce que j'appelle la sève de New York.

Il lève les yeux au ciel et déplie la Carte. Il en émane une lumière éthérée qui me réchauffe les joues, comme si je me trouvais exposée aux rayons du soleil. Je tends le cou pour l'observer de plus près. C'est le plan original, dressé en 1821 par John Randel, soit près d'un siècle avant que ne soient coulées les fondations du premier gratte-ciel. S'y superpose le tracé actuel de la ville, des fils d'or en fusion qui la découpent en dix districts. Au nord, Harlem forme la couronne de Manhattan. Juste en dessous, l'Upper West Side et l'Upper East Side encadrent Central Park. Ce sont là les trois plus vastes juridictions du Syndicat. Plus bas, voici Midtown, Chelsea, Flatiron, Soho, le Lower East Side et Tribeca. Après la Disparition, ils ont annexé des quartiers de taille plus modeste, au nom de l'unité et de la simplification administrative… Enfin, tout au sud, le Financial District où nous nous trouvons en ce moment même.

J'ai longuement étudié les reproductions de cette Carte enchantée figurant dans les manuels scolaires, mais c'est la première fois que je peux observer les points vert sombre qui s'y déplacent : ce sont les régulateurs qui ratissent méthodiquement les rues du nord au sud à la recherche des New-Yorkais assez stupides pour braver le couvre-feu. Ils doivent achever leur mission avant que la nuit ne tombe… et que ne commence le bain de sang.

— Elle est magnifique, je murmure.

— Grâce à elle, je peux suivre qui bon me semble. J'avoue qu'elle assez utile…

— *Assez utile* ? Bon sang, tu ne réalises pas que tu…

— Oh, cesse de m'ennuyer, par pitié ! Les liquidateurs se servent des artefacts, et non le contraire. Ce ne sont que des accessoires.

— Ça, c'est ton point de vue. Je me ferai le mien dans deux semaines.

Roland renifle avec mépris.

— Tu veux parler du Tournoi ? Mais qu'est-ce que tu t'imagines, ma pauvre ? Que toi, Rei… dont je ne connais même pas le véritable nom de famille, tu seras la prochaine à rejoindre le corps des liquidateurs de Manhattan ? Laisse-moi rire.

Je reste muette. Je suis furieuse contre moi-même. J'ai commis l'erreur de lui révéler mon prénom, à l'époque où je ne savais rien de sa déplorable personnalité. Ce crétin n'a pas la moindre idée du temps que j'ai passé à m'entraîner en secret, ni du nombre de nécros que j'ai éliminés sans aide extérieure. Et j'entends bien qu'il continue à l'ignorer.

Je pointe du doigt la croix rouge qui clignote dans le coin inférieur gauche de la Carte.

— C'est moi, n'est-ce pas ?

— En effet, et ceci nous conduit à la raison pour laquelle j'ai reçu l'ordre de te prendre en filature.

Sourire aux lèvres, Roland replie la Carte et la glisse dans la poche de son manteau. Je suis ivre de jalousie.

— On dirait que tes petites escapades souterraines ont éveillé l'intérêt de l'un des maîtres.

— Maître Sasha ? je demande, pleine d'espoir.

— Redescends sur terre, ma petite. Minyi souhaite s'entretenir avec toi. Demain midi, au manoir de l'Upper East Side.

Je pousse un cri de rage si perçant que Roland, affolé, dégaine son javelot et adopte une posture défensive.

— Quoi ? demande-t-il, jambes écartées, prêt à recevoir la charge d'un ennemi invisible. Qu'est-ce qui se passe ?

— Rien du tout. Laisse tomber.

La tête basse, je tourne le dos au liquidateur et récupère mon skate. Je lance un dernier regard un peu triste à la carcasse fumante du noctiphage avant de boiter vers l'escalier menant à la sortie.

— Au bout du compte, je crois que tu aurais mieux fait de laisser le nécro m'emporter dans son tunnel.

CHAPITRE 3

Bravant les répugnants effluves de café charriés par le vent, je prends la direction de la résidence. À l'angle d'une rue, j'aperçois un binôme de régulateurs et leur brouette réglementaire. Ils font halte à chaque seuil de porte et à chaque rebord de fenêtre du rez-de-chaussée pour balancer une pelletée de grains comme on disperse du gros sel sur une route enneigée. Les monstres n'en supportent pas l'odeur. Pour être honnête, je partage pleinement leur dégoût.

Bien qu'il n'en ait pas plus envie que moi, Roland me sert d'escorte. Les fers de ses chaussures claquent de façon supérieurement agaçante sur les pavés du Financial District. Au moment où nous nous engageons dans Wall Street, un frisson me saisit. Il nous faut longer de hauts bâtiments de pierre dont les silhouettes menaçantes bloquent les derniers rayons du jour. Depuis la Disparition, les couchers de soleil n'ont plus rien de romantique ni de majestueux. Ils ne sont plus qu'un compte à rebours, un prélude aux ténèbres d'où s'arracheront bientôt les pires abominations.

— Quelque peu crispant, n'est-ce pas ? demande Roland en tendant le bras en direction de Wall Street Plaza.

Nous progressons dans l'ombre du New York Stock Exchange, la Bourse de New York. À son fronton soutenu par d'imposantes colonnes corinthiennes trônent onze sculptures de marbre blanc. Au centre se tient une déesse vêtue d'une robe à l'antique et coiffée d'un bonnet ailé. Autour d'elle s'activent des personnages à demi nus : un marin à la barre d'un navire ; une femme filant la laine à l'aide d'une quenouille ; un paysan ployant sous un lourd sac de grain… Ces personnages censés représenter « le travail des hommes » ne sont à cette heure que des silhouettes grises et indistinctes.

— Qu'est-ce que tu trouves crispant ? je finis par rétorquer.

— Voir cette ville totalement déserte. Tu n'es pas d'accord ?

Sa question n'appelle pas de réponse. Il a raison, évidemment. C'est irréel. C'est terrifiant.

C'est le cauchemar que nous devons aux nécros.

Tout a commencé par la Disparition. Une éruption souterraine a plongé la ville dans un brouillard aussi impénétrable que mystérieux. Je me rappelle les murmures anxieux de mes parents. Le caquetage confus des journalistes à la télévision. Les premières journées de confinement. Les mises en garde des autorités diffusées par haut-parleur depuis la rue. La peur que la brume ne se dissipe jamais et que tout ce que nous connaissions ne soit perdu pour toujours.

Et puis, après une semaine passée chacun chez soi, parfois sans rien à manger, sans médicaments ni espoir d'être secouru, l'atmosphère s'est éclaircie et les autorités ont commencé à recenser ceux qui manquaient à l'appel. À la surface, la ville demeurait inchangée, et le deuil a rapidement fait place à l'ivresse d'une liberté retrouvée.

Les cloches ont sonné pendant des jours en hommage aux disparus. Mes parents étaient tout de noir vêtus… Plus encore que d'ordinaire. Des bouquets fanés au parfum de chagrin et d'abandon s'entassaient à l'angle de chaque rue.

Nous pensions tous avoir connu le pire. Bientôt, nous en étions convaincus, la vie reprendrait son cours.

En vérité, le cauchemar venait de commencer.

— As-tu déjà pensé à fuir Manhattan ?

Certaine que Roland est en train de se payer ma poire, je tourne la tête pour le fusiller du regard. Je lui trouve l'air étrangement pensif, presque absent.

— Tout ça n'est qu'une mascarade, marmonne-t-il. Les habitants de cette ville essaient de se convaincre que tout va bien. Les gens vont au boulot, ils nouent des liens d'amitié, ils fondent des foyers. Ils s'accrochent à cette parodie de normalité. À croire qu'ils ont tous perdu la raison.

— Que voudrais-tu qu'ils fassent ? j'objecte. Qu'ils se terrent dans leurs appartements ? Qu'ils forment des gangs ou accomplissent des sacrifices humains à chaque pleine lune pour conjurer les nécros ?

— Et pourquoi pas ?

Je pense aux rumeurs qui ont commencé à circuler au sujet de ce qui se passait dès la nuit tombée. Aux premières preuves du carnage, aux mares de sang sur le trottoir découvertes au petit matin. Au témoignage de ceux qui étaient restés en vie jusqu'à l'aube malgré leurs membres à demi dévorés. Je réprime un frisson, croise les bras et hâte le pas.

— Tu n'as pas répondu à ma question, insiste Roland. Tu tenterais ta chance ?

Malgré les communications officielles confirmant les massacres, une minorité de New-Yorkais sont restés en ville : ceux qui refusaient de tout abandonner derrière eux ; ceux qui étaient déterminés à résister aux nécros ; ceux qui n'avaient nulle part où aller. Les autres habitants ont fui en masse. Comme le reste du pays, ils se figuraient que la Disparition et son cortège de monstres étaient limités à une zone géographique.

Puis il y a eu l'incident de Boston. Le bain de sang de Denver. Le carnage de San Francisco, à plus de quatre mille cinq cents kilomètres de la côte est.

Enfin, l'explosion d'un gazoduc à proximité de Saint Louis a permis la découverte d'un nid de nécros dont les experts ont remonté la trace jusqu'à l'île de Manhattan. Au bout du compte, il est apparu que les monstres étaient bel et bien notre problème à tous.

Des mesures radicales ont été adoptées dès le lendemain matin. Mes parents ont eu un mal fou à me faire comprendre que les déplacements interurbains étaient strictement interdits jusqu'à nouvel ordre. Non que je sois trop jeune, mais parce que la situation était tout simplement incompréhensible. La ville était coupée du reste du monde. Plus personne n'y entrait ni n'en sortait. Les autorités ne faisaient aucune exception.

Nous étions prisonniers, à la merci de ces nécros capables de voler voix et visage. Quels autres artifices pouvaient-ils mettre en œuvre pour nous piéger ? Les scientifiques le découvriraient-ils avant qu'il ne soit trop tard ?

Comme c'était à craindre, l'annonce du bouclage n'a pas dissuadé les habitants terrorisés de prendre d'assaut les barrages mis en place par l'armée. La situation étant jugée hors de contrôle, le Président s'est alors entretenu avec les chefs d'État du monde entier lors d'une réunion retransmise en direct du siège des Nations unies. Assis sur le canapé du salon, muets et impuissants, mes parents et moi l'avons entendu annoncer la principale mesure adoptée par le Conseil de sécurité : la destruction des ponts et des tunnels reliant Manhattan au reste du monde.

« Les ponts peuvent être rebâtis, a-t-il déclaré. Les victimes, elles, ne peuvent être ramenées à la vie. »

— Nous sommes ici chez nous, je réponds enfin. Cette ville est loin d'être un paradis, mais c'est la nôtre. Nous sommes new-yorkais. Nous ne plions pas devant l'adversité, quel que soit le prix à payer.

Roland serre les lèvres.

— Je ne suis pas l'un des tiens.

Devant le Federal Hall, nous foulons l'ombre immense de la statue de George Washington. Dans un silence tendu, je croise le regard d'acier du premier Président des États-Unis. Drapé dans sa cape, une main tendue comme s'il s'apprêtait à lancer un sort, je vois en lui un « maître » d'un autre temps.

La Disparition a beau avoir semé la mort et le désespoir, le Syndicat nous a donné des raisons de croire et d'espérer.

Nous faisons halte devant une porte vitrée prise en sandwich entre une bijouterie de luxe et un bar à smoothies. Je presse la sonnette puis essaie (un peu tard, sans doute) de redonner forme à ma veste d'uniforme taillée en pièces par les serres du nécro. Grâce aux fibres ultrarésistantes de son étoffe, mes blessures sont superficielles, mais il en émane une puanteur indescriptible. J'envisage de demander à Roland de me prêter son imperméable de liquidateur pour couvrir les parties les plus gravement endommagées, cependant il me semble qu'il préférerait me voir griller sur le rail central du métro que de me rendre le moindre service.

La porte s'ouvre dans un bourdonnement électrique.

— *Rei Reynolds !* tempête la doyenne Abigail. N'avez-vous donc pas une once de bon sens ?

Avec son mètre quatre-vingt-dix-huit et sa carrure imposante, elle occupe entièrement le vestibule de la résidence. Elle porte un chemisier couleur ciment et une jupe crayon. Ses yeux de gargouille sont magnifiés par les lunettes perchées sur son nez busqué.

Roland esquisse un sourire insolent. Elle lui jette un regard noir.

— *Vous*, lâche-t-elle d'un ton sec, les narines dilatées. N'avez-vous pas un travail à accomplir ?

— Madame, je…

— Épargnez-moi vos « madame », jeune homme ! Et vous, mademoiselle Reynolds, qu'attendez-vous pour entrer ?

— Pardonnez-moi, Doyenne Abigail.

La tête basse et le visage en ébullition, j'entre dans le foyer tandis qu'elle s'éloigne d'un pas martial. Lorsque je me retourne, je constate que Roland, les lèvres plus fines que jamais, ne m'a pas quittée des yeux.

— Que le crépuscule te soit favorable, dis-je.

Alors que la porte est sur le point de se fermer, Roland glisse un pied dans l'entrebâillement.

— Sérieusement ? Même pas un petit merci pour avoir sauvé ta misérable peau ?

Ce sarcasme me fait l'effet d'une gifle. Je serre les poings. Je dois garder à l'esprit que j'ai affaire à un liquidateur… Un honneur qui ne lui est pas tombé tout cuit dans le bec. Il s'est battu pour cela lors du Tournoi. Les maîtres de Manhattan et leurs protégés, les liquidateurs, occupent, le sommet de la chaîne de commandement du Syndicat, à l'exception des membres anonymes et insaisissables du Bureau des directeurs. Ils forment la première ligne de défense contre les ténèbres. Ce sont nos héros.

Le seul problème, c'est que celui-là est un abruti de première.

— Qu'est-ce qui t'a poussé à devenir liquidateur ? je l'interroge.

Roland s'appuie au montant de la porte avec désinvolture.

— L'argent. Le pouvoir. Le prestige. Les verres que l'on m'offre chaque fois que j'entre dans un bar. Un paquet de choses, en fait.

Au moins a-t-il le mérite de l'honnêteté.

— Tu te souviens de la devise du Syndicat ? je demande.

Pris de court par mon audace, il ouvre de grands yeux étonnés.

— Bien sûr que je m'en souviens. « S'élever au-dessus du reste ».

— Mes profs me répètent constamment que je dois être plus rapide, plus forte, plus intelligente. Bref, supérieure en tous points au reste de la population pour espérer devenir liquidatrice…

J'avance le menton dans sa direction.

— … Mais je viens de réaliser un truc. Les opérationnels ne s'élèvent que pour deux raisons : servir ceux qui lèvent vers eux des yeux pleins d'espoir, ou regarder de haut ceux qu'ils sont censés servir. Et toi, à quelle espèce appartiens-tu ?

À mon grand plaisir, les joues de Roland virent au rouge brique.

— Espèce de sale petite…

— Mademoiselle Reynolds ! braille la doyenne depuis la cage d'ascenseur.

Réprimant un sourire, j'esquisse une révérence à l'adresse du liquidateur.

— Je crois qu'on me demande. Ah, au fait, merci d'avoir sauvé « ma misérable peau ».

Alors qu'il me regarde bouche ouverte, je laisse la porte lui claquer au visage.

*

— Qu'avez-vous à déclarer pour votre défense, jeune fille ? demande Abigail lorsque les portes de la cabine d'ascenseur se referment sur nous. M'expliquerez-vous ce que vous vous fichiez dans la rue à moins d'un quart d'heure du couvre-feu ? Et, bon sang, par la torche de Lady Liberty, qu'est-il arrivé à votre uniforme ?

— J'effectuais une course pour ma tante, madame. Comme toujours.

Je regarde droit devant moi. Ce quart d'heure constituait une marge confortable. Je n'ai pas besoin qu'on me rappelle les règles. Je n'ai raté le couvre-feu qu'une seule fois, et rien ne me rendra ce que j'ai perdu ce soir-là.

— Et ce liquidateur ? Que faisait-il en votre compagnie ?

— Je suis tombée sur lui sur le chemin du retour. Il a insisté pour m'escorter jusqu'à la résidence.

— C'est fort aimable de sa part, grommelle la doyenne.

Je sais que son calme n'est qu'apparent. En vérité, elle est au bord de la crise de nerfs. Elle a la lourde tâche d'assurer la sécurité des internes de l'institut, mais nous savons elle et moi que son salaire n'est pas à la hauteur de ses responsabilités. Mon cas particulier aiguise son sentiment d'impuissance, car elle ne peut se dresser contre l'autorité de ma tante. Enfin, je fais tout pour qu'elle continue à le croire.

Au moment où les portes s'ouvrent, sa colère s'est déjà changée en résignation. Nous nous engageons dans le couloir qui mène aux chambres.

— Vos révisions pour l'examen final se déroulent-elles comme vous le souhaitez ? demande-t-elle.

— Je n'ai pas encore commencé.

Les sourcils de la doyenne bondissent jusqu'à la racine de ses cheveux.

— Mademoiselle Reynolds !

— Je plaisante, madame.

Elle lâche un soupir accablé.

— J'aimerais que vous preniez tout cela un peu plus au sérieux, mademoiselle Reynolds. Dois-je vous rappeler que la seule façon de vous qualifier pour le Tournoi consiste à…

— … sortir première de la promotion, je sais. J'en suis même douloureusement consciente, mais c'est gentil de vous préoccuper de mon cas.

De la porte située au bout du couloir jaillit une jeune fille habillée d'une blouse couverte de taches de peinture. Ses épais cheveux noirs ondulent sur ses épaules. Elle tient un mug de café fumant dont le contenu, chahuté à chacun de ses pas, menace de verser par-dessus bord. Je remarque une empreinte de pouce jaune sur sa joue ronde creusée d'une irrésistible fossette.

— Ah, te voilà ! s'exclame Zaza. J'étais justement en train de rédiger ton éloge funèbre.

— De grâce, mademoiselle Alvarez, implore la doyenne d'une voix brisée. Ne plaisantez pas avec ces choses-là.

Ma meilleure amie sirote une gorgée de café, puis elle esquisse un sourire.

— Vous avez raison, dit-elle. Elle est si fragile. Ce n'est pas comme si elle s'entraînait quotidiennement à charcuter des monstres mangeurs de chair humaine à grands coups de javelot électrique.

Je pose une main sur ma bouche pour ne pas éclater de rire. Le visage d'Abigail est aussi flasque qu'une méduse.

À ce moment précis, les cloches cessent de battre et une sirène se met à bramer. Ce son, aussi tranchant que la lame d'un couteau, monte crescendo jusqu'à ce que les vitres commencent à trembler en signe de protestation.

— Plus que cinq minutes avant le coucher du soleil, chuchote Zaza.

La doyenne reste figée quelques instants, le regard vide, avant de nous pousser vers notre appartement.

— Bonne nuit, mesdemoiselles, dit-elle dans un souffle avant d'en claquer la porte.

À la seconde où Zaza pousse le verrou, je m'affaisse contre le mur et porte une main à mes blessures.

Zaza écarquille les yeux, pose son mug et se précipite pour me soutenir. Elle embaume la lotion aux pétales de rose, la peinture acrylique et, comme toujours, le café. Si la mémoire ne me fait pas défaut, c'est le seul liquide que je l'aie jamais vue avaler.

— *Dios santo*, Rei ! Qu'est-ce qui s'est passé, cette fois ?

— Je me suis embrouillée avec un noctiphage, je murmure. Aide-moi à me traîner jusqu'à mon lit, s'il te plaît.

Sans poser de questions, elle passe un bras sous mes épaules et m'aide à contourner le chevalet qui encombre la cuisine. Les plans de travail sont recouverts de pinceaux, de tubes de peinture et d'une impressionnante collection d'emballages de nourriture à emporter.

Elle me conduit jusqu'à ma chambre. Tout ici est intégralement dédié à la filière que j'ai intégrée à l'école : la division tactique. Aux murs sont exposés des posters de mes maîtres et de mes liquidateurs favoris, ainsi que des coupures de journaux relatant leurs exploits. Sur une étagère, des figurines des plus célèbres opérationnels du Syndicat sont figées en pleine action. Dans ma bibliothèque trône la collection intégrale des œuvres de Maître Sasha. Tous les volumes, sans exception, sont dédicacés. Les pages en sont usées, témoignage d'années de lecture fervente. Sur les photos en couverture, mon héros me fixe d'un regard bleu, perçant et glacial.

Je m'assieds sur le lit à l'instant où la sirène lâche sa dernière plainte. J'ôte mon blazer. Zaza m'aide à desserrer ma cravate et à déboutonner ma chemise. Les estafilades causées par les serres du nécro courent de mon épaule gauche à mon torse. Je plisse le nez à la vue du pus noir qui suinte de ces blessures.

Les yeux de mon amie se mettent à briller, deux petites nébuleuses de vert, de brun et de bleu.

— Oh, la vache ! Je vais devoir prendre un échantillon.

Elle quitte précipitamment la chambre, glissant en chaussettes sur le parquet sans produire le moindre son.

— Tâche de ne pas guérir trop vite ! ajoute-t-elle dans l'emballement.

— Merci de ton soutien, je grogne, en me laissant tomber entre les oreillers.

Nos chemins ont divergé au cours de nos études. Zaza a rejoint la division académique du Syndicat, alors que j'ai été orientée vers la division tactique. Pourtant, nous avons gardé la même tournure d'esprit. Nous sommes avides de connaissances, et les occasions d'étudier sur le terrain sont trop rares à nos yeux. C'est la raison pour laquelle je vais à la rencontre des nécros, et c'est ce qui la conduit à effectuer des prélèvements dès que l'opportunité se présente. Ce serait un crime de ne pas tirer parti de la situation.

Alors que j'entends tinter des éprouvettes dans la chambre de Zaza, je m'assieds face à la fenêtre et étudie mon reflet, mes cheveux couleur rubis aux racines noires. Je me demande si je devrais les laisser pousser.

La pénombre ambiante adoucit les angles de ma mâchoire et accentue les cernes que je traîne depuis mon enfance. « De vrais sacs de designer, ma chérie », plaisante souvent Zaza à ce sujet.

Sur le mur le plus distant est exposée une ribambelle de Polaroid. Je les connais par cœur. Ici, ma sœur Maura, adoptée par mes parents avant la Disparition.

Elle rit aux éclats dans la minuscule cuisine de son nouveau studio, parce qu'elle n'a pas assez de place pour ouvrir entièrement la porte de son réfrigérateur.

Là, une série de clichés de Zaza.

Zaza terminant une toile dans la cuisine. Zaza barbouillant de rouge à lèvres le miroir de la salle de bains. Puis une série à caractère historique : elle et moi posant devant FD Prep à la rentrée et au dernier jour de chaque année, quasi identiques dans nos uniformes de l'institut. De gauche à droite, on peut nous voir grandir. Le sourire de Zaza reste inchangé. Le mien se fane avec le temps, jusqu'à ne plus être qu'un triste rictus.

Quant à mes parents… Il ne me reste d'eux que les deux photos que ma tante m'a confiées. Le reste est parti en fumée, ce soir-là, au crépuscule. Des nuages de fumée grise tourbillonnant au-dessus du brasier. Des vagues de chaleur insoutenables. L'air qui se raréfie. Alors que je regardais le feu achever de consumer notre maison, je croyais que cet enfer nous avait tout pris. J'étais encore loin du compte.

Je n'ai plus que ces photos pour me souvenir de mon père et de ma mère.

La première a été prise par ma tante le jour de leur mariage. Maman porte un cheongsam, robe chinoise, en dentelle brodé d'un dragon d'or qui s'enroule autour de sa taille. Papa, lui, a choisi un smoking classique dont le nœud papillon est orné du même motif. Comme toujours, ses lunettes sont de travers.

Sur le second cliché, mes parents posent sur les marches de la gare de Grand Central, reconvertie en quartier général du Syndicat, à l'angle de la 42e Rue et de Park Avenue. C'est le jour de leur entrée en fonction, maman en tant que régulatrice, papa en tant que conservateur principal des Archives. Jusqu'alors professeur d'histoire urbaine à l'université Columbia et spécialiste mondialement connu de l'archéologie contemporaine, il vient d'hériter d'une lourde responsabilité : organiser la collecte, l'étude et la préservation des artefacts.

À l'époque, la division académique n'avait pas encore d'existence formelle. Confronté à l'impuissance du gouvernement et à une désorganisation complète de Manhattan, le Syndicat venait de réquisitionner les meilleurs experts de la ville. Papa était honoré d'avoir été choisi. Jamais je ne l'ai vu plus heureux que le jour de sa nomination, pas même sur ses photos de mariage. L'histoire était son premier amour. Ma mère et moi figurions au second rang.

Mon regard s'attarde sur le tiroir du bas de mon bureau. J'y conserve d'autres photos, dans une boîte en fer blanc, à l'abri de la poussière. D'autres rappels de ce que j'ai perdu, de *ceux* que j'ai perdus. Je n'ai ni le courage de les regarder, ni le cœur à m'en débarrasser.

Les larmes me montent aux yeux. Est-ce un effet retard de ma rencontre avec le nécro ? Je me reproche cette faiblesse. Mes pleurs ne sauveront pas Manhattan, pas plus que mon désir de vengeance. Mais au moins ce dernier me tient-il occupée. Je me tourne de nouveau vers la fenêtre et chasse mes larmes du revers de la main.

Je regarde la ville, celle dont on disait qu'elle ne dormait jamais, s'abîmer dans la nuit.

L'éclairage public et les feux de signalisation sont les premiers à s'éteindre. Puis vient le tour de ma lampe de bureau, du plafonnier de ma chambre et de l'appartement tout entier. Par la fenêtre, je vois les immeubles disparaître un à un, étage par étage, telles des galaxies mourantes.

Par contraste, des milliers d'étoiles apparaissant alors au firmament. Au-delà des rives de Battery Park, je distingue la silhouette de la statue de la Liberté. Lady Liberty. Comme tous les soirs, comme si le dernier souffle du jour donnait vie à un feu endormi, sa torche crache un panache de lumière vive. Ce ne sont pas des flammes qui s'élèvent, mais des particules légères et scintillantes qui retombent doucement en pluie sur Manhattan. Bientôt, la ville entière miroite dans un éblouissant acte de défi.

Ce phénomène, nous l'avons baptisé « poussière d'étoile ».

C'est pour cela que la statue de la Liberté n'est pas seulement l'artefact le plus imposant de notre collection, mais aussi le plus précieux.

Je m'empare du bocal vide posé sur la table de nuit, en ôte le couvercle et ouvre la fenêtre à l'instant où Zaza réapparaît armée d'une pipette et de tubes à essai. Tandis qu'elle installe son matériel de prélèvement, je place le récipient à l'extérieur et attends qu'il se remplisse de poussière d'étoile. Elle ne fondra pas comme de la neige et je n'aurai pas à la relâcher au matin tel un essaim de lucioles. Elle disparaîtra, tout simplement.

Je visse solidement le couvercle afin de prévenir la dispersion des particules. Son contenu baigne la chambre d'une lumière irréelle. Elle est loin d'être aussi intense que celle produite par une ampoule traditionnelle, mais c'est tout ce qui nous reste pour y voir clair durant la nuit. Tout le reste est frappé d'interdiction, des lanternes à gaz aux lampes à incandescence, en passant par les allumettes et les simples briquets. Chacun connaît les risques qu'encourent ceux qui enfreignent cette règle. Depuis le soir où j'ai perdu mes parents, je sais que les maîtres et les liquidateurs sont impuissants face à certains phénomènes. Les sapeurs-pompiers assez courageux et dévoués pour tenter de les endiguer ont depuis longtemps été dévorés.

— Allonge-toi, dit Zaza.

Alors qu'elle procède minutieusement à la collecte du pus, une vague de poussière d'étoile poussée par le vent s'engouffre dans la chambre. Face à cet éclat éthéré, sa peau mate prend la couleur de l'ambre. La mienne, je le suppose, celle du miel.

J'étouffe un gémissement. Au contact de mes plaies, les particules agissent tel un puissant et douloureux antiseptique. Des caillots apparaissent, provoquant des démangeaisons qui s'intensifient à mesure qu'une croûte se forme.

Zaza scelle un tube à demi rempli à l'aide d'un bouchon en caoutchouc.

— Ça va aller ? demande-t-elle.

Je fais courir mes doigts sur les blessures désormais recouvertes de sang coagulé.

— Je suis comme neuve.

— Je parle de l'examen final.

— Eh bien quoi ?

— Il ne nous reste que trois jours.

À ces mots, je manque de m'étrangler.

— Vraiment ? Bordel, ça m'était complètement sorti de la tête.

— Tu crois que tu seras prête ? insiste Zaza.

J'arrache les croûtes, un exercice étrangement satisfaisant.

— Tu en doutes ?

Elle hausse un sourcil.

— Je me pose des questions, vu que tu as passé tout ton temps libre à chasser les nécros au lieu de réviser…

— Eh bien, dis-toi que c'est ma façon d'étudier.

Ce qui est en partie vrai.

— Tu ne peux pas tout miser sur tes connaissances tactiques et faire l'impasse sur les épreuves académiques, dit Zaza. Il y a des années que tu te prépares pour cet examen, Rei. Tu ne peux pas tout gâcher pour le seul plaisir de dérouiller un noctiphage. Une fois que tu auras rejoint le Syndicat, tu pourras chasser autant de monstres qu'il te plaira. Pour le moment, tu ferais mieux de te mettre au boulot.

— J'ai l'impression d'entendre ma tante.

Sourire aux lèvres, Zaza secoue énergiquement sa fiole de prélèvement.

— Sais-tu où je pourrais dégoter un séquenceur à nanopore ?

Avant que j'aie pu répondre, je vois, derrière la vitre, des volutes de poussière d'étoile s'élever en tourbillonnant. C'est une anomalie, le signe que quelqu'un ou quelque chose, tout en bas, a foulé la couche de particules qui recouvre la chaussée.

Je me lève d'un bond, me penche à la fenêtre et plisse les yeux afin de scruter l'obscurité. Roland est-il revenu sur ses pas dans le seul but de me tourmenter ? Non. La créature qui trottine au milieu de Wall Street est bien plus menue.

— Mon Dieu ! je chuchote.

— Qu'est-ce que tu vois ? demande Zaza.

Oreilles dressées, le jeune noctiphage s'immobilise puis, très lentement, lève la tête dans ma direction.

Nos regards se rencontrent.

— Qu'est-ce que tu vois, bon sang ? insiste mon amie.

Le cœur battant à tout rompre, je la prends par la main et la tire vers la fenêtre. Mais le temps qu'elle s'y penche à son tour… le nécro a déjà fichu le camp.

CHAPITRE 4

Des nuages de fumée grise tournoyant au-dessus du brasier. Des vagues de chaleur insoutenables. L'air qui se raréfie.

— Emmène-la loin d'ici !

Les yeux qui brûlent. De petites mains, des joues douces comme la soie.

— Retrouve-la et…

— Attends. Ne fais pas un bruit.

Quelque chose approche.

Tout se fige.

Des yeux semblables à deux morceaux de charbon, plus noirs que la nuit, se détachent dans le brasier. Cherchent. Trouvent.

Une plainte s'élève.

Trouvée.

Nos cœurs au bord de la rupture.

— Emmène-la, je te dis !

Dernières paroles.

Des bruits de course à l'extérieur.

Des dents comme des couteaux. Du sang. Beaucoup de sang.

Les humains se vident si facilement.

Des immeubles qui défilent. Verre monochrome, pierres funéraires.

Tout s'arrête.

Ils sont là.

— *Rei.*

Mes doigts qui cherchent à tâtons. Le cliquetis du métal.

Des yeux noirs et fiévreux dans les ténèbres.

— *Prends ça. Ne t'en sépare jamais. Ne les laisse jamais te le prendre. Maintenant, cours. COURS !*

Les bras en l'air, les coudes serrés le long du corps, doigt sur la détente.

BANG ! BANG !

— *Cours, Rei !*

BANG !

— *REI !*

BANG !

— REI ! Réveille-toi !

Je me dresse d'un bond, trempée de sueur, le cœur battant, empêtrée dans mes draps froissés.

On frappe à la porte. Bang !

— Qu'est-ce que tu fous, bordel ? crie Zaza. Ouvre, bon sang ! On va finir par être en retard.

— Et merde ! je marmonne en portant une main au talisman suspendu à mon cou.

Je lâche un soupir de soulagement. C'est un pendentif en or qui reproduit le caractère calligraphique chinois : 闪. *Shǎn* signifie « éclair » ou « foudre », mais ma mère le traduisait par « rayonner ».

En cet instant, alors que je me glisse hors du lit et titube vers l'armoire, je suis très loin de rayonner. J'enfile une chemise, passe une jupe dont je soulève un pan pour fixer l'étui de pistolet à ma cuisse.

Cours, Rei.

Je glisse un bras dans une manche de mon blazer puis me précipite hors de la chambre, fourreau de javelot et sac marin se balançant furieusement à mon épaule. Zaza, qui m'attend dans l'entrée, hausse un sourcil soigneusement épilé.

— Oh ! Tu as noué ta cravate avec les pieds ?

— Non, avec ces doigts-là, je réponds avec hargne en lui présentant mes deux majeurs.

— C'est très classe, Rei. Vraiment très classe.

Nous quittons l'appartement et courons vers l'ascenseur. Lorsque les portes de la cabine s'ouvrent, nous y trouvons un garçon souriant, à la peau noire et aux cheveux taillés en brosse haute. Comme moi, il transporte son équipement dans un sac marin. Son fourreau est fixé dans son dos grâce à la sangle d'un tapis de yoga. Le javelot n'est pas mon arme favorite. Trop encombrante et trop voyante, je ne peux pas l'emporter lors de mes activités clandestines. En revanche, avec cette arme, aucun risque de se trouver à court de munitions dans une situation de vie ou de mort. Considérant les événements d'hier, c'est un avantage non négligeable.

— Bonjour, monsieur le président, dis-je au garçon sur un ton on ne peut plus sérieux.

— Salut, Reynolds, répond Bomani.

Nous cognons nos poings l'un contre l'autre. Il ajuste ses boutons de manchettes et adresse un clin d'œil à Zaza.

— Salut, Alvarez.

Affectant une certaine nonchalance, elle fait passer ses cheveux d'une épaule à l'autre d'un savant mouvement de tête.

— *Hola*, dit-elle.

Bomani pointe le menton dans ma direction.

— Est-ce que Reynolds t'a prévenue ?

— Prévenue de quoi ?

— Que j'allais lui botter les fesses à l'entraînement ?

Zaza fronce les sourcils.

— Attends, laisse-moi préciser ta pensée… Tu veux dire que tu as supplié M. Lee de t'autoriser à être son partenaire. Ou son punching-ball, si tu préfères. Tu vas pouvoir une dernière fois tenter d'avoir le dessus.

— Oui, il y a un peu de ça. C'est ma dernière chance de lui mettre une raclée mémorable sans encourir de sanction.

Zaza secoue la tête.

— Ce genre de discours… Une raison de plus de me réjouir d'avoir rejoint la filière académique.

— T'as d'autres raisons ?

— Affirmatif. À la filière tactique, vous êtes constamment en sueur. J'ai horreur de ça. Et le pire, c'est que vous devez…

Elle réprime un frisson.

— … vous toucher les uns les autres.

Bomani éclate d'un rire franc qui le secoue. Il essuie une larme d'un revers de manche. Zaza rougit.

— Message reçu, Alvarez. Si on doit un jour pratiquer le corps à corps, toi et moi, je mettrai une double dose de déodorant.

Elle détourne le regard et grogne :

— Tu peux bouffer le stick tout entier, si ça peut t'aider à fermer ta grande gueule.

— Oh ! je soupire. Tout cela est tellement romantique.

Alors que Zaza entreprend de me plaquer contre la paroi pour me faire ravaler ces propos, les portes de l'ascenseur s'ouvrent sur le hall d'entrée et nous tombons sur un garçon aux cheveux rose bubble-gum et une petite blonde, dont la jupe est dix centimètres plus courte que ne l'autorise le règlement. La fille toise Zaza, la gratifie d'un reniflement hautain, puis adresse à notre président un sourire forcé.

— Bonjour, Bomani.

— Et c'est reparti pour la parade nuptiale… grommelle Zaza en levant les yeux au ciel.

— Salut, Sharon, répond Bomani.

Sourire aux lèvres, l'intéressée le jauge des pieds à la tête. Justin, qui se tient un pas en retrait, les regarde d'un air béat.

— Le bal de promo approche, ajoute Sharon, et j'ai entendu dire que tu n'avais pas de cavalière.

— Je n'ai pas encore prospecté, précise Bomani.

Sharon s'approche de Bomani pour ajuster le col de sa chemise. Il ne bronche pas. Zaza écarquille les yeux.

— L'audace de cette fille… chuchote-t-elle à mon oreille.

— Vraiment ? s'étonne Sharon. Eh bien, dans ce cas…

— Sharon est dispo, elle aussi, lance innocemment Justin. Personne ne veut l'accompagner. Genre, absolument personne. Alors tu devrais peut-être…

Mortifiée, Sharon le saisit par la nuque et l'entraîne vers la sortie.

— C'est quoi ton problème, Justin ? grogne-t-elle sans desserrer les dents. Est-ce que quelqu'un t'a demandé de l'ouvrir ?

Lorsque la porte du hall se referme sur eux, Zaza pousse un long soupir.

— Ah, FD Prep ! dit-elle. Berceau de l'élite new-yorkaise.

Je souris à ce trait d'ironie. Chaque année, malgré des milliers de candidatures, chacun des dix instituts préparatoires placés sous le patronage du Syndicat n'accueille que cent élèves. Si la sélection n'est pas aussi élitiste que celle qui préside à l'organisation du Tournoi, elle reste extrêmement concurrentielle.

Cependant, outre l'excellence, il existe un moyen détourné d'être admis : l'argent. Ce n'est un secret pour personne. Le père de Sharon possède et dirige plusieurs conglomérats dans le domaine du sport professionnel. Celui de Justin a spéculé précocement sur le café en grains. Ainsi, quelques dizaines d'élèves ne doivent leur place à FD Prep qu'à la fortune familiale. Ils ont volé celle de candidats méritants. Seulement, il y a des factures à payer. Avec leurs locaux luxueux et leurs équipements de pointe, les instituts ont des coûts de fonctionnement faramineux. Même si la réalité est difficile à avaler, ils ne peuvent pas se passer des généreuses donations versées par de riches chefs d'entreprise. En outre, cette manne permet l'octroi de bourses d'études à près de la moitié des élèves, ceux qui remplissent les critères éducatifs théoriquement fixés par leur établissement. C'est le cas de Zaza, dont les mérites lui ont permis d'intégrer de plein droit la filière académique.

— Notre dernier jour… soupire Bomani tandis que nous nous dirigeons vers la sortie. Vous pouvez croire une chose pareille ?

Même si l'année scolaire ne s'achèvera officiellement que dans une semaine, les élèves seniors seront libérés dès ce soir en vue de l'examen final.

— Vous verrez, cet endroit finira par nous manquer, ajoute-t-il, l'air nostalgique, en poussant la porte d'un coup d'épaule.

Aussitôt, un concert de cris retentit, puis une série de flashs aveuglants me contraint à enfouir mon visage dans un revers de ma veste. Nous sommes pris d'assaut par unc meute de reporters. Ils nous bombardent de questions, mais leurs voix ne forment qu'un brouhaha indistinct. Nous avons déjà vu des manifestants se rassembler à Wall Street pour protester contre l'interdiction des déplacements interurbains, le couvre-feu ou le Syndicat lui-même, mais jamais nous n'avons observé une foule aussi nombreuse et dissipée. Où sont passées les forces de l'ordre ? Et la doyenne Abigail ? Qu'est-ce qu'elle fabrique ?

Une journaliste coiffée à la garçonne colle son micro sous le nez de Zaza.

— Mis à part le coût exorbitant de son organisation, pensez-vous que le Tournoi constitue un moyen efficace de sélectionner la prochaine promotion de liquidateurs ?

Un autre reporter entreprend de cuisiner Bomani.

— Quel est le taux habituel d'échec à l'examen final ? À titre personnel, pensez-vous être suffisamment préparé ?

La meute se fait de plus en plus pressante. Elle nous repousse vers la façade de l'institut. À ce train-là, nous finirons bientôt par suffoquer.

— Rapplique, Rei ! crie Zaza en me tirant par la main. Il faut qu'on se tire d'ici.

Sauf qu'il n'y a nulle part où aller, et qu'elle vient de commettre une énorme bourde : elle a prononcé mon prénom.

— Rei ? s'exclame un journaliste. Rei Reynolds ? Celle qui occupe actuellement la première place du classement de l'institut ?

Tous ses collègues me prennent alors pour cible. Ils grouillent autour de moi comme un essaim d'insectes, me bousculent, m'écrasent et m'assaillent de questions.

— Compte tenu des enjeux, vous paraît-il moralement acceptable de forcer des adolescents à entrer en compétition les uns contre les autres ?

— Êtes-vous nerveuse à l'idée d'être confrontée à Tim Beckett, champion de lutte de la Ligue préparatoire à sept reprises et actuel leader de votre ancien établissement, l'Upper West Side Prep ?

— Compte tenu des risques, pourriez-vous renoncer à participer au Tournoi ?

Je reçois des coups. J'ai l'impression d'être un morceau de pain que des pigeons affamés se disputent. J'ai de plus en plus de mal à garder l'équilibre. Cent objectifs sont braqués sur moi, de grands yeux sans âme, des lumières rouges, des flashs aveuglants.

— Quel effet cela vous fait-il, de vous trouver au sommet ? s'époumone un journaliste.

Je garde le silence.

— Vos camarades sont-ils jaloux de votre succès ? insiste-t-il.

Zaza s'est blottie derrière mon dos. Un individu chauve et grassouillet se permet de l'écarter sans ménagement pour me présenter son micro.

— Pensez-vous avoir ce qu'il faut pour l'emporter ? demande-t-il.

Je lui arrache le micro des mains, le brandis au-dessus de ma tête et menace de lui en flanquer un coup.

— Vous voulez une démonstration ?

BANG !

Une détonation interrompt ce tapage. Terrorisés, les reporters plongent à plat ventre. Seul un homme vêtu d'un manteau de cuir bleu nuit demeure debout. Il se tient tête baissée, pistolet NN pointé vers le ciel. Je reconnais au premier coup d'œil sa queue-de-cheval blond platine, l'intimidant double étui d'épaule qui forme des bosses à hauteur de ses côtes, et la profonde cicatrice qui, semblable à un sinistre sourire, court sur son visage de la joue au menton. Alors, mon cœur s'affole.

L'homme redresse la tête et range son arme dans son étui. Ses yeux bleu glace parcourent la foule des journalistes muets et tremblants. J'ai si souvent contemplé ce visage vénéré sur les couvertures de ses ouvrages que j'ai l'impression de le connaître sans jamais l'avoir rencontré.

— Rei, chuchote Zaza. Ce type, c'est celui des posters de ta chambre.

Je lui intime le silence d'un coup de pied dans le tibia.

Les reporters gardent les yeux braqués sur le nouveau venu. Plusieurs d'entre eux tressaillent lorsqu'il glisse une grande main calleuse dans la poche intérieure de son manteau. Contre toute attente, il en sort un caramel dont il défait tranquillement l'emballage multicolore avant de le fourrer dans sa bouche.

— Quelqu'un peut-il me dire ce que signifie tout ceci ? demande-t-il en faisant passer la friandise d'une joue à l'autre.

Son accent est plus prononcé qu'à la télé.

— La rue est à tout le monde, maître, plaide le journaliste au crâne dégarni.

— Oh, je vois ! dit Sasha sur un ton moqueur. Vous avez l'air d'en savoir long, n'est-ce pas ? Souhaitez-vous devenir maître du Financial District à ma place ? Puisque « la rue est à tout le monde », vous pourrez ainsi laisser la population se déplacer à sa guise et servir de repas aux nécros.

Il ouvre la bouche de façon à exposer le caramel qui se dissout lentement sur sa langue, puis il l'écrase entre ses molaires.

Un silence de mort s'abat sur Wall Street.

— Eh bien ! tonne Sasha. Qu'est-ce que vous attendez pour foutre le camp, tous autant que vous êtes ?

À ces mots, les journalistes ne se font pas prier. Tandis qu'ils déguerpissent dans le plus grand désordre, le regard du maître se pose sur moi.

— Toi ! aboie-t-il.

Je cache mes mains tremblantes derrière mon dos. Alors qu'il se trouve à cinq pas, il est si grand que je dois lever le menton pour le regarder dans les yeux.

— Maître Sasha. C'est un honneur de vous…

— Hier, en fin d'après-midi. Station Rector Street.

Mes entrailles se serrent. *Il sait.* Je maudis Roland, cette sale petite balance. Maître Sasha manifeste des signes d'impatience. Sachant qu'il serait vain de nier, je hoche timidement la tête.

— Tout comme il y a trois jours, ajoute-t-il. Et la semaine dernière.

Je reste un instant frappée de stupeur. Je ne me suis pas fait prendre, lors de ces expéditions-là. Enfin, c'est ce que je pensais, idiote que je suis. Malgré l'ordre qu'il leur a été intimé, quelques reporters traînent encore dans les parages. Ils sont prêts à tout pour assister à la confrontation. Sasha va-t-il exposer mes fautes sur la place publique ?

Ce dernier me dévisage longuement, puis ses lèvres forment une parodie de sourire.

— Pas mal, dit-il. Pas mal du tout.

Sur ce, sans un mot d'explication, le maître du Financial District tourne les talons et s'éloigne d'un pas tranquille.

CHAPITRE 5

Les mains croisées sous le menton, je garde les yeux tournés vers la fenêtre de la salle de classe. Au loin, vingt-deux étages plus bas, des centaines de bateaux vont et viennent sur les vagues grisâtres et tourmentées de l'Hudson River. Avec leurs coques d'acier, on croirait voir des requins en maraude autour de la statue de Liberté.

Ils ont pour objectif le port industriel de Battery Park et les gigantesques entrepôts de béton où seront débarqués leurs containers bourrés de vivres et de matériel. Grâce à l'aide humanitaire mondiale, toute pénurie alimentaire et médicale a pour l'heure pu être écartée. Si le gouvernement refuse d'acheminer des troupes, il ne lésine pas sur le matériel technologique et l'armement hors de prix censés aider le Syndicat à combattre les nécros. Désormais, avec ses portails hérissés de barbelés et ses patrouilles de régulateurs de l'aube au crépuscule, le parc ressemble davantage à une prison de haute sécurité qu'à un verdoyant lieu de promenade.

— Quelqu'un veut-il répondre à la question trente-trois ? demande Mme Livingstone.

La plupart des élèves se tortillent sur leur chaise ou font mine de regarder ailleurs.

— Rei ?

Sans quitter des yeux la silhouette bleu oxyde de Lady Liberty, je récite mécaniquement :

— La zircadiazicazine, mieux connue sous l'appellation Triple-Z, force le noyau préoptique ventrolatéral à relâcher des neurotransmetteurs qui inhibent presque instantanément les hormones de l'éveil comme la noradrénaline, l'histamine et la sérotonine.

Du coin de l'œil, je surprends Sharon à lever les yeux au ciel.

— Cela permet à l'opérationnel sur le terrain de contrôler précisément son temps de sommeil sans subir d'effets secondaires notables à court terme, j'ajoute.

— C'est parfait, Rei, commente Mme Livingstone en réajustant ses lunettes. Quant à toi, Sharon, si tes globes oculaires passaient un peu moins de temps à exprimer le mépris que tu éprouves pour tes camarades, et s'ils daignaient se poser de temps à autre sur un livre de cours, tu aurais pu répondre à cette question, toi aussi.

Toute la classe ricane à l'unisson. Dès que Mme Livingstone se tourne vers le tableau, Sharon, rouge de honte, me fusille du regard. Je ne rentre pas dans son jeu. Cet institut commence à me sortir par les yeux. Je m'inquiète constamment pour l'examen final et le Tournoi, au point d'en faire des cauchemars. J'ai peur que Maître Sasha ne débarque pour procéder à mon arrestation. *Pas mal.* C'est tout ce qu'il a dit. Que suis-je censée comprendre ? Dois-je me sentir offensée ou honorée ? Pour couronner le tout, il y a cette convocation au manoir à midi. Je n'en connais pas le motif, mais tout cela ne me dit rien qui vaille.

Lorsque la cloche annonce la fin du cours, je me rue vers mon casier pour récupérer mon javelot et mon sac, puis je me dirige vers le gymnase. Ce n'est qu'au moment d'en pousser la porte que je réalise que je ne me suis pas débarrassée de mon pistolet automatique. N'ayant pas le temps de rebrousser chemin, je le glisse à la hâte dans le fourreau avant d'entrer dans la salle. Je préfère ne pas penser au châtiment si on me trouvait avec une arme à feu « empruntée » dans l'enceinte de l'institut.

Une dizaine d'élèves pratiquent déjà étirements et exercices d'échauffement. Bomani, qui bavarde avec l'entraîneur, m'adresse un clin d'œil puis frappe du poing la paume de sa main. J'esquisse un petit sourire maléfique dont j'ai le secret, puis je trottine jusqu'aux vestiaires.

Je jette mon sac sur le banc et me tourne vers la fille qui, face au mur à l'autre bout de la pièce, enfile son exocombinaison. Elle est parvenue à y glisser les jambes et les bras, mais a des difficultés à atteindre la fermeture Éclair située dans son dos.

— Tu as besoin d'aide, Anika ? je demande.

Lorsqu'elle se retourne pour me faire face, son visage s'illumine.

— Rei ! J'ai cru que tu m'avais fait faux bond !

Je remonte la fermeture jusqu'à sa nuque, comme je l'ai fait depuis notre première session d'entraînement tactique. En vérité, ni elle ni moi n'avons besoin d'assistance pour nous vêtir, mais c'est un petit rituel que nous ne manquons jamais.

— C'est trop bête qu'on ne soit pas en binôme, aujourd'hui, dit-elle.

— Il faut t'en prendre à Bomani, j'explique en sortant de mon sac ma propre combinaison.

Les exocombinaisons d'entraînement, qui tiennent à la fois de la tenue d'homme-grenouille et de l'armure de combat tout droit sortie d'un film cyberpunk, sont semblables en apparence à celles des opérationnels de la division tactique. Il leur manque néanmoins quelques détails cruciaux, comme les fibres autoréparatrices, le camouflage optique, l'assistance au saut et, plus important encore, le dispositif complexe qui exploite l'énergie cinétique du combattant afin de décupler sa force et sa vitesse. Quoi qu'il en soit, ces combinaisons sont beaucoup plus élégantes que le tee-shirt et le short informes que l'on nous force à porter lors des simples séances d'exercice physique.

Lorsque je retire ma jupe, Anika fronce les sourcils. Mince, j'ai oublié d'ôter l'étui de pistolet fixé à ma cuisse. Je le fourre dans mon sac. Ce n'est pas la première fois que cela se produit, mais jamais elle ne m'a dénoncée. Elle se contente de m'adresser un regard sévère, lourd de reproches, pendant que je me bagarre avec les jambes et les manches de ma combinaison.

— Tu te rappelles le jour où tu as trouvé très amusant de passer la tête dans une jambe ? demande-t-elle en remontant ma fermeture Éclair. Tu sais, la fois où tu es restée coincée ?

— Je ne risque pas de l'oublier. L'entraîneur a dû appeler les pompiers pour me désincarcérer.

— Tu as été consignée combien de temps, déjà ? glousse-t-elle. Un mois ?

— Tout un trimestre, je corrige.

Anika empoigne son javelot et me donne une claque sur l'épaule.

— Voilà, tu es prête. Écoute, Rei, je tenais à te remercier.

Je fronce les sourcils.

— Me remercier de quoi ?

Elle baisse timidement ses yeux bruns pleins d'innocence.

— De m'avoir motivée sans cesse malgré les difficultés. De m'avoir aidée à « m'élever au-dessus du reste », et tout ça. Tu as toujours été une source d'inspiration.

J'affiche un sourire embarrassé et lui tends la main.

— Bonne chance pour l'examen final, Ani.

Elle écrase mes doigts dans sa poigne de fer. Malgré la douleur, je sais qu'il s'agit là d'une ardente manifestation d'affection.

— Merci, Rei. Ça me va droit au cœur, surtout venant de toi.

— Maharaj, Reynolds ! hurle une voix depuis l'entrée des vestiaires. Qu'est-ce que vous foutez encore là-dedans ? Vous vous préparez pour une séance d'entraînement ou pour un concours de beauté ?

Anika se précipite hors de la pièce. J'attrape mon fourreau (réalisant un peu tard que mon pistolet s'y trouve toujours) et m'élance dans son sillage. Lorsque j'arrive dans le gymnase, une puanteur familière me saute aux narines. Je me fige. Devant nous se tient M. Lee, pectoraux saillants sous son gilet en polaire bleu nuit floqué du blason de FD Prep. À ses pieds, sur le revêtement élastique, gît une masse de chair noire et noueuse.

Un nécro.

— Merci d'avoir eu la bonté de vous joindre à nous, mesdemoiselles. Maintenant, tout le monde en ligne.

Je cours prendre ma place habituelle, entre Anika et Bomani. Les élèves demeurent bouche bée devant la créature entravée par d'épaisses lanières de cuir : une double paire de défenses noir ébène saillant entre les mandibules ; quatre yeux mi-clos, conséquence évidente d'une lourde sédation. Laissée libre, sa queue bat les airs de façon apathique. Cet appendice semble assez puissant pour briser un crâne. Contrairement au bébé nécro que j'ai étudié dans la station de métro, ce spécimen est glabre et couvert de rides. On dirait un rat-taupe nu couvert de goudron.

— Tout d'abord, je tiens à vous féliciter d'avoir survécu jusqu'à cette ultime session d'entraînement tactique, annonce M. Lee en se tournant vers la porte principale. En cette occasion, un invité spécial va se joindre à nous. Je vous demande d'accueillir chaleureusement l'agente Storm.

Deux hommes en costume noir font leur entrée, suivis d'une femme filiforme perchée sur des talons de douze centimètres dont le « clic clac » résonne en écho dans tout le gymnase. Les néons se reflètent sur ses élégantes lunettes de soleil. Ses cheveux coupés au carré ondulent comme du mercure à chacun de ses pas. Traits anguleux, rouge à lèvres écarlate et ongles coordonnés soigneusement manucurés, elle est tout de blanc vêtue, du blazer à la jupe crayon qui épouse sa silhouette osseuse. Une jambe bionique, en argent et en titane brossé, prolonge son genou gauche.

Je retiens ma respiration. Face à cette apparition, malgré nos exocombinaisons, nous avons l'air d'une bande de rats mal peignés.

— Bonjour, jeunes gens ! lance-t-elle.

Malgré les verres qui masquent ses yeux, nous sentons son regard peser sur nous à tour de rôle.

— En qualité de représentante du Syndicat, je suis venue assister à votre dernière session d'entraînement.

À ces mots, mes camarades se raidissent. Je sens mon pouls s'emballer.

« Représentante du Syndicat ».

Ils nous envoient une opérationnelle pour faire du repérage au sein de la promotion. Mieux : une agente. Contrairement aux autres classes d'opés (maîtres, liquidateurs et régulateurs), on entend rarement parler des agents. Personne ne sait comment on accède à cette fonction, car le processus de sélection n'a jamais été rendu public. Nous en savons moins à leur sujet qu'à celui des membres anonymes du Bureau des directeurs.

D'abord, Maître Sasha, et maintenant, l'agente Storm. Je dois garder mon calme et respirer lentement. Le nécro ligoté au pied de l'entraîneur ne peut être qu'un test. Mes camarades échangent des regards fiévreux. Anika est tendue comme un arc. À quelle sauce allons-nous être mangés ? Une partie de moi est prête à foncer la tête la première dans un mur si cette femme me le demande, tandis qu'une autre garde le souvenir douloureux de ma rencontre de la veille avec le noctiphage.

Je dois garder la tête froide.

L'agente Storm pointe un doigt en direction du monstre.

— L'un d'entre vous peut-il me rappeler les trois méthodes de neutralisation des nécros, par ordre de complexité de mise en œuvre ?

Toutes les mains se lèvent. L'agente Storm désigne un garçon nommé Pete Figley, qui bombe le torse tandis que nous nous étranglons de jalousie.

— Un : combustion, de préférence par munitions nitro-novae. Deux : électrocution. Trois : démembrement.

L'agente Storm hoche la tête.

— C'est correct.

Elle s'approche de Pete, prend sa main et y glisse un petit objet rouge. Ensuite, avec le plus grand calme, elle recule vers le nécro et lui flanque un puissant coup de pied bioniquc dans l'arrière-train.

Un hurlement jaillit de la gueule béante du monstre, et les lanières de cuir se rompent comme du carton sous la tension formidable de ses muscles.

La séance d'entraînement vient de prendre une tournure inattendue.

Tous ensemble, nous dégainons nos javelots. À l'instant où mes doigts se referment sur la poignée de mon arme, je la sens vibrer, comme si elle venait de prendre vie. L'air est chargé d'électricité.

Entrant aussitôt en action, nous formons trois demi-cercles face au nécro. Nous avons répété cette manœuvre un nombre incalculable de fois au cours de l'année. Je prends place au dernier rang, aux côtés de Bomani et de deux autres élèves.

Le nécro s'ébroue, comme pour dissiper les derniers cffets du sédatif, puis charge droit sur Pete, qui se tient au centre de la ligne de front. Premier arrivé, premier servi. Abandonnant le flanc droit, Fiona Nguyen saisit Pete par le col et l'écarte de la trajectoire du monstre. Khan, son frère jumeau, fait tournoyer son javelot (un mouvement destiné à concentrer l'énergie à l'une des extrémités), puis le lance de toutes ses forces. Hélas, le monstre bondit, et la pointe frôle son abdomen avant d'atterrir avec fracas à l'autre bout du gymnase.

Devant ce spectacle, l'agente Storm penche pensivement la tête. Alors que Khan semble à présent incapable de faire un geste, Pete se décide enfin à regarder l'objet qui se trouve dans sa main.

Son visage exprime une profonde incrédulité.

— Une sucette ? s'étrangle-t-il.

Le nécro se tourne aussitôt dans sa direction.

Ces saletés de créatures raffolent des sucreries.

Saisi de panique, Pete glisse la confiserie dans la main de Fiona, qui l'étudie d'un œil perplexe. La créature émet un grognement de basse et se précipite sur elle. Elle tente d'esquiver la charge, mais une défense lui transperce l'avant-bras. D'un coup de javelot dans les côtes, elle force le nécro à lâcher prise et à battre en retraite.

Fou de terreur, Khan hurle à s'en briser la voix.

Le nécro revient à l'assaut en battant furieusement de la queue. Nous ne sommes que trois à esquiver sa charge. Tel un train lancé à pleine vitesse, le monstre envoie valser les autres élèves aux quatre coins du gymnase.

Anika, Bomani et moi prenons la créature à revers et l'aiguillonnons de coups de javelot dans l'espoir qu'elle se détourne de nos camarades hors d'état de se défendre.

Bomani parvient à trancher la pointe de sa queue. Anika bondit sur son dos et frappe à plusieurs reprises avant d'être désarçonnée. Un flot de sang fétide inonde le sol, mais le nécro n'est pas disposé à rendre les armes.

— On se regroupe ! je crie à l'adresse de mes compagnons.

Nous nous positionnons côte à côte afin de joindre la pointe de nos javelots au-dessus de nos têtes. Ce ballet précis, parfaitement coordonné, est le fruit de centaines d'heures de travail en commun. Quatre cordes de lumière jaillissent à la verticale pour former un arc électrique d'un blanc intense qui atteint le nécro en pleine face avant de l'engloutir dans une boule de feu dévastatrice. Le souffle de l'explosion nous fait tituber en arrière. Un nuage de fumée noire se répand dans la salle. L'odeur de chair grillée me soulève le cœur.

— Bien joué, dit Bomani en soufflant.

Nos javelots déchargés émettent un ultime grésillement.

L'agente Storm et ses acolytes ne bronchent pas. Pour les félicitations, il faudra repasser. Mais qu'est-ce qu'ils attendent au juste ?

Tandis que Bomani et Anika s'approchent du nécro pour l'étudier de plus près, je passe en revue mes camarades restés au tapis. Malgré leurs gémissements, le bilan ne s'élève qu'à quelques côtes cassées et deux poignets foulés. Notre entraîneur inspecte la blessure de Fiona et charge Khan de la conduire à l'infirmerie.

Alors que je m'apprête à ranger mon javelot dans son fourreau, je détecte un mouvement dans la fumée qui peine à se dissiper, puis je vois s'ouvrir quatre yeux noirs brûlants de fièvre et de désespoir.

— Monsieur Lee ! je hurle, tandis que la bête charge dans sa direction.

Sans l'ombre d'une hésitation, Anika repart à l'assaut de la créature agonisante. Avec son javelot hors d'usage, elle n'a pas l'ombre d'une chance.

BANG !

Le nécro enchaîne quelques pas chancelants, puis vient s'affaler au pied de l'entraîneur en produisant un son écœurant.

Pistolet pointé vers le plafond, je regarde ma balle NN achever sa combustion dans le poitrail béant et ensanglanté du monstre.

Tout le monde me regarde en silence. Ou, plus précisément, tout le monde regarde mon arme. Tout le monde, y compris l'agente Storm.

Et merde !

Si l'agente Storm, comme c'est plus que probable, rapporte en haut lieu la scène à laquelle elle vient d'assister, le fait que j'aie sauvé la vie de M. Lee ne pèsera pas lourd dans la balance. Je serai exclue de l'examen final. Je ne participerai pas au Tournoi. Je ne serai jamais liquidatrice. Tout le travail auquel je me suis astreinte, toutes les promesses que j'ai faites à mes parents, tout cela partira en fumée. Ma carrière s'achèvera avant d'avoir commencé.

Pourquoi ai-je agi de façon aussi irréfléchie ?

L'agente Storm ôte ses lunettes. Ses globes oculaires ne sont que deux sphères noires où l'on ne distingue ni iris, ni pupilles, ni blanc de l'œil. Cette vision déplaisante m'inspire un étrange sentiment de déjà-vu.

— Votre nom, jeune fille ? demande-t-elle.

— Rei, je réponds, le cœur battant à tout rompre. Rei Reynolds.

Pas de doute, ce visage me rappelle quelque chose. Mais quoi ?

— Je vois.

Elle remet ses lunettes de soleil avant de s'adresser à l'ensemble de la classe.

— Je vous demande instamment de ne rien dévoiler des événements qui se sont produits au cours de cet exercice d'évaluation. Par ailleurs, je vous souhaite bonne chance pour l'examen final.

Sur ces mots, elle quitte le gymnase, ses deux chiens de garde dans son sillage.

Quelle leçon tirer de ce qui vient de se passer ? Dois-je m'estimer heureuse ou m'abandonner au désespoir ?

Anika attend que le « clic clac » des talons de l'agente Storm se perde dans le lointain avant de briser le silence.

— Monsieur Lee, je crois que vous avez un truc collé dans le dos.

Au prix de diverses contorsions, il parvient à glisser une main dans son dos et à détacher la sucette fixée entre ses omoplates à l'aide d'un morceau de papier adhésif. Il la contemple d'un œil perplexe avant de se tourner vers le corps fumant du nécro.

Durant toutes les années passées à FD Prep, aucun de nous ne l'a jamais entendu s'exprimer sans brailler à pleins poumons. Pourtant, cette fois, lorsqu'il retrouve l'usage de la parole, nous devons tendre l'oreille pour l'écouter déclarer :

— Merci à tous. Le cours est terminé.

CHAPITRE 6

J'observe Zaza par la vitre qui donne sur la salle de chimie. Elle occupe une table au premier rang. Alors que les autres élèves suent sang et eau pour terminer leur devoir dans les délais impartis, elle a déjà rangé ses affaires, prête à quitter les lieux. Dès que la cloche retentit, elle me rejoint dans le couloir et m'entraîne vers l'ascenseur avant la ruée générale. Vingt-deux étages plus bas, nous dévalons le grand escalier et nous mêlons aux étudiants qui chahutent sur le trottoir, tels des animaux goûtant à la liberté après une longue hibernation.

Une limousine est garée le long du trottoir. Le chauffeur en descend pour m'ouvrir la portière. Des yeux rieurs éclairent son visage buriné. Ses cheveux noir de jais parsemés de mèches argentées sont soigneusement coiffés en arrière.

— Mademoiselle Reynolds… dit-il.

— Bonjour, Declan.

Le sourire que je lui adresse n'a rien de fabriqué. Sous son uniforme impeccable et ses manières un peu rigides se cache un cœur d'or. Il est au service de ma tante depuis bien avant la Disparition. Notre complicité date du jour où, à l'âge de six ans, j'ai mis le feu à son pantalon. Depuis lors, j'ai toujours pu compter sur lui pour me tirer des situations pénibles dans lesquelles j'ai la manie de me fourrer, et plus jamais je ne m'en suis prise à ses vêtements.

— Attends une minute ! crie Zaza alors que je m'apprête à monter dans la voiture. Tu es sûre de ne rien oublier ?

Elle brandit un appareil photo Polaroid, le confie à Declan et me tire vers l'avant de la limousine.

— Allez hop, saute sur le capot !

— Pardon ?

— Sur le capot, j'ai dit ! Dépêche-toi !

Nous posons nos sacs sur le trottoir, puis, gloussant comme des imbéciles, nous nous hissons sur le véhicule. Declan grimace en nous voyant couvrir de traces de doigts la carrosserie rutilante. J'arrange les mèches rebelles de Zaza, puis elle ajuste les plis de ma robe afin que je n'expose pas accidentellement ma culotte devant l'objectif.

— Souris, dit-elle. C'est notre dernière photo devant FD Prep. Pour cette grande occasion, j'exige que tu nous montres tes fossettes.

Sur ces mots, elle s'étend sur le flanc, prend appui sur un coude et pose le menton dans la paume de sa main.

— C'est parti, Declan. On est prêtes pour la séance de pose.

Clic. Un carré de papier photo non développé sort aussitôt de l'appareil photo.

— Fantastique, s'émerveille Declan. Je devrais en offrir un à Antonio.

— Votre anniversaire de mariage approche, il me semble, dis-je.

— Dans deux semaines, répond-il. Je suis heureux que vous vous en souveniez. Ce sera le vingtième.

— C'est tellement romantique, soupire Zaza. Rei pourrait vous adresser quelques mots de félicitations durant la retransmission du Tournoi.

Dans un grand éclat de rire, Declan prend un second cliché.

— Merci pour la suggestion, mademoiselle Alvarez, mais je crains que ce ne soit terriblement embarrassant pour toutes les parties impliquées.

Mon sourire se fane. Je saute du capot.

— Tout le monde ici a l'air convaincu que je vais me qualifier pour le Tournoi.

Zaza fronce les sourcils.

— Comment peux-tu en douter, ma chérie ? s'étonne-t-elle en me rejoignant sur le trottoir. Personne ne t'arrive à la cheville.

Sur cette affirmation sans nuances, elle me serre dans ses bras puis me pousse vers la portière restée ouverte.

— À demain, dit-elle. À la première heure.

Alors que la voiture se met en mouvement, je baisse la vitre teintée pour lui souffler un baiser.

— Bonne chance pour ton rendez-vous au manoir ! crie-t-elle en m'adressant un signe de la main.

Je m'avachis dans le siège en cuir. Si je croyais en la chance, je me procurerais au plus vite un fer à cheval que je suspendrais à mon cou.

La limousine s'engage dans Trinity Street en direction du centre. Je colle mon front à la vitre et regarde la ville défiler. De grandioses bâtiments de style Beaux-Arts encadrent des gratte-ciel aux formes modernes et épurées. Des maisons aux colonnades néoclassiques se nichent entre d'austères forteresses de verre et d'acier. L'Oculus, le bâtiment qui abrite la gare du World Trade Center, ressemble aux fanons d'une gigantesque baleine. La tour elle-même évoque un harpon de titane dressé vers le ciel. À deux pas de là, une longue palissade de métal est intégralement recouverte de graffitis colorés. Aucune de ces constructions ne se marie avec ses voisines, mais je ne peux pas imaginer la ville sans elles. Nous sommes à Manhattan. D'une manière ou d'une autre, nous parvenons toujours à trouver l'harmonie dans le chaos.

Declan tourne à gauche pour rejoindre la voie express du West Side.

— Alors, Rei comment s'est passée la... Hé, bon sang !

Il écrase la pédale de frein. La voiture s'immobilise dans un crissement de pneus et je suis catapultée en avant. Ma ceinture de sécurité se tend si brutalement que je redoute, l'espace d'un instant, que ma clavicule ne se brise.

Devant le pare-chocs, juché sur un vélo bleu métallisé, se tient le jeune homme qui vient de griller le feu rouge et de nous couper la route.

Declan lance un coup de klaxon rageur.

Je connais ce garçon, ces cheveux bruns chahutés par le vent, ces yeux d'un vert irréel, ce regard froid et distant.

— Bon Dieu, Rei... s'étrangle Declan. Est-ce que c'est...

Oui. C'est bien lui.

Cette sale petite ordure de Kieran Cross.

Il nous regarde fixement, sans trahir la moindre émotion (à défaut de remords), puis il reprend sa route, en danseuse sur sa bicyclette, avant de se faufiler entre les véhicules qui roulent au pas en sens inverse.

Avant que je bondisse hors de la limousine pour me lancer à sa poursuite, Declan, qui a anticipé ma réaction, active le verrouillage central des portières.

— Le moment est mal choisi, mademoiselle Reynolds.

— Vous allez laisser cet abruti rouler à fond la caisse, sans casque et à contresens ?

Je me tourne vers la lunette arrière, mais un camion blanc obstrue mon champ de vision.

— Vous étiez vraiment faits l'un pour l'autre, tous les deux, sourit Declan tandis que la voiture reprend sa place dans le trafic.

Hors de moi, je m'enfonce plus profondément dans mon siège. Je ferme les yeux et tâche de penser à autre chose. À n'importe quoi d'autre plutôt qu'à ce salaud qui m'a brisé le cœur.

Il y a plus d'un an que Kieran m'a tourné le dos, et je ne parviens toujours pas à effacer les souvenirs que je garde de lui.

— Mademoiselle Reynolds, auriez-vous la bonté de ne pas détruire l'intérieur de notre véhicule ? demande Declan. Se procurer des pièces de rechange est un vrai casse-tête, par les temps qui courent.

J'ôte ma main de l'accoudoir central, où j'avais planté les ongles pour me passer les nerfs.

— Le destin a l'étrange manie de se manifester à l'endroit et au moment où l'on préférerait qu'il se tienne tranquille, dit-il. Il s'agit peut-être d'un signe que vous devriez vous ré…

— Au fait, je l'interromps, refusant d'en entendre davantage, vous avez déjà entendu parler d'une agente du Syndicat répondant au nom de Storm ?

Declan marque un temps d'hésitation.

— Non, je ne crois pas. Pourquoi cette question ?

— Aujourd'hui, elle est venue assister à notre dernière session d'entraînement tactiquc. Une mission de repérage, je suppose. Nous avons dû combattre un nécro en situation réelle.

— Oh, je vois.

Il observe une pause avant d'ajouter :

— Je doute qu'un tel exercice soit tout à fait... conforme aux règles en vigueur.

Je hausse les épaules.

— Qui sait ? Les règles changent constamment, ces jours-ci. Tout comme les nécros, d'ailleurs. Ils ont toujours été coriaces, mais en ce moment... ça dépasse l'entendement.

J'observe quelques instants de silence puis demande :

— Vous ne seriez pas au courant de quelque chose, des fois ?

Je vois ses mâchoires se contracter, et je comprends que j'ai vu juste.

— Peut-être, lâche-t-il.

— Declan... dis-je d'une petite voix suppliante. Qu'est-ce que vous me cachez ?

Nos regards se croisent dans le rétroviseur intérieur.

— Que je possède ou non des informations liées aux nécros, vous savez mieux que quiconque que je suis tenu au secret et que je n'ai pas la possibilité de les divulguer.

Tant pis. Je sais maintenant qu'on nous cache certains développements récents. C'est déjà ça.

Declan empreinte la bretelle de sortie vers la 79e Rue. Je remarque un panneau indiquant, dans la même direction, « Musée américain d'Histoire naturelle »,

« Musée d'Art moderne » et « Manoir de l'Upper West Side ».

— Si vous souhaitez obtenir des réponses, dit-il enfin, vous savez pertinemment à qui vous adresser.

Mes entrailles se serrent. Il a raison, évidemment.

— Vous pensez que j'ai mes chances ?

— Non, pas la moindre.

Nous voici à Broadway, à l'angle de la 74e Rue. Ici se dresse un immeuble de dix-huit étages en pierre de taille, un véritable château aux rambardes en fer forgé, à la toiture mansardée dans le pur style parisien, aux larges baies vitrées et aux coupoles croulant sous les moulures. Cet ancien hôtel a jadis accueilli les artistes les plus célèbres de leur temps. Aujourd'hui, il abrite le poste de commandement du Syndicat en centre-ville.

— Nous y sommes, annonce Declan en se garant devant l'entrée de l'imposant bâtiment.

L'un des deux gardes postés sous la marquise de toile vert citron se précipite vers la limousine et ouvre ma portière.

— Bienvenue chez vous, mademoiselle Reynolds.

Sac et fourreau en bandoulière, je m'extrais de la voiture et lisse les plis de ma jupe. Le second garde m'escorte jusqu'au poste de sécurité établi dans le vestibule de l'immeuble, puis je me dirige vers les ascenseurs devant lesquels patientent trois individus : une femme vêtue d'une blouse de laboratoire brodée de l'inscription « TECHNICIENNE BIOCHIMIQUE », soit très exactement la profession que Zaza souhaite exercer à l'issue de ses études ; deux hommes portant des gilets blindés rouge coquelicot et des casques aux visières couleur bronze. Tous deux portent une mallette métallique où figurent les mots « RECHERCHE ET DÉVELOPPEMENT DE L'ARMEMENT ».

Lorsque nous embarquons dans la cabine, la femme appuie sur le bouton du sixième étage, là où se trouvent les laboratoires, puis elle nous interroge du regard.

— Dernier étage, dit l'un des chercheurs.

— Onzième, s'il vous plaît, j'annonce.

La technicienne tressaille imperceptiblement, puis elle hoche la tête en signe de respect. Tandis qu'elle presse les boutons, elle prend soin de ne pas croiser mon regard, comme si elle craignait que je ne lui saute à la gorge.

Des pas précipités se font entendre à l'extérieur de la cabine, puis un genou vient se glisser entre les portes pour en interdire la fermeture. Elles s'écartent à nouveau pour dévoiler un jeune homme à la mine sombre vêtu d'un uniforme du même modèle que le mien. Seuls l'en différencient sa couleur, pourpre et non bleu nuit, et l'écusson brodé, celui de l'Upper West Side Prep. Lorsque ses yeux verts se posent sur moi, mon cœur cesse de battre.

Kieran.

De tous les habitants de Manhattan, de tous les bâtiments de la ville, faut-il que ce soit lui qui se trouve à présent devant moi ? J'envisage de me glisser *in extremis* hors de l'ascenseur, mais les portes se sont déjà refermées. Me voici prisonnière de cet espace minuscule en compagnie de trois membres du Syndicat et de… mon ex-petit ami.

— Qu'est-ce que tu fiches ici ? lance-t-il.

— Je te retourne la question.

— J'ai décroché un stage au manoir.

Je lâche un bref éclat de rire.

— Comme si le Syndicat allait faire appel à toi…

Kieran hausse un sourcil.

— Et pourquoi pas ? Tu me prends pour un incapable ?

Le fait qu'il n'ait pas encore obtenu son diplôme était jusqu'alors mon principal argument, mais il vient de m'en fournir un autre, plus solide encore. Cependant, même si je préférerais qu'il en soit autrement, je remarque à quel point il a changé depuis notre dernière rencontre, un an plus tôt. Son pantalon est repassé, sa coupe de cheveux inhabituellement soignée. Non seulement il a grandi, mais il a l'air apaisé et confiant. C'est comme s'il s'était enfin décidé à devenir adulte.

Je détourne le regard. Je n'ai rien à lui dire.

— Alors, comment tu vas ? demande-t-il.

Je serre rageusement la poignée de mon sac. *Après une année de silence radio, il veut savoir comment je vais* ? Comment peut-il être aussi décontracté, aussi nonchalant après ce qui s'est passé entre nous ? À l'évidence, il n'a pas eu beaucoup de mal à tourner la page, alors que je meurs toujours d'envie de lui foutre mon poing dans la figure.

— Ça ne te regarde pas, je réponds.

— Ah d'accord, tu le prends comme ça. J'aurais dû m'y attendre. Tu as toujours eu le chic pour tout compliquer.

À ces mots, j'abandonne ce qui me restait de civilité.

— Répète un peu ça, pour voir ? je rugis, hors de moi.

L'ascenseur ralentit sa course, puis les portes s'ouvrent sur le palier du sixième étage.

— Pardonnez-moi, dit la femme en blouse blanche. C'est ici que je descends.

Dans un silence affreusement gênant, Kieran fait un pas de côté mais trébuche sur la mallette d'un des ingénieurs en armement.

— Hé, vous ne pouvez pas faire attention ? gronde ce dernier.

— Je suis désolé…

— *Pardonnez-moi !* répète la biochimiste, un ton plus haut.

Kieran piétine encore quelques instants avant de se décider à sortir de la cabine pour la laisser passer. Elle s'éloigne à petits pas nerveux dans le couloir blanc et stérile qui dessert les laboratoires.

Si les ingénieurs ne se trouvaient pas à mes côtés, je presserais le bouton de fermeture rapide des portes, mais il faut me résoudre à laisser Kieran embarquer. Où se rend-il, au fait ? Au onzième, comme moi, ou au dernier étage, affecté au développement et aux essais des armes du Syndicat ?

— Tu as l'air crevé, dis-je, histoire de briser le silence pesant.

— Toi, tu es fraîche comme une petite fleur des champs, si on ne regarde pas trop les cernes, ironise-t-il.

Je serre les dents. Sur ce point, il n'a pas tort. J'aurais pu trouver un autre angle d'attaque.

— Tes études se passent plutôt bien, à ce qu'il paraît, reprend-il. Tu as toujours l'intention de devenir liquidatrice ?

— Plus que jamais, je réponds avec un air de défi.

Il hoche la tête.

— Super. Moi, c'est pareil. Je n'ai pas changé d'objectif.

Je pince les lèvres. C'est cette ambition commune qui nous a autrefois rapprochés, et c'est elle qui fait de nous des rivaux désormais. Même si nous sortons tous deux majors de nos instituts respectifs, seul l'un d'entre nous pourra remporter le Tournoi et rejoindre le corps des liquidateurs.

Et ce sera moi, bien entendu.

L'ascenseur s'arrête au onzième étage. Je sors de la cabine et m'engage dans le long couloir qui mène à une haute porte en bois à double battant. À mon grand étonnement, Kieran m'emboîte le pas et me rattrape à grandes enjambées.

— Hé ! je proteste. Où est-ce que tu crois aller, comme ça ?

— Je vais prendre mon service. Et toi ?

— Non, tu t'es trompé d'étage. Ce sont les quartiers privés de Maîtresse Minyi.

— Je suis au courant, merci.

À cet instant, la porte s'ouvre et la lumière inonde le couloir. Tout de rouge vêtue, une femme aux allures d'impératrice fait son apparition. Telle la queue d'un paon, la traîne de sa robe en soie aux manches amples et flottantes frôle les dalles en marbre noir et blanc. Les rayons du soleil l'enveloppent d'un chatoyant halo doré.

— Ah, vous voilà ! dit-elle d'une voix vibrante, aussi fraîche que la rosée du matin.

Elle vient à notre rencontre et se penche pour m'embrasser sur les deux joues ; l'alliance à sa main gauche, ancienne, brille de mille feux. Lorsqu'elle se tourne vers Kieran, son regard exprime un bref instant de stupeur. Pourtant, à mon grand étonnement, elle ne lui ordonne pas de quitter les lieux.

— Vous vous êtes déjà rencontrés ? demande-t-elle.

— Je... Je ne sais pas ce qu'il fait ici, je bredouille. Tu devrais avertir l'équipe de sécurité.

— Ben voyons, lâche Kieran, sourire aux lèvres.

Le sourire de Maîtresse Minyi est plus radieux que jamais.

— Ce ne sera pas nécessaire. Permettez-moi dc faire les présentations. Rei, voici Kieran Cross, un élève senior de l'UWS Prep. C'est également mon nouvel assistant.

Je pars d'un grand éclat de rire, mais le sourire narquois de Kieran me fait aussitôt retrouver mon sérieux. Ainsi, il ne s'agit pas d'une plaisanterie. Je tâche d'adopter une expression neutre. Je ne veux trahir ni mon incrédulité, ni ma consternation.

— Mais… tu n'as jamais eu d'assistant, ma tante.

— Ta tante ? répète Kieran, abasourdi.

Maîtresse Minyi me prend par la main.

— En effet, je suis la tante de Rei.

Je pose ma tête sur son épaule.

— Et ma très chère mère adoptive, j'ajoute.

Kieran est sous le choc, comme s'il venait de voir un bus rouler sur un chiot. Je fais mine de ne rien avoir remarqué.

Un ange passe.

— Et si nous allions déjeuner ? s'exclame joyeusement ma tante en frappant dans ses mains.

CHAPITRE 7

— J'ai réservé une table pour quatre personnes chez Yūki, annonce tante Minyi en nous invitant à entrer un instant dans le vaste vestibule.

Grâce aux immenses baies vitrées qui ont remplacé les murs depuis que ma tante a emménagé ici, la pièce est inondée de lumière. Un lustre en cristal jette des arcs-en-ciel sur l'immense bouquet d'orchidées disposé dans un vase à l'antique. Avant que j'entre à l'institut et que Maura débute dans la vie active, nous avions l'habitude de nous réveiller avant l'aube pour regarder le ciel pâlir entre les gratte-ciel. C'était notre façon de célébrer la fin de la nuit et le retour imminent de la maîtresse de l'Upper West Side.

— Ta sœur sera des nôtres, Rei, précise ma tante.

À cette nouvelle, mon cœur fait un bond dans ma poitrine.

— Maura est de retour ?

Tante Minyi sourit de me voir si joyeuse.

— Elle ne pourra pas s'attarder mais elle a insisté pour que nous passions un peu de temps ensemble.

— Elle ne peut *jamais* s'attarder, je maugrée.

— Rei… dit-elle sur un ton de reproche.

— OK, OK. Je n'insiste pas.

Ma tante pose une main sur mon épaule.

— Essaie au moins de profiter de ce moment. Tout le monde ne dit que du bien de ce restaurant. Il a même eu droit à un article dans le *New York Times*. Il paraît qu'il faut réserver six mois à l'avance. Entre nous, est-ce bien raisonnable ?

— Dans ce cas, comment as-tu réussi à obtenir une table ?

Elle m'adresse un clin d'œil.

— Disons qu'être maîtresse de l'Upper West Side confère quelques avantages. Te joindras-tu à nous, Kieran ?

Ça, c'est la pire des idées. La simple pensée de partager un repas avec ce salaud me coupe l'appétit. Pour l'heure, tâchant de se faire discret, il admire en silence les photographies encadrées de Manhattan datant des jours meilleurs. Impossible, toutefois, de faire abstraction de sa présence. Sa personnalité, autrefois si magnétique, me repousse désormais.

Je m'arrange pour accrocher son regard puis, me plaçant hors du champ de vision de Minyi, je fais courir l'ongle de mon pouce sur ma gorge.

— C'est gentil, dit-il, mais j'ai déjà déjeuné. La prochaine fois, peut-être. Je vais en profiter pour travailler sur le rapport statistique de la nuit dernière.

— Excellente idée.

— Par ailleurs, pourrais-je m'entretenir brièvement avec… avec votre fille ? Au sujet de l'examen final.

— C'est à elle seule d'en décider, réplique Minyi en se dirigeant vers la cuisine. En attendant, je vais préparer du thé.

Puis, sans se retourner, elle ajoute sur un ton lourd de menaces :

— Rei, rejoins-moi dans mon bureau dès que tu en auras fini. Et je te conseille de ne pas te défiler.

Dès qu'elle a quitté la pièce, je saisis Kieran par la sangle de son sac à dos, le tire jusqu'aux toilettes et pousse le verrou.

— Comment as-tu pu me cacher que la maîtresse de l'Upper West Side était ta mère ? grogne-t-il le premier.

— Parle moins fort, nom d'un chien ! je rétorque. Ma véritable mère est morte, si tu veux tout savoir.

— Et quand comptais-tu me le dire ?

— J'attendais le bon moment. Ce n'est pas ma faute si tu m'as plaquée avant de m'en laisser l'occasion.

Il prend appui contre l'évier en porcelaine et expire bruyamment. Je croise les bras. Je réalise un peu tard à quel point nous sommes à l'étroit.

— Pourquoi Minyi t'a-t-elle embauché ? je demande.

— Et pourquoi pas ? Qu'est-ce qui te défrise ?

La vérité, c'est que je suis morte de jalousie. Cent fois, j'ai proposé à ma tante de… Non, je l'ai *suppliée* de me prendre pour assistante.

Je quitte la pièce sans prendre la peine de répondre. Je ne lui dois pas d'explications. Je ne lui dois plus rien du tout.

En désespoir de cause, je tente d'emprunter le couloir jusqu'à ma chambre sans me faire remarquer, mais je ne fais pas deux pas avant que Minyi n'ouvre la porte de son bureau. Son expression sévère n'annonce rien de bon. Cette fois, c'est sûr, mon compte est bon.

J'entre dans la pièce et considère avec appréhension l'imposant bureau en acajou et le majestueux fauteuil en cuir placé devant la baie vitrée.

Une immense photo de Times Square la nuit, prise avant la Disparition, occupe un pan de mur entier. De toutes les œuvres exposées chez Minyi, celle-ci a toujours été ma préférée. La définition est si élevée qu'on y distingue les moindres détails, des passants agglutinés sur les trottoirs aux pixels des écrans publicitaires géants aux couleurs éclatantes. Tout cela, hélas, n'existe plus que sur des clichés et dans la mémoire de ceux qui ont connu ces temps révolus. Pour ma tante, c'est davantage qu'une photo. C'est un rappel constant de l'ambition qui guide le moindre de ses actes.

Je dépose mon équipement au pied d'une plante aux feuilles cireuses dont je n'ai jamais pu déterminer avec certitude si elle était naturelle ou artificielle, puis je m'affale dans l'un des deux fauteuils à oreilles mis à disposition des visiteurs. Aussi gracieuse qu'une ballerine, tante Minyi s'installe face à moi. Je garde les yeux baissés, comme si cette expression soumise pouvait m'épargner l'inévitable.

— Tu te demandes sans doute pourquoi j'ai embauché Kieran, dit-elle. Eh bien, c'est simple : contrairement à toi, il ne passe pas son temps à violer la loi.

Je m'apprête à protester, mais le regard qu'elle me lance suffit à m'en dissuader.

— Si tu as l'intention de nier, tu peux économiser ta salive. Maître Sasha a signalé ton comportement lors la réunion hebdomadaire du conseil. Tu peux imaginer mon embarras. Tu avais pourtant juré de ne rien accomplir qui puisse mettre ta vie en danger. Plus important encore, tu avais promis de ne pas te faire prendre.

Ce ne sont pas ses mots qui me blessent, mais la profonde déception que je lis dans son regard.

— À propos, je crois que tu as quelque chose qui m'appartient, ajoute-t-elle en me présentant sa main, paume ouverte.

De mauvaise grâce, je sors le pistolet automatique de mon sac de sport et le lui remets.

— Je suis désolée, dis-je, sans grande conviction.

— Est-ce là ta nouvelle stratégie ? Prendre ce qui ne t'appartient pas, puis espérer t'en sortir en présentant des excuses ?

— J'ai éliminé quarante et un nécros au cours du semestre.

Cet aveu m'est venu sans réfléchir. Il y a trop longtemps que ce secret me pesait, que j'attendais le moment idéal pour me confesser et la laisser sans voix.

— Quarante et un ! je répète. Tu te rends compte ? Je suis certaine que c'est un record, vu que je ne suis même pas encore diplômée.

J'ai conscience qu'il ne pourra pas être officiellement enregistré, mais ça n'a pas d'importance à mes yeux. Oui, tout ce qui importe, c'est qu'elle sache ce que j'ai accompli, et qu'elle prenne conscience de ma valeur. Le problème, c'est que son visage n'exprime aucune émotion et que cela me met affreusement mal à l'aise.

— Tu sais pourtant à quel point il est risqué de s'aventurer en sous-sol, même durant la journée.

— Évidemment que je le sais. Mais ton travail aussi comporte des risques. Tu mets ta vie en danger chaque fois que tu pars en mission après le coucher du soleil. Je me prépare à devenir liquidatrice, je te le rappelle.

— Le risque est un facteur que nous observons sans pouvoir le contrôler, explique tante Minyi. Lorsqu'un tsunami approche, nous savons qu'il emportera tout sur son passage. Il n'est pas pour autant recommandé de courir à sa rencontre.

Elle se penche en avant pour poser une main sur la mienne.

— Tu es ma fille, Rei. Je ne veux que le meilleur pour toi dans ce monde. Grâce à moi, tu as l'opportunité de suivre des études et de vivre en sécurité. Ne gâche pas la chance qui t'est offerte.

Je mordille ma lèvre inférieure.

— Je ne veux plus que tu chasses, poursuit Minyi. Plus d'escapades souterraines tant que tu n'auras pas été nommée liquidatrice, pourvu que tu arrives à tes fins. Si tu désobéis, il y aura des conséquences. Est-ce que je me suis bien fait comprendre ?

Malgré moi, je hoche la tête.

Lorsque tinte l'horloge ancienne placée sur le manteau de la cheminée, l'expression sévère de ma tante s'efface comme par magie et elle m'offre le sourire le plus tendre qui soit. Elle a fait cela aussi simplement que si elle avait changé de chapeau.

— Oh, mais tu as vu l'heure ? Je vais appeler Declan. Avec un peu de chance, il n'a pas encore déjeuné.

Dix minutes plus tard, nous marchons tous les trois en direction de l'est sur la 74e Rue. Nous longeons les maisons aux façades colorées qui font tout le charme de l'Upper West Side. Les voitures sont garées pare-chocs contre pare-chocs, à l'ombre des arbres, de chaque côté de l'étroite chaussée. Une femme portant des lunettes de soleil démesurées promène un caniche fraîchement toiletté. Un jeune couple s'échine à faire passer un canapé par la porte d'un immeuble.

Au premier regard, rien ou presque n'a changé depuis la Disparition. Il faut y regarder de plus près pour constater que plus rien ne sera jamais comme avant : les barreaux qui garnissent les fenêtres à tous les étages ; les grains de café qui craquent sous la semelle au seuil de chaque porte et dans les escaliers ; les fissures qui zèbrent l'asphalte à proximité d'une plaque d'égout récemment scellée ; les taches de sang séché sur le trottoir, près d'une grille d'évacuation des eaux de pluie… Les autorités ont envisagé de condamner ces canalisations, comme elles l'ont fait pour le métro, mais il suffirait qu'un collecteur se bouche pour que nous nous retrouvions dans la merde. Littéralement.

Une interminable file d'attente s'est formée devant le restaurant Yūki. C'est d'ailleurs le seul moyen d'en repérer l'entrée, à l'exception du *noren* traditionnel suspendu à la porte, deux pans de tissu bleu marine ornés de carpes koï et de caractères calligraphiques. La propriétaire de l'établissement, qui a reconnu Minyi dans la foule à son long manteau écarlate, vient aussitôt à sa rencontre. Ma tante entame alors la conversation en japonais, l'une des nombreuses langues qu'elle maîtrise sur le bout des doigts.

— De quoi parlent-elles, à votre avis ? je demande à Declan.

— Allez savoir, fait une voix dans mon dos. Gastronomie nippone, peut-être…

Je fais volte-face et me trouve face une jeune fille de haute stature, à la peau mate et au sourire éclatant. Les pans de sa robe à fleurs flottent au gré de la brise légère. Elle porte une élégante veste en cuir et des baskets d'un blanc immaculé.

Nous tombons dans les bras l'une de l'autre. Elle me soulève de terre puis me serre avec une telle force que mes vertèbres craquent.

— Salut, petite sœur, dit-elle. Ça fait un bail.

— Cinq mois, je précise en fronçant les sourcils. Espèce de lâcheuse.

— Par ici, les filles ! lance tante Minyi depuis l'entrée.

D'un geste, elle nous fait signe de la rejoindre. Nous remontons la file des clients condamnés à patienter sur le trottoir. Declan, qui ferme la marche, se penche pour me glisser à l'oreille :

— Comment s'est passé votre entretien avec Maîtresse Minyi ? Avez-vous obtenu les réponses aux questions que vous vous posiez ?

— Je n'ai pas eu l'occasion de l'interroger, dis-je en secouant la tête. Le moment était plutôt mal choisi.

Lorsque nous entrons dans le restaurant, la chaleur nous enveloppe. Des lanternes en papier baignent d'une lumière dorée les murs et le plafond lambrissés de bois fauve. Dans l'air épais se mêlent arômes enivrants, bavardages feutrés et soupirs satisfaits.

Maura étreint longuement notre mère puis serre Declan dans ses bras. Une serveuse nous place dans un box d'angle à proximité du bar.

Tante Minyi pose son manteau sur la banquette, à côté de Maura.

— Je vais faire un saut aux toilettes, annonce-t-elle. Jetez un œil à la carte en attendant.

— Je vais en profiter pour passer un coup de téléphone, dit Declan.

Lorsque nous nous retrouvons seules, Maura me prend les mains. C'est comme si nous nous étions quittées la veille. Son regard étincelle de joie.

— Alors, raconte ! s'exclame-t-elle.

— L'examen final commence demain à sept heures précises.

— Un samedi ? C'est légal ?

— Il faut croire.

Elle secoue la tête puis esquisse un sourire malicieux.

— Je t'avais prévenue, ma grande. Tu aurais dû faire comme moi et quitter le Prep quand il était encore temps.

— Ça aurait mis fin à toutes mes perspectives de carrière, je lui fais observer. Cela dit, cette décision t'a plutôt réussi.

Elle écarte le sujet d'un geste vague de la main, comme chaque fois que j'évoque sa vie professionnelle. Ce travail qui me la vole des mois durant, mais dont j'ignore toujours la nature. Tout ce que je sais, c'est qu'elle occupe un poste prestigieux en rapport avec le Syndicat. Je devrais m'être habituée à ses réponses évasives, à ses sourires en coin et à la façon très habile dont elle parvient toujours à noyer le poisson. Je sais que ses activités ont un caractère confidentiel, mais cela ne rend pas la situation plus facile à accepter.

— Et côté cœur ? demande-t-elle. Des mises à jour à signaler ?

— J'ai revu Kieran aujourd'hui.

Elle frappe des deux poings sur la table.

— Sans blague ? Où ça ? En prison ?

— Je l'ai vu deux fois, si tu veux tout savoir. Declan a failli lui rouler dessus du côté de West Street, puis il s'est pointé au manoir. Figure-toi que tante Minyi l'a embauché comme assistant.

Maura écarquille les yeux.

— Qu'est-ce que tu racontes ?

— Je te jure. Il a vraiment failli y passer. Il roulait à vélo à contresens et…

— Non, non. Je te parle de ce poste d'assistant.

— Ça, je ne sais pas. Elle ne m'a fourni aucune explication.

Je marque une pause avant d'ajouter :

— Je me dis qu'elle se montrerait peut-être plus causante si tu lui posais la question.

Même si elle ne vit plus avec nous, Maura restera à jamais la première fille de Minyi. Contrairement à moi, elle était encore bébé lorsqu'elle a été adoptée par ma tante et son mari, oncle Elliot, bien avant la Disparition. L'une était alors membre des forces spéciales, l'autre neurochirurgien à l'hôpital Mont Sinaï. En raison de la nature exigeante de leurs professions, Maura passait le plus clair de son temps au sein de ma famille. Nous n'étions alors que des cousines, mais nous étions déjà aussi proches que des sœurs.

Au matin fatal de la Disparition, Maura a quitté la maison pour participer à un entraînement d'athlétisme. Trente-cinq minutes plus tard, les premières explosions ont secoué la ville. Lorsqu'elle a appelé, c'est moi qui ai décroché le téléphone. Je me souviens de ses sanglots et des colonnes de fumée visibles de la fenêtre de la cuisine. J'ai crié son nom, encore et encore, mais il n'y avait plus personne à l'autre bout du fil.

Quelques jours plus tard, mes parents m'ont fait asseoir sur le canapé du salon et m'ont expliqué que Maura faisait partie du demi-million de New-Yorkais disparus dans le brouillard. Je n'ai pas compris grand-chose. À l'époque, personne n'y comprenait grand-chose. Ni la nature du phénomène, ni ce qui l'avait provoqué. S'agissait-il d'une punition divine ? Était-ce le début de la fin du monde ? Malgré mon jeune âge, je devinais que la situation n'avait rien de normal, que ce type de tragédie appartenait en général à l'univers des contes et récits fantastiques. Pourtant, les enfants de ma génération connaissaient encore si peu le monde réel qu'ils se sont rapidement adaptés à ces changements. C'est-à-dire, pour ce qui me concerne, à une vie sans *jiě jie*, sans ma « grande sœur ».

Après deux ans d'absence, Maura est réapparue. C'était la première fois qu'un tel événement se produisait.

— Et ta relation avec Kieran, qu'est-ce que maman en pense ? demande-t-elle.

— Rien du tout.

— Tu vois ? Je t'avais bien dit que ça ne lui ferait ni chaud ni froid.

— Non, en réalité… je ne lui ai rien dit.

Elle laisse échapper un gémissement.

— Rei, tu ne peux pas continuer à garder ça pour toi !

— Tu sais très bien qu'elle ne supporte pas l'idée que nous sortions avec des garçons.

— Elle passe son temps à s'inquiéter pour nous, admet Maura. N'oublie pas que nous sommes sa seule famille, *mèi mei*.

Je brûle de lui poser la question qui me hante depuis des années, depuis le jour où elle est réapparue à la porte du manoir, deux ans après la Disparition, inconsciente et couverte d'un sang qui n'était pas le sien.

Qu'est-il arrivé à oncle Elliot ?

Brisé par le chagrin, oncle Elliot s'était jeté à corps perdu dans le travail après la perte de sa fille adoptive. Il ne quittait plus guère les laboratoires du Syndicat, autopsiant nécro sur nécro à la clarté incertaine de la poussière d'étoile pendant que sa femme les combattait dans les rues de la ville. Puis, pour une raison inconnue, une nuit, la veille du retour de Maura, il a violé le couvre-feu et n'est jamais revenu.

— Elle s'inquiète pour nous ? je répète, ravalant une fois de plus mes interrogations. Le mot est mal choisi. La vérité, c'est qu'elle se méfie de nous. Jamais elle ne nous a autorisées à inviter ne serait-ce qu'une amie à la maison. Alors un petit copain, tu imagines un peu ?

— Il ne faut pas lui en vouloir. Ce n'est pas de nous qu'elle se méfie, mais de ceux qui pourraient nous utiliser pour lui nuire.

Je secoue la tête.

— Qui serait assez stupide pour s'en prendre à une opérationnelle de son rang ?

Elle boit une gorgée de thé.

— Ne fais pas semblant de l'ignorer, Rei.

Elle a raison. Il ne sert à rien de se voiler la face. Nous devons être prudentes. C'est la raison pour laquelle je n'ai jamais informé Kieran que j'étais la nièce de Maîtresse Minyi. J'aurais tant aimé que Maura voie sa tête, quand il a découvert la vérité !

— Il y a autre chose qui te chiffonne, je le vois bien, murmure-t-elle d'un air sincèrement préoccupé. Qu'est-ce que Declan t'a dit, avant d'entrer dans le restau ?

Je porte ma tasse à mes lèvres puis, d'un souffle, en disperse la vapeur.

— Tu as déjà vu un bébé nécro ? Je veux dire… sur le terrain ?

— Les clauses de mon contrat de travail m'interdisent d'aborder ce sujet.

— Vraiment ? dis-je, faisant mine de m'étonner.

Refroidie par son regard sévère, je m'empresse d'ajouter :

— Oh non, mais attends, ce n'est pas du tout ce que tu crois !

— Ne me prends pas pour une idiote. Je sais très bien ce que tu as en tête : tu veux te concentrer sur les spécimens les plus jeunes. Genre, pour couper le mal à la racine. C'est un peu cruel, même venant de ta part.

— Bon, je mentirais si je te disais que ça ne m'est pas passé par l'esprit, mais ça ne signifie pas que je sois passée à l'acte.

Maura me fixe intensément, comme si elle cherchait à lire dans mes pensées.

— Et toi, tu as vu un bébé nécro ? demande-t-elle.

— Oui. Dans l'ancienne station de métro de Rector Street. Je n'ai pas pu me résoudre à l'éliminer. J'aurais sans doute dû le faire. Il n'était pas assez développé pour tuer qui que ce soit, mais ça ne saurait tarder.

— Dans ce cas, qu'est-ce qui t'a retenue ?

Je détourne le regard.

— Hein ? je lance en me tortillant nerveusement sur la banquette.

Maura continue à scruter attentivement mon visage.

— Tu détestes les nécros. Pourquoi as-tu choisi de l'épargner ?

— Eh bien, je…

Désarçonnée, je laisse échapper un petit rire neveux.

— Je ne sais pas. J'ai conscience qu'un vrai liquidateur n'aurait pas hésité une seconde. Je… Je crois que j'ai fait preuve de faiblesse.

— De faiblesse ? répète Maura, consternée.

Elle avance le buste pour me prendre de nouveau les mains.

— Tu n'as pas fait preuve de faiblesse, mais d'humanité. Et ça, c'est une force, crois-moi. Ne l'oublie jamais, *mèi mei*.

— Tu crois ? Tu as déjà oublié ce qui est arrivé à Tofu ? Sans cette prétendue force, mon chien n'aurait pas...

— Oui, oui, mais imagine un peu...

Sa prise sur mes doigts se fait plus forte.

— Imagine... si tu avais pu prouver que nous avions tort.

Je suis sur le point de m'emporter lorsque je réalise que nous ne sommes plus en train de parler du nécro.

Quelque chose est arrivé à Maura durant les deux années qui ont suivi la Disparition. Quelque chose dont elle ne parlera jamais qu'à sa mère.

Maintenant qu'oncle Elliot et mes parents ne sont plus de ce monde, j'ai parfois le sentiment d'être une étrangère au sein de ma propre famille. Nous sommes semblables à un couvre-lit en patchwork, des pièces de tissu disparates cousues les unes aux autres pour former un tout. Chacun de nous a des particularités qu'il nous faut respecter. Moi, je ne dois pas poser de questions sur oncle Elliot. Minyi, elle, doit accepter que je ne l'appelle jamais « maman », bien qu'elle soit ma mère sur le plan légal.

Il en a toujours été ainsi, et ça ne changera pas de sitôt.

Maura lance un bref coup d'œil derrière elle, puis chuchote :

— Attention, la revoilà. Écoute, petite sœur, j'aimerais beaucoup t'aider, mais tu sais que je suis tenue au secret.

Une idée folle me traverse l'esprit.

— Si je connaissais le mot de passe de son ordinateur, je pourrais accéder à la base de données et tu n'aurais pas à violer ton serment.

Maura pince les lèvres et lâche mes mains. Minyi reprend sa place dans le box.

— Je vais voir ce que je peux faire, conclut Maura.

— De quoi parlez-vous ? demande ma tante, tout sourire.

— De rien, répondons-nous à l'unisson.

— Qu'est-ce que vous me cachez, toutes les deux ?

Maura pointe vers elle une baguette accusatrice.

— On discutait de ton nouvel assistant.

— Eh bien quoi ? Oui, j'ai embauché Kieran Cross. Je plaide coupable. Qu'est-ce que ça peut bien vous faire ?

— C'est une heureuse nouvelle, ironise Maura. Sauf que tu as refusé pendant des années de t'encombrer d'un assistant, alors même que tu croules sous le travail.

Sur ces mots, elle se plonge dans la lecture du menu.

— Écoutez, les filles. Il se trouve que Kieran traverse une passe difficile. Je ne fais que lui donner un coup de pouce pour réparer certaines erreurs. Son poste est temporaire, si ça peut vous rassurer. Et il prépare un excellent café.

— Tout comme Rei.

Minyi lève les yeux au ciel.

— Pourrais-je avoir un peu de thé ? grogne-t-elle.

Je remplis sa tasse à ras bord et résiste à l'envie de vider la théière sur ses cuisses.

— À propos, Maura, poursuit ma tante, Rei espère participer au Tournoi la semaine prochaine. Je doute qu'elle ait osé te le demander, vu qu'elle n'ignore pas à quel point ton travail est exigeant, mais elle serait ravie que tu viennes la soutenir.

— Laisse tomber, dis-je. Je ne sais même pas si je serai qualifiée. Et vous êtes toutes les deux très occupées. Ne vous dérangez pas pour moi.

— Tu plaisantes, petite sœur ! Bien sûr que je serai là.

— C'est vrai ?

— Je te le promets.

CHAPITRE 8

Le samedi matin, Zaza et moi nous présentons à la gare de Grand Central, quartier général du Syndicat. Quelques centaines d'étudiants ont été convoqués. Pour commencer, ils signeront un document les engageant à ne rien révéler du contenu de l'examen et feront certifier leur identité. Chaque année, quelques petits malins embauchent des cracks pour passer les épreuves à leur place, mais ces tentatives de fraude sont systématiquement déjouées.

Érudits et opérationnels vont et viennent dans le grand escalier de marbre. Le son de leurs pas se mêle aux annonces diffusées par les haut-parleurs. Je m'étonne que ce bâtiment, jadis nœud ferroviaire principal du métro de Manhattan, n'ait pas été purement et simplement condamné. Plus d'une décennie après la Disparition, il constitue la vitrine ultramoderne de ce que les fondateurs du Syndicat ont accompli, c'est-à-dire, tout ce que la ville comptait alors de citoyens richissimes, puissants et visionnaires.

Quatre régulateurs nous adressent leurs vœux de réussite puis pénètrent dans le kiosque qui occupe le centre du hall principal. Un éclair doré en illumine les vitres, un coup de cloche retentit, puis les quatre hommes disparaissent instantanément, acheminés vers leurs destinations respectives, les laboratoires, bureaux ou salles de contrôle situées dans les profondeurs du complexe.

— Regarde, dit Zaza.

Au sommet du kiosque, telle un sceptre d'or étincelant, se dresse la légendaire horloge à quatre faces de Grand Central, l'artefact le plus célèbre et le plus vénéré après Lady Liberty. « Le temps est le seul luxe que l'argent ne peut acheter. » Le Chronomètre, comme le surnomment les New-Yorkais, donne tout son sens à ce proverbe. Il dispose, comme par magie, de sa propre énergie, une propriété qui lui permet non seulement de fonctionner durant la nuit, mais aussi de communiquer sa mystérieuse énergie à toutes les horloges de Manhattan.

— Tu ne le trouves pas extraordinaire ?

Je hoche la tête, toute mon attention mobilisée par un liquidateur dont je vois le long manteau de cuir noir voleter dans la foule. Je frotte mes paumes moites sur les pans de ma jupe. Je n'arrive pas à croire que je me trouve enfin ici, dans ce hall immense, à quelques minutes du moment auquel j'ai passé ma vie à me préparer.

La première partie de l'examen, baptisée « Évaluation générale », est identique pour tous les candidats. Elle couvre l'ensemble du programme établi par le Syndicat, de la physique à la stratégie militaire, en passant par l'histoire américaine et l'anatomie (humaine et non humaine). Cette étape franchie, chacun participe ensuite à une série d'épreuves propres à sa spécialisation, selon qu'il appartient à la division tactique ou à la division académique.

Aucune règle écrite n'impose aux élèves de se présenter à l'examen final. L'obtention du diplôme de fin d'études ne dépend que des résultats obtenus au cours de l'année scolaire. Cependant, ceux qui aspirent à intégrer le corps des érudits, comme Zaza, ou celui des opérationnels, comme moi, doivent viser plus haut et obtenir des points supplémentaires. Pour espérer me qualifier pour le Tournoi et devenir liquidatrice, je dois sortir première de FD Prep.

Pour me calmer les nerfs, je laisse mes doigts accomplir un petit rituel apaisant. Pouce gauche contre le petit doigt gauche ; pouce gauche contre l'annulaire gauche ; les deux pouces au contact des majeurs. Je répète la séquence une bonne dizaine de fois.

Ce matin, j'ai glissé les deux photos de mes parents dans mon portefeuille. Il y a quelques minutes, Zaza et moi avons gravi les marches sur lesquelles ils ont pris la pose avant de prendre leurs fonctions au sein du Syndicat. Je ne peux m'empêcher de les chercher du regard dans la foule qui se presse dans le hall principal. J'aimerais qu'il reste quelque chose d'eux en ces lieux, dans les murs ou sur les dalles que je foule.

Aujourd'hui, je ne le décevrai pas.

En attendant qu'on nous appelle, nous levons les yeux vers le plafond pour admirer la fresque réalisée à la peinture or sur fond bleu ciel. Saisies par sa majesté, nous contemplons en silence les constellations du zodiaque qui semblent danser au-dessus de nos têtes. Sur le mur le plus éloigné sont exposés le drapeau des États-Unis et celui du Syndicat : sur fond noir, dix étoiles symbolisant les districts de Manhattan réparties en cercle autour d'une onzième plus imposante.

Six heures trente sonne au carillon du Chronomètre. Une annonce retentit dans les haut-parleurs :

— *Les candidats de la Ligue préparatoire sont priés de se présenter au kiosque de transport.*

Et c'est sur ces mots que commence l'examen final.

CHAPITRE 9

Onze années durant, à la même date, mes camarades et moi nous sommes rassemblés dans le gymnase pour assister à la remise des diplômes en direct à la télévision. Les jours suivants, je fredonnais sans m'interrompre l'hymne joué durant la cérémonie, une mélodie majestueuse et émouvante à faire larmoyer les plus endurcis. Cinq cents élèves en uniforme réunis au théâtre Rose Hall, à deux pas de Columbus Circle. Regroupés par établissement, ils formaient une immense fleur à dix pétales aux couleurs des instituts préparatoires : pourpre, émeraude, perle, prune, miel, charbon, acier. Bleu nuit, bien sûr, pour notre bien-aimé FD Prep. Midtown Prep est célèbre pour sa tenue beige, une particularité qui n'améliore pas le teint de ses étudiants. Pourtant, ces derniers s'estiment heureux de ne pas partager le sort de ceux de Tribeca, que la règle condamne à porter l'uniforme orange. D'après une légende solidement ancrée, un policier a un jour ordonné à l'un d'eux de se tenir debout près d'un nid-de-poule, au beau milieu de la chaussée, en attendant qu'un employé de la voirie aille chercher un cône de signalisation.

Aujourd'hui, c'est moi qui fais mon entrée à Rose Hall en compagnie d'Anika et de Zaza. J'ai l'impression de flotter, de me laisser porter par la foule des diplômés venus des dix instituts de Manhattan. Je lève les yeux vers les loges aux balcons de palissandre qui s'élèvent en spirale, très haut au-dessus de nos têtes. Les milliers de petites lampes dont les murs et le plancher sont sertis forment une galaxie que je frôle machinalement du bout des doigts tandis que nous cherchons les sièges qui nous ont été attribués. Bomani, qui va et vient dans les coursives pour parler aux uns et aux autres, nous adresse un signe de la main.

Bravant la rumeur générale, la sono diffuse des instructions de dernière minute à l'adresse des cadreurs ou des opérateurs de drones dont les appareils bourdonnent aux quatre coins de la salle. La plupart des caméras sont braquées sur la scène circulaire qui occupe le centre du théâtre, là où se dresse un podium drapé d'une banderole de soie noire ornée des onze étoiles du Syndicat.

D'un coup de menton, Zaza désigne les élèves de Soho Prep assis en face de nous.

— Les paris sont ouverts, dit-elle. Moi, je mise sur la fille au premier rang, avec les tresses et les tempes rasées.

Chaque année, nous nous sommes livrées à ce petit jeu. Il s'agissait de choisir un ou une élève au hasard parmi ceux qui apparaissaient dans le champ de la caméra.

— La blonde au troisième rang, tout à gauche, dis-je.

À en juger par sa posture et son attitude générale, cette fille croit avoir déjà remporté le Tournoi : blazer et pantalon noir épousant à la perfection sa silhouette fine et athlétique ; épaules tirées en arrière ; menton fièrement dressé ; lèvres rouge sang formant un rictus dédaigneux ; yeux bleus pétillants d'intelligence...

— Elle est trop belle, j'ajoute.

— Elle me fait plutôt l'effet d'une salope au cœur de glace, objecte Anika.

— Trois sections sur la droite, intervient Zaza. *Quelqu'un* ne te quitte pas des yeux.

Je parcours du regard la foule des élèves. Je survole le gris acier du Lower East Side Prep puis le jaune miel de Harlem pour me concentrer sur le pourpre de l'Upper West Side. De tous les instituts, ses étudiants sont connus pour être les plus turbulents. Comme pour faire honneur à leur réputation, ils posent les pieds sur les sièges, se disputent, rient bruyamment, se moquent les uns des autres, bref, se comportent globalement comme une bande de chimpanzés. Tous, sauf le garçon assis au premier rang qui, les sourcils froncés, se tient jambes et bras croisés.

— Qu'est-ce qu'il te veut encore, celui-là ? murmure Zaza.

Je regarde Kieran droit dans les yeux et lui souffle un baiser. Malgré la distance qui nous sépare, nous le voyons rougir jusqu'à la pointe des oreilles. *Prends ça, pauvre con.*

— Hé, tu lui fais encore de l'effet, on dirait ! glousse Zaza. Vous allez vous remettre ensemble ?

— Plutôt mourir.

— Je n'ai toujours rien compris à votre histoire. Les choses allaient si bien entre vous, et puis... Qu'est-ce qui s'est passé, au juste ? L'amour s'est envolé ?

— Oui, quelque chose comme ça.

— Vous vous êtes croisés, pendant l'examen final ?

Je secoue la tête. Je sais qu'elle meurt d'envie de savoir comment se sont déroulées les épreuves de la filière tactique, mais nous savons toutes les deux que le règlement m'interdit formellement d'évoquer le sujet.

— Je n'arrive toujours pas à comprendre pourquoi tante Minyi l'a pris pour assistant, je murmure.

— Mais... ta tante a toujours dit qu'elle n'avait pas besoin d'assistant, fait observer Anika.

Elle sait de quoi elle parle, elle qui a essayé de la convaincre de l'embaucher une bonne dizaine de fois. Avant que j'aie pu commenter cette contradiction, la salle se retrouve plongée dans la pénombre. Le silence se fait. Des caméras, nous ne voyons plus que les voyants rouges indiquant leur connexion à la régie. En proie à une émotion que je ne saurais nommer, j'ai horriblement mal au ventre, et je sens le sang battre à mes tempes.

La voix du réalisateur résonne dans les haut-parleurs.

— *Direct dans 3... 2... 1...*

Des faisceaux de lumière aveuglante balaient le public, puis le thème d'ouverture retentit. Nous applaudissons à tout rompre.

— *En direct du Rose Hall de New York, bienvenue à la onzième cérémonie annuelle de remise des diplômes de la Ligue préparatoire ! Mesdames et messieurs, veuillez accueillir votre maître de cérémonie... Nick Valentine !*

Tous les projecteurs se concentrent sur le podium où vient d'apparaître un homme vêtu d'un smoking aux revers scintillants. Large d'épaules, la peau noire, d'une beauté renversante, le plus célèbre représentant du Syndicat écarte les bras pour saluer l'assistance.

— Bonsoir ! s'exclame-t-il d'une voix grave et vibrante sous un tonnerre d'acclamations.

Chacun de nous est instantanément envoûté par son regard. Je redoute que Zaza ne tombe dans les pommes. Pire, que nous tournions tous de l'œil, victimes de son charme hypnotique.

— Bienvenue à *votre* soirée, seniors de la Ligue Prep !

— *Fantôme ! Fantôme !* scande la foule.

Nick Valentine doit son surnom à l'artefact qu'il s'est choisi : un demi-masque en ivoire qui a le pouvoir de le rendre invisible et, de ce fait, quasi invincible. Contrairement aux autres trésors conservés aux Archives, que les liquidateurs empruntent en fonction des particularités de chaque mission, le Masque refuse tout autre propriétaire que le Fantôme. Grâce à cet objet, ce dernier compte plus de deux mille nécros à son tableau de chasse, ce qui fait de lui le deuxième meilleur opérationnel de tous les temps, juste derrière Maître Sasha, et le liquidateur le plus efficace du Syndicat. En récompense de ses succès, les autorités lui ont accordé l'usage exclusif de son artefact.

Le maître de cérémonie esquisse un sourire modeste, puis il lève les mains pour nous intimer le silence.

— Merci, merci, dit-il. C'est un honneur pour moi de célébrer avec vous ce jour mémorable, accomplissement des années de travail acharné que vous avez consacrées à notre cause commune. Si les nécros sont un virus qui s'attaque sans relâche à notre société, vous, qui avez tout sacrifié à la mission vitale du Syndicat, êtes le seul remède connu. Notre organisation a été fondée dans le seul but d'éradiquer les abominations qui ensanglantent nos rues. Nos érudits protègent les Archives et mènent les recherches indispensables au travail des opérationnels qui défendent nos vies, ces courageux guerriers qui, au nom des générations futures, se dévouent corps et âme à la régénération de notre ville.

Nick Valentine brandit un poing rageur.

— Pour une ville à jamais débarrassée des monstres et de la terreur !

C'est la première fois que je vois le Fantôme en chair et en os. Sa présence m'émerveille. Aucun écran, quelle qu'en soit la qualité, ne peut lui rendre justice. Nous, le public, sommes l'air qui nourrit sa flamme. Il nous attire dans sa lumière. Il est tout simplement irrésistible.

— Vous allez vous battre et nous rendre la liberté ! À compter de ce jour, vous n'êtes plus des élèves, mais des combattants certifiés. Vous vous élevez au-dessus du reste, au-dessus de nous ! Et demain, j'en suis certain, vous irez encore plus haut !

— S'élever au-dessus du reste ! je scande, à l'unisson de mes camarades.

Le feu du Fantôme se propage à ma poitrine. Plus que jamais, je brûle du désir d'exterminer les nécros.

Puis mes yeux se posent sur Kieran... et je ravale aussitôt mon enthousiasme. Perdu dans la foule des élèves survoltés, il est aussi immobile et silencieux qu'une statue, son regard glacial rivé sur Nick Valentine.

— Et maintenant, voici le moment que vous attendez tous ! annonce le Fantôme. Le classement officiel des seniors de la filière tactique !

À nouveau, les projecteurs se portent sur le public. Un écran géant descend du plafond, puis nous découvrons les images captées par les drones chargés de recueillir nos réactions en direct. Je chasse Kieran de mes pensées. Certains étudiants manifestent leur enthousiasme lorsqu'une caméra se pose sur eux. D'autres peinent à esquisser un sourire.

— Ouvrons le bal avec Harlem Prep !

La tension monte d'un cran. Je commence à éprouver des difficultés à respirer. À l'écran, on ne voit que des visages crispés et des mains aux jointures exsangues. Nous sommes nombreux dans l'assistance à n'avoir vécu que pour ce grand et terrible moment.

Un drone se place en vol stationnaire à hauteur du podium et dépose une enveloppe entre les mains de Fantôme. Ce dernier en déchire le rabat et sort une fiche cartonnée.

— En troisième position… Juan Olivier !

Les projecteurs se concentrent sur un garçon assis au deuxième rang qui, l'air infiniment soulagé, s'éponge le front d'un revers de manche. Être classé troisième de son institut est parfaitement honorable. Après tout, peut-être se réjouit-il sincèrement ne pas devoir participer au Tournoi.

— À la deuxième place… Molly Black, qui se classe juste derrière… Mia Knight !

Les étudiants de Harlem Prep se pressent autour de la gagnante pour la serrer dans leurs bras et lui adresser leurs félicitations. Je soupçonne plusieurs d'entre eux de la connaître à peine, et de profiter de l'occasion qui se présente à eux d'apparaître à la télévision aux côtés de la championne de leur institut.

— À présent, passons au classement de l'Upper West Side Prep !

Nick Valentine lance un nom que je n'entends pas distinctement puis :

— À la deuxième place, Kieran Cross !

Je m'attends à voir les traits de ce dernier se décomposer et ses épaules s'affaisser sous le coup de la déception mais, tandis que ses camarades lui prodiguent des paroles d'encouragement, il apparaît tout simplement… résigné. J'ignore si je devrais avoir pitié de lui ou me réjouir de son échec. Ce n'est qu'à l'instant où Nick Valentine révèle le nom du major de l'UWS Prep (Tim Beckett, un géant de deux mètres dix bardé de muscles) que la colère déforme brièvement ses traits. Puis Tim pousse un rugissement triomphal qui noie toutes les autres acclamations.

J'ai beau essayer de mémoriser les noms des lauréats suivants, ils entrent par une oreille pour ressortir par l'autre. Seuls les majors de promotion retiennent mon attention. Celui de l'Upper East Side est un garçon au cou tatoué d'un dragon ; la championne de Chelsea Prep, une fille au nez de travers et au sourire narquois.

Les projecteurs sont à présent braqués sur les seniors de Soho Prep.

— À la première place…

Nick Valentine observe une pause afin de ménager un effet théâtral, puis il annonce :

— Noëlle Cartier !

Le visage de la fille aux cheveux blonds sur laquelle j'ai parié apparaît à l'écran. Zaza me flanque un coup de coude dans les côtes. Indifférente aux applaudissements, la lauréate, d'un coup de tête, fait danser ses cheveux d'une épaule à l'autre. Elle ne semble même pas se réjouir. Aucun de ses camarades de classe ne quitte son siège pour la féliciter.

Quelque chose se met à trembler sur mes genoux. Oh non, ce sont mes mains ! J'en ai totalement perdu le contrôle. En ces circonstances, seul le contact de mon arme pourrait m'apaiser. À défaut, je laisse mes doigts accomplir leur petit rituel maniaque. Le maître de cérémonie continue à nommer les majors de promotion, mais je ne l'entends plus. Éliminer les nécros est une partie de plaisir en comparaison de ce suspense insoutenable. Pourquoi suis-je aussi nerveuse ? Cela fait des années que j'occupe la première place de mon institut. Je suis aussi intouchable que le Fantôme.

Tu es nerveuse parce que tu n'as pas révisé une seule seconde ces dernières semaines, dit une petite voix dans ma tête. *Parce que tu étais distraite. Parce que...*

— Et pour terminer, dernier institut mais non le moindre, Financial District Prep ! s'exclame Nick Valentine.

Tout autour de moi, mes camarades se déchaînent, comme s'il leur suffisait de brailler à s'en rompre les cordes vocales pour démontrer la supériorité de notre établissement.

Consciente de mon trouble, Zaza saisit ma main.

— Respire doucement, Rei, dit-elle. Tu fais de l'hyperventilation. Si tu continues comme ça, tu vas finir par tourner de l'œil en direct à la télé.

Je bredouille quelques paroles inintelligibles. Je nage en pleine confusion. Mon cœur se débat dans ma cage thoracique, comme s'il cherchait à s'en échapper.

— En troisième position...

Rei Reynolds, fait la voix dans ma tête. *C'est une place très honorable. Cela me suffirait amplement....*

Non, c'est impossible ! Ça ne peut pas se passer ainsi. Pas troisième, par pitié.

— Fiona Nguyen !

À cette annonce, tous mes muscles se détendent et j'applaudis de bon cœur. Nick Valentine enchaîne aussitôt.

— Au deuxième rang de FD Prep... Bomani Malick !

— Oui ! s'écrie Zaza.

Nous nous levons pour l'ovationner. Bomani ouvre de grands yeux incrédules, puis un sourire insolent éclaire son visage. Il reçoit des claques dans le dos. On malmène sa coiffure. Lorsqu'il émerge de son état d'hébétude, il bondit de son siège puis, à la grande joie de l'assistance, court dans l'allée menant à la scène, les bras tendus au-dessus de la tête, comme un footballeur célébrant le but de la victoire. Il n'a pas terminé premier, mais je suis certaine que le Syndicat lui accordera une attention toute particulière.

Je jubile intérieurement, car lui seul avait une chance de me battre. Zaza m'adresse un clin d'œil complice.

— On sait tous ce que ça signifie, pas vrai ? murmure-t-elle.

Souriant à pleines dents, Nick Valentine soulève la fiche sur laquelle figure le nom du lauréat.

— Et pour finir, à la première place du classement...

Je suis incapable de bouger un muscle. Prise d'une terrible nausée, je garde les yeux rivés sur l'écran. L'opérateur de drone zoome sur ma travée, puis déplace lentement la caméra de gauche à droite. L'objectif se pose sur Zaza, puis sur moi.

Je sens alors toute tension m'abandonner. Je relâche mon souffle et esquisse un sourire. Zaza serre ma main dans la sienne, comme pour dire : « Tu vois ? Tout va pour le mieux dans le meilleur des mondes. »

Puis la caméra poursuit son travelling et se fixe sur Anika. Je sens mes entrailles se liquéfier. *Non,* me dis-je. *Non, non, non, arrête-toi, reviens. Qu'est-ce que tu fiches ?*

Le sourire de Nick Valentine se fait plus solaire que jamais.

— Anika Maharaj ! s'exclame-t-il.

CHAPITRE 10

Lorsque j'avais neuf ans, tante Minyi m'a offert un cadeau très spécial à l'occasion du solstice d'été. C'est le jour le plus long de l'année, celui où l'on nous permettait de boire, de manger et de faire la fête dans la rue toute la soirée. Mieux que Noël, en somme, même si l'on ne nous accordait qu'une journée de congé.

Elle m'a fait asseoir, m'a demandé de fermer les yeux, puis elle a posé quelque chose sur mes genoux. Une chose très douce au toucher et qui ne cessait de gigoter.

C'était un chiot au pelage doré et duveteux.

Je l'ai appelé Tofu. Il a fait pipi dans tous les recoins de l'appartement et a mâché mes chaussures jusqu'à ce qu'il n'en reste que des lambeaux informes. Il réclamait des caresses à tous les étrangers que nous croisions en promenade. Il avait la manie de s'immobiliser au beau milieu des carrefours, si bien que je devais le porter comme un bébé jusqu'au trottoir opposé.

Bref, il était parfait.

Puis, un jour, au crépuscule, j'ai commis une erreur.

Et, pour la première fois, j'ai connu le désespoir.

C'est ce poison-là qui coule dans mes veines tandis que les élèves de FD Prep célèbrent le triomphe d'Anika.

— Oh, mon Dieu ! crie-t-elle, à deux pas de moi. Oh, mon Dieu, je n'arrive pas à le croire ! Oh, mon Dieu !

Alors que je m'effondre intérieurement, je dois mobiliser toute ma volonté pour sourire et adresser mes félicitations à Anika. J'applaudis mécaniquement, pareille à une automate. Je n'ai pas le choix, je me trouve dans le champ des caméras.

C'est terminé. J'ai perdu.

Un sifflement aigu me vrille les tympans. Je sens la main de Zaza se refermer sur mon poignet. Elle seule peut me dissuader d'accomplir un acte aussi spectaculaire qu'irresponsable, et elle en est parfaitement consciente.

— Oh… Attendez un instant, intervient le maître de cérémonie en brandissant l'enveloppe qu'un drone vient de déposer entre ses mains. De quoi peut-il bien s'agir ?

Anika se fige. Les élèves regagnent leur siège en échangeant des regards interdits. Tout sonne faux, désormais. Depuis douze ans, la cérémonie observait un rituel immuable. Même Nick Valentine semble un peu perdu. Il brise le sceau officiel qui cachette l'enveloppe.

— Il s'agit d'un message émanant du Bureau des directeurs, annonce-t-il.

Les élèves chuchotent avec nervosité. On sait peu de choses des directeurs, si ce n'est qu'ils sont à la tête du Syndicat, et qu'ils dirigent de ce fait la ville entière. Anonymes et tout-puissants, ils n'ont aucun compte à rendre aux maîtres. Au contraire, ce sont les maîtres qui obéissent à leurs ordres.

— En raison de circonstances exceptionnelles et sans précédent, poursuit Nick Valentine, et après consultation des maîtres, les directeurs ont décrété que le nombre de participants au Tournoi de cette année serait... doublé.

D'un geste de la main, il met fin au tumulte qui, à ces mots, s'est emparé de la salle.

— En conséquence, chaque maître choisira un candidat, à sa discrétion, et soumettra son nom aussi rapidement que possible. La liste sera annoncée demain, avant midi.

Nick Valentine quitte le carton des yeux et conclut :

— Elle sera définitive et sans appel.

L'air consterné, il secoue lentement la tête.

— Eh bien, chers amis, on dirait que les directeurs vont sortir dix jokers de leurs manches.

— Rei, chuchote Zaza. Tu comprends ce que ça signifie ? Tu as toujours une chance de...

Je n'entends pas la fin de sa phrase. J'ai déjà bondi de mon siège pour me ruer à l'extérieur du théâtre.

*

« Bonjour, vous êtes bien sur la messagerie de Minyi Reynolds, maîtresse de l'Upper West Side. Je ne suis pas joignable pour le moment, mais vous pouvez me laisser un messa... »

— Et merde, je grogne en coupant la communication.

Comme le prouve mon journal d'appels, j'ai déjà essayé de la joindre à sept reprises sur son portable, et sept fois de plus à son bureau. Je ne sais pas si elle m'ignore délibérément, si elle est occupée à une tâche importante ou tout simplement endormie, mais une chose est sûre, elle n'a pas décroché.

Je considère les possibilités qui s'offrent à moi et réalise que je n'ai guère le choix. Je vais devoir me rendre au manoir. Je sais que Minyi me choisira pour candidate joker, mais compte tenu des événements survenus au cours de la journée, je préfère l'entendre de sa bouche.

Au sortir de la salle, je ne trouve pas un seul taxi disponible. Si seulement j'avais emmené mon skate, j'aurais rejoint l'appartement de Minyi en moins de vingt minutes malgré les cratères qui parsèment la chaussée, conséquence des escarmouches qui, à chaque carrefour, ont opposé nécros et liquidateurs. Prendre le bus ? Il ne faut pas y compter, à cette heure où les embouteillages sont proprement inextricables. En désespoir de cause, je me mets à courir.

À peine ai-je parcouru une centaine de mètres qu'une limousine noire s'immobilise à ma hauteur. La vitre côté passager s'abaisse.

— Montez ! lance Declan.

Éperdue de reconnaissance, je me glisse sur la banquette arrière.

— Vous ai-je déjà dit à quel point je vous aime, Declan ?

Il passe la marche arrière afin de se glisser dans le flot des véhicules, soulevant un concert de klaxons indignés.

— Comment m'avez-vous trouvée ? je demande.

— Je regardais la cérémonie sur mon portable, à quelques rues d'ici. Quand je vous ai vue quitter la salle comme si vous aviez le diable à vos trousses, j'ai deviné que vous auriez besoin d'un coup de main. Vous comptiez vraiment courir jusqu'au manoir ? Vous avez totalement perdu le sens des réalités ?

— Non, Declan. Je suis juste désespérée.

Neuf minutes plus tard, il me dépose devant l'entrée du manoir de l'Upper West Side. J'emprunte l'ascenseur jusqu'à l'étage privé de Maîtresse Minyi puis foule le carrelage à damier noir et blanc. La porte s'ouvre avant même que j'aie le temps d'y frapper. Ma tante apparaît dans l'entrebâillement.

— Bonsoir, Rei, dit-elle.

Elle porte une élégante chemise de nuit, mais elle est pleinement éveillée.

Et elle n'a pas l'air de bonne humeur.

CHAPITRE 11

— Que puis-je faire pour toi ? demande-t-elle.

Je suis incapable de prononcer un mot. J'ai préparé un plaidoyer en chemin, mais je réalise à quel point il sonnerait faux en ces circonstances.

Le silence se prolonge, lourd et douloureux.

— Tu as toujours été mon héroïne, dis-je enfin d'une voix étonnamment rauque.

Elle se contente de hausser les sourcils. Je lâche alors les mots tels qu'ils me viennent.

— Je t'ai toujours admirée. Même avant la Disparition. Tout ce que j'ai fait, tout ce que je veux être, c'est toi qui me l'as inspiré.

Malgré moi, mon ton se fait de plus en plus plaintif.

— Je veux me joindre à ton combat. Je veux sauver cette ville et éliminer les nécros jusqu'au dernier.

Minyi croise les bras sur sa poitrine. Après m'avoir longuement dévisagée, elle lâche un soupir puis ouvre grand la porte.

— Entre, dit-elle.

Je la suis d'un pas traînant jusqu'à son bureau. D'un geste, elle m'invite à m'installer dans l'un des fauteuils placés près de la fenêtre.

— Ma chérie, il est une chose que tout liquidateur doit comprendre avant de devenir maître : cette ville ne peut pas être sauvée. Elle n'en a ni le besoin, ni le désir.

— Qu'est-ce que tu veux dire ? La ville n'a pas de... conscience.

— En es-tu convaincue ?

Elle tend une main vers la fenêtre, embrassant la rue, son activité fébrile, les voitures et leur assourdissante symphonie de klaxons, le flot des piétons qui arpentent les trottoirs, tête baissée, fixés sur leur destination.

— Tu ne la sens pas ?

— Si, bien sûr. La ville. Les rues et les trottoirs, semblables à un réseau sanguin. Les pas sur la chaussée, comme des battements de cœur. Le roucoulement des pigeons...

— Je suis sérieuse, Rei. La Disparition a prouvé que certaines choses ne pouvaient pas être expliquées. La poussière d'étoile. Les artefacts.

— Eh bien, ils sont... magiques. Il n'y a pas à chercher plus loin.

— Te souviens-tu du moment où ils ont reçu leurs pouvoirs ?

Je hoche la tête. Je n'avais alors que trois ans, mais je n'oublierai jamais comment les artefacts ont illuminé le ciel de Manhattan, au crépuscule, tels de puissants projecteurs braqués sur les nuages. Comment ils ont ainsi révélé leur emplacement aux yeux des New-Yorkais encore sous le choc de l'inexplicable catastrophe. Cent cinquante et un artefacts – ou cent cinquante-deux, puisque les archivistes affirment que l'un d'entre eux demeure introuvable.

— Il nous a fallu attendre huit jours avant que le brouillard ne se dissipe, poursuit-elle. Ce n'est qu'alors que nous avons pu les collecter, et c'est à ce moment-là que…

— … que la poussière d'étoile a commencé à tomber, et que le premier nécro est apparu, je complète, gagnée par l'impatience. C'est pourquoi la plupart des New-Yorkais sont convaincus que les deux phénomènes sont liés, d'autant que la poussière ne pouvait pas guérir les blessures reçues avant la Disparition.

L'image de la prothèse bionique de l'agente Storm se forme dans mon esprit. Une blessure ancienne, à l'évidence.

Minyi acquiesce d'un mouvement de tête.

— Certains croient qu'un pouvoir divin nous a offert les artefacts afin de nous armer contre les monstres… à moins que ce ne soit la ville elle-même. Quoi qu'il en soit, chacun d'eux ne sert qu'un seul et unique but.

— Tuer les nécros.

— Non, Rei. Sauver la ville.

— C'est du pareil au même.

Enfin, elle sourit à mon agacement grandissant.

— Tu te braques parce que je te pousse à considérer ce que tu préfères ignorer. Les lois de la thermodynamique stipulent que toute énergie – et ceci inclut la magie – ne peut être ni créée ni détruite. Nous ne la tirons pas de nulle part. Tes professeurs t'ont répété cent fois que les artefacts étaient des objets capricieux. Qu'ils avaient leur propre personnalité, leur propre volonté. Qu'ils choisissaient leur maître, comme le

Masque a choisi le Fantôme. Comme nous, ils ont leurs bons et leurs mauvais jours.

— Qui ça ? je demande, un peu confuse. Les maîtres ?

— Non, les artefacts. Le Fantôme a remarqué que le pouvoir du Masque variait d'un jour à l'autre. Nos analystes l'ont alors étudié afin de collecter des données sur ses divers niveaux d'énergie. En observant ces résultats au regard de très nombreuses variables, ils ont mis au jour une relation inverse à la consommation énergétique de la ville. En d'autres termes, plus la ville consomme d'énergie durant la journée, plus les artefacts sont faibles au crépuscule, et vice versa.

— Je n'étais pas au courant.

— Le Syndicat n'a jamais informé le public de cette découverte.

— Dans ce cas, ne devrions-nous pas réduire radicalement notre consommation afin de favoriser le travail des maîtres et des liquidateurs à la nuit tombée ?

— Ce que j'essaie de t'expliquer, c'est que tu ne peux pas… que tu ne *devrais* pas nier le lien qui existe entre la ville et le pouvoir des artefacts. Maintenant, peux-tu exclure qu'il en soit de même pour les nécros ?

Son regard intense et fébrile me met les nerfs à vif. Elle n'a rien d'une théoricienne du complot. Elle est l'un des maîtres les plus puissants qui aient jamais œuvré au service du Syndicat. Qui suis-je pour oser remettre en cause ses explications ?

— Pourquoi as-tu choisi ce moment pour aborder la question ? Tu sais très bien ce qui m'amène.

— En effet. Je voulais simplement…

Je sens mes entrailles se serrer. Il n'est pas dans ses habitudes de s'écarter ainsi du sujet.

Je bondis de mon fauteuil et me tiens campée devant elle, les poings serrés.

— Tu es en train de noyer le poisson, je lance. Quatorze appels restés sans réponse. Tu as cherché à m'éviter. Pourquoi ne me désignes-tu pas comme candidate ?

Elle se lève à son tour afin d'affirmer sa supériorité, même si je la domine toujours d'une demi-tête.

— Pour quatre raisons, annonce-t-elle.

— Quatre raisons ? je m'étrangle, au désespoir.

— Tout d'abord, en toute logique, les maîtres doivent choisir des candidats en mesure de rivaliser avec les majors de promotion. En clair, le deuxième ou le troisième au classement de chaque institut. Or, tu ne figures même pas dans le trio de tête de FD Prep.

— Mais je suis restée à la première place pendant des années !

Minyi incline la tête.

— Alors comment expliques-tu ton résultat final, Rei ?

— Ça, c'est parce que je... Parce que...

Je lâche un juron puis me mords la lèvre inférieure. Toutes les excuses dont je me berçais n'étaient qu'un moyen de ne pas affronter la triste réalité. La vérité, c'est que j'ai fait preuve d'arrogance et que j'ai cru l'avoir emporté avant même d'avoir franchi la ligne d'arrivée.

— Peu importe, reprend Minyi. Je suis certaine que tu apprendras de tes erreurs. Ce qui m'amène à la deuxième raison. Quand tes parents sont morts...

— Quand ils ont été *assassinés*, je rectifie.

— Assassinés, en effet. Avant même le jour de ta naissance, j'ai promis à ta mère de te protéger s'il lui arrivait malheur. J'ai juré que je ne mettrais jamais ta vie en danger.

— Mais tu m'as donné un flingue !

— Je t'ai appris à t'en servir et je t'ai aidée à remplir les formalités nécessaires à l'obtention d'un permis de port d'arme. Mon travail comprend certains risques et je devais faire en sorte que tu puisses te défendre. Je ne me sens pas autorisée à décider de la façon dont tu mènes ta vie, et je soutiendrai tes choix, quels qu'ils soient. Cependant, je violerais la promesse faite à ta mère si je te désignais pour participer au Tournoi.

— Tournoi ou pas, j'ai travaillé toute ma vie pour rejoindre le Syndicat. Je *veux* gagner ma place parmi vous. Alors si tu soutiens mes choix, tu ne peux pas m'empêcher de tenter ma chance !

— Sauf que… troisième raison : te choisir constituerait un acte flagrant de népotisme.

Je lève les yeux au ciel.

— Je suis ta tante, Rei. Seuls tes camarades de classe savent que tu étais la meilleure élève de FD Prep. Et même s'ils se réunissaient pour le crier haut et fort, cela resterait sans effet maintenant que les résultats ont été annoncés en direct à la télévision. Je dois choisir un élève figurant parmi ceux dont le public a découvert le visage lors de la cérémonie.

— Comme si le public s'intéressait à autre chose qu'aux gagnants ! je hurle, au comble de la détresse.

Je déteste la façon dont je me comporte. Quel triste spectacle je dois offrir, avec mes mains tremblantes et ma voix brisée par la déception.

— Tu m'as élevée. Tu sais de quoi je suis capable. Je peux remporter le Tournoi. Tu *sais* que je le peux.

Elle me prend dans ses bras. Je m'autorise enfin à fondre en larmes.

— Je sais, ma chérie. Je sais.

Sa voix très douce achève de me crever le cœur et de dissiper mes derniers espoirs.

— Pourquoi, tante Minyi ? je demande, des sanglots dans la voix.

Elle a parlé de quatre raisons. Quelle peut bien être la dernière ?

Elle caresse mon dos puis dépose un baiser sur mon front.

— Je suis navrée, Rei. Je pensais sincèrement que tu sortirais première de ta promotion. Mais tout n'est pas fini. Le Tournoi n'est que le moyen le plus rapide d'intégrer le corps des liquidateurs. Tu peux encore effectuer une demande pour devenir régulatrice lors du prochain cycle de recrutement, puis commencer à grimper les échelons en interne, comme ta mère en avait l'intention.

— Pourquoi ? je répète.

— Ce matin, avant l'ouverture de la cérémonie, les maîtres ont reçu un appel du Bureau des directeurs. J'ai soumis ma proposition quelques minutes après l'annonce des résultats de l'Upper West Side Prep. Et comme le Fantôme l'a précisé publiquement, ces décisions sont irrévocables.

L'Upper West Side Prep.

— Tu n'as pas fait ça, dis-je, glacée d'horreur.

Je sais ce qu'elle va m'annoncer, mais je donnerais tout ce que j'ai pour ne pas l'entendre.

— J'ai choisi Kieran, dit-elle.

CHAPITRE 12

J'aimerais laisser éclater ma rage, donner des coups de pied dans la porte et détruire tous les objets qui se trouvent à ma portée. Au prix d'un immense effort de volonté, je prends une inspiration lente et profonde, puis je me libère de l'étreinte de Minyi.

— Merci pour le temps que tu as bien voulu m'accorder, dis-je d'une voix étonnamment assurée.

J'incline brièvement la tête, tourne les talons et m'engage dans le couloir.

Si nous étions les personnages d'un roman, Minyi lancerait alors :

« Rei ! Attends ! J'ai changé d'avis. Reste ici. Je vais tâcher de trouver une solution. »

Mais elle ne fait rien pour me retenir. Elle me regarde partir sans dire un mot. Ou peut-être ne me regarde-t-elle même pas. Je n'en aurai jamais le cœur net, car il n'est pas question de me retourner.

À mi-chemin de l'ascenseur, j'éprouve une fatigue si extrême et si soudaine que je dois m'adosser au mur puis m'asseoir sur les dalles en marbre. Tous les efforts que j'ai accomplis au cours de ces années, tous mes espoirs et ma persévérance ne m'ont conduite qu'à l'échec.

Je ferme les yeux et tente de puiser en moi des pensées rassurantes. Il existe d'autres moyens de devenir liquidatrice. Je pourrais poser ma candidature à un poste plus modeste, puis m'élever dans la hiérarchie au prix d'un travail acharné. Me lier d'amitié avec des personnes haut placées. M'élever au-dessus du...

La sonnerie de mon téléphone m'arrache à ces rêveries.

— C'est bien le moment ! je grogne.

Je glisse une main dans ma poche arrière et dégaine mon portable.

Numéro masqué.

Probablement un escroc. Je porte l'appareil à mon oreille et lance de ma voix la plus sarcastique :

— Présidence des États-Unis, qui demandez-vous ?

— Bonjour, mademoiselle Reynolds, fait une voix grave et vibrante. Principal Darwin à l'appareil.

Le téléphone m'échappe des mains et heurte lourdement le sol. J'ai les pires difficultés à le replacer à hauteur de mon visage.

— Bonsoir, monsieur, je couine de façon incontrôlable. Que puis-je faire pour vous être agréable ?

— Je suis navré de vous déranger, mais votre présence est requise à l'institut immédiatement. Si vous le souhaitez, nous pouvons vous envoyer un chauffeur pour vous y conduire. Où vous trouvez-vous ?

Merde. M'a-t-il vue quitter le théâtre précipitamment ? A-t-il l'intention d'annuler mon diplôme ?

— Monsieur, avec tout le respect que je vous dois, le moment est plutôt mal choisi pour...

— Mademoiselle Reynolds, j'ai à mes côtés un invité de marque qui souhaite s'entretenir avec vous.

Croyez-moi, il vaudrait mieux ne pas le faire attendre trop longtemps. Alors, à quelle adresse peut-on venir vous chercher ?

— Ce ne sera pas nécessaire, monsieur. Je viendrai par mes propres moyens.

— Fort bien, mais ne tardez pas, mademoiselle Reynolds, conclut M. Darwin avant de raccrocher.

Je reste figée quelques instants, comme hypnotisée par l'écran de mon téléphone, puis sélectionne un numéro parmi mes favoris. Mon interlocuteur décroche à la première sonnerie.

— Bonsoir, Declan. Pourriez-vous venir me chercher ?

✷

La sonnerie annonçant la fin des cours retentit à l'instant où l'ascenseur atteint le vingtième étage de FD Prep. M'y revoilà, alors que j'ai pris la peine de faire mes adieux à tous ses occupants. Les élèves qui se pressent dans les couloirs m'ignorent ostensiblement, mais j'entends des murmures sur mon passage. Je sais que tous, sans exception, ont assisté à la cérémonie en direct à la télévision.

Je hâte le pas jusqu'aux services administratifs, dont l'épaisse moquette étouffe le son de mes pas, et m'adresse à la réceptionniste.

— Pardonnez-moi. J'ai rendez-vous avec le principal Darwin, et je…

L'intéressé sort de son bureau avant que j'aie pu achever ma phrase. Il est si grand qu'il doit baisser la tête pour ne pas se cogner contre le cadre de la porte.

— Ah, mademoiselle Reynolds ! Vous voilà.

Sa main immense se referme tout entière autour de la mienne, mais je mets un point d'honneur à la serrer aussi fort que possible.

— C'est un plaisir de vous voir, comme toujours. Mais entrez, je vous en prie.

Je m'émerveille devant les cartes anciennes de Manhattan qui ornent les murs et les hauts rayonnages chargés d'épais volumes reliés de cuir. Le parfum du cèdre se mêle à celui des vieux livres. Le principal s'assied derrière l'imposant bureau en cerisier qui occupe le centre de la pièce.

— Une petite friandise ? lance une voix reconnaissable entre toutes.

Je tourne la tête et découvre un individu assis sur le rebord de la fenêtre donnant sur Battery Park. Des cheveux blonds rassemblés en queue-de-cheval. Une vilaine cicatrice en forme de croissant courant de la joue au menton. Un manteau de cuir bleu nuit dont les pans encadrent des jambes croisées. Des yeux azur qui, braqués sur moi, scintillent comme des diamants. Je ne vois rien, dans ce regard, des abominations dont il a été témoin au cours des sept années qui se sont écoulées depuis son accession au rang de maître du Financial District.

— Maî... Maître Sasha, je balbutie.

Saisie par l'émotion, je suis à deux doigts de m'incliner devant mon héros. Je n'arrive pas à croire que je me trouve en présence de celui dont j'ai étudié et mémorisé des heures de combat en vidéo.

Il me tend un sachet de caramels dont je m'empare respectueusement. J'en prends un, envisage un instant de le conserver comme une relique, puis estime qu'il aura fondu avant la fin de la journée. Je le pose sur ma langue, et sens déferler un tsunami de saveurs jusqu'alors inconnues.

— Je t'ai observée pendant la cérémonie, dit Maître Sasha en gobant deux confiseries, l'une après l'autre. On peut dire que je ne me suis pas ennuyé, rien qu'à voir les émotions défiler sur ton visage. Où es-tu allée, après avoir quitté le théâtre ?

Je cligne des yeux. L'espace d'une seconde, je considère la possibilité de lui cacher la vérité, mais je le crois capable de flairer mes mensonges avant même qu'ils ne sortent de ma bouche.

— Chez Maîtresse Minyi.

— C'est bien ce que je pensais.

Il se lève et commence à faire les cent pas dans le bureau. Son manteau ondule autour de son corps, dévoilant de temps à autre les légendaires étuis d'épaule renfermant ses deux pistolets automatiques NN. Il n'est pas à sa place dans cette pièce parfaitement ordonnée. C'est un soldat rompu à faire usage de la violence, à faire couler le sang en déployant les ruses les plus cruelles.

— Sais-tu pourquoi je n'ai pas procédé à ton arrestation, lorsque je t'ai surprise en train de jouer les rats d'égout dans ce tunnel ?

— Maîtresse Minyi m'avait permis d'utiliser son code, je commence, un peu choquée d'avoir été traitée de rongeur par mon idole de toujours.

Il me fixe d'un œil inexpressif.

— Enfin… à son insu, j'ajoute.

— Ça, je m'en fiche. Je veux parler des pièges à gâteaux que tu as utilisés pour attirer les nécros. Très créatif, je dois dire. Je n'ai pu qu'observer le résultat de ta stratégie lors de mes patrouilles souterraines, mais tu es plus efficace que bon nombre de liquidateurs expérimentés.

Il caresse son menton puis m'adresse un sourire si large qu'il en est presque effrayant.

— J'avoue que tes premiers exploits m'ont beaucoup impressionné. Alors je t'ai laissée aller à ta guise dans le réseau souterrain, afin de voir de quoi tu étais capable. Tu n'as pas accès aux artefacts, mais ton tableau de chasse ferait pâlir de jalousie n'importe quel liquidateur en début de carrière. Ce que tu as accompli exigeait du talent, de la subtilité et une certaine audace.

Hier encore, je me serais pâmée en entendant un maître m'adresser de tels compliments. À présent, ils sonnent terriblement faux. Je ne me sens ni audacieuse, ni subtile, tout juste bonne à contempler honteusement la pointe de mes chaussures.

— Merci, maître.

Un sourire mélancolique flotte sur ses lèvres.

— Tu es aussi modeste que ton père, dit-il. C'est étonnant, après toutes les années que tu as passées aux côtés de Minyi.

Je relève la tête.

— Vous avez connu mon père ?

— En effet. Le meilleur conservateur que le département des Archives ait connu. Avant lui, nous ignorions tout du fonctionnement des artefacts. Ru Chen a opéré une véritable révolution, même s'il n'a occupé que brièvement ses fonctions. Et il n'a pas eu besoin de sortir major de je ne sais quelle école pour gosses de riches.

— Ce que Maître Sasha essaie de vous faire comprendre, intervient le principal, c'est que si vos résultats à l'examen final n'ont pas été à la hauteur de vos attentes, il n'en reste pas moins que vous avez occupé la première place du classement de FD Prep durant six années consécutives.

— Travailler dur est une chose, ajoute Maître Sasha. Travailler intelligemment en est une autre. Quant à faire les deux à la fois…

Il se penche en avant et pointe un doigt sous mon nez.

— … c'est le moyen d'atteindre les sommets. Et je te crois même capable de t'y maintenir.

À ces mots, un phénomène étrange se produit en moi, comme si un feu éteint venait de se ranimer.

— Rei Reynolds, annonce solennellement Maître Sasha. Répondant au vœu des directeurs, je t'ai choisie pour championne.

Je dois m'agripper au bureau pour ne pas tomber à la renverse.

— Vous voulez faire de moi votre candidate ? dis-je d'une voix tremblante.

— Non. J'ai bien dit *championne*.

Abasourdie, je m'accorde quelques secondes pour considérer les conséquences de cette annonce. Je vais participer au Tournoi et, si tout se passe comme je l'espère, réaliser mon rêve : devenir la liquidatrice Rei, du Financial District. Je me demande ce qu'en penserait ma tante…

— Comment savez-vous que Minyi ne m'a pas déjà choisie ?

Maître Sasha laisse échapper un bref éclat de rire, déballe un troisième caramel et le fourre dans sa bouche.

— Il y a longtemps qu'elle n'accorde ses faveurs qu'à ce garçon, Kieran Cross. Quoi qu'il en soit, comme tous les maîtres, j'ai été informé du choix de mes confrères.

Il observe une pause puis, constatant que je demeure muette et immobile, demande :

— Quelque chose ne va pas ?

Je me rappelle ce que Minyi m'a dit au sujet de Kieran. « Son poste est temporaire, si ça peut vous rassurer. »

Des mensonges. Toujours des mensonges.

Je secoue la tête et tâche de me concentrer sur l'opportunité qui s'offre à moi. Une deuxième… Non, une *troisième* chance.

Maître Sasha me tend la main, mais j'hésite à la saisir et à sceller ainsi notre accord.

— Tu dois savoir pourquoi que je t'ai choisie, toi, au lieu d'un élève placé au deuxième ou au troisième rang de son institut, dit-il. C'est à cause de Roland.

Ma mâchoire se décroche sous l'effet de la surprise.

— *Roland* ?

L'expression de Maître Sasha se fait plus sombre.

— Cet imbécile m'a répété tout ce que tu lui as confié, il y a quelques jours. Un opérationnel ne doit jamais perdre de vue ce pour quoi il agit et contre qui il se dresse. Il ne doit pas se tromper d'ennemi. Toi, je ne te crois pas capable d'une telle déloyauté.

Convaincue par cet argument, je me lève et lui serre longuement la main. Ce faisant, je ne peux contenir un éclat de rire.

— Qu'est-ce qui te fait rire ? demande Maître Sasha.

— Je pensais à la réaction de Roland quand il apprendra que vous m'avez choisie à cause de lui. Il sera tellement fou de rage que…

— C'est peu probable, m'interrompt-il, l'air grave.

Mon sourire se fige.

— Pour quelle raison ?

Cette fois, son regard bleu acier trahit une profonde tristesse, comme si les diamants qui brillaient jusqu'alors dans ses yeux venaient de tomber en poussière.

— Parce que Roland est mort.

CHAPITRE 13

Les vingt candidats en lice ont reçu l'ordre de se présenter à midi pile devant la porte du département des Archives pour participer à la première épreuve du Tournoi. J'arrive la septième devant la colonnade de la majestueuse construction de briques rouges. Au bras gauche, je porte le brassard bleu orné de l'écusson de FD Prep que m'a confié Maître Sasha à l'issue de notre rencontre.

D'intenses rayons de lumière rouge forment un quadrillage serré autour du bâtiment, un gigantesque et impénétrable cube capable de réduire en cendres tout nécro (ou tout être humain) qui essaierait d'y pénétrer. L'unique accès à cette enceinte immatérielle est une porte placée sous la surveillance de deux officiers de sécurité armés de fusils d'assaut. Si tous les appareils électriques de la ville cessent de fonctionner dès la nuit tombée, ce n'est pas le cas des artefacts. Ainsi, les scientifiques du Syndicat ont trouvé un moyen de détourner une partie de cette énergie afin d'alimenter le dispositif défensif qui protège les biens les plus précieux de Manhattan du crépuscule à l'aube.

Au poste de sécurité, l'un des gardes scanne mon visage et mes empreintes digitales, puis m'autorise à gravir les marches menant au parvis qui borde la haute porte du bâtiment. Je reconnais trois des six élèves qui m'y ont précédée, dont une seul major de promotion : Yuna Park, de Flatiron Park. Une championne de taekwondo, mais aussi la grande gagnante du concours scientifique annuel parrainé par le Syndicat.

Un concurrent – ou une concurrente, c'est impossible à déterminer – vient à moi et me sourit.

— Salut. Moi, c'est Everly. Non binaire. Je concours pour Midtown Prep.

Je lui serre la main.

— Rei Reynolds. Ravie de te rencontrer.

Everly désigne un garçon à la peau mate, à la coupe afro courte et bouclée, qui arbore un brassard émeraude.

— Lui, c'est Langston, de Soho.

Puis elle se tourne vers une petite brune souriante au visage pâle et criblé de taches de rousseur.

— Et voici Clover, de l'Upper East Prep.

L'intéressée m'adresse un signe de paix avant de reprendre sa conversation avec la fille qui se tient à ses côtés, une beauté aux jambes interminables et à la peau très sombre.

— Et elle, c'est Mia, de Harlem Prep. Tu l'as sans doute déjà vue sur les écrans géants de Times Square. Elle est mannequin.

Everly hoche ensuite la tête en direction des deux autres concurrents, qui patientent, immobiles et silencieux, à l'autre bout du parvis.

— Ces deux-là sont inconnus au bataillon. Ils n'ont pas daigné nous adresser la parole.

— Rei ! crie une voix dans mon dos.

Je fais volte-face et vois Anika trottiner dans ma direction.

— Je suis tellement contente de te trouver ici ! s'exclame-t-elle, tout sourire. C'est grâce à ta tante, n'est-ce pas ?

— Non. C'est Maître Sasha qui m'a désignée.

— Sans blague ? Eh bien, ça, c'est une surprise... même si j'imagine que c'est grâce à Maîtresse Minyi.

Embarrassée, j'esquive son regard.

— Non, même pas. Apparemment, il m'avait à l'œil depuis un moment.

Anika manifeste sa surprise par un discret haussement de sourcils.

— OK. Je vois.

Elle se tourne vers les autres élèves.

— Salut à tous ! lance-t-elle.

Everly esquisse un sourire.

— Je crois comprendre que vous vous connaissez, glousse-t-elle.

Je place mon brassard à la hauteur de celui d'Anika.

— Forcément. On est du même institut. Anika, je te présente Everly, non binaire.

— Contente de faire ta connaissance, dit Anika avant de tourner la tête vers l'escalier que deux candidates viennent à leur tour de gravir.

L'une porte un blouson de motard constellé de clous argentés. L'autre est vêtue d'un *kigurumi*, une espèce de combinaison en peluche reproduisant vaguement l'aspect d'une souris. Avec ma chemise et mon pantalon noir, je me trouve affligeante de banalité.

À midi moins une, tous les concurrents sont rassemblés sur le parvis, à une exception près. Alors qu'ils se dirigent vers la porte du bâtiment, je reste en queue de peloton, impatiente de voir apparaître le champion de Minyi.

A-t-il renoncé ?

Serait-ce une bonne ou une mauvaise nouvelle ?

Je me place dans l'axe du portail. De l'autre côté de la rue, le vent chahute les arbres de Central Park. Je jette un coup d'œil à l'écran de mon téléphone. Kieran va rater le début de l'épreuve, ça ne fait plus guère de doute, un manquement qui entraînera automatiquement son élimination.

Quelques secondes avant l'heure fatidique, une silhouette apparaît au loin, à l'angle de la 5e Avenue et de la 102e Rue Est. C'est un garçon sur un vélo antédiluvien qui roule à tombeau ouvert dans notre direction.

Il lui reste dix secondes. Je ne donne pas cher de ses chances.

Il effectue un dérapage plus ou moins contrôlé puis, laissant son véhicule s'écraser sur le trottoir, plonge littéralement à l'intérieur de l'enceinte lumineuse.

Il effectue un roulé-boulé, se redresse avec souplesse puis passe très calmement une main dans ses cheveux ébouriffés.

— Salut tout le monde, dit-il en gravissant les marches.

— Salut, lance la fille au blouson de cuir.

Elle le dévore du regard. Sur ses lèvres flotte un sourire si provocant que je sens le rouge me monter aux joues.

Bastian Guerra, champion de Tribeca Prep, se montre beaucoup moins enthousiaste. Tout en ajustant ses boutons de manchette, il plisse le nez en considérant le vélo au cadre tordu qui gît dans le caniveau. En cet instant, il ressemble étrangement à un bouledogue.

— De la camelote, lâche-t-il.

Comme pour nous adresser un signe, les rayons du soleil percent la couche nuageuse et illuminent les bosses, les rayures et la peinture écaillée du vélo. Kieran se fend d'un sourire.

À l'heure convenue, la porte s'ouvre, puis un homme tout de blanc vêtu, au teint terreux et aux cheveux blonds épars, s'avance d'un pas traînant, tel un vieil ange désabusé. Un énorme mug de café à la main, il jette un coup d'œil à sa montre.

— Je suis M. Humphreys, conservateur adjoint, dit-il. Attendu qu'il est officiellement midi, vous êtes autorisés à accéder au département des Archives.

Puis il ajoute, un ton plus bas :

— Vous pouvez aussi vous en abstenir, pour ce que cela me fait.

Refroidis par cet accueil très particulier, nous franchissons la porte en silence et nous retrouvons en compagnie d'autres gardes. Ceux-là ne portent pas de fusils conventionnels, mais des armes à impulsion électrique au design soigné, dont nous percevons le bourdonnement létal.

— Jolis calibres, lance la fille au blouson de motard clouté en nous adressant un sourire diabolique.

Je me souviens d'elle, à présent, et de son nez tordu. C'est Taz Diaz, la meilleure élève de Chelsea Prep.

— Mais pas aussi redoutables que ces armes-là, ajoute-t-elle en faisant jouer ses biceps.

Tim, le colosse qui a surclassé Kieran lors de l'examen final, laisse échapper un éclat de rire qui résonne comme un coup de tonnerre contre les murs de la salle.

— Redoutables ?

Il plie à son tour les bras pour faire jouer ses muscles. Bon sang, ils sont deux fois plus épais que sa tête. À ce spectacle, Kieran lève les yeux au ciel, si haut que ses iris disparaissent entièrement sous ses paupières.

Taz ne se laisse pas impressionner.

— Tu sais ce qu'on dit au sujet du rapport muscle-cerveau ?

Je m'attends à une réponse grossière de la part de Tim, mais il se contente de lui adresser un sourire glacial, lourd de sous-entendus. Il a dominé tous les élèves d'Upper West Side Prep, y compris Kieran. Lequel, soit dit en passant, me lance constamment des regards à la dérobée.

— Content de me voir ? je marmonne, tandis que M. Humphreys nous guide dans un labyrinthe de couloirs bordés d'ateliers et de laboratoires où les érudits travaillent d'arrache-pied à percer le mystère des artefacts.

— Comme toujours, répond Kieran. Dis-moi, comment tu t'es débrouillée pour que Maître Sasha te choisisse ?

— Je n'ai rien demandé. C'est lui qui a insisté.

— Je n'ai rien contre lui, mais… tu ne crois pas que tu es un peu trop jeune pour un homme de cet âge ?

Oh, comme je regrette qu'il soit arrivé à l'heure !

— Au moins, il est assez mûr pour faire face à ses émotions. Il n'est pas du genre à fuir comme un gamin.

— Nous y sommes ! grogne M. Humphreys. Que tout le monde se taise.

Nous nous trouvons devant une porte en acier conçue pour résister aux explosifs. Et aux assauts des nécros, cela va de soi.

Ne laissant pas à Kieran la chance de riposter, je le plante là et me faufile vers l'avant du groupe.

— Bienvenue au carrousel, annonce M. Humphreys. Derrière ces portes est conservée notre collection d'artefacts. Aujourd'hui, nous en avons placé cinquante à votre disposition. Lorsque vous entrerez, vous aurez dix minutes pour choisir celui qui vous utiliserez durant la compétition. Il vous sera remis au début de chaque épreuve et vous le restituerez sitôt votre tâche terminée. Votre choix effectué, vous en informerez les greffiers.

Everly lève la main.

— Dans quel ordre se déroulera la distribution ?

Humphreys nous gratifie d'un rictus cruel.

— Premier arrivé, premier servi, dit-il.

J'essaie de me rapprocher des portes, mais une concurrente s'interpose. J'étouffe un cri de douleur lorsqu'elle m'écrase les orteils du talon de sa botte. Elle hausse un sourcil hautain et serre ses lèvres rouge sang. Noëlle Cartier, la lauréate que ses condisciples n'ont pas daigné féliciter. Je commence à comprendre pourquoi ils ne débordent pas d'affection à son égard. Résistant à l'envie de lui flanquer un coup de pied dans le tibia, je me contente de lui adresser un sourire menaçant.

Tandis que Humphreys pianote une longue série de codes et se soumet à l'examen des scanners biométriques, je sens l'excitation monter en moi. Des années durant, j'ai pensé à l'artefact que je choisirais en cette occasion. Le Marteau du sénateur Lexow qui, frappé sur le sol, ralentit la charge d'un adversaire pendant trois secondes ? Les Méduses du musée d'Histoire naturelle, qui s'illuminent à l'approche de l'ennemi ? La Baguette de Leonard Bernstein, qui attire les nécros hors de leur cachette ?… Je n'ai jamais pu me décider.

Bip.

Les portes s'ouvrent. La lumière rouge dans laquelle le carrousel est baigné inonde le couloir où nous patientons.

Nous nous apprêtons à fondre comme une meute de loups affamés, mais Humphreys nous en dissuade d'un geste de la main. Des flammes écarlates brillent dans ses yeux.

— Une dernière chose, grogne-t-il.

Il brandit une matraque électrique qu'il gardait jusqu'alors cachée sous sa blouse. Lorsqu'il en presse le bouton, l'arme émet un sifflement puis crache un éclair qui vient lécher le plafond.

— Il est défendu de courir à l'intérieur du carrousel.

Tandis que nous entrons, nous nous accordons un moment pour admirer les lieux. Ce légendaire sanctuaire dont, pour des raisons de sécurité, ni photographie ni vidéo n'a jamais été rendue publique. Des lampes rouges alignées au plafond jettent sur nos visages tous les feux de l'enfer. À la fois galerie d'art et cabinet de curiosités, la salle est constituée de trois anneaux concentriques où les artefacts flottent comme par magie, tournant en rond, tels les chevaux de bois d'un manège. Chacun d'eux est prisonnier d'une sphère de lumière dorée où je ne distingue aucun système d'ouverture.

Je n'avais pas imaginé qu'il ferait si sombre, mais c'est parfaitement logique. Les liquidateurs qui s'équipent dans le carrousel s'apprêtent à agir la nuit. Ainsi, au moment de partir en mission, leurs yeux sont déjà accoutumés à l'obscurité.

Je me dirige droit vers l'anneau extérieur. J'ignore ce que je vais y trouver, car je n'ai jamais eu accès aux documents hautement confidentiels indiquant l'emplacement des artefacts. Comme tous les bons élèves, j'ai attentivement mémorisé leur nom, leur apparence et leurs pouvoirs respectifs. Je reconnais ceux qui défilent devant moi au premier coup d'œil : le Croc de lion en terre cuite arraché à la façade du Flatiron Building ; le Médaillon officiel de la commission des taxis et des limousines de la ville de New York ; le Panneau vert et blanc de l'Avenue 6 ½ à l'angle de la 52ᵉ Rue. Pour chacun d'eux, je pèse le pour et le contre. Le Croc renforce temporairement un sens et, par souci d'équilibre, en affaiblit un autre. Le Médaillon aiguise les réflexes et la vitesse d'esquive ; le Panneau de l'Avenue 6 ½ permet de se téléporter à quatre cents mètres de sa position dans n'importe quelle direction.

Si seulement je savais en quoi consistent les trois épreuves…

— Elles changent de nature à chaque édition, m'a expliqué Maître Sasha.

Nous faisions alors la queue devant la boutique d'un glacier. Il avait tenu à m'y emmener après notre rencontre avec le principal Darwin.

— Il est impossible de s'y préparer. Cookie et pépites de chocolat, ça te dit ?

— Oh, oui ! ai-je répondu, distraite par les regards que je sentais peser sur nous.

Maître Sasha, pleinement concentré sur l'ardoise où figuraient les différents parfums de crème glacée, se fichait de l'attention que les passants nous portaient.

— Pourrais-je au moins avoir un indice ?

— Un indice ? Tu as besoin d'un indice pour l'emporter ?

J'ai cligné des yeux.

— Non, mais…
— C'est bien, je préfère ça.
Il m'a tendu le cornet de glace.
— Maintenant, régale-toi.
Et il s'en est tenu là.

Langston passe devant moi, une petite sphère dorée entre les mains. Il se dirige vers le bureau des greffiers, et il n'est pas le seul. Comment ont-ils pu se décider aussi rapidement ? Sont-ils tombés par hasard sur des artefacts si puissants qu'ils n'ont même pas eu besoin de réfléchir ?

Des cris fusent. Près du deuxième anneau, une bagarre éclate entre Taz et Clover, qui se disputent la même relique. Humphreys rétablit l'ordre en deux décharges de matraque électrique. Les rivaux se retrouvent étendus sur le sol. Saisis de convulsions, ils se livrent à une étrange danse macabre. L'artefact en question est confisqué sur-le-champ.

Combien de temps me reste-t-il ? Je suis le point de me ruer vers l'anneau central lorsqu'un objet clignote dans ma vision périphérique. Je tourne la tête et découvre un artefact.

Un artefact *qui me suit*.

M'assurant que personne ne m'observe, je m'en approche et réalise que je l'ai écarté quelques secondes plus tôt. C'est un jeton de métro, pas plus gros qu'une pièce de dix cents, avec une découpe centrale en forme de Y. On ne s'en sert plus depuis des décennies. Bien avant la Disparition, les jetons ont été remplacés par la carte d'abonnement puis par le paiement sans contact, deux modes de paiement à leur tour tombés dans l'oubli. De tous les artefacts, c'est le seul dont le pouvoir demeure inconnu. À moins qu'il ne soit tout simplement inexistant.

La minuscule pièce de laiton flotte à ma rencontre, puis heurte ma poitrine à plusieurs reprises.

— Oh, tu m'as choisie, je chuchote.

Lentement, avec un infini respect, je tends la main pour m'en saisir.

À peine mes doigts ont-ils effleuré la sphère lumineuse que le jeton s'embrase. En un instant, sa patine disparaît pour révéler son éclat original. Une chaleur inconnue irradie dans tout mon corps.

Est-ce parce qu'il est venu à moi que je devrais l'accepter ? Il me faut un artefact d'une puissance exceptionnelle, inconcevable. De mémoire, le Jeton n'a été emprunté qu'une fois en près de quatorze ans. Si aucun érudit n'a pu comprendre sa nature, quelles sont mes chances d'y parvenir ?

— Il vous reste deux minutes, lance Humphreys.

Seuls quatre autres concurrents se trouvent encore dans le carrousel, zigzaguant à l'aveuglette d'anneau en anneau. Derrière moi, j'entends quelqu'un calquer son pas sur le mien. Lorsque je me retourne, je constate que la fille à la combinaison en peluche me suit comme mon ombre. Ses yeux scintillent dangereusement à la lumière rouge des lampes. Mon regard est attiré par l'épaisse queue rose qui traîne dans son sillage. Elle n'est pas déguisée en souris, mais en rat.

En tentant de la distancer, je tombe nez à nez avec un artefact non réclamé.

La Carte de Randel.

Je pense à Roland et sens mon cœur se serrer. Est-il le dernier à l'avoir utilisée ?

J'essaie de m'en saisir, mais elle se dérobe à moi. L'un des angles du document s'anime, comme s'il désignait le Jeton qui se trouve dans mon poing serré. Tant que je ne m'en serai pas débarrassé, il ne me laissera pas l'attraper. Hélas, avant que j'aie pu me décider, la fille en costume de rat me dépasse et s'empare de la Carte sous mes yeux.

J'ai beau lâcher un cri d'indignation, je ne peux plus rien y faire. Me pardonnerai-je jamais d'avoir laissé passer ma chance ?

— Dix secondes, annonce Humphreys.

N'ayant plus le choix, je m'élance en courant vers le guichet du greffe, à l'autre bout de la pièce. Mieux vaut un artefact inutile que pas d'artefact du tout. Je ne me trouve qu'à quelques pas de l'objectif lorsqu'un puissant crépitement électrique parvient à mes oreilles. Comme surgi de nulle part, M. Humphreys se dresse alors devant moi, matraque brandie.

« Il est défendu de courir à l'intérieur du carrousel. »

Cet avertissement me revient en mémoire. Trop tard, beaucoup trop tard. Saisie de terreur, je le vois abaisser son arme. Je sais que je n'aurai pas le temps d'esquiver. Je serre le Jeton contre mon torse, ferme les yeux et me prépare à encaisser le choc.

J'entends un fracas de verre brisé, une détonation assourdissante, puis le monde explose dans un éblouissant éclair doré.

Alors, tout disparaît dans les ténèbres.

CHAPITRE 14

Lorsque j'ouvre les yeux, le parfum du jasmin me chatouille les narines. Ma mère est penchée au-dessus de moi. Elle me présente une tasse de thé au citron et au miel.

— Bois ça, me dit-elle.

Elle se dirige vers la fenêtre et contemple la ville, pensive. Son pendentif – *mon* pendentif – réfléchit les rayons du soleil couchant.

Je bois une gorgée. Le liquide me réchauffe et apaise ma gorge douloureuse. Je pose la tasse sur la table de chevet, me blottis entre les couvertures et laisse mes paupières se refermer.

J'entends ses pantoufles fouler la moquette. Son pas est léger, comme si elle marchait sur le dos d'un monstre et craignait de le réveiller. À l'instant où elle se penche pour poser un baiser sur mon front, je sens une goutte de liquide tiède rouler sur mon visage.

— *Ils arrivent*, murmure-t-elle.

J'ouvre les yeux. Son visage n'est qu'à quelques centimètres du mien. Quatre blessures longues, fines et profondes zèbrent chacune de ses joues. Une partie de sa mâchoire est manquante, exposant un trou béant cerclé de traces de crocs. Le sang qui s'écoule de ses plaies se déverse dans mes yeux. Il m'aveugle. J'essaie de crier, de m'enfuir de cette chambre, d'oublier enfin la nuit maudite où un monstre l'a dévorée tout entière sans que je puisse lui venir en aide.

Elle place ses mains glacées sur ma gorge.

— *Ne les laisse jamais s'emparer de toi*, gronde-t-elle tandis je me bats pour me défaire de son étreinte. *Jamais !*

Je me réveille en sursaut, glacée d'effroi et le souffle court. Si mon esprit est en fusion, mon corps reste engourdi, comme indifférent au cauchemar terriblement réaliste dont je viens d'émerger. Une minute durant, je reste immobile dans l'obscurité. Seuls mes doigts sont en mouvement. Ils s'attardent sur le talisman suspendu à mon cou. Ils en dessinent fiévreusement le contour. *Shăn.*

Soudain, je réalise que la forme et la texture de l'oreiller sur lequel repose ma tête me sont inconnues, tout comme le pyjama que je porte. Je me redresse et tâtonne dans l'obscurité.

Je tâche de retracer les événements qui se sont produits dans le carrousel. Je courais vers le guichet lorsque Humphreys m'a barré la route. La matraque électrique, l'explosion dorée, puis plus rien, pas le moindre souvenir.

Je me glisse prudemment hors du lit. Mes pieds nus foulent le linoléum. J'entends un bruit discret sur ma gauche. Un panneau coulisse, et un flot de lumière violette déferle dans la petite pièce aux murs nus. Je n'ai nulle part où me cacher. Il est trop tard pour regagner le lit et faire semblant de dormir. J'attrape le premier objet qui me passe sous la main et adopte une posture défensive.

Ma tante entre, une tasse à la main. Ses traits sont baignés d'une irréelle lueur indigo. À l'instant où elle m'aperçoit, elle se fige.

— Aie pitié de moi, ô redoutable créature, dit-elle en considérant l'oreiller que je brandis au-dessus de ma tête.

Elle me tend la tasse.

— Un peu de thé ?

Je hume l'odeur du citron et du miel, puis secoue vigoureusement la tête. Je reste hantée par le visage mutilé de ma mère. En outre, cette offrande ressemble beaucoup à des excuses non formulées, à une demande de pardon que je n'ai nulle intention d'accorder.

Tante Minyi s'assied au bord du lit et dépose à ses côtés une pile de vêtements soigneusement pliés au-dessus de laquelle repose mon brassard FD Prep.

— Sais-tu où nous nous trouvons ? demande-t-elle.

— Au Sanctuaire, je suppose.

— C'est exact. En principe, seuls les opérationnels et le personnel strictement indispensable ont accès à ces installations. Seule exception, nous accueillons chaque année les concurrents du Tournoi. Ou du moins, ceux qui n'ont pas encore été éliminés.

— Les règles du Tournoi ont-elles changé en raison du nombre de concurrents ?

— Ça, tu le découvriras au petit déjeuner, avec les autres concurrents, ainsi que les instructions relatives à la première épreuve.

— Alors qu'est-ce que tu fais ici ?

— Je viens de quitter mon service, et comme on m'a informé de ce qui s'était passé, je voulais m'entretenir avec toi en tête à tête.

— Je sais, je sais. J'aurais dû choisir un autre artefact… La Carte de Randel, par exemple, mais…

— Non. Je veux te parler du moment où M. Humphreys a essayé de t'intercepter près du guichet et du phénomène qui s'est produit à ce moment-là.

Elle serre les poings devant son visage et écarte soudainement les doigts.

— Boum ! M. Humphreys souffre de brûlures au premier degré et d'une légère commotion cérébrale. Il s'en remettra rapidement, je te rassure. Toi, tu t'en es tirée sans une égratignure.

Son expression est absolument indéchiffrable. Un sourire serein démenti par la ride profonde qui barre son front. Je lis sur son visage d'innombrables signaux dont j'ignore s'ils sont feints ou sincères.

— Je suppose que quelqu'un a estimé que M. Humphreys allait trop loin et s'est décidé à intervenir.

— Personne n'est intervenu, Rei.

— Attends une minute… Tu veux dire que c'est moi qui ai provoqué cette explosion ? Je te jure que je n'avais aucune intention de blesser M. Humphreys.

— Je ne l'ai jamais pensé, me rassure Minyi. Compte tenu du nombre d'artefacts conservés dans le carrousel, il est impossible de savoir ce qui a engendré ce phénomène.

Je pose aussitôt la question qui vient de se former dans mon esprit.

— Tu penses qu'il pourrait s'agir du Jeton ?

Elle pose une main sur mon épaule.

— Ne te fais pas trop d'illusions, Rei. Des centaines d'érudits se sont penchés sur son cas sans parvenir à percer son mystère.

Soudain, le plafonnier de la chambre s'allume, puis un carillon retentit. Minyi se lève.

— C'est l'heure de te changer, dit-elle. Dans un quart d'heure, tous les concurrents doivent retrouver les maîtres pour le petit déjeuner.

Elle esquisse un sourire timide avant d'ajouter :

— Tu boiras à ma santé.

Un peu confuse, je la raccompagne jusqu'à la porte.

Elle se retourne une dernière fois sur le seuil de la chambre. Son visage n'est déjà plus qu'un masque impénétrable.

— Une dernière chose, Rei. Ne parle à personne de notre petite conversation. Pas un mot à Kieran, et surtout pas à Maître Sasha.

À ces mots, je repense aux mensonges qu'elle m'a servis au sujet de Kieran. Le ventre noué, je baisse les yeux vers le sol.

— Encore un instant, tante Minyi, je murmure.

Mais elle a déjà quitté la pièce.

✷

De fait, aucun petit déjeuner n'a été prévu. Pas pour nous, du moins.

Nous prenons place autour d'une grande table ronde où trois maîtres sont déjà installés devant un véritable festin. Ils observent les vingt adolescents aux mines angoissées qui se tiennent devant eux, serrés comme des bâtons de dynamite prêts à exploser à la moindre étincelle.

Nous portons un uniforme strictement identique, à l'exception de la bande patronymique cousue à la verticale sur la manche gauche, au-dessus du brassard de notre institut. Cette tenue ressemble à une exocombinaison, mais deux disques diffusant une lumière verte ont été fixés au centre de la poitrine et du dos.

Je me trouve entre Anika et Bastian, le garçon au visage de bouledogue qui s'est moqué du vélo de Kieran. Il ne quitte pas des yeux la montagne de petits gâteaux à la cannelle qui trône sur la table. Une goutte de salive perle sur sa lèvre inférieure.

— Ah, je flaire déjà l'odeur du sang ! s'exclame la maîtresse de Tribeca, une femme coiffée d'une iroquoise écarlate.

Elle croise ses bras épais et bascule sa chaise en arrière, se tenant ainsi en équilibre précaire. Son pistolet NN est suspendu à sa ceinture. C'est un modèle particulier disposant d'un triple canon.

— Je sens surtout l'odeur du bacon, Maîtresse Eliza, plaisante un homme au regard très doux, aux cheveux bouclés et aux tempes grisonnantes.

Maître Hassan est plus âgé que ses confrères, mais ses manières courtoises dissimulent une extrême dangerosité.

— Non, intervient Maître Sasha. Eliza a raison. Cela sent incontestablement le sang.

Je suis étonnée de le trouver ici. À l'évidence, il évite mon regard. Il m'a averti que je ne devais rien attendre de lui. Après tout, ce n'est que justice envers les candidats qui, arrivés à la première place de leur institut, ont pleinement gagné le droit de participer au Tournoi.

Nous regardons Maître Sasha fendre un œuf poché d'un habile coup de couteau, puis laisser le jaune couler sur sa tranche de pain grillé. À cette vue, Bastian ne peut retenir un gémissement.

La porte s'ouvre. Nick Valentine, vêtu d'un costume de velours bordeaux, entre dans la pièce et nous adresse un sourire malicieux.

— Chers concurrents, bonjour ! Pour commencer, j'ai besoin de deux volontaires.

Tous les concurrents lèvent aussitôt la main. Nick désigne Noëlle et Everly.

— Tiens-toi debout, dos au mur, je te prie, dit-il à la première.

Tandis que Noëlle se poste à l'endroit indiqué, il tend un pistolet à Everly.

— Tire-lui dessus, maintenant, ordonne-t-il.

Everly n'hésite pas une seule seconde avant de braquer l'arme vers sa cible et de presser la détente.

Noëlle ne cligne même pas des yeux. Plus étonnant encore, elle reste solidement campée sur ses pieds. Le disque placé sur sa poitrine, lui, passe du vert au rouge.

Tout sourire, Nick Valentine porte à Everly une grande claque dans le dos.

— En plein dans le mille, dit-il avant de se tourner vers les autres candidats. Lors de la première épreuve, vous formerez deux groupes : celui des chasseurs...

Il saisit le pistolet et le brandit afin que nous puissions l'observer.

— ... et celui des fugitifs.

D'un geste élégant, il écarte un pan de sa veste et désigne trois fanions aux couleurs vives attachés à sa ceinture. Je devine qu'il ne s'agit pas de simples accessoires de mode.

— Votre objectif consistera, au cours d'une manche unique d'une heure, à rassembler autant de fanions que possible tout en évitant de vous faire tirer dessus. Chacun d'eux vous rapportera un point.

— Seuls les chasseurs seront dotés d'une arme à feu ? demande une concurrente.

J'étudie sa bande patronymique : Dawn Cho. Je reconnais la fille qui m'a fauché la Carte de Randel.

Elle s'est débarrassée de son costume de rongeur. Ses cheveux sont arrangés en deux énormes chignons plus ou moins sphériques qui ne la font pas paraître beaucoup plus imposante. C'est la plus menue de tous les concurrents, mais son regard, à la fois cruel et déterminé, montre clairement que c'est le cadet de ses soucis. Ma sœur m'a toujours recommandé de me méfier des petits gabarits. Selon elle, leur corps ne suffit pas à contenir la rage qui les habite.

— En effet, répond Nick Valentine. Et je sais très exactement ce que vous vous demandez : quel est l'intérêt de jouer le rôle d'un fugitif ? Chaque chasseur se verra remettre un fanion au début de l'épreuve. Chaque fugitif, lui, en recevra trois brodés à son nom. Il marquera trois points par fanion nominatif qu'il pourra conserver.

Trois serveurs entrent dans la pièce, les bras chargés de plateaux, puis distribuent aux concurrents des verres en cristal remplis d'un doigt de liquide ambré. Un quatrième domestique est chargé de servir les maîtres. Je remarque que Tim reçoit une dose deux fois plus importante que les autres concurrents. Un sourire satisfait éclaire son visage.

— Celui-là, je ne peux pas l'encadrer, murmure Anika en me donnant un petit coup de genou sous la table. Je lui réglerai son compte dès que j'en aurai l'occasion.

— Preums, je chuchote.

— Trois circonstances peuvent provoquer l'élimination. Premièrement, être touché par un tir adverse. Deuxièmement, franchir les limites du terrain. Troisièmement, ne pas se classer dans les dix premiers à l'issue de l'épreuve.

Nous observons un silence incrédule. En des circonstances ordinaires, seuls trois concurrents auraient dû être exclus lors de la première épreuve du Tournoi. La liste des candidats ayant été doublée, je m'attendais à ce que six d'entre eux soient menacés. À l'évidence, les maîtres ont l'intention d'écrémer rapidement leur sélection. Forts de cette révélation, nous nous dévisageons les uns les autres d'un œil neuf.

Nick Valentine sourit à ce soudain changement d'attitude.

— Oh, une dernière chose, dit-il. Si votre disque vire au rouge, vous remettrez tous les drapeaux en votre possession à celui qui vous a pris pour cible. Et par voie de conséquence, vous perdrez les points qu'ils auraient pu vous rapporter.

— Aujourd'hui, déclare Maître Hassan, il ne suffira pas d'être bardé de muscles ou doté d'un cerveau surdimensionné. Pour l'emporter, il faudra impérativement combiner intelligence et force physique.

— Le Tournoi est une vitrine, intervient Maîtresse Eliza. Année après année, il bat tous les records d'audience à l'international. Ce n'est pas seulement un titre ou un trophée qui est en jeu.

Elle nous regarde l'un après l'autre.

— De celui ou celle qui sera sacré vainqueur pourrait dépendre le salut de notre ville.

Nick Valentine lève son verre. Troublés, nous l'imitons.

— Le monde a les yeux braqués sur vous. Il place en vous tous ses espoirs. Il prie pour que l'un d'entre vous libère Manhattan et son peuple. Pour que nous puissions un jour lui ouvrir à nouveau nos portes.

— En outre, le Tournoi constitue le plus passionnant des divertissements, ajoute Maître Sasha. Surtout pour nous…

— … car nous vous surveillerons, explique Maître Hassan. Nous, comme tous les membres du Syndicat, y compris les directeurs. Chacun de vous va se voir offrir la possibilité d'intégrer le corps des liquidateurs par la voie la plus directe. Il vous suffit pour cela de vous en montrer digne.

Je réprime un frisson d'excitation.

— Le grand moment est arrivé ! s'exclame Nick Valentine. Prouvez-nous que vous possédez les qualités requises pour devenir l'un des nôtres. Pour vous dresser contre les ténèbres et défendre les habitants de New York. Là où vivent les nécros, c'est là que naissent les héros !

— C'est là que naissent les héros ! reprenons-nous en chœur avant de vider nos verres d'un trait.

Tous les concurrents sont aussitôt pris d'une épouvantable quinte de toux… et je ne fais pas exception. Avaler ce liquide est une véritable torture. Même Noëlle, toujours imperturbable, ne peut réprimer un haut-le-cœur. Les maîtres nous observent sans dire un mot. À l'évidence, ils n'ont pas bu le même liquide, cette liqueur au goût absolument infect.

Tim est le premier à recouvrer l'usage de la parole.

— Comment allons-nous choisir qui sera chasseur et qui sera fugitif ? Allons-nous devoir nous battre pour en décider ?

Sa voix est traînante, sa diction ralentie, comme altérée par le poison qu'il vient d'avaler. À dire vrai, je ne suis pas non plus dans mon assiette. J'ai la tête qui tourne et j'éprouve les pires difficultés à organiser mes pensées.

Maîtresse Eliza croque dans l'un des gâteaux à la cannelle que convoitait Bastian. Quand serons-nous autorisés à nous servir ? Tante Minyi n'a-t-elle pas parlé d'un petit déjeuner ?

— N'y compte pas, mon garçon. Tu vas faire un somme… et tu découvriras à ton réveil quel rôle t'a été attribué.

Un bruit sourd retentit à mes côtés. Anika vient de s'écrouler face la première sur la table. Bastian l'imite une seconde plus tard, la langue pendant de sa bouche entrouverte.

« Tu boiras à ma santé. »

— Vous nous avez drogués ! s'écrie Everly, qui se bat pour ne pas perdre connaissance.

— Triple-Z, précise Maîtresse Eliza. Cela fonctionne sur tout le monde, et à tous les coups.

Tim bascule sur le flanc, mais le corps inanimé de Kieran interrompt sa chute. Son verre lui échappe et se brise sur le sol. Je lutte pour garder les yeux ouverts tandis que les autres concurrents sombrent les uns après les autres.

Maître Sasha rit de mes efforts. Il se lève, contourne la table, place deux doigts sur mes paupières et les ferme très délicatement.

— Bonne chance, petit rat d'égout, murmure-t-il, un instant avant que je ne perde connaissance.

CHAPITRE 15

À mon réveil, je suis étendue sur la pierre. Des branches au feuillage roux se balancent au-dessus de moi. En me redressant, je découvre le dôme de lumière rouge et chatoyante qui recouvre la zone, semblable au bouclier énergétique qui protège le département des Archives. Au loin, je reconnais les gratte-ciel de Midtown.

Je sais où je me trouve.

Au beau milieu de Central Park.

Le disque vert sur ma poitrine pulse lentement.

D'énormes caractères apparaissent au sommet de la coupole lumineuse. Le décompte a commencé.

60:00

59:59

59:58

Je ne vois aucun adversaire mais, compte tenu de la taille relativement modeste du dôme, ils ne doivent pas être loin. Sur ma gauche, l'aire de jeux d'ordinaire surpeuplée est déserte. Chahutées par le vent, les chaînes des balançoires émettent un grincement sinistre. Le rocher sur lequel je me trouve ne peut être que le Rat Rock, un grand bloc de schiste qui doit son nom aux rongeurs qui, autrefois, nichaient dans ses anfractuosités.

Un petit sac de toile est posé à mes pieds. À l'intérieur, je découvre le Jeton dont je me suis emparé au carrousel.

— J'aurais aussi bien pu me pointer avec une patate, je grogne à voix basse.

Je tâte mes hanches. Elles ne se posent pas sur la crosse d'une arme de poing, mais sur trois carrés de tissu épinglés à ma taille.

J'éprouve un immense sentiment d'humiliation. Me voici condamnée à tenir le rôle de fugitive.

Nick Valentine a insisté sur le fait que les règles étaient plus équilibrées qu'il n'y paraissait, mais je ne vois pas les choses à sa manière. Tout cela me rappelle beaucoup le conflit qui oppose humains et nécros, prédateurs et proies. Privée d'arme, je n'ai d'autre choix que de me cacher au plus vite pour échapper à mes poursuivants.

Je serre les dents. Je n'ai aucune chance de l'emporter.

Soudain, un bourdonnement aigu se fait entendre. Je lève les yeux et aperçois un drone noir qui file au-dessus des arbres puis vient se placer en vol stationnaire à quelques mètres de moi. Ses quatre objectifs semblables à des yeux d'insecte sont braqués sur mon visage. Comme tous les New-Yorkais et une bonne partie de la population mondiale, j'ai assisté à toutes les éditions du Tournoi depuis sa création. L'idée d'apparaître en direct sur des millions d'écrans me perturbe au plus haut point. À compter de cet instant, le moindre de mes actes sera scruté, analysé et critiqué. Les directeurs n'en rateront pas une miette.

En ces circonstances, j'aurais bien besoin d'un allié. Si seulement je pouvais localiser Anika... Hélas, à l'instant où j'ose faire un pas à découvert, un éclat de rire tout proche me fait battre en retraite derrière un buisson qui borde le Rat Rock. Le cœur battant, je vois apparaître quatre individus lancés sur la route menant à l'aire de jeux.

Pistolet au poing, Tim ouvre la marche.

Un chasseur, évidemment. Le contraire m'aurait étonnée.

Puis j'identifie l'objet qu'il tient dans sa main gauche. S'il ressemble au bec d'un ptérodactyle, il s'agit en vérité d'une gigantesque pince de crabe : le Chélipède. Il faisait autrefois partie de la fontaine de la paix, qui symbolise la lutte du bien contre le mal. Malgré son poids et sa taille, Tim la porte à la manière d'une tronçonneuse sans trahir le moindre effort. Équipé de cet artefact, il ne constitue plus seulement une menace. Il est invincible.

Bastian ricane dans son sillage, suivi de près par Noëlle, dont je reconnais la queue-de-cheval blonde. Tous deux sont armés, évidemment.

Enfin, Anika émerge des feuillages. Un rictus malicieux altère ses traits innocents. Elle rejoint ses alliés. Comme eux, elle est équipée d'un pistolet automatique.

Comme par hasard. Ces quatre-là n'ont qu'une chose en commun : aucun d'eux ne fait partie des candidats repêchés.

Tandis que je me penche pour mieux les observer, une brindille craque sous ma botte. Anika se tourne vers ma position. Je me replie aussitôt et retiens mon souffle.

Une minute s'écoule avant que je n'ose jeter un œil à l'extérieur de ma cachette.

Je me retrouve nez à nez avec Anika.

Pistolet braqué sur ma poitrine, elle pose un doigt sur ses lèvres. Je considère mes chances de lui fausser compagnie, mais elle se tient à distance respectable, si bien que je n'ai aucune chance de la maîtriser avant qu'elle ne fasse feu.

— Alors comme ça, tu as renoncé à corriger Tim, à ce que je vois, dis-je sur un ton grinçant.

D'un coup de tête, elle balance sa queue-de-cheval d'une épaule à l'autre.

— Tu aurais fait la même chose, si tu avais eu la chance de recevoir une arme.

— Comment sais-tu que je n'en possède pas ?

— Parce que tu la pointerais sur moi, en ce moment même. Maintenant, file-moi tes fanions.

— Dans tes rêves.

Elle hausse les épaules. Sa confiance en elle a quelque chose d'écœurant.

— Fais ce que je te demande, et je te laisserai partir. Si tu refuses, je t'éliminerai. Dans un cas comme dans l'autre, je prendrai tes fanions.

— Alors pourquoi me donnes-tu le choix ?

— Parce que tu es inoffensive, répond-elle. Tu n'es qu'une fugitive. Dis-toi que c'est ma façon de te remercier d'avoir saboté ton examen et de m'avoir laissée prendre la première place.

Je dois mobiliser toute ma volonté pour ne pas lui sauter à la gorge. Son arme constitue un net avantage, et je ne suis pas en situation de négocier.

— Anika, bouge-toi un peu ! crie Bastian. Tim a déjà pris de l'avance.

Je m'attends à ce qu'elle révèle ma présence, mais elle se contente de crier :

— C'est bon, j'arrive dans une seconde !

Puis, sans cesser de me menacer de son arme, elle chuchote :

— Dépêche-toi de me filer ces foutus fanions !

Elle ne me laisse pas le choix. La mort dans l'âme, je détache les drapeaux et les laisse tomber à mes pieds.

Prenant soin de garder le pistolet braqué sur ma poitrine, elle se baisse pour les ramasser puis les fourre dans l'une de ses bottes.

— Si ça peut te consoler, je suis sûre que tu aurais fait une excellente chasseuse, dit-elle.

Tandis qu'elle se met à courir, je me mords la langue pour ne pas la couvrir d'insultes. Ce n'est que lorsque je n'entends plus le bruit de ses pas que je m'autorise à respirer librement.

Je suis absolument furieuse.

Furieuse, parce qu'elle a été désignée chasseuse, et que je n'ai pas eu cette chance. Hors de moi, parce que je n'ai même pas eu l'opportunité de me battre avant d'être contrainte de céder mes fanions.

Qu'elle aille au diable. Je ne vais pas rester plantée là en attendant qu'un chasseur de second rang ne m'élimine pour de bon.

Demeurant à couvert des buissons, je repère les environs. Apparemment, Anika, Tim et son chien de garde sont les seuls à s'être aventurés aux abords du Rat Rock. Si seulement j'avais pu m'emparer de la Carte de Randel, j'aurais pu suivre en temps réel les déplacements de mes rivaux.

J'ai conscience que je dispose de peu de temps pour tenter d'échapper à l'élimination, et cette pensée me donne la nausée. En désespoir de cause, je sors le

Jeton de ma poche. Je me raccroche à la confiance qu'il m'a inspirée, lorsqu'il m'a choisie dans le carrousel et que je me suis sentie capable de percer son mystère. Je prends une profonde inspiration et essaie d'invoquer sa lumière dorée.

Rien.

Je lui parle. Je le supplie. Je l'agite en tous sens, traçant dans les airs je ne sais quels signes cabalistiques. J'en viens même à le menacer.

Soudain, un grondement discret se fait entendre. Je me prends à espérer que mon vœu a été exaucé, puis je réalise que ce son ne provient pas du Jeton. Je m'accroupis derrière un orme dont les feuilles tombent en pluie sous l'effet de vibrations de plus en plus intenses.

Une créature blanche, aussi massive qu'un grizzli, émerge de la végétation. Je cligne des yeux à plusieurs reprises avant de l'identifier. Il ne s'agit pas d'un ours, mais d'un énorme lion. Avant que j'aie pu m'interroger sur cette apparition et m'imaginer qu'un déséquilibré a libéré tous les fauves du zoo de New York, je découvre la fille qui se tient à califourchon sur son dos : Yuna Park, la championne de Flatiron Prep. D'une main, elle brandit un pistolet automatique ; de l'autre, trois fanions colorés et froissés. Lorsqu'elle passe à vive allure à ma hauteur, ses cheveux noirs et courts chahutés par le vent, je réalise que le lion n'est pas de chair et de sang, mais de marbre. C'est un artefact animé par un souffle de vie.

Écœurée, je jette le Jeton à mes pieds. Yuna et son lion disparaissent au grand galop, soulevant dans leur sillage un épais nuage de poussière qui masque entièrement la route. C'est l'occasion idéale de tenter enfin ma chance. Alors que je suis sur le point de quitter ma cachette, un concurrent me prend de vitesse. Lui aussi compte profiter de cette couverture providentielle. C'est le garçon aux yeux gris et au regard cruel sorti premier de Lower East Side Prep. S'il est aussi bien équipé que ceux qui l'ont précédé, mes chances de le neutraliser sont plutôt minces.

Néanmoins, il possède ce dont j'ai impérativement besoin.

J'attends qu'il passe devant moi pour passer à l'action. Il pousse un cri aigu lorsque je le tire à l'écart de la route, le plaque au sol et enfonce son visage dans la terre afin de le réduire au silence. Je m'assieds sur son dos et pèse sur lui de tout mon poids. Il parvient à dégager un bras et à me porter un coup de coude au visage si puissant que je tombe à la renverse. Il roule sur le flanc, pointe le pistolet dans ma direction et presse la détente.

Rien ne se produit. Profitant de son état de confusion, je lui arrache l'arme et prend à mon tour pour cible son disque pectoral. Sourire aux lèvres, je savoure mon triomphe.

— Attends ! Je suis un chasseur. Tu n'as pas le droit de me tirer dessus.

— D'où tiens-tu cette règle ?

— Des maîtres, espèce d'abrutie ! Ce sont eux qui ont décidé que je serais armé et que tu ne le serais pas !

— Oh, tu veux parler de ce flingue ?

Je considère d'un œil faussement étonné le pistolet qui se trouve dans ma main.

— Et si on parlait plutôt de ce disque, sur ta poitrine ? À quoi sert-il, selon toi ?

Sur ces mots, je fais feu. Le témoin lumineux passe au rouge.

Aussitôt, un drone plonge en bourdonnant vers notre position.

— Lars Hendriks, numéro un de Lower East Side Prep, vous venez d'être éliminé par Rei Reynolds, FD Prep, candidate repêchée. Veuillez quitter l'arène immédiatement.

Lars écume de rage.

— Tu n'es qu'un déchet de quatrième classe, Reynolds ! hurle-t-il avant de se ruer sur moi.

Je parviens d'extrême justesse à esquiver sa charge. Son disque vire aussitôt au blanc. Pris de convulsions, il tombe à genoux. Tout son corps crépite d'électricité.

Malheureusement, je ne resterai pas sur les lieux assez longtemps pour savoir s'il quittera l'arène debout ou sur une civière.

« Déchet de quatrième classe. »

Ces mots résonnent dans ma tête tandis que je me mets à courir. Je ne dois pas les laisser m'atteindre, même s'il est évident que Lars n'avait pas tout à fait tort.

Je serre la crosse du pistolet dont je viens de m'emparer.

Après tout, déchet ou pas, j'ai un Tournoi à remporter.

CHAPITRE 16

Trente minutes avant la fin de la première épreuve, un coup de tonnerre retentit, puis le dôme de lumière rouge commence à se contracter. Ses parois se resserrent vers son centre, rassemblant loups et agneaux. Bientôt, ceux qui ont fait le choix de demeurer cachés n'auront d'autre option que de se battre.

Cette modification réduit le champ de bataille à trois zones distinctes : le Rat Rock et son aire de jeux ; un secteur boisé et les sentiers qui l'entourent ; au nord, englobant près de la moitié de la nouvelle arène, la vaste plaine herbeuse où sont aménagés des terrains de base-ball.

C'est là que je me trouve, aux frontières de l'arène, déterminée à prendre par surprise tout retardataire isolé. Trouvant les lieux déserts, je me résous à chercher un poste d'observation d'où je pourrai espionner Tim et sa bande.

Ce n'est qu'aux abords d'un vieux manège situé au nord-ouest que je réalise que je suis suivie. Je contemple les chevaux de bois, vestiges d'un autre temps, leurs crinières ébréchées, leurs selles écaillées, leurs yeux fanés et leurs bouches ouvertes sur un même cri muet. Je bondis sur la plateforme, frôle les hampes du bout des doigts et me glisse derrière un char richement décoré tiré par un étalon noir.

— Salut, mon petit soleil, fait une voix dans mon dos.

Je fais volte-face et me retrouve face à Kieran. La combinaison maculée de boue, il s'appuie contre le cheval situé à ma droite. Sans réfléchir, je vise sa poitrine et fais feu.

Son disque pectoral reste vert.

Je suis abasourdie. C'est impossible. Je tire une deuxième fois, puis une troisième.

— C'est bon ? demande-t-il avec un sourire insolent. Tu as terminé ?

OK. Il y a un truc qui m'échappe. Je ne dois pas laisser éclater ma colère. Je ne veux pas lui faire ce plaisir.

— Comment m'as-tu trouvée ? je demande, aussi calmement que possible.

Pour toute réponse, il brandit un vieux parchemin.

— La... la Carte de Randel, je bredouille. L'artefact de Dawn.

— Je suis au courant. Je la lui ai volée. C'était la moindre des choses, vu qu'elle a piqué tous mes fanions.

— Mais tu as la Carte, maintenant. Il te suffirait de la retrouver pour les récupérer.

— J'en serais ravi, dit-il. Malheureusement, elle en a donné deux à Tim en échange de sa protection.

Évidemment, rusée comme elle est. Bien que simple fugitive, elle a trouvé un moyen d'assurer sa survie.

— Je vois, je grogne. Alors qu'est-ce que tu attends de moi ?

— Hé, il n'est pas nécessaire d'être aussi agressive ! Je me cherche simplement une alliée.

— Je préférerais lécher les bottes de Tim.

— Non, la vérité, c'est que tu préférerais remporter cette épreuve. Et ne le prends pas mal, mais tu n'es pas très bien partie.

— Tu ne t'en sors pas mieux que moi.

— Regardons les choses en face, mon petit soleil...

— Holà ! Je te défends de m'appeler comme ça !

— Comme tu voudras, mais ça ne changera rien au fait que nous ferions mieux de travailler main dans la main. J'ai la Carte, et tu es armée. Ensemble, nous pouvons récupérer nos fanions, et éliminer les autres chasseurs par la même occasion.

Cette suggestion me redonne espoir, mais je sais par expérience que Kieran n'est pas toujours digne de confiance. Quoi qu'il fasse, il a toujours une idée tordue derrière la tête.

— Je pourrais te forcer à me remettre la Carte, je lui fais observer.

Il écarte largement les bras afin d'exposer son disque pectoral.

— Fais ce que tu veux, mais ce ne serait pas très fair-play, dit-il. Si j'avais souhaité ton élimination, j'aurais pu proposer mon aide à n'importe quel autre concurrent. Or, l'épreuve touche à sa fin. Et même si tu te méfies de moi, tu es la seule en qui j'ai confiance.

Constatant que je reste muette, il lève les mains en l'air en signe de dépit.

— Allez, quoi, Reynolds. Franchement, est-ce que tu as une autre solution ? Tu comptes passer le temps qui te reste à canarder d'autres candidats sans même savoir s'ils sont en possession de fanions ?

— Tu ne devrais pas me sous-estimer.

Il me dévisage longuement.

— Je te croyais pragmatique, mais il faut croire que je me suis trompé. Je vais arrêter de gaspiller mon temps avec toi et me trouver un autre allié.

Alors qu'il se détourne, je m'accorde un instant de réflexion. Sur le plan stratégique, ne serais-je pas en train de laisser passer ma seule chance de participer aux épreuves suivantes ? Peut-être. Peut-être pas. Ma seule certitude, c'est que je ne peux plus lui accorder ma confiance. Pas après ce qu'il m'a fait subir.

Pourtant, à la dernière seconde, je me ravise.

— Attends, dis-je en attrapant son poignet.

À ma grande stupéfaction, mes doigts traversent son bras, comme s'il n'avait aucune consistance matérielle.

— Qui sous-estime qui, Rei ? ironise-t-il. Comme tu le vois, j'ai plus d'un tour dans mon sac.

Comprenant aussitôt de quoi il retourne, je m'agenouille et essaie de saisir sa botte. Comme je l'avais prévu, ma main ne rencontre que du vide avant de se refermer sur un petit rectangle de carton. Au même instant, l'image de Kieran se dissout dans les airs.

J'étudie ma trouvaille. C'est une carte à jouer d'aspect ancien, un as de cœur portant la signature du plus grand illusionniste de l'histoire de New York : Harry Houdini.

L'artefact de Kieran me glisse d'entre les doigts et file droit vers le ciel, à une telle vitesse que je le perds aussitôt de vue. Je sais à présent pourquoi rien ne s'est produit lorsque je lui ai tiré dessus. Il ne se trouvait pas devant moi, tout simplement.

— Très bien ! je lance à haute voix. J'accepte de faire équipe avec toi. Mais sache que je n'hésiterai pas à te descendre au plus petit acte de trahison.

Kieran, en chair et en os, se laisse glisser du toit du manège et atterrit devant moi, la Carte de Randel dans une main, l'As de cœur dans l'autre. Une lueur malicieuse danse dans les yeux.

— Te trahir, moi ? Je n'oserais même pas y penser.

*

— Il ne reste que vingt minutes, dit-il en étudiant le décompte projeté au sommet de la coupole lumineuse. Tu es vraiment sûre de ton coup ?

— Je peux toujours t'éliminer, si tu préfères, je réponds sans quitter des yeux la Carte de Randel.

Lorsque je pose un doigt sur la partie du quadrillage où Central Park est représenté, l'image grandit jusqu'à occuper toute la surface du document. Je bénéficie à présent d'une vision parfaite, non seulement de notre position, mais aussi de celles des treize concurrents encore en lice. Hélas, je constate que les chasseurs sont au complet, à l'exception de celui que j'ai éliminé.

Le feuillage frémit tandis que Kieran, à la force des bras, se hisse jusqu'à la branche sur laquelle je suis perchée.

— Je ne t'ai pas donné la permission de squatter mon arbre, je grommelle.

— Oh ! Toutes mes excuses.

Je lève les yeux au ciel puis reprends mon examen de la Carte. Je me concentre sur les points en mouvement dans la zone où nous nous trouvons. Se pressant contre mon dos, Kieran étudie leur position par-dessus mon épaule.

Les fugitifs sont dispersés aux quatre coins du parc. Seul un petit nombre d'entre eux a formé des binômes. Comme prévu, la bande de Tim est encore au complet. J'aperçois Dawn qui, privée de son artefact, tâche de se faire discrète. Elle se cantonne aux limites du champ de bataille dans l'espoir de leur échapper.

— Dix-huit minutes, annonce Kieran.

— Regarde. Tim et ses copains ont fini de ratisser la partie ouest. Ils se dirigent dans notre direction.

Du bout du doigt, il trace une ligne qui passe par les terrains de base-ball. Ce faisant, son bras effleure furtivement le mien.

— Et c'est ici que tu comptes scinder le groupe ?

Je m'écarte de lui de quelques centimètres. Sa façon de toucher la Carte me perturbe. Ses doigts glissant sur le papier réveillent des souvenirs que je ferais mieux d'oublier.

— Oui, et pendant ce temps, tu...

— Je prendrai position.

— À quel endroit ?

— Ça, ça reste à déterminer.

Il m'adresse un clin d'œil.

— Ne te fais pas de souci pour ça. Là où je serai, je ne te quitterai pas des yeux.

Nous descendons de notre perchoir et nous mettons en route sans tarder. Privilégiant la vitesse à la discrétion, je me dirige vers le sud en terrain découvert. Tant que j'observe le bon timing, cela n'aura pas de conséquence.

Un bourdonnement familier parvient à mes oreilles. Sur ma gauche, un drone se rapproche vitesse grand V. Je modifie légèrement ma trajectoire afin de garder mes distances.

À l'instant où j'aperçois le Rat Rock, je me baisse pour ramasser une pierre, puis je cours me cacher derrière un arbre, vingt-cinq mètres plus loin.

Il n'y a plus qu'à patienter.

Quelques minutes plus tard, j'entends le groupe de chasseurs avant de les voir. La voix perçante de Bastian, le pas lourd de Tim qui, comme toujours, ouvre la marche. Ce dernier se hisse au sommet du rocher. De ma position, je vois sept fanions flotter à sa ceinture. En chien fidèle, Bastian vient se planter à ses côtés. Derrière eux, Noëlle porte sept drapeaux arrachés aux fugitifs tombés au combat. Anika n'arbore aucun trophée.

Dans la prairie voisine, un mouvement attire l'attention de Tim. Il dresse la tête, tel un loup flairant une proie, lance des ordres à ses complices puis saute du rocher en compagnie de Noëlle.

Avant qu'Anika et Bastian aient pu les rejoindre, je lance de toutes mes forces la pierre de la taille d'un pamplemousse que j'ai ramassée quelques minutes plus tôt. Elle file au-dessus de leurs têtes et rebondit bruyamment sur le versant opposé du Rat Rock.

Les deux chasseurs se retournent et pointent leurs armes en direction du bruit. Tandis qu'ils inspectent la zone, je me rapproche furtivement. Anika saute de l'autre côté du rocher et disparaît de mon champ de vision. Visiblement réticent, Bastian se décide à la rejoindre.

Je m'élance alors à découvert, gravis la face du rocher la plus proche et me hisse au sommet.

— Je pensais que tu aurais retenu la leçon, dit une voix familière.

J'ai tout juste le temps de plonger avant qu'Anika, campée au pied du rocher, n'ouvre le feu sur moi. Comment a-t-elle pu connaître l'endroit précis où je me trouvais, alors que la Carte n'est plus en sa possession ?

Puis j'identifie l'objet qui se trouve dans la paume de sa main gauche. Un globe de cristal contenant une créature aux tentacules luminescents.

La Méduse.

Plus Anika s'approche, plus son éclat s'intensifie. Œuvrant comme une boussole vivante, elle la guide vers moi.

Les quatre membres du groupe couvrent à présent les deux versants du Rat Rock. Je n'ai plus aucun espoir de leur échapper. Je bondis d'un renfoncement à l'autre afin de leur interdire tout tir direct sur mes disques. Au moment où je saute sur un étroit pilier naturel, la semelle de ma botte dérape sur la pierre humide. Je dégringole lamentablement, rebondis deux fois sur la paroi et m'écrase lourdement au pied du rocher, deux pas derrière Anika.

Couverte de plaies et d'ecchymoses, je me redresse aussi vite que possible. Par chance, l'adrénaline qui déferle dans mes veines me rend insensible à la douleur. Je me rue sur Anika, lui porte un coup de pied à l'arrière du genou puis l'immobilise au moyen d'une solide clé de bras. Elle écarquille les yeux. Elle sait par expérience qu'elle n'a aucun moyen de me dominer au corps à corps, mais je tiens à mettre les choses au clair.

Je penche le torse latéralement, enroule une jambe autour de la sienne puis, exploitant mon propre élan, l'envoie sans ménagement mordre la poussière. Sous le choc, son arme lui échappe et pirouette dans les airs. Je l'attrape au vol.

— Bastian ! crie Anika tandis que je la maintiens étendue du talon de ma botte. À l'aide !

Ce dernier se précipite à son secours, mais dès qu'il aperçoit le pistolet braqué sur lui, il fait volte-face et s'enfuit à toutes jambes, en ligne droite, au milieu de la prairie.

Anika lui lance un chapelet d'insultes puis, écumante de rage, me fusille du regard.

— Toi ! gronde-t-elle. Toujours toi !

Je secoue la tête, consternée.

— Tu ne peux t'en prendre qu'à toi-même, Ani. C'est ta faute si tu n'as jamais pu te hisser à ma hauteur.

Ses yeux lancent des éclairs. Pour elle, la partie est terminée. Elle n'a plus peur d'échouer. Elle n'éprouve plus que de la haine à l'état pur.

— J'aurais mieux fait de t'éliminer quand j'en avais l'occasion.

Je hausse les épaules.

— Si ça peut te consoler, je suis convaincue que tu aurais fait une excellente liquidatrice.

J'ai de la compassion à revendre, mais elle est trop fière pour demander grâce.

Tant pis pour elle. Je presse la détente.

CHAPITRE 17

Les ennuis ne tardent pas à se présenter sous la forme d'une queue-de-cheval blonde et d'un marteau enchanté.

Tandis que je cours à perdre haleine afin de rejoindre Kieran, je sens la terre trembler sous mes pieds, puis le monde s'arrête de tourner. Tout en moi se fige. Mes bras. Mes jambes. Mes poumons. Mon cœur fonctionne au ralenti. J'entends ses battements paresseux sous mon crâne.

Boum… boum… boum…

Mon esprit a du mal à accepter cette nouvelle réalité. J'ai beau me démener, je n'ai pas parcouru plus de dix centimètres depuis que le phénomène s'est manifesté.

Boum.

Luttant contre la force mystérieuse qui entrave mes muscles, je lève la tête et aperçois la silhouette de Noëlle Cartier. Elle approche d'un pas tranquille, comme si elle avait tout son temps. Et grâce au Marteau, c'est bel et bien le cas, au moins pendant quelques secondes.

Elle pose le canon de son pistolet sur ma poitrine.

Pour la première fois depuis le début de l'épreuve, je suis réduite à l'impuissance. Mon cerveau adresse à mon corps des ordres désespérés. Il lui commande tour à tour de se battre et de prendre la fuite, mais ses appels restent sans réponse.

Noëlle sourit. Elle sait très exactement ce que j'endure.

Boum.

Une bourrasque balaie la prairie. Je regarde les feuilles tourbillonner autour de ma rivale. Malgré la panique qui obscurcit mon esprit, une idée me vient. Si mon corps refuse de se plier à ma volonté, il reste soumis aux lois de la nature.

Aussi, quand mon pied est sur le point de toucher le sol, je plie la cheville de façon à trébucher délibérément, puis je laisse la gravité faire le reste.

Sans aucun moyen d'amortir ma chute, j'atterris face contre terre. Noëlle fait feu. Ma bouche est pleine de poussière, mais mon disque pectoral n'a pas viré au rouge.

L'espace d'une seconde, Noëlle vacille sous l'effet de la surprise. Lorsqu'elle reprend ses esprits, les effets de l'artefact se sont dissipés.

Tandis que je me resynchronise à l'écoulement naturel du temps, je sens toute l'énergie dont on m'a temporairement privée rejaillir dans mon corps. Je me jette sur mon adversaire, la ceinture fermement et lui fait perdre l'équilibre. Nous roulons toutes les deux dans l'herbe. Elle montre les crocs. J'empoigne sa queue-de-cheval et la tire si violemment en arrière que j'entends craquer ses vertèbres. Elle me boxe avec une précision et une élégance très académiques, mais sa frêle silhouette n'est pas adaptée à cet exercice.

Dopée par l'adrénaline, je sens à peine ses coups et fais surtout en sorte qu'elle n'oublie jamais ceux que je lui porte.

Le ciel se met à clignoter. Nous interrompons notre pugilat pour lever les yeux vers l'horloge : plus que dix minutes. Au même instant, les parois du dôme se rapprochent dangereusement de notre position.

Profitant de mon désarroi, Noëlle trouve enfin une ouverture. Son poing m'atteint en pleine face. Sonnée, je vois des étoiles danser devant mes yeux. Je pousse un cri. J'ai dans la bouche un goût métallique, un flot de sang que je lui crache au visage. Horrifiée, elle hurle de dégoût et s'écarte vivement. Transfigurée par la haine, elle soulève le Marteau et se prépare à porter l'attaque qui mettra définitivement un terme à notre duel.

Au même moment, le dôme commence à se déformer. Telle une cellule au stade ultime de la mitose, il se sépare en deux par le centre, pile au-dessus de nous.

— Les limites, dis-je, haletante, en pointant du doigt l'anomalie.

Noëlle prend alors conscience du dilemme auquel elle se trouve confrontée. Si elle prend le temps de me mettre hors de combat, ni elle ni moi ne nous en sortirons. Et bientôt, si nous demeurons où nous nous trouvons, nous serons toutes deux hors zone.

Elle me dévisage puis me repousse de toutes ses forces. Le globe lumineux se scinde alors à hauteur du sol, formant deux arènes distinctes. Nous voici irrémédiablement séparées.

Elle me lance un regard glacial. Elle ne prononce pas un mot, mais le message est clair : « La prochaine fois, tu n'auras pas cette chance. »

Tout sourire, je brandis les trois fanions que j'ai arrachés à sa ceinture lorsqu'elle m'a éjectée de sa demi-sphère.

N'en croyant pas ses yeux, elle porte les mains à sa taille et les cherche en vain. Les poils de mes bras se dressent à la vue de son expression meurtrière. L'espace d'un instant, je redoute qu'elle ne franchisse la frontière dans le seul but de me tordre le cou, mais elle prend une profonde inspiration avant de tourner les talons. Elle lâche un cri de rage qui fait s'envoler tous les oiseaux des alentours, puis s'élance à la recherche d'une autre victime.

L'horloge indique qu'il me reste moins de cinq minutes. Les effets de l'adrénaline se dissipant, les plaies et les bosses que j'ai récoltées commencent à me faire sérieusement souffrir. Je me dirige d'un pas traînant jusqu'à l'endroit où je dois retrouver Kieran, un bosquet situé à l'ouest des terrains de base-ball.

Un bosquet... ou ce qu'il en reste. Je me fige au beau milieu de la prairie à l'instant où je l'aperçois. Tout ici a été consciencieusement dévasté. À la distance à laquelle je me trouve, on jurerait qu'un ouragan a ravagé cette partie du parc. Des branches jonchent le sol, semblables à des soldats tombés au combat.

Ma résolution vacille. Je pose une main sur les fanions suspendus à ma ceinture. Il y en a dix, pour un total de douze points, puisque les trois que j'ai fauchés à Anika étaient en ma possession dès le début de l'épreuve. Un score largement suffisant pour assurer ma qualification. Je peux même espérer remporter la manche. Je pourrais me contenter de patienter à l'abri d'un rocher et sortir triomphante de l'arène. Pourquoi risquer de tout perdre ?

Je n'ai rien promis à Kieran. Tout bien pesé, il est dans mon intérêt de ne pas l'aider. *Compte tenu de ce qu'il t'a fait subir, l'abandonner constituerait même une vengeance parfaitement justifiée*, fait une petite voix dans ma tête.

Cependant, s'il n'avait pas mis en commun la Carte de Randel, s'il ne s'était pas montré pour distraire Tim et Noëlle et les attirer loin de leurs complices, je n'aurais jamais récupéré mes drapeaux.

Nous avons conclu un accord, et je n'ai pas le cœur à le rompre.

En m'approchant discrètement du bosquet dévasté, je surprends Tim en train de détruire un buisson à l'aide du Chélipède. Alors qu'il pousse un cri rageur, de l'écume jaillit de sa bouche. Ses biceps sont tendus sous les manches de son exocombinaison. Il balaie tout ce qui se trouve à sa portée à l'aide de sa gigantesque pince de crabe. Sous ses assauts, une énorme branche s'écrase au sol.

— Montre-toi ! rugit-il. Sors de ton trou, sale cafard !

Épouvantée, je me glisse derrière un arbre. Le fait que Tim dispose d'un tel pouvoir constitue la pire des catastrophes. Peu de candidats auraient été capables ne serait-ce que de soulever cet artefact, sans parler de le manier. Ses gestes sont décousus. Précipités. Mal ciblés. Imprévisibles. Mais, hélas, un psychopathe bardé de muscles, aussi négligent soit-il, n'en reste pas moins mortellement dangereux.

Tim pousse un hurlement triomphal. Derrière les jeunes pins qu'il vient de déraciner se tient Kieran, accroupi et tremblant.

Affolée, je crie son nom.

Tim tourne la tête dans ma direction. Je vois dans ses yeux vitreux brûler la fièvre des batailles. Il soulève le

Chélipède. Pas pour me frapper, mais pour protéger son disque pectoral de la pluie de balles que je lâche dans sa direction.

Puis il pivote en direction de Kieran, artefact brandi, bien décidé à séparer sa tête du reste de son corps.

CHAPITRE 18

Le Chélipède traverse Kieran, telle une épée fendant la brume. Ce dernier (ou du moins, son image) lui adresse un magnifique doigt d'honneur, puis disparaît.

Je comprends à présent pourquoi Tim s'est mis dans un état pareil.

Multipliant les clones, Kieran apparaît ici et là, jamais plus de quelques secondes, avant de rappeler l'As de cœur qui vient se loger dans la paume de sa main. Il joue avec son adversaire comme un prestidigitateur joue avec son public, se servant de son environnement pour semer la confusion. C'est un hilarant jeu de bonneteau qui semble ne jamais devoir s'achever, et que Tim n'a aucune chance de remporter.

Les mâchoires serrées, il continue à manier le Chélipède à tort et à travers. Un long craquement se fait entendre, semblable à une rafale d'arme à feu, et un bouleau s'abat au centre du bosquet devenu clairière. Dans sa rage de débusquer le véritable Kieran, il est prêt à raser tout ce qui tient encore debout.

— Tu t'en es sortie, chuchote une voix à mon oreille.

Je tressaille. Kieran se tient à mes côtés, le front ruisselant de sueur.

— Je commençais à m'inquiéter, dit-il. Oh, fais gaffe…

Il me saisit par la taille et me pousse délicatement hors de la trajectoire d'une branche d'arbre qui vient d'être arrachée à son tronc.

— Et maintenant ? je demande.

— Tant qu'il reste au moins un arbre derrière lequel me cacher, j'ai la situation en main.

Il fait apparaître un énième clone puis cours s'embusquer à une dizaine de mètres de là.

Pendant ce temps, Tim s'acharne sur le tronc d'un érable. Un grincement sinistre se fait entendre. Kieran, trop concentré sur sa stratégie, ne voit pas l'arbre vaciller… puis basculer vers l'endroit précis où il se cache. Je vole à son secours, l'ombre du tronc passant sur moi comme le couperet d'une guillotine. Je percute son torse de plein fouet, si brutalement que tout air est instantanément chassé de mes poumons, puis nous roulons jambes par-dessus tête dans un enchevêtrement de racines.

La terre tremble lorsque l'arbre s'abat. Mon visage est enfoui dans le cou de Kieran. Il me tient serrée dans ses bras. Ce n'est que lorsque le fracas s'interrompt que je m'autorise à le regarder. Ses yeux sont braqués sur l'endroit où il se trouvait quelques instants plus tôt. Il tremble de tous ses membres.

De nouveau, une ombre nous enveloppe. Tim est penché au-dessus de nous. Lorsqu'il me voit dégainer le pistolet et le braquer sur sa poitrine, il esquisse un sourire inquiétant.

— Eh bien, vas-y, tire, dit-il d'une voix rauque. Tout ça n'est qu'un jeu stupide, une mascarade. Dans deux minutes, on en aura tous terminé. Seulement, si tu appuies sur la détente, je jure de te briser la colonne vertébrale, et rien ni personne ne pourra m'en empêcher.

Je marque un instant d'hésitation. Tim en profite pour brandir le Chélipède. À cette vue, toutes mes pensées s'évanouissent, sauf une.

Il a réellement l'intention de nous tuer.

Sans réfléchir, je m'étends sur Kieran pour faire rempart de mon corps, comme si je n'étais pas faite de chair et de sang.

Enfin, je ferme les yeux et me prépare à encaisser la douleur.

Le monde explose en une pluie d'or et de feu. Malgré mes paupières closes, je suis aveuglée par la lumière. Un hurlement de douleur me déchire les tympans.

Lorsque le phénomène s'estompe, je m'autorise à contempler le champ de bataille.

Tim est allongé sur le sol, sans connaissance. Une fumée noire s'échappe de son exocombinaison. Ses deux disques sont brisés.

Une main apparaît dans mon champ de vision. Hébété, je la saisis et laisse Kieran me remettre sur pied. Nous contemplons notre triomphe avec émerveillement.

— Tu vois ? souffle-t-il. Je t'avais bien dit que j'avais plus d'un tour dans ma manche.

— C'est toi qui as fait ça ?

— Pas que je sache.

Je me surprends à éclater de rire. Le dôme se met à clignoter. Plus que dix secondes.

Kieran se dirige vers notre ennemi juré et s'assure qu'il respire encore.

— Toujours en vie, malheureusement.

Il s'accroupit au chevet de Tim. Seulement, au lieu de détacher les fanions attachés à la ceinture de Tim, il s'empare de son pistolet, fait volte-face puis, sans l'ombre d'une hésitation, fait feu dans ma direction.

CHAPITRE 19

Je titube en arrière, une main plaquée sur ma poitrine.

Chose étrange, mon disque pectoral n'est pas passé au rouge.

Un cri aigu retentit derrière moi. Je me retourne et découvre Bastian debout à quelques pas de moi. Son arme toujours braquée sur moi, il fixe son disque au centre duquel clignote une lumière écarlate.

Au même instant, un coup de trompe annonce la fin de l'épreuve. Au-dessus de nos têtes, le dôme disparaît.

— Attends une minute ! je m'écrie en me tournant vers Kieran.

Il serre dans sa main droite le pistolet automatique de Tim. Sa main gauche est désespérément vide.

— Tu n'as pas pris les fanions…

— Je sais, dit-il en laissant tomber l'arme à ses pieds.

— Tu as laissé passer ta chance de te qualifier.

— Oui, je suis au courant.

— Mais pourquoi ?

— Tu sais parfaitement pourquoi.

Je lâche un juron et tourne la tête, espérant masquer mon trouble. Je sais à quel point il désirait remporter le Tournoi et devenir liquidateur. A-t-il réellement sacrifié son rêve pour exaucer le mien ?

Un drone descend à notre hauteur et se place en vol stationnaire. Ce modèle particulier n'est pas seulement équipé d'une caméra, mais aussi d'un écran sur lequel apparaît le visage souriant de Nick Valentine.

Je me place devant Kieran. Les mots jaillissent de ma bouche avant même que j'aie pu organiser mes pensées.

— Monsieur Valentine, Kieran Cross avait la possibilité de se qualifier, mais il y a renoncé pour me permettre d'accéder à la deuxième épreuve. Alors je voudrais que…

Je m'interromps. Je dois trouver les mots justes pour exprimer ma demande. Nick Valentine hausse un sourcil.

— Que voulez-vous au juste ?

— Je voudrais que le conseil m'autorise à partager mes points avec lui.

Le sourire du Fantôme se fige.

— Mademoiselle Reynolds, vous n'avez pas le pouvoir de changer les résultats à votre guise. Le seul moyen d'attribuer des points à votre partenaire consiste à renoncer aux vôtres.

J'en reste sans voix. Je ne m'attendais pas à devoir faire face à un tel dilemme. L'air sombre et résigné, Kieran me prend par le coude.

— Rei…

Nick Valentine éclate de rire.

— Qu'est-ce qu'il y a de si drôle ? je demande, un brin agacée.

— Bon sang, si vous voyiez vos têtes ! s'exclame-t-il. Rassurez-vous, je vous faisais marcher. Je tiens à vous féliciter personnellement d'avoir *tous les deux* survécu à la première épreuve.

— Pardon ? lâchons-nous d'une même voix.

— Avant le début de la manche, j'ai bien stipulé que tout candidat disqualifié doit remettre les fanions en sa possession à celui qui l'a mis hors jeu. Or, M. Cross a éliminé M. Guerra, qui avait réalisé une collecte exceptionnelle s'élevant à… un drapeau.

Nous nous tournons vers Bastian. Il grimace, comme s'il venait d'avaler un citron.

— Je n'aurais jamais pensé dire une chose pareille, mon pote, s'écrie Kieran, mais j'ai une envie folle dc t'embrasser.

Bastian recule de deux pas.

— Ne te donne pas cette peine, grogne-t-il. Contente-toi de prendre ce foutu fanion.

*

Nous quittons Central Park par la sortie située à l'angle sud-ouest et débouchons sur Columbus Circle. La place est noire de monde. Les forces de l'ordre peinent à contenir fans et journalistes rassemblés derrière les barrières de sécurité. Malgré notre extrême fatigue et nos vêtements en piteux état, nous nous efforçons de faire bonne figure devant les caméras.

Je vois Zaza se frayer un chemin dans la cohue. Elle porte un pass VIP autour du cou, à côté de son collier composé de grains de café. Elle me prend dans ses bras et me serre de toutes ses forces.

— Tu as été géniale ! s'exclame-t-elle. Et cette combinaison te fait des fesses d'enfer.

— Euh… merci, dis-je, le souffle court.

— Tiens, c'est pour toi, ajoute-t-elle en glissant un petit objet dans ma main. Une fan m'a suppliée de te le remettre.

Dans ma paume, je découvre un caramel dont je reconnais aussitôt l'emballage. Je scrute l'assistance et y cherche vainement Maître Sasha. Évidemment. Jamais il ne se mêlerait à la foule en de telles circonstances.

En somme, cette confiserie est son seul représentant et il revêt beaucoup d'importance à mes yeux.

— Où est Maura ? je demande en me hissant sur la pointe des pieds dans l'espoir de l'apercevoir.

— Je ne sais pas, répond Zaza. Elle t'a dit qu'elle viendrait ?

Je dois me préparer à une énième déception. Je repense à tous les anniversaires qu'elle a manqués, à ses innombrables annulations de dernière minute. Je ne suis ni triste, ni en colère. Tout simplement résignée.

— C'est sans importance, dis-je. Kieran, tu te souviens de Zaza ?

— Évidemment. Salut Zaza. Tu as toujours l'intention d'entrer en apprentissage au département de biochimie du Syndicat ?

— Oh, mieux que ça ! réplique-t-elle. Ma candidature a été acceptée, figure-toi. Et toi, toujours célibataire ?

— Zaza ! je proteste.

— En effet, répond Kieran en prenant soin de ne pas croiser mon regard. Pour le moment, je préfère me concentrer sur mes études.

Je lève les yeux au ciel. Zaza, elle, rayonne.

— Tu viens à la fête de promo, n'est-ce pas ? Cette année, elle aura lieu au Penthouse. Autant te dire que ça va être génial.

Oh ! J'avais complètement oublié.

Kieran hausse les épaules.

— Malheureusement, je n'ai pas de billet.

— Bonne nouvelle, annonce Zaza, enchantée, en glissant une main dans sa poche. Il se trouve que j'en ai deux. Il serait dommage qu'il finisse à la poubelle, tu ne crois pas ?

— Une minute… j'interviens. C'est le billet supplémentaire que tu m'as demandé d'acheter la semaine dernière ? Tu m'as dit qu'il était destiné à quelqu'un d'important.

— Exact, répond-elle avec un petit reniflement hautain. Ce billet est pour ton cavalier. Il était évident que tu n'en trouverais pas par tes propres moyens.

— Et ton cavalier à toi ?

— La question est déjà réglée, je te remercie.

— Qui est-ce, et depuis quand ? je marmonne, en essayant de lui arracher le billet.

Elle se tourne et le tient très haut, à bout de bras, afin de m'en empêcher. Je suis sur le point de recourir à la force lorsque Kieran s'en empare.

— À vrai dire, j'aimerais beaucoup aller à cette fête. Si ça ne te dérange pas, Rei.

À cet instant, je remarque que la foule est étrangement silencieuse. J'ai conscience que tous les regards, les caméras et les appareils photo sont braqués sur moi. Je ferais mieux de me tenir tranquille. Le moment est mal choisi pour faire un scandale. Les directeurs assistent probablement à la retransmission. Même s'ils ont eu vent de mon histoire avec Kieran, je dois montrer que je suis capable de collaborer avec n'importe qui, quelles que soient les circonstances, sans me laisser influencer par mes expériences passées.

Je repense aux encouragements que nous a prodigués Nick Valentine. « Chacun de vous va se voir offrir la possibilité d'intégrer le corps des liquidateurs par la voie la plus directe. Il vous suffit pour cela de vous en montrer digne. »

Je ravale ma rancœur et affiche mon plus beau sourire.

— Et pourquoi cela me dérangerait-il ?

— Eh bien, c'est parfait, roucoule Zaza. On te retrouve là-bas dans deux heures, Kieran. Envoie un SMS à Rei si tu as un contretemps. Tu as toujours son numéro, n'est-ce pas ?

— Évidemment, répond-il.

Stupéfaite, je cherche son regard, mais il tourne ostensiblement la tête. J'étais convaincue qu'il l'avait supprimé. Quel intérêt avait-il à le conserver ?

— À tout à l'heure, lance Zaza d'une voix chantante.

Sur ces mots, elle passe un bras autour de ma taille et m'entraîne vers la limousine de Declan, qui patiente le long du trottoir.

— Qu'est-ce qui t'a pris ? je gronde, lorsque je suis certaine que Kieran ne peut plus nous entendre.

— Tu devrais porter ta nouvelle robe en soie rouge. Celle avec la fente, les sequins et les petites bretelles sexy.

— Zaza !

Je regarde derrière moi et constate que Kieran ne nous a toujours pas quittées des yeux.

— Au cas où tu ne l'aurais pas remarqué, Kieran est à la fois mon rival et mon ex.

— Écoute, en règle générale, je ne conseillerais jamais à personne de se remettre avec son ex. Mais si tu avais pu vous voir tous les deux pendant le Tournoi…

Ses yeux papillotent.

— Il y avait tellement de tension et de non-dits entre vous…

— Ça, ça s'appelle une rivalité, ma grande. Je te rappelle qu'un seul d'entre nous pourra se hisser à la première place.

Zaza fronce les sourcils.

— Oh, je crois surtout que tu aimerais te hisser… sur lui.

Je me fige.

— Zaza ?

— Oui ?

— Je te donne trois secondes pour te mettre à courir.

*

De retour à la résidence, nous nous préparons pour la soirée. La plupart de nos effets sont déjà rangés dans des cartons portant des inscriptions au marqueur noir. Dans une semaine, il faudra quitter les lieux et dire au revoir à tous ceux que nous y avons connus. Les photos et les affiches ont disparu des murs de ma chambre. Je contemple cet espace désormais anonyme et me demande comment le temps a bien pu passer aussi vite.

— Zaza ? je crie. Tu n'aurais pas vu ma pince à épiler ?

— Non ! répond-elle de la salle de bains.

— Bon sang, mais où est-ce que je l'ai mise ?

J'explore les tiroirs de mon bureau. J'y trouve des cahiers, de vieilles cartes d'anniversaire et des livres de classe dont je n'ai jamais achevé la lecture.

Dans celui du bas se trouve une boîte en fer-blanc qui a passé plusieurs années à prendre la poussière.

J'en soulève prudemment le couvercle et la referme aussitôt. Je sens mon visage s'embraser. Je lève les yeux vers le plafond. Mon cœur se débat dans ma poitrine. Je m'efforce de respirer à fond afin de me calmer, puis j'ouvre de nouveau la boîte et considère son contenu : un tas de vieilles photos.

Premier cliché. Kieran assis sur le rebord de la fenêtre de sa chambre. Il est plongé dans un livre. Torse nu. Les rayons du soleil soulignent ses cils, l'angle de sa mâchoire, sa pomme d'Adam et ses pectoraux.

Deuxième cliché. Nous posons devant le miroir de sa chambre. Ses mains sont fermées autour de ma taille. Nous rions aux éclats à une blague que nous sommes les seuls à comprendre. Je donnerais cher pour m'en souvenir.

Viennent ensuite des Polaroid pris dans la bibliothèque lors d'une de nos séances de révision du dimanche. Ma gorge se serre. Son profil, capturé entre les rayons d'une étagère ; ses mains posées sur une page de cahier recouverte de son écriture soignée ; son visage pendant qu'il dort, la joue pressée contre une pile de manuels scolaires, ses lèvres entrouvertes formant un o parfait.

Malgré moi, j'esquisse un sourire. Je me sens un peu coupable. Je n'aurais pas dû les garder. Il y a un an, le jour où Kieran est sorti de la bibliothèque et de ma vie par la même occasion, j'aurais mieux fait de les jeter au feu.

Sur la photo suivante, un chiot couleur sable fixe l'objectif, une chaussette déchirée dépassant de sa gueule. Ma gorge se serre de plus belle. Il reste une dizaine de clichés à l'intérieur de la boîte, mais je ne veux pas les voir. Je range les photos que je viens de regarder et tâche de me convaincre qu'elles n'ont jamais existé.

*

Une demi-heure plus tard, gainée dans ma veste en cuir, je dévale Wall Street dans le sillage de Zaza en prenant soin de ne pas coincer mes talons aiguilles entre les dalles du trottoir. Fidèle au poste, Declan nous attend à une dizaine de mètres. Mon téléphone se met à vibrer dans le petit sac à main noir glissé sous mon bras. J'y découvre un SMS provenant d'un numéro qui ne figure pas dans mes contacts.

Inconnu
Vous êtes en chemin ? Il est 15 h passées.

Je fronce les sourcils.

Moi
C'est qui ?

Inconnu
Ta mère.

J'écarquille les yeux lorsqu'un troisième message apparaît à l'écran.

Inconnu
Merde, attends, ce n'est pas ce que
je voulais dire. Je suis désolé. Oublie
ce message, par pitié. Dis-moi que
tu ne vas pas me ghoster pour l'éternité.

Moi

Pour être honnête,
il faut que j'étudie la question.

Inconnu

Eh bien, décide-toi rapidement.
Ici, vu le nombre de personnes
qui veulent me parler, je ne vais pas survivre
très longtemps.

Alors que nous nous glissons sur la banquette arrière de la limousine, Zaza jette un coup d'œil par-dessus mon épaule.

— À qui tu envoies ces messages ?

— À personne.

— Je vois. Salue Kieran de ma part.

Declan engage la voiture dans le trafic puis lève les yeux vers le rétroviseur intérieur.

— Ne me dites pas que vous parlez encore à ce voyou, grogne-t-il.

Zaza sourit à pleines dents.

— Vous n'êtes pas au courant, Declan ? Kieran est son cavalier pour la fête de promotion.

— Ce n'est pas mon cavalier ! je proteste.

— Quoi qu'il en soit, je vous prie de bien vouloir boucler vos ceintures, mesdemoiselles.

Zaza tapote doucement mon genou.

— Ça va, détends-toi. Personne ne va te forcer à sortir à nouveau avec lui. Mais tu t'es qualifiée pour la suite du Tournoi, Rei ! Tu as bien mérité de t'amuser un peu. Dès demain, si ça te chante, tu pourras redevenir son ennemie mortelle.

Je lâche un gémissement exaspéré et pose le front contre la vitre teintée.

En moins de temps qu'il n'en faut pour le dire, nous roulons sur la 6e Avenue. Déjà, les boutiques sont bondées de clients. Ils espèrent éviter la ruée qui, chaque jour, suit la sortie des bureaux. C'est l'heure à laquelle ma pâtisserie préférée rassemble les gâteaux invendus et les cède à prix réduit. Tout ce qui reste doit être consommé ou inciné avant le couvre-feu.

Declan s'engage dans la 49e Rue. Au loin, j'aperçois le Radio City Music Hall. Je ferme les yeux et imagine ses néons tels qu'ils se présentaient la nuit, avant la Disparition, ces grandes lettres rouges encadrées de bleu.

La limousine fait halte devant un élégant building tout en verre et en cristal. Un tapis rouge mène à l'entrée. Les fenêtres des étages les plus élevés ont été soigneusement occultées. C'est là que réside le club le plus secret et le plus sélect de la ville.

Lorsque Declan descend pour ouvrir ma portière, je reste vissée à la banquette.

— Est-ce que tout va bien ? demande Zaza.

Je plante les ongles dans l'accoudoir.

— Je ne sais pas trop. Et si on retournait à la résidence ?

Elle lève les yeux au ciel.

— Rei, je te rappelle que ton activité préférée consiste à chasser les monstres. Ne me dis pas que tu flippes à l'idée d'aller à une fête.

Sur ce point, je ne peux évidemment pas lui donner tort.

Declan m'adresse un regard sévère.

— Vous direz à votre petit copain que s'il a l'intention de jouer au con, je m'occuperai personnellement de son cas.

Oubliant momentanément mes inquiétudes, je laisse échapper un bref éclat de rire.

— Sans blague, vous venez vraiment de prononcer le mot « con », Declan ?

Il hausse fièrement le menton.

— En effet. La situation l'exige. Mais, de grâce, ne dites rien à votre tante. Maintenant, filez ! Et par la torche de Lady Liberty, tâchez de vous amuser, pour une fois.

— Entendu, papa.

Il sourit à ma plaisanterie puis nous invite à ficher le camp d'un hochement de tête affectueux.

Zaza et moi franchissons la porte et découvrons un vaste hall d'accueil où une foule de garçons et de filles entoure un individu vêtu d'un costume blanc. Un sourire éclaire son visage à l'instant où il nous aperçoit.

— Hé, Reynolds ! Alvarez !

J'adresse à Bomani un signe de la main. Tandis qu'il se fraie un passage dans l'assistance, Zaza saisit mon bras.

— De quoi j'ai l'air ?

— T'inquiète, tu es à tomber, dis-je en cherchant Kieran dans la foule.

— Rci, insiste-t-elle. Je suis sérieuse.

— Mais enfin, pourquoi est-ce que tu…

Soudain, tout s'éclaire.

— Oh, mon Dieu ! C'est lui, ton rencard ? Bomani ?

Elle ne répond pas, mais me lance un regard éloquent.

— Zaza ! je m'exclame. Pourquoi est-ce que tu ne m'as rien dit ?

— Je ne voulais pas en faire toute une histoire. *Dios mío*, il fait une de ces chaleurs… Je transpire comme une vache.

Je la détaille des pieds à la tête. Malgré mon anxiété, je ne peux m'empêcher de sourire en la contemplant. Pour maquillage, elle a choisi un fard à paupières saumon rehaussé d'épais traits d'eye-liner et complété par une fine ligne dorée qui met en valeur les petites taches de ses yeux noisette. Ses cheveux forment des boucles un peu lâches qui encadrent son visage aux joues pleines. Sa robe de satin pourpre, parfaitement coordonnée à son rouge à lèvres, présente un décolleté extrêmement audacieux. Le tissu épouse parfaitement ses formes splendides.

J'attrape ses mains et les serre tendrement.

— Tu ressembles carrément à une princesse, Zaza.

— Hé, c'était un peu le but de la manœuvre.

Sur ces mots, elle tourne les talons et va à la rencontre de Bomani.

D'un geste élégant et respectueux, il prend sa main puis s'incline pour la porter à ses lèvres.

— Waooouh ! soupire-t-il, estomaqué par la beauté de Zaza.

Zaza laisse échapper un rire délicieux.

— Calme-toi, mon grand, ce n'est que moi !

Alors que Bomani lance à mon amie un regard enamouré, j'aperçois enfin Kieran. Il se tient à l'écart, dans un recoin mal éclairé, à proximité des ascenseurs. Il fixe l'écran noir de son téléphone, comme s'il en avait oublié le fonctionnement.

Regrettant que Zaza ne puisse m'insuffler un peu de sa confiance en elle, je m'approche d'un pas hésitant. Mais lorsque Kieran lève vers moi des yeux apeurés et incrédules, je réalise que je n'avais aucune raison de m'inquiéter.

— Tu es… éblouissante.

Son évidente sincérité me fait monter le rouge aux joues, je le sens. Je me félicite que l'éclairage soit aussi tamisé dans cette partie du hall.

— N'est-ce pas toujours le cas ?

— Si. Surtout quand tu es couverte de poussière, de sueur et du sang de nos ennemis.

Il s'adosse au mur et s'expose à la lumière rasante d'un spot. À cette vue, je perds le fil de mes pensées. *C'est la première fois que je le vois porter un costume et sa chemise est super serrée à hauteur des pectoraux et j'aimerais savoir pourquoi cela me fait un tel effet et s'il vous plaît, Seigneur, ayez pitié de mon âme.*

— J'aime beaucoup ta coupe.

Ce sont les seuls mots qui me sont venus à l'esprit. Au moins ai-je réussi à les prononcer sur un ton détaché, comme si je n'étais pas sur le point de perdre connaissance. Il passe une main dans ses cheveux, un geste que je trouve terriblement sexy sans que rien de concret le justifie.

— Merci, dit-il. Euh… tiens, c'est pour toi.

Il sort de derrière son dos une petite boîte en carton. J'en soulève le couvercle puis, pendant quelques secondes, je reste hypnotisée par son contenu.

— Pudding à la banane, dis-je. Tu m'as apporté un pudding à la banane.

— Il vient de ta boulangerie préférée. J'avais pensé à des fleurs, mais je me suis dit que tu préférerais un truc… comestible. Je ne sais pas ce qui m'a pris. C'est un cadeau plutôt minable pour un bal de promo…

Il essaie de me reprendre la boîte, mais je la serre contre ma poitrine.

— Non. Il est à moi, maintenant.

Il se mordille la lèvre inférieure. Il fait toujours ça quand il essaie de réprimer un sourire. Il me regarde fourrer avec difficulté son cadeau dans mon minuscule sac à main, puis il m'offre son bras.

— Est-ce que je peux t'offrir un verre ?

Je glisse une main au creux de son coude. Par habitude, nos pas se synchronisent, comme si nos muscles avaient gardé la mémoire de notre histoire passée. Rien de plus naturel, de plus facile que de retrouver cette intimité-là. Le contact de son corps, l'assurance de ses gestes, tout réveille en moi le désir de la partager à nouveau.

Même si je ne l'admettrai jamais.

Dès que nous entrons dans l'ascenseur, le son sourd de la musique jouée au dernier étage parvient à nos oreilles. Nous ne prononçons pas un mot. Je suis entièrement focalisée sur la pression du bras de Kieran contre le mien, sur le parfum discret de son eau de Cologne et sur la chaleur qui irradie de son corps.

Ding.

Les portes s'ouvrent sur un kaléidoscope de lumières colorées. Les faisceaux jaillis des projecteurs alignés au plafond se reflètent sur les murs constitués d'éclats de miroir, de sorte qu'il n'est pas une seule zone d'ombre dans toute la salle. Nous empruntons l'une des passerelles suspendues au-dessus de la piste de danse, puis nous faisons halte pour observer, penchés au-dessus de la rambarde, une mer de corps en sueur se déhanchant dans un intense rituel de séduction collective.

— Bienvenue à la fête la plus sauvage de New York ! lance le DJ dans son micro.

Cette annonce est saluée par un concert d'exclamations enthousiastes, puis la sono crache les premières notes du morceau le plus populaire de l'année. Les élèves des dix instituts entonnent les paroles à pleins poumons, tels les membres d'un culte invoquant je ne sais quel dieu païen. Bomani fait tournoyer Zaza avec l'habileté d'un danseur professionnel.

Kieran se tourne vers moi et hurle quelques paroles inintelligibles.

— Qu'est-ce que tu dis ? je crie à mon tour.

Il braille de plus belle, mais rien à faire, le volume rend toute communication impossible. Il me saisit par les épaules et approche ses lèvres de mon oreille. Mon cœur bat à l'unisson des basses produites par les haut-parleurs surpuissants.

— Tu ne crois pas qu'on pourrait se trouver un endroit plus tranquille ? crie-t-il directement dans mon conduit auditif.

— Le bar d'en haut ?

— Quoi ?

Exaspérée, je le prends par la main et le tire jusqu'à l'escalier. Nous contournons plusieurs couples qui se déhanchent ou s'entredévorent de baisers. Kieran me lance un regard faussement horrifié, puis nous gravissons quatre à quatre les marches menant à l'étage supérieur.

Nous atteignons le sommet du building hilares et à bout de souffle. Ici, le volume de la musique est suffisamment mesuré pour que nous puissions discuter sans nous briser les cordes vocales. Réalisant que je tiens toujours sa main, je la lâche précipitamment puis m'éclaircis la gorge pour dissimuler ma gêne. Il me scrute d'un œil amusé.

Des émotions contradictoires tourbillonnent dans ma poitrine. À présent que nous nous trouvons à l'écart des fêtards, l'euphorie qui m'a portée jusqu'ici commence à s'estomper.

Je le dévisage longuement avant de déclarer :

— Je ne t'ai pas pardonné, tu sais.

Son sourire s'évanouit.

— Oui, je sais.

— Bon, tant mieux.

Je lui tourne le dos et me dirige vers le bar. Bien sûr, Kieran m'emboîte le pas.

— Que désirez-vous ? demande le barman sans cesser d'agiter son shaker sous le regard admiratif de deux clientes.

Je consulte la carte en tambourinant nerveusement des doigts sur le comptoir.

— Un Honey Trap, s'il vous plaît.

— Et pour vous, jeune homme ?

— Euh…

Kieran étudie la carte d'un œil hagard, comme si elle était rédigée en hiéroglyphes. Après une longue délibération intérieure, il soupire :

— Vous auriez de la vodka, ou quelque chose dans le genre ?

— Bien entendu, répond le barman. Nous avons donc dit un Honey Trap et une vodka « ou quelque chose dans le genre ». Pourriez-vous me présenter une pièce d'identité, je vous prie ?

Nous lui présentons nos cartes de la Ligue Prep, puis allons nous poster à l'extrémité du comptoir pour attendre notre commande dans un silence embarrassé.

— As-tu déjà… je commence.

— Est-ce que tu… demande-t-il précisément au même moment.

L'un comme l'autre, nous ravalons notre question.

— Toi d'abord, dis-je.

— Je suis désolé, murmure-t-il sans croiser mon regard. Je veux dire… de la façon dont les choses se sont terminées entre nous.

Je croise les bras sur ma poitrine.

— Désolé, vraiment ?

— Je ne voulais pas qu'on se sépare.

— C'est pourtant toi qui m'as quittée, et non le contraire.

Les muscles de sa mâchoire se contractent.

— Ce n'est pas tout à fait exact.

Je lâche un éclat de rire moqueur.

— C'est ce que tu te racontes tous les soirs pour arriver à t'endormir ?

Cette fois, il me regarde droit dans les yeux. Son visage exprime une profonde tristesse.

— Tu ne crois pas si bien dire.

— Pardon ?

— Rester étendu sans jamais trouver le sommeil, dit-il. Me demander si je te manque autant que tu me manques…

Je n'en crois pas mes oreilles. Sonnée, je m'agrippe au comptoir.

— Tu as conservé mon numéro, mais je n'ai reçu de toi ni coup de fil, ni message.

— Évidemment. Tu ne voulais plus entendre parler de moi. Même si c'était une torture, j'étais bien obligé de respecter ta décision.

Comment réagir à cette déclaration ? J'aurais sans doute pitié de lui, si sa vision tordue des événements ne me mettait pas dans une colère noire.

Il passe une main sur son visage.

— Écoute, je pense que je devrais y aller. J'ai conscience que tu ne voulais pas que je vienne à cette fête. C'est un moment important pour toi et je ne veux pas le gâcher.

— Non, tu te trompes. C'est vrai que je ne voulais pas que tu viennes, mais c'est parce que j'avais peur de… de…

Son regard me transperce.

— Peur de quoi, Rei ?

De réaliser que je t'aime encore.

Je ferme les yeux.

— Kieran, je…

Boum.

Nous sursautons tous deux au son de deux verres frappant le bois du comptoir. L'un contient un liquide aux reflets ambrés, l'autre une mystérieuse préparation bleu foncé. Le moment est passé, et j'ignore si je dois ou non m'estimer heureuse que le barman m'ait interrompue. Ce dernier nous adresse un clin d'œil.

Kieran lui tend un billet de vingt dollars avant même que je puisse sortir mon portefeuille.

— Cette tournée est pour moi, annonce-t-il.

Puis, remarquant mon expression contrariée, il ajoute :

— S'il te plaît.

— OK, mais j'offre la prochaine, dis-je en levant mon cocktail. À la victoire !

Il fait tinter son verre contre le mien.

— À *notre* victoire, rectifie-t-il.

Sourire aux lèvres, je prends une gorgée de cocktail que je fais rouler dans ma bouche. Bourbon floral, miel et zeste de citron. Les yeux clos, je sens le liquide réchauffer ma poitrine.

Lorsque j'ouvre les paupières, je vois Kieran, la tête renversée en arrière, vider son verre jusqu'à la dernière goutte.

— Hé, Cross ! Vas-y doucement !

Il pose son verre et expire, comme s'il venait d'accomplir un violent effort physique. Il désigne mes chaussures.

— Tu peux danser, sur ces échasses ?

— Bien sûr, mais…

— Alors viens danser avec moi. Juste un peu.

— Euh… C'est si urgent que ça ?

Il me tend la main. Ses pupilles sont largement dilatées. Ça ne peut pas être un effet de l'alcool. Pas encore. Ses yeux parcourent mon visage et s'attardent sur mes lèvres.

— Si je ne te l'avais pas demandé, je l'aurais regretté toute ma vie.

J'abandonne mon verre sur le comptoir et le suis dans l'escalier. Il me tient par la main, comme s'il redoutait de me perdre dans la foule. Lorsque nous atteignons la piste de danse, je détecte un mouvement anormalement rapide dans ma vision périphérique.

BAM !

Quelqu'un vient de me percuter de plein fouet. Le choc est si violent que je manque de perdre l'équilibre, mais Kieran intervient *in extremis* pour me remettre d'aplomb.

— Oh, merde ! s'exclame celle qui vient de me rentrer dedans.

C'est une fille aux cheveux blonds courts ébouriffés et aux joues rosies par l'ivresse.

Elle tire sur l'ourlet de sa robe moulante et essuie d'un revers de la main le mascara dont ses joues sont souillées. Elle tangue si dangereusement que je dois intervenir pour qu'elle ne s'étale pas la face première sur le parquet.

— Je suis vraiment désolée, dit-elle. Mon copain vient de rompre avec moi, ici, au beau milieu de la piste. C'était affreusement embarrassant, alors j'ai juste...

— Tout va bien, je l'interromps. Comment tu te sens ? Tu as mal quelque part ?

Elle éclate en sanglots.

— Évidemment que j'ai mal ! Ce salaud m'a brisé le cœur !

Elle baisse la tête et s'agrippe à mes épaules. Elle embaume la vanille. Kieran considère l'inconnue d'un œil perplexe.

— Je l'aime tellement, pleurniche-t-elle. Et je pensais qu'il m'aimait aussi. Je ne peux pas croire qu'il m'ait larguée pendant la fête de promo ! Il aurait pu avoir la décence de choisir une autre occasion, n'importe quelle autre occasion...

À ce moment précis, une silhouette passe fugitivement à ma hauteur et je sens une infirme traction sous mon aisselle, presque imperceptible... Je baisse les yeux vers mon sac à main et constate que le rabat est ouvert. Je repousse la fille. Elle trébuche. Dans ses mains, je vois mon téléphone et mon portefeuille. Je réalise alors, mais un peu tard, qu'en dépit de son état d'ébriété apparent, son haleine ne charrie pas le moindre petit effluve d'alcool.

Et qu'elle porte des baskets.

Elle fait volte-face et se précipite dans la foule, non sans m'avoir tiré la langue et adressé un doigt d'honneur.

Je pousse un cri d'indignation, puis, malgré mes talons de dix centimètres, je me lance à sa poursuite.

CHAPITRE 20

À l'instant précis où je plonge dans l'océan houleux des corps en sueur, je comprends que je viens de commettre une terrible erreur. Les élèves de la Ligue préparatoire, comme possédés par leurs hormones, ne sont guère plus vifs qu'une horde de morts-vivants. Tandis que je fends la foule en jouant des coudes de plus en plus violemment, je ne suscite que des regards perplexes, euphoriques ou étincelants de paillettes. La musique vibre au plus profond de mon corps, elle se moque de moi, elle brouille mes pensées et semble déterminée à me détourner de mon objectif.

J'envisage de baisser les bras, de me contenter de signaler le vol à la police, lorsque je réalise que la fille est en train de se faire la malle avec mes photos.

Celles de mes parents.

Celles qui se trouvent dans mon portefeuille.

Folle de rage, je me fraie un chemin dans le labyrinthe vivant qui s'efforce de me renverser. La voleuse est beaucoup plus menue que moi. Elle se faufile habilement, esquive avec aisance les obstacles qui se présentent sur sa trajectoire. Elle tourne la tête pour me lancer un sourire narquois, mais flanche lorsqu'elle découvre mon visage hargneux à seulement quelques pas, tel un missile à tête chercheuse sur le point de la frapper en plein vol.

Elle hâte le pas et slalome entre les corps. Parvenant à s'extirper de la foule, elle sprinte vers la cage d'escalier. Je lâche un juron. J'étais capable de mener cette course-poursuite en talons tant que je me trouvais sur terrain plat, voire de gravir des marches, mais dévaler un escalier est une tout autre histoire.

Je m'immobilise et considère les options qui s'offrent à moi. L'ascenseur me permettrait de gagner le rez-de-chaussée en un rien de temps, mais mon adversaire pourrait parfaitement se cacher dans l'un des vingt étages que compte le bâtiment.

— Rei ! crie une voix dans mon dos. Attends-moi !

Émergeant à son tour de la foule, Kieran vient se planter à mes côtés. Il ouvre la bouche, mais les mots qu'il prononce se perdent dans un déluge de basses. Constatant que toute communication verbale est pour l'heure impossible, il pose un doigt sur son torse puis désigne les cabines d'ascenseur situées à l'étage inférieur. Pleine de gratitude, j'acquiesce d'un hochement de tête et me lance dans la cage d'escalier.

Au bruit des pas de la voleuse, elle doit déjà se trouver cinq niveaux plus bas. Je n'ai aucune chance de la rattraper, mais je peux espérer lui interdire toute victoire, quand Kieran tentera de l'intercepter au rez-de-chaussée. Puis mes yeux se posent sur la rampe, une barre de métal lisse et plate, large d'environ cinq centimètres.

L'heure n'étant plus à l'hésitation, j'ôte mes chaussures et l'enfourche. Le tissu soyeux de ma robe est si glissant que je manque de basculer dans le vide et de m'écraser face la première sur le béton, un étage plus bas. Je m'accorde deux secondes pour trouver un meilleur équilibre, puis j'entame ma descente à une vitesse vertigineuse.

Quelques instants plus tard, alors que ma cible atteint le rez-de-chaussée où l'attend Kieran, je n'ai plus qu'un niveau de retard. La voleuse n'a plus aucune chance de s'en tirer.

Pourtant, lorsque je déboule dans le hall d'accueil, je vois Kieran, l'air furieux et les joues écarlates, pousser la fille hors du bâtiment au lieu de la plaquer au sol.

Il la laisse délibérément filer.

La porte de la cage d'escalier se ferme dans mon dos. Kieran fait volte-face et se raidit.

Un bourdonnement emplit mes oreilles, chassant toute autre pensée, un son plus assourdissant encore que le vacarme produit par la sono du club.

Sans prononcer un mot, je remets mes chaussures et me dirige vers la porte donnant sur la rue.

— Attends, Rei ! gémit Kieran lorsque je passe à sa hauteur. Je peux tout t'expliquer…

Pour toute réponse, avant de me lancer aux trousses de la voleuse, je lui colle un coup de poing magistral en plein visage.

*

Depuis notre rupture, je hais les dimanches.

Ce jour-là, chaque semaine, nous nous retrouvions à la bibliothèque après le petit déjeuner pour une longue séance de révisions. Et surtout, à dire vrai, pour passer ensemble un moment agréable et réconfortant. Chaque semaine, jusqu'au jour où je l'ai attendu, cinq heures durant, dans la salle de lecture, avant qu'il ne m'informe par SMS qu'il ne pourrait pas me rejoindre. Une histoire de rendez-vous chez le médecin qui lui était sorti de l'esprit.

J'ai répondu :

> Pas de souci. Ce sont des choses
> qui arrivent.

J'étais déçue, évidemment, puisque que le rythme infernal imposé par les profs de nos instituts ne nous donnait pas l'occasion de nous voir au cours de la semaine, mais je me suis fait une raison.

Puis est venu le dimanche suivant. Cette fois, il attendait la visite d'un plombier chargé de réparer une fuite dans sa salle de bains.

Une semaine plus tard, il devait à la dernière minute garder le bébé d'un ami.

Les deux dimanches suivants, il est resté cloué au lit par une terrible fièvre. Quand j'ai proposé de venir prendre soin de lui, il a refusé tout net en affirmant que la maladie dont il souffrait était extrêmement contagieuse et qu'il ne voulait pas me contaminer.

J'ai tâché d'être compréhensive. De faire preuve d'empathie. Même si je trouvais son comportement étrange, je m'efforçais de croire en ses excuses.

Ce n'est qu'au sixième dimanche, lorsqu'il a prétendu ne pas encore être guéri, que mes soupçons ont pris le dessus. Le vendredi suivant, j'ai quitté en avance le dernier cours de la journée et j'ai emprunté un taxi à destination d'Upper West Side Prep.

Durant tout le trajet, je me suis reproché d'être aussi méfiante, mais je n'ai pas pu me convaincre de faire demi-tour. Je me suis installée à la terrasse du café situé en face de l'institut, avec une vue imprenable sur l'entrée principale, et j'ai commandé un chocolat chaud.

De nouveau, j'ai envisagé de laisser tomber, mais j'étais déjà rongée par le doute, un poison qui coulait dans mes veines et affaiblissait ma détermination. Malgré moi, je n'avais plus entièrement confiance en lui.

Peut-être ne voulait-il plus me voir. Peut-être avait-il perdu tout intérêt pour moi. Peut-être en avait-il fini avec notre histoire. Ou peut-être…

Peut-être y avait-il une autre fille.

Peut-être ces excuses n'avaient-elles été que des mensonges dès le premier jour. Peut-être avait-il cessé de me rejoindre à la bibliothèque parce qu'il était trop occupé à passer du temps avec elle. À rire avec elle. À la serrer dans ses bras. Voire à…

J'ai secoué la tête et j'ai vidé ma tasse d'un trait. *Reprends-toi, ma grande.*

J'ai entendu du tumulte de l'autre côté de la rue. Lorsque j'ai levé les yeux, j'ai vu une foule d'étudiants aux uniformes pourpres franchir les portes de l'institut. J'y ai cherché son visage, sa chevelure. En vain.

Je me suis alors sentie infiniment soulagée. Soulagée et honteuse. Comment avais-je pu m'abaisser au point d'espionner le garçon que j'aimais ? Et puis…

Je l'ai vu. Il marchait tranquillement sur le trottoir au milieu d'un groupe d'élèves bavards.

Sans réfléchir, j'ai composé son numéro.

De la terrasse du café, je l'ai vu tâter ses poches et en sortir son téléphone. Il a regardé l'écran, cligné des yeux, hésitant, avant de le porter à son oreille.

— Allô ?

— Salut. C'est moi.

— Évidemment que c'est toi. Comment va mon petit rayon de soleil ?

— Bien. Et toi, tu es toujours malade ?

Mon cœur cognait dur dans ma poitrine. Je lui trouvais l'air fatigué, mais une chose était certaine : il n'était pas alité. Ma question demeurant sans réponse, j'ai ajouté :

— Je voulais juste savoir si on se verrait dimanche, à la bibliothèque.

J'ai vu son visage se décomposer. L'image même de la culpabilité.

— Je ne sais pas. Je ne suis pas encore complètement remis.

J'ai failli casser la tasse en tapant du poing sur la table.

— Où est-ce que tu es ? Pourquoi est-ce que j'entends des voitures ?

— Je reviens de la pharmacie.

Entendre ces mots et voir de mes yeux une réalité radicalement différente… Je me sentais comme détachée de mon corps, de sa voix et du téléphone plaqué contre mon oreille.

— Je peux passer te voir ? Je t'apporterai de la soupe.

— Non, il vaut mieux que tu ne t'approches pas de moi en ce moment, a-t-il répondu précipitamment.

Au même moment, l'un de ses copains a posé un bras sur son épaule. Un autre lui a proposé un chewing-gum.

Une fille aux cheveux blonds et au sourire ravageur lui a glissé quelques mots à l'oreille. Il lui a fait signe de s'écarter, de crainte que je ne puisse l'entendre.

— Mais je te promets qu'on se verra le dimanche suivant, a-t-il poursuivi.

— D'accord, ai-je chuchoté.

J'ai raccroché sans rien ajouter, puis j'ai fondu en sanglots.

✷

La voleuse est à deux doigts de me semer. *À deux doigts.*

Je l'aperçois à l'angle de Broadway et de la 49e Rue. Elle traverse la chaussée et s'engage sur la piste cyclable. Son allure a à peine faibli. Je me lance à sa poursuite. Ma respiration est régulière et mes poumons, contrariés par la chaleur humide du club, sont ravis de pomper enfin un peu d'air frais. Chaque jour, six mois durant, M. Lee nous a forcés à courir quinze kilomètres sur West Street avant le début des cours. Je suis heureuse que ces efforts portent enfin leurs fruits.

La fille se dirige vers Times Square, une zone qui grouille de policiers. Elle oblique à gauche sur la 47e Rue, juste avant la zone piétonne où, jadis, les passants regardaient descendre la célèbre boule horaire, à minuit, lors des célébrations du nouvel an. Alors que je traverse le carrefour à pleine vitesse, un chauffeur de taxi pile à ma hauteur pour éviter la collision et exprime son indignation par un coup de klaxon rageur.

Quand la voleuse se trouve à ma portée, je bondis en avant et la tacle sur le trottoir. Elle pousse un cri lorsque ses genoux heurtent le béton, mais je n'éprouve aucune pitié pour elle.

Trempée de sueur, elle est à bout de souffle. Tous ses membres tremblent de peur et d'épuisement. Je la remets sur pied d'autorité et la traîne jusqu'au hall d'entrée d'un immeuble abandonné dont les portes ont été détruites par les nécros ou une bande de pillards.

Je la plaque face contre le mur et lui tords un bras derrière le dos.

— Où sont mes affaires ?

— Tu n'as pas le droit de me faire du mal, dit-elle, visiblement très sûre de son droit. Tu participes au…

J'exerce sur son coude une torsion qui lui arrache un gémissement de douleur.

— Je ne les ai plus, tes foutues affaires ! crie-t-elle.

— Alors comme ça, tu sais qui je suis ? je siffle à son oreille. Dans ce cas, tu dois savoir de quoi je suis capable.

Elle hoche la tête, mais continue à se tortiller dans l'espoir d'échapper à mon étreinte.

Pour moi, c'est comme si elle n'existait pas. Je ne pense qu'à Kieran, qui m'a suivie dans la foule des fêtards. Kieran qui a crié mon nom et désigné l'ascenseur, comme si nous étions alliés. Kieran, qui m'a convaincue que je pouvais lui faire confiance… et s'est une fois de plus moqué de moi.

— Aïe ! S'il… S'il te plaît, arrête ! Tu me fais mal ! Je n'ai plus tes affaires, je te le jure !

Ses plaintes me ramènent à la réalité. Prenant conscience que je risque de lui casser le bras, je lâche prise. La fille se laisse glisser sur le sol et éclate en sanglots. Alors ma colère se dissipe. Mais qu'est-ce que j'étais en train de faire ?

Je recule d'un mètre. Mes semelles crissent sur le verre brisé et les grains de café. Je m'accroupis pour m'adresser à la voleuse.

— Comment tu t'appelles ?

— Son prénom est Cassie, fait une voix dans mon dos.

Je me retourne et vois Kieran franchir la porte. Sa posture est relâchée, mais son regard plus dur que l'acier. Une trace écarlate épousant parfaitement le dessin de mes phalanges orne sa joue gauche.

Je me lève, les poings serrés, et m'apprête à décorer sa joue droite lorsqu'il ajoute :

— C'est le diminutif de Cassandra. Cassandra Cross.

J'ai soudain la tête qui tourne.

Il se plante à mes côtés et baisse les yeux vers la fille.

— Rei, je te présente ma petite sœur.

CHAPITRE 21

— Ta sœur ? je répète d'une voix à peine audible.

Je me souviens qu'il a mentionné son existence, comme ça, en passant. Bien que nous soyons restés ensemble durant deux ans, je n'ai jamais rencontré sa famille, et il n'a jamais rencontré la mienne. Tante Minyi ne m'a jamais autorisée à inviter des amis au manoir, et Kieran a toujours soigneusement évité toute discussion relative à ses proches et à sa vie hors de l'UWS Prep.

Pourtant, j'ai du mal à croire que je vois sa sœur pour la première fois. Avec ses cheveux blonds et ses yeux noirs, la ressemblance n'est pas frappante au premier abord, mais à y regarder de plus près, je détecte ce qu'ils ont en commun : la structure osseuse du front, la courbe de la lèvre supérieure, le visage en cœur.

— Je suis navré, me dit Kieran. Quand je l'ai rattrapée dans le hall, j'ai réalisé qu'elle s'était déjà débarrassée de tes affaires. J'allais tout t'expliquer avant que tu la retrouves, mais bon…

Il esquisse un sourire plein d'ironie et porte une main à sa joue.

Oups.

Il se penche, tend la main à Cassie et l'aide à se relever.

— Je sais que tu as une complice, lui dit-il. Je veux que tu l'appelles immédiatement.

— Et avec quoi ? rétorque-t-elle.

Contenant sa colère, Kieran glisse une main dans sa poche puis confie son téléphone à sa sœur.

— Dépêche-toi, gronde-t-il. Et active le haut-parleur.

Par pure provocation, elle compose le numéro avec une lenteur exaspérante.

— Little Italy Pizzas, puis-je prendre votre commande ? fait une voix juvénile.

Kieran lâche un juron et arrache l'appareil des mains de Cassie.

— Espèce de sale petite…

— Attends, attends ! crie sa sœur. Bea, c'est moi !

Un silence, puis la voix à l'autre bout du fil demande d'une voix hésitante :

— Tu es avec quelqu'un ?

— Certainement, répond Kieran d'une voix inhabituellement grave et menaçante.

Une autre pause, beaucoup plus longue, puis…

— Oh, merde.

— Comme tu dis. Et je te conseille de ramener tes fesses à Times Square en quatrième vitesse.

— J'ai déjà utilisé mon retour en bus gratuit, explique Bea. Je pourrais prendre l'argent qui se trouve dans le portefeuille de ta copine pour…

— N'y pense même pas, l'interrompt Kieran en se pinçant l'arête du nez. On se retrouve près de chez toi dans quarante minutes, au niveau des courts de tennis. Et s'il manque quoique ce soit dans le portefeuille…

Il ne prend même pas la peine d'achever sa phrase.

— OK, mais par pitié, ne dis rien à ma mère, bredouille Bea avant de mettre un terme à la communication.

*

Le bus qui nous conduit vers le centre-ville crache un nuage de fumée noire et malodorante. Kieran, Cassie et moi avons cédé nos places assises à une femme enceinte et à ses deux enfants qui se chamaillent continuellement. Debout à l'arrière du bus, nous contemplons la colonne érigée au centre de Columbus Circle. S'y dressait autrefois une statue en marbre de Christophe Colomb. C'était avant qu'un nécro, on ne sait trop comment, la décapite et la renverse. Désormais, ce piédestal n'accueille plus que des pigeons.

Bien que la plupart des véhicules de Manhattan disposent de moteurs électriques, la commission des transports n'a pas encore envoyé à la casse sa flotte de bus obsolètes. Avant même la Disparition, l'opération s'annonçait lente et coûteuse. À présent, sans les revenus liés au métro et aux trains de banlieue, elle est jugée impossible.

— Es-tu une meilleure liquidatrice que mon frère ? demande Cassie.

Campée dans la travée centrale, elle vacille au gré des coups de frein et des brusques accélérations du bus.

— Tu devrais te tenir à quelque chose, lui dis-je.

Elle s'agrippe à mon bras.

— Alors, tu es une meilleure liquidatrice que lui, oui ou non ?

— Fous-lui la paix, grogne Kieran.

Cassie lui tire la langue.

Il se tourne vers moi.

— Sous prétexte qu'elle ne fréquente pas un institut de la Ligue préparatoire, elle fait semblant de ne rien comprendre à ce que nous faisons.

Je réponds à Cassie :

— Nous ne sommes pas liquidateurs. J'aimerais le devenir, mais il faudrait pour cela que je remporte le Tournoi. Et ton frère poursuit le même objectif.

Elle sourit puis pose la tête sur mon épaule.

— J'espère que tu te classeras première. Ou, au pire, devant lui.

Kieran passe les cinquante minutes que dure le trajet à la fixer d'un œil noir.

Le bus longe Riverside Park, une étroite bande de verdure qui court le long de la rive gauche de Manhattan. Coureurs et couples promenant leurs enfants y profitent des dernières heures de l'après-midi. Quelques New-Yorkais piquent-niquent au bord de l'Hudson River. Au-delà des flots gris et tumultueux, ils contemplent les rives du New Jersey. Après l'instauration du confinement, certains ont tenté de les rejoindre à la nage durant le couvre-feu. C'est grâce à eux (ou plutôt, à cause de leur sacrifice) que nous avons découvert que les nécros évoluaient à leur aise en milieu aquatique, et qu'ils aimaient y chasser. Cette regrettable série d'incidents a conduit les autorités à mettre en place des dispositifs de défense côtière. Depuis lors, aucun monstre n'a jamais réussi à franchir la rivière. Des individus s'y sont essayés à bord d'un canoë. Seuls les restes déchiquetés de leur embarcation ont été retrouvés.

— Prochain arrêt, Riverside Drive, annonce une voix préenregistrée.

Les véhicules filent à grande vitesse sur la voie rapide surélevée, à seulement quelques mètres du parc où nous marchons dans un silence absolu. Des nuages noirs s'accumulent à l'horizon. Cassie garde ses bras maigres serrés sur sa poitrine pour se protéger du froid. Kieran laisse échapper un long soupir, ôte son blazer et le lui tend.

— Non merci, marmonne-t-elle. Je ne veux pas qu'on me voie porter ce… truc.

— Au contraire, tu pourrais lancer la mode des blazers XXL.

— Ce n'est pas la taille qui pose un problème, rétorque-t-elle.

Je pose ma veste en cuir sur ses épaules.

— Voilà, dis-je. Maintenant, tu es à la fois au chaud et au top de la mode.

— Mais toi, Rei, tu vas geler, maugrée Kieran.

Avant que je puisse protester, il me couvre de son blazer. Tandis que la chaleur du vêtement se propage à mon corps, je me laisse envelopper par son parfum.

Comme prévu, l'heure du couvre-feu approchant, les joueurs ont déserté les courts de tennis en terre battue. Nous quittons le sentier pour nous engager dans une zone envahie par la végétation, puis nous atteignons une haute clôture grillagée partiellement colonisée par le lierre. Adossée à l'obstacle se tient une fille de petite taille vêtue d'un ample sweat à capuche gris et d'un jean noir déchiré. Lorsqu'elle nous aperçoit, elle fait claquer une bulle de chewing-gum, se déhanche et lance :

— Trop stylée, ta veste, Cassie.

Cette dernière me désigne d'un hochement de tête.

— C'est la sienne, dit-elle, un peu gênée, en jouant machinalement avec la fermeture Éclair.

— Évidemment, se moque Bea. J'aurais dû m'en douter. Raison de plus pour ne pas lui rendre ce qu'on lui a piqué.

Malgré cette bravade, elle ne tarde pas à plier devant le regard assassin de Kieran. À contrecœur, elle glisse une main dans la poche ventrale de son sweat, puis en sort mon téléphone et mon portefeuille.

— Vous avez volé autre chose durant la fête ? je demande.

— Si seulement, soupire-t-elle.

Je récupère mes affaires puis, contenant ma colère, m'assure que les photos de mes parents se trouvent toujours dans mon portefeuille.

— J'aurais pu vous faire arrêter, dis-je.

— Et après ?

— *Et après ?* Eh bien, si je t'avais dénoncée, ce délit aurait figuré pour toujours dans ton casier judiciaire. Tu te rends compte que ce genre de comportement irresponsable pourrait définitivement gâcher ton avenir ? Tu penses que tu es jeune, et que tes actes n'ont pas de conséquences, mais…

— Oh, par pitié, ferme-la ! grogne Bea.

Les poings serrés, elle vient à ma rencontre et se plante devant moi, le visage à quelques centimètres du mien.

— Tu ne sais rien de moi, sale petite bourge. Tu n'as pas vécu la galère et tu n'as jamais eu à te battre pour en sortir.

— Bea… intervient Cassie.

— Non, Cassie. Laisse-moi parler. Tu sais combien de fric j'ai trouvé dans son portefeuille ?

Les dents serrées, elle se tourne à nouveau vers moi.

— Tu n'as aucune idée de ce que c'est que voir ses parents se tuer au travail, et ses quatre frères et sœurs crever de faim, parce qu'il ne nous reste plus un sou pour bouffer une fois qu'on a payé le loyer. Tout ça pour avoir une porte à verrouiller et ne pas être dévorés par les nécros. En plus, à cause de ces saloperies, on est condamnés à vivre les uns sur les autres dans un appartement crasseux et minuscule jusqu'au jour de notre mort. Alors, oui, je me fous royalement de mon avenir, pour la bonne et simple raison que *je n'en ai pas*.

Kieran fait un pas dans sa direction, une main tendue en signe d'apaisement.

— Bea, tu…

— Quant à toi, tu ne vaux pas mieux, lance-t-elle dans un nuage de postillons. Tu te crois meilleur que nous parce que tu as réussi, mais pour moi, tu resteras toujours un sale petit merdeux.

Cassie lui saute aussitôt à la gorge.

— Hé, je te défends de parler comme ça de mon frère ! rugit-elle.

Bea la repousse, mais Cassie l'attrape par les cheveux, la jette au sol et plonge à son tour. Les deux filles échangent des insultes, des morsures et des directs. Kieran tente d'intervenir, mais Bea lui colle son pied droit dans l'entrejambe.

Je les saisis par le col et les maintiens tant bien que mal séparées l'une de l'autre.

— Arrêtez, toutes les deux ! je hurle à pleins poumons.

Mais elles refusent d'obtempérer et multiplient les coups dans le vide. De guerre lasse, je choisis de les laisser s'agiter jusqu'à ce que leurs forces les abandonnent. Bientôt, elles se retrouvent à bout de souffle, les joues écarlates et ruisselantes de sueur. Lorsque je libère Bea, elle s'effondre à mes pieds. Cassie s'affaisse à ses côtés, au bord de l'asphyxie.

Kieran s'approche en boitant.

— C'est bon, vous avez terminé ? leur demande-t-il.

Elles restent muettes, le regard vide et la tête penchée vers le sol.

Enfin, Cassie prend la parole.

— Bea a raison. Je veux dire... au sujet de la crise des loyers et de la famine qui s'annonce.

Lorsque l'île de Manhattan a été bouclée, les propriétaires de la ville en ont profité pour augmenter les loyers déjà exorbitants. Les habitants n'ont désormais d'autre choix que de payer ou ils risquent l'expulsion. Or, avec les nécros qui rôdent dans la ville dès la nuit tombée, se retrouver sans domicile équivaut à une condamnation à mort. C'est pourquoi les abris sont perpétuellement occupés à leur pleine capacité. Les monstres s'occupent des citoyens en surplus.

— Un tiers de la population de New York a disparu on ne sait comment, déclare Bea. Il me semble que le problème du logement devrait être réglé.

— Tu oublies tous ces gens qui n'étaient pas d'ici, je lui fais observer. Les travailleurs et les étudiants venus des banlieues, les touristes et les visiteurs étrangers, comme Roland. Ils se sont tous retrouvés pris au piège.

Au loin, les cloches annonçant le couvre-feu se mettent à sonner.

— Bea, je...

Je réalise alors que je ne sais pas quoi lui dire. Lui demander pardon ? Mais pardon de quoi ? De l'échec collectif de notre société ? De l'existence des nécros ? Des difficultés auxquelles sa famille est confrontée ?

Toutes les excuses du monde ne régleront pas ses problèmes.

Au cours des années qui ont suivi la Disparation, le Syndicat a tout mis en œuvre pour protéger les rues de la ville. Cependant, au fil du temps, cet ouvrage s'est lézardé. Des fissures se sont ouvertes qui ne cessent de s'élargir, avalant des milliers d'innocents.

Je prends une profonde inspiration, regarde Bea droit dans les yeux et lui demande :

— Que pourrait faire le Syndicat pour que tu retrouves foi en l'avenir ?

L'espace d'un instant, elle affiche un air surpris, puis son expression se durcit à nouveau.

— Pour commencer, il doit nous permettre de régler nos loyers. Ou décréter un moratoire. Mes parents ont chacun trois jobs. Ils ont demandé une aide financière, mais leur dossier est en attente depuis des mois. Pour le moment, nous vivons dans le studio le moins cher que nous ayons pu trouver. Une pièce pour sept personnes.

Les mots sont inutiles. Bea a raison. Rien ne m'autorise à la juger.

— Attends.

J'ouvre mon portefeuille et lui remets tous les billets qu'il contient. Je sais qu'il ne s'agit pas d'une solution à long terme, mais c'est tout ce que je peux lui proposer pour le moment.

— Prends ça. Pour l'instant. Je vais parler à ma tante. De toi, de ta famille et de ce que nous pourrions faire pour vous aider.

Bea hésite un instant avant de prendre l'argent et de le fourrer dans son soutien-gorge.

Une pluie fine commence à tomber. Nous levons les yeux vers le ciel lourd de nuages.

— Je ferais mieux de filer, dit Bea en serrant le cordon de sa capuche.

Elle s'éloigne puis, avant de disparaître à l'angle d'un court de tennis, elle fait volte-face pour me lancer :

— Au fait, j'espère que tu ne t'attendais pas à des remerciements, parce que je te garantis que ça n'arrivera jamais.

Malgré moi, un sourire se forme sur mon visage. Je repense au rictus arrogant de Roland, lorsqu'il attendait de moi l'expression d'une gratitude éternelle. C'était un sale type, mais au moins, ce jour-là, il m'a appris quelque chose.

Kieran secoue la tête.

— Tu n'avais pas à faire ça, dit-il.

Je regarde mon portefeuille, qui ne contient plus désormais que la photo de mes parents au jour de leur prise de fonction. Il ne me reste plus grand-chose de l'argent qu'ils m'ont laissé, mais je suis certaine qu'ils auraient été heureux de venir en aide à cette famille confrontée aux pires difficultés.

— Tout a changé depuis les nécros, je chuchote.

Ces créatures sont une peste, et cette ville est en train d'en mourir. J'enragc à la pensée de ces avenirs réduits en miettes : celui de mes parents, celui de tous ces citoyens assassinés, mais aussi celui de Bea. Jamais je ne me suis sentie aussi impuissante, tant face à la détresse de cette fille livrée à la misère qu'au péril qui nous menace.

Qu'est-ce qu'une fille comme moi pourrait bien faire contre cette armée de monstres ?

Nous entendons l'averse cribler le feuillage des arbres avant de s'abattre sur nous. La pluie torrentielle balaie l'Hudson, inonde les courts de tennis et les chemins du parc. Cassie pousse un cri, se coiffe de ma veste puis court s'abriter sous un arbre. Kieran et moi demeurons immobiles.

Son regard est glacial, mais je sais que sa colère n'est pas dirigée contre moi. Si celle qui m'habite est de nature explosive, la sienne est silencieuse. Elle est semblable à une coulée de lave qui progresse lentement mais irrémédiablement, détruisant tout sur son passage.

Il baisse les yeux vers moi. Les gouttes inondent son visage. Elles dessinent le contour de ses lèvres, glissent sur son menton et déferlent dans son cou.

— Parfois, ce monde me rend malade, dit-il d'une voix rauque. *Le Syndicat* me rend malade. *Élevez-vous*, qu'ils disent. Comme si ce soulèvement pouvait sauver tous ceux que nous avons laissés derrière nous.

La pluie redouble. Elle martèle le sol avec une telle violence que j'entends à peine les mots qu'il prononce. Elle noie jusqu'au carillon lugubre du couvre-feu. Pourtant, au loin, je crois entendre un cri.

— Je suis prêt à tout pour que ça cesse, poursuit Kieran. J'irai jusqu'en enfer s'il le faut. Et que je sois damné si je n'y entraîne pas le dernier de ces monstres.

L'eau ruisselle dans ses cheveux. Elle fait briller ses mèches noires dans l'obscurité. Avec son visage déformé par la colère et ses vêtements humides accrochés tristement à sa large carrure, on croirait voir une créature démoniaque surgie de l'Hudson, prête à semer la mort et faire couler le sang.

Comme dans un rêve, je pose une main sur sa joue.

— Je te crois, je murmure.

Un autre cri, plus puissant, parvient à nos oreilles. Nous faisons volte-face et voyons Cassie tituber dans notre direction sur le sol détrempé.

Kieran s'écarte.

— Hé, qu'est-ce qu'il y a ?

Cassie lève une main tremblante vers la cime des arbres. Leurs branches semblent prendre vie sous la poussée du vent furieux et de la pluie battante.

— *Un nécro*, dit-elle.

CHAPITRE 22

Au préalable, Kieran positionne sa sœur dans son dos, puis il me tire vers lui par le revers du blazer qu'il m'a prêté. Il glisse une main dans la poche intérieure et en sort un couteau à cran d'arrêt.

— Tu t'es pointé avec une arme à la fête de promotion ? je m'exclame.

— À quoi ressemblait-il, Cassie ? demande-t-il, ignorant ouvertement ma question.

— Il… Il avait tant de *bras*, sanglote-t-elle.

— C'est impossible, je lâche dans un souffle.

Même si le couvre-feu approche, la probabilité qu'un nécro s'aventure à la surface avant la tombée du jour est théoriquement nulle.

Kieran pousse un juron.

— Rei, prends la main de Cassie et cours. Trouve un endroit sûr puis appelle Minyi.

« Cours, Rei. » Les mots de ma mère me reviennent en mémoire. C'était juste avant l'apparition du nécro qui…

— Non, dis-je, repoussant ce souvenir. Je ne te laisserai pas seul.

J'observe les arbres. Le vent qui souffle dans notre dos nous masque la puanteur du monstre. Pas moyen de savoir à quelle distance il se trouve.

— Rei, s'il te plaît…

— Il faudrait traverser le parc à découvert. Si nous avons vraiment affaire à un nécro, mieux vaut rester groupés. Tu n'aurais pas un javelot ou un pistolet NN caché quelque part ?

Kieran, qui ne goûte pas la plaisanterie, me lance un regard noir.

— Quelle taille, à ton avis ?

— Assez grand pour…

Soudain, une idée me traverse l'esprit.

— Le pudding, je murmure.

— Pardon ? s'étonne Kieran.

Puis il écarquille les yeux.

— Mais oui, bon sang ! Le pudding.

Convaincue que nous avons tous deux perdu la raison, Cassie nous considère avec perplexité.

— Qu'est-ce que vous racontez, tous les deux ?

À l'instant où je sors de mon sac la boîte en carton à demi écrasée, la puanteur nous saute aux narines, un mélange révoltant d'œuf pourri et de chair en putréfaction. Cassie se fige. Kieran brandit son couteau. Contre un nécro, il n'aura pas plus d'efficacité que l'ongle de son pouce.

J'ouvre la boîte contenant le pudding. Avec notre arsenal, nous ne pouvons qu'espérer donner à Cassie une longueur d'avance.

Immobiles, prêts à entrer en action, nous attendons que le monstre se manifeste.

Puis une fille émerge de la végétation, son sweat gris trempé collé à son buste osseux. Elle s'avance vers nous, une main dans sa poche. De l'autre, elle protège ses yeux du déluge.

Cassie pousse un soupir de soulagement.

— Bea ! Tu nous as fichu une de ces trouilles !

Elle fait un pas en direction de son amie, mais Kieran retient solidement sa sœur par la manche.

— Qu'est-ce que… ? glapit-elle.

Bea se met à courir. Elle sourit. Ses lèvres, tout comme la main qu'elle cachait jusqu'alors, sont maculées de sang.

Nous savons à présent qui nous avons entendu crier, quelques minutes plus tôt. Kieran bondit dans l'espoir de l'intercepter, la lame du couteau pointée vers son cou.

Cassie étouffe un cri. Elle se précipite en avant, mais je la ceinture avant qu'elle ne commette l'irréparable. Kieran et Bea (ou du moins le monstre qui a revêtu son apparence) roulent dans la boue.

Cassie, qui se bat pour échapper à mon étreinte, parvient à me donner un coup de pied au tibia.

— Non ! je crie, en affermissant ma prise autour de sa taille. Regarde, Cassie ! Ce n'est pas Bea !

Bien sûr, le nécro est en tous points semblable à sa victime, cependant la façon dont il se déplace est celle d'une machine à tuer. Kieran esquive ses assauts et le larde de coups de couteau chaque fois qu'une ouverture se présente, mais le monstre ne faiblit pas.

— Je ne comprends pas ! gémit Cassie, incapable de détourner les yeux de la chose qu'elle croit encore être son amie. La nuit n'est pas encore tombée.

Elle dit vrai. Les cloches continuent à sonner, indifférentes au drame qui se noue.

— Écoute-moi, Cassie. Il faut que tu partes d'ici tout de suite, et le plus discrètement possible. Ne cours pas. Fais en sorte de ne pas attirer son attention.

Je lui confie mon portefeuille et mon téléphone.

— Dès que tu auras quitté le parc, trouve un abri et appelle les secours. Est-ce que tu m'as bien comprise ?

Elle me regarde sans rien dire. Je la saisis par les épaules et la secoue sans ménagement.

— Cassandra. Il y va de la vie de ton frère.

— Et... et de la tienne, bégaie-t-elle.

— Inutile de me le rappeler.

Je la pousse vers la sortie du parc la plus proche.

— Quoi qu'il arrive, quoi que tu entendes, ne regarde pas en arrière. On compte sur toi, ma belle.

À ces mots, les traits de Cassie retrouvent leur dureté. Ayant recouvré son sang-froid, elle prend une profonde inspiration, tourne les talons et s'éloigne d'un pas mesuré, aussi calmement que possible. Tandis que je la regarde s'éloigner, Kieran lâche un cri de douleur.

Je fais volte-face. Les mâchoires de Bea sont solidement refermées sur son bras. Je me baisse pour me saisir d'une lourde pierre, m'approche du polymorphe en prenant soin de me trouver hors de son champ de vision et le frappe de toutes mes forces entre les yeux avec l'angle le plus tranchant. Un craquement sinistre se fait entendre. La créature libère sa proie et bat en retraite en titubant, aveuglée par le flot de sang noir qui s'écoule de son front. J'arrache le couteau des mains de Kieran et le plante dans la gorge du nécro.

Aussitôt, la nausée me saisit. *Mon Dieu, faites qu'il s'agisse d'un cauchemar ! Cette chose n'est plus un être humain*. Je tâche de m'en convaincre. *C'est un nécro.*

Submergée par l'odeur de pourriture, j'enfonce la lame si profondément dans son cou que la pointe se brise net. D'une ruade, la créature se débarrasse de moi et m'envoie rouler dans la boue aux côtés de Kieran.

— Tu as un plan B ? dis-je, haletante, en me redressant péniblement.

Le souffle court, il tient une main serrée autour de son bras blessé.

— Nous n'avions même pas de plan A, répond-il.

Je scrute le sol, hébétée. Le polymorphe, une main sur son cou, maintient sa tête en place durant le processus éclair de cicatrisation. Tandis qu'il marche dans notre direction, la peau humaine dont il s'est vêtu noircit et se détache, lambeau par lambeau, dévoilant peu à peu sa véritable apparence. Il tombe à quatre pattes, les yeux rivés sur nous. Des membres lui poussent un peu partout : un à hauteur du cou, deux au niveau des côtes, une grappe de tentacules autour de la tête, semblables aux vipères de Méduse. Ces excroissances s'allongent et se multiplient si rapidement qu'il se déplace à présent sur huit, puis sur seize pattes s'achevant par des griffes en forme de faucille.

— Hé ! je lance à l'adresse du monstre en lui présentant la boîte du pudding, couvercle ouvert. Viens par ici, mon grand !

Le parfum de banane et de crème se mêle à l'odeur de putréfaction. Le nécro se fige. Sa gueule ruisselle de salive.

— À mon signal, cours jusqu'à l'autre extrémité des terrains de tennis, je murmure à Kieran. La clôture ne nous fera pas gagner beaucoup de temps, mais c'est toujours mieux que rien.

— Rei… soupire-t-il.

Je me tourne vers le monstre.

— Ça sent bon, pas vrai ? dis-je avec un sourire fabriqué. Tu en veux ? Allez, viens chercher.

— Rei, répète Kieran.

— Tu ne vois pas que je suis occupée ? je chuchote entre mes dents serrées.

— Sur la gauche. Il y en a un autre.

Lorsque je tourne la tête, mon cœur bondit dans ma poitrine. Je découvre une créature couverte de taches rouges qui s'ouvrent et se ferment comme des yeux. Elle aussi a dû humer le parfum du pudding. À moins, plus simplement, que notre odeur ne l'ait menée jusqu'à nous.

Je maudis les cloches qui s'obstinent à carillonner, indifférentes à notre sort. Nos chances de survie à deux contre un étaient minimes. Cette fois, notre compte est bon.

Confrontés à ces abominations, Kieran et moi nous trouvons à présent dos à dos.

— Et maintenant ? demande-t-il.

— On est foutus.

— Génial. Absolument génial. Merci à toi, Zaza, d'avoir insisté pour que je me rende à cette fête en compagnie de Rei Reynolds. Comme tu l'avais prévu, on s'amuse comme des petits fous.

— Tout se passait très bien avant que ta sœur ne se pointe !

Je tiens la boîte au-dessus de ma tête. Les battements de mon cœur se font plus forts et plus rapides à chaque mètre gagné par les nécros. J'évalue la distance, vise, puis lance le pudding qui atterrit pile entre les deux monstres. Ces derniers se ruent dessus au même instant, si bien que leurs crânes entrent violemment en collision. L'instant suivant, ils se disputent la pâtisserie à coups de crocs et de griffes.

— On dégage ! je crie.

Aussitôt, Kieran et moi prenons nos jambes à notre cou. Selon mes estimations, ma stratégie devrait nous faire gagner au moins vingt secondes.

Hélas, je suis loin du compte !

Moins de quinze secondes s'écoulent avant que les nécros ne nous prennent en chasse, leurs innombrables pattes martelant le sol humide dans un grondement de tonnerre. Ils gagnent rapidement du terrain. Kieran dérape et parvient *in extremis* à conserver l'équilibre. Je me félicite de porter des chaussures dont les hauts talons, agissant comme des crampons, m'assurent un semblant de stabilité.

— On ne va pas y arriver, gémit Kieran, haletant.

C'est alors comme si l'univers tout entier retenait son souffle. La mort danse sur mes épaules. Je vois les instants les plus marquants de mon existence défiler devant mes yeux. La peur me submerge. Elle abolit peu à peu toute pensée logique et fait bientôt place au seul instinct de survie. Je m'en laisse pénétrer, l'associe à mes sens aiguisés par la terreur primale qui commande désormais à mes jambes et à mon cœur, leur ordonnant de travailler toujours plus fort, toujours plus vite.

C'est pour survivre à de telles situations que nous avons travaillé aussi dur.

Je sens l'haleine brûlante et fétide des nécros sur ma nuque. Le couteau à la lame brisée se trouve toujours dans ma main.

Avant que Kieran ne puisse m'en empêcher, je me tourne, me laisse tomber sur le sol, et tranche l'une des pattes du nécro le plus proche à l'instant où il bondit sur moi. Je m'empare de son membre coupé et l'éventre à l'aide de sa propre serre aux griffes aussi tranchantes que des lames de rasoir. Un flot de sang éclabousse mon visage.

Quand le second monstre se précipite sur moi, je brandis mon arme improvisée en priant pour qu'il s'y empale. Lorsqu'il s'abat sur moi, un hurlement retentit. J'entends ses os craquer, mais je comprends au même instant que je ne suis pas responsable de ce phénomène.

— Rei ! crie Kieran. Qu'est-ce que tu fous ? Lève-toi, par pitié !

D'un revers de manche, j'essuie le sang qui m'aveugle. Alors, sidérée, je vois les deux nécros se faire tailler en pièces par une petite boule de fourrure noire à la gueule hérissée de crocs.

Par un bébé noctiphage.

Par *mon* bébé noctiphage.

CHAPITRE 23

Le bébé noctiphage claque des mâchoires, grimpe sur le corps du polymorphe, puis entreprend de détacher ses pattes de son corps. Sa victime a beau battre les airs de ses redoutables serres, il est bien trop agile pour se laisser toucher. Bientôt privé de ses membres moteurs, le monstre roule sur le flanc en poussant des cris désespérés.

Mon noctiphage a beaucoup grandi depuis notre première rencontre. Malgré son pelage mouillé et sa taille désormais comparable à celle d'un chow-chow (avec vingt fois plus de crocs), je le reconnaîtrais parmi cent autres.

Il s'attaque à présent aux globes oculaires du second nécro, puis le mord férocement à la gorge. La créature mutilée vacille quelques instants avant de s'effondrer dans la boue en émettant un gargouillement écœurant.

Partagée entre l'épouvante et l'émerveillement, je m'accroupis près du petit noctiphage. Il tourne la tête vers moi, l'air très fier de ses exploits. Avec ses crocs si longs et si nombreux qu'il ne peut pas fermer correctement la bouche, on pourrait croire qu'il sourit. Sa silhouette est trapue, ses pattes courtes et sa tête disproportionnée. Sans même considérer le fait qu'il vient de nous sauver la vie, je ne peux pas m'empêcher de le trouver adorable.

— Salut, toi, je murmure, tandis qu'il frotte gentiment sa tête contre mon genou. Merci pour le coup de main. Désolée, je n'ai plus de pudding, mais je te promets que je t'en garderai une belle part la prochaine fois.

Kieran me rejoint d'un pas traînant.

— C'est quoi ce truc ? demande-t-il.

Le noctiphage lève vers moi ses yeux ronds, noirs et brillants.

— Ce n'est pas un *truc*, dis-je, soudainement inspirée par cette vision. Il s'appelle Boba.

— Boba, répète Kieran. Comme les perles qu'on trouve dans le bubble tea ?

L'intéressé émet un gazouillis aigu que j'interprète comme un signe d'approbation.

— C'est ça. Parce que ses yeux ressemblent à des billes de tapioca. Tu vois ?

— Je vois surtout ses dents, pour être honnête. Comment peut-il en avoir autant ? Sur le plan strictement anatomique, cet animal n'est composé que de dents, de poils et de pattes.

— Pour le moment, ce n'est qu'un bébé, mais il finira par grandir.

Je me tourne vers le noctiphage.

— N'est-ce pas que tu finiras par grandir ? dis-je en caressant la touffe de fourrure située au-dessus de ses yeux.

Tout son corps frémit de plaisir. Kieran, lui, s'aventure à lui gratter les joues.

— Mais qu'est-ce qu'il est, exactement ?

— À vrai dire, je ne suis pas certaine que Boba soit un mâle.

— Ce n'est pas ma question.

— C'est un petit noctiphage, évidemment, je réponds en caressant le ventre de l'animal.

— Je sais, mais comment tu expliques son comportement ?

— On vient d'être attaqués en plein jour par deux nécros, et c'est son comportement qui te préoccupe ?

— Non. Ce qui me préoccupe, c'est qu'on va louper l'élection de la reine de la promo.

Nous nous regardons en silence, puis partons d'un invraisemblable fou rire.

Soudain, Boba lève la tête, tend l'oreille puis déguerpit dans les hautes herbes. L'instant suivant, nous entendons des crissements de pneus et des claquements de portière suivis de cris et de lourds bruits de bottes.

Une escouade composée de huit régulateurs en combinaison tactique apparaît au bout du chemin. Leurs visages sont masqués par des visières couleur bronze. Leurs armes bourdonnent d'électricité. Des armes qu'ils pointent dans notre direction.

— Les mains sur la tête ! tonne l'un d'eux.

Les soldats se déploient autour de nous et des deux créatures mutilées. Kieran et moi obtempérons sans discuter. Après s'être assurés que nous ne sommes pas des nécros polymorphes sous apparence humaine, le chef d'équipe fait signe à ses hommes de baisser leurs armes.

— Avez-vous un besoin immédiat de soins médicaux ? dit-il.

— Où est ma sœur ? demande Kieran avant même d'évoquer son bras blessé. C'est elle qui a donné l'alerte ?

— Elle a été conduite en lieu sûr. Vous la retrouverez dès que nous aurons procédé à votre interrogatoire.

Notre interrogatoire ? Cette disposition ne fait pas partie de la procédure standard.

— Ces deux nécros ont failli avoir notre peau, rétorque Kieran sur un ton délibérément hostile qui ne lui ressemble pas. Avant le couvre-feu. Du coup, il me semble que ce serait plutôt à vous de répondre à nos questions. On nous a répété un million de fois qu'il suffisait de respecter les règles pour ne courir aucun danger, et voilà que...

Le grondement d'un moteur interrompt son réquisitoire. Une moto, dont les larges pneus soulèvent des geysers de boue, roule dans notre direction. Coiffée d'un casque à visière dorée, la femme qui la chevauche porte un manteau de cuir rouge sang. Elle s'immobilise à nos côtés et met aussitôt pied à terre.

— Stop ! lance-t-elle d'une voix impérieuse.

Les régulateurs lâchent la poignée de leur arme, mais se gardent bien de la mettre hors tension.

— Tante Minyi ! je m'exclame.

Elle me caresse brièvement l'épaule, puis se positionne entre nous et le chef de l'escouade.

— Je vous remercie, sergent, dit-elle tandis que quatre autres motocyclistes roulent vers nous.

Ils portent des manteaux semblables à celui de Minyi, mais leurs casques sont équipés de la visière argentée propre aux liquidateurs.

— On prend le relais, poursuit-elle. Kaplinsky, Yang, à vous de jouer.

Deux de ses hommes bondissent de leurs machines, dégainent leurs pistolets NN puis se dirigent vers les cadavres des nécros. En quelques minutes, ils les équipent de harnais de contention afin de les acheminer en toute sécurité vers les laboratoires du Syndicat.

— Êtes-vous blessés ? demande Minyi.

— Kieran a été mordu au bras. Moi, je suis indemne. Tante Minyi, comment est-il possible que…

— Pas ici, Rei, me coupe-t-elle en nous guidant vers les motos.

Les deux liquidateurs qui n'ont pas participé à la collecte des corps nous confient des casques. Tandis que nous en réglons les sangles jugulaires, l'un d'eux récupère une trousse de premiers soins dans le compartiment situé sous sa selle. J'en profite pour glisser à l'oreille de Kieran :

— Pas un mot au sujet de Boba. S'il te plaît.

Alors que le liquidateur nettoie la blessure de Kieran puis la recouvre d'un bandage, ce dernier, les sourcils froncés, soutient longuement mon regard avant de hocher imperceptiblement la tête. Enfin, nous prenons place à l'arrière des motos.

— Vous vous sentez bien ? demande mon pilote.

— Comment définiriez-vous le mot « bien » ? je demande.

— Vivante, si vous préférez.

Kieran et moi échangeons un regard. Je me demande s'il a conscience de la quantité de boue qui recouvre son visage. C'est sans doute le cas, puisqu'il pose une main sur sa joue, bat gracieusement des cils et m'adresse le plus charmant des sourires.

— Dans ce cas, oui, je me sens bien, je réponds.

*

Nous regagnons le manoir moins de trente minutes avant le début effectif du couvre-feu. Lorsque nous sortons de l'ascenseur au onzième étage, Minyi nous conduit directement à son bureau. Elle nous invite à nous asseoir, verrouille la porte, puis se laisse tomber dans son fauteuil.

Le menton entre ses mains, elle nous dévisage longuement dans le plus grand silence.

— Je suis certaine que vous avez une foule de questions à me poser, dit-elle enfin. Mais avant cela, je tiens à ce que vous sachiez à quel point je suis heureuse de vous voir sains et saufs.

— On a frôlé le pire, fait observer Kieran.

Tante Minyi lève les mains en signe d'apaisement.

— J'en ai conscience. Et je ne peux qu'imaginer les minutes terrifiantes que vous avez vécues. Cependant, vous êtes venus à bout de deux nécros par vos propres moyens, avant même l'arrivée des renforts. Comment est-ce que…

— Disons que nous avons eu beaucoup de chance, je l'interromps.

Si elle découvre l'existence de Boba, elle se trouvera dans l'obligation d'en avertir le Bureau des directeurs. J'ignore quel sort ils lui réserveront et ce qu'ils pourraient me forcer à faire pour le capturer.

— Il faut informer les citoyens de New York que les nécros n'attendent plus la tombée de la nuit pour attaquer, déclare Kieran. En particulier ceux qui vivent à proximité de Riverside Park.

— Hélas, je crains que nous ne devions nous en abstenir.

Je cligne des yeux, convaincue que j'ai mal entendu.

— Nous en abstenir ?

Minyi se penche en avant et joint les mains devant elle.

— Écoutez-moi attentivement, tous les deux. Ce qui s'est passé aujourd'hui doit impérativement rester entre nous.

— Pour quelle raison ? je demande.

— Si les médias informent la population, la panique se répandra comme une épidémie de peste. La crédibilité et l'intégrité du Syndicat seront mises en doute. Pour vous résumer la situation, vous êtes actuellement la plus grande menace qui pèse sur sa sécurité. Vous comprenez ?

Sidérée, je me tourne vers Kieran, qui garde les yeux baissés. Comment rester muet face à cette accusation ?

— Et ma sœur ? interroge-t-il.

— Je me suis entretenue avec elle. Elle dort dans la chambre d'amis et elle pourra l'occuper aussi longtemps que nécessaire. Vous pourrez lui rendre visite avant de retourner au Sanctuaire.

Je serre les poings.

— Des nécros chassant avant la tombée de la nuit… Comment cela a-t-il pu se produire ?

— Ils ont évolué, répond Minyi.

— Mais ils ont toujours fui les rayons du soleil.

— En effet. Jusqu'à présent.

Elle pose les doigts sur ses tempes.

— Savez-vous combien de milliards de dollars nous avons investi dans la recherche et le développement de nouvelles armes ? Nous disposons d'exocombinaisons, de lances électriques et de munitions biochimiques. Pourtant, nous avons à peine réduit leur population. Chaque fois que nous trouvons un moyen plus efficace de les détruire, ils évoluent en conséquence. Un tel incident devait bien finir par se produire.

— Mais ces attaques de jour sont contraires à leur nature ! Il ne peut pas s'agir d'un simple stade d'évolution !

— Je comprends ta colère, Rei, mais tu dois me croire quand j'affirme que nous faisons tout notre possible pour protéger la ville. Les directeurs, les érudits et les opérationnels travaillent déjà de concert pour réviser les protocoles de sécurité.

Mon sang se glace dans mes veines.

— Tu... Tu viens de dire « déjà ». Ça signifie que de telles attaques se sont déjà produites ?

Les lèvres de tante Minyi ne forment plus qu'une fine ligne horizontale.

— Quand ? je demande en me levant d'un bond. Et pourquoi la population n'a-t-elle pas été avertie ? Les citoyens ont le droit de savoir et de prendre les précautions nécessaires.

— Je ne suis malheureusement pas habilitée à vous livrer davantage de détails.

— Une innocente a été tuée ! Une fille qui avait une famille, une vie, un avenir ! Les nécros ne sont pas seuls responsables de sa mort. Les mains des directeurs sont souillées de son sang, tout comme les tiennes !

Minyi frappe des deux poings sur la table.

— J'ai assez de sang sur les mains pour repeindre tous les murs de cette ville ! tonne-t-elle.

Je me laisse retomber dans le fauteuil.

Au cours des années que j'ai passées à ses côtés, jamais je ne l'ai vue perdre ainsi contenance.

Kieran non plus, à en juger par ses yeux écarquillés sous l'effet de la peur et de la surprise.

Ma tante est une forteresse. Elle ne laisse rien paraître de ses émotions. Sa personnalité est savamment compartimentée. Mère de deux filles le jour, tueuse de sang-froid la nuit. Gardienne de centaines de milliers de vies. Protectrice de la paix, même s'il faut pour cela semer la mort. Elle joue de nombreux rôles et porte de nombreux masques. Elle interprète cette partition avec un calme inébranlable, au mépris des circonstances. Peu importe la pression qui pèse sur ses épaules.

Il faut croire qu'elle est humaine, en fin de compte. Moins fragile que la plupart d'entre nous, mais pas pour autant indestructible.

— Cinq, dit-elle en s'efforçant de réguler sa respiration.

Quelques secondes s'écoulent avant que Kieran n'ose demander :

— Cinq quoi ?

Elle tourne la tête. Elle se refuse à croiser nos regards.

— Lina Beaumont. Bryant Liu. Alana Gonzalez. Isiah Lincoln. Roland Winchester.

Je sens mes entrailles se nouer. Kieran, lui, fronce les sourcils.

— Ce sont des liquidateurs, dit-il. Et alors ?

Ma tante s'affaisse dans son fauteuil. Elle replace les mains sous son menton. Un geste qui, cette fois, ressemble beaucoup à une prière.

— Ils ont tous été tués il y a quatre jours.

CHAPITRE 24

Je n'ai jamais éprouvé de difficulté à m'endormir. Ce soir, pour la première fois de mon existence, je passe plusieurs heures à me tourner et à me retourner entre les draps avant de rejeter rageusement la couette au pied du lit.

Je quitte la chambre et m'aventure dans les couloirs déserts du Sanctuaire. Je m'émerveille à la vue des globes de cristal remplis de poussière d'étoile dont l'éclat inonde le sol. Je n'ai jamais rien vu de tel, même au manoir.

Je n'ai pas de montre sur moi, mais j'ai le sentiment qu'il est très tôt, ou très tard. Malgré mon état de fatigue, une énergie particulière ne cesse de m'électriser. Un besoin de rester debout et de *faire quelque chose*, n'importe quoi.

Je me dirige vers la salle de sport.

C'est une pièce fraîche et obscure, faiblement éclairée par une rangée de petites fenêtres haut perchées. Aux seuls rayons de la lune, je distingue à peine les contours des appareils de musculation. J'effectue quelques étirements puis me dirige à tâtons vers le râtelier sur lequel reposent les haltères.

Je m'abandonne à ma routine quotidienne et réalise avec application plusieurs séries de flexions de bras. C'est le seul moyen dont je dispose pour ne pas laisser mes pensées vagabonder. Je me concentre sur la douleur familière et tâche de chasser de ma mémoire les mots prononcés par Minyi. « J'ai assez de sang sur les mains pour repeindre tous les murs de cette ville. »

J'aurais dû comprendre que quelque chose ne tournait pas rond à l'instant où Maître Sasha m'a annoncé la mort de Roland. Son sort, ainsi que celui des autres liquidateurs, aurait dû faire la une de tous les médias de New York, mais l'information est restée confidentielle.

En outre, en cette veille de la demi-finale du Tournoi, je ne peux m'empêcher de penser à Kieran et, bien sûr, au secret que nous devons désormais taire et partager.

Je voudrais ignorer la façon dont les cellules de mon corps réagissent lorsque je me trouve en sa présence. Cette chimie-là n'a pas disparu. Malgré mon transfert à FD Prep, nous sommes restés attachés l'un à l'autre, tout comme nous restons attachés aux objectifs que nous nous sommes fixés.

Je m'étends sur le banc de musculation, saisis la barre à deux mains et entame une série de développés couchés. En vain. Dans la pénombre, les souvenirs douloureux reviennent à la charge. Je ne peux pas leur échapper.

*

À son crédit, Kieran a tenu sa promesse. Il m'a retrouvée à la bibliothèque le dimanche suivant. J'étais en train d'étudier mes notes de révision dans la salle de lecture, telle une naufragée dans un océan de livres et de cahiers.

— Salut, a-t-il dit en s'asseyant à mes côtés. Ça va ? De quoi voulais-tu qu'on parle ? Je n'ai pas beaucoup de temps à t'accorder.

Je me suis efforcée de parler d'une voix neutre.

— Ah bon ? Et pourquoi ?

Il n'a pas répondu. Cette fois, il n'avait même pas pris la peine de préparer l'une de ses pitoyables excuses.

C'est à ce moment-là que j'ai craqué.

— Qu'est-ce que tu fous, Kieran ? Je pensais que tu te préoccupais de ton avenir, mais tu as totalement relâché tes efforts. Si tu continues comme ça, tu n'auras aucune chance de te qualifier pour le Tournoi. Il est même peu probable que le Syndicat te recrute en tant que régulateur débutant.

Passé le choc initial, il a repris contenance.

— Je suis quand même capable de mobiliser trois neurones pour obtenir mon diplôme.

— *Obtenir ton diplôme* ? Alors maintenant, c'est ça, ton ambition ? Depuis quand tu as renoncé à finir premier de ton institut ?

Je lui ai jeté mon carnet de notes au visage.

— On devait tous les deux sortir majors de promotion !

— Tout le monde ne peut pas être aussi brillant que toi, Rei ! a-t-il crié.

De l'autre côté des rayonnages, quelqu'un a protesté contre cet éclat de voix.

— Un peu de silence !

Il a baissé la tête et tendu une main vers la mienne.

— Je suis désolé. C'est juste que…

L'incrédulité laissant place à l'indignation, j'ai refusé qu'il me touche.

— Tu es sérieux ? Tout le monde ne peut pas être aussi brillant ? Je suppose que tu plaisantes. Sinon, c'est que pendant tout ce temps... Quelle ironie. Quelle foutue ironie !

— Quoi ? a-t-il grondé sans desserrer les dents. Quelle ironie ?

Depuis que nous nous connaissons, tu m'as fait douter de moi-même. Tu m'as fait croire que je *n'étais pas à ta hauteur.*

— Après tout ce que nous avons traversé, je croyais enfin vivre une relation d'égale à égal. Mais la vérité, c'est que tu étais jaloux.

— Quoi ? Non ! Ce n'est pas...

— Pas quoi ? ai-je craché.

Soudain, ses traits se sont durcis. Il a redressé les épaules et m'a lancé un regard perçant.

— Tu sais quoi ? Tu as peut-être raison. Il est possible que mon ego soit si fragile que je me sens menacé par tes succès.

— À moins que tu ne sois tout simplement qu'un sale petit con, ai-je murmuré.

Il a lâché un petit rire étranglé.

— Si c'est ce que tu penses...

— Est-ce que tu m'as dit la vérité ?

— À quel sujet ?

— Toutes ces excuses que tu m'as servies. Ce rendez-vous chez le médecin, cette visite du plombier, cette histoire de baby-sitting. Ta maladie.

Trois secondes se sont écoulées avant qu'il ne réponde :

— Non. Ce n'était pas la vérité.

— Pourquoi tu m'as menti ? Qu'est-ce que tu faisais, tous ces dimanches ?

— Je ne peux malheureusement rien te dire.

J'ai senti mes entrailles se liquéfier. Une image s'est formée dans mon esprit : celle de la fille blonde sans visage qui me tourmente depuis plus d'une semaine. Je ne voulais pas savoir.

— Dis-moi pourquoi tu m'as menti, Kieran. Dis-le-moi, ou tout est fini entre nous.

Il a pâli, mais il est demeuré étrangement calme.

— Pardon ?

— Tu m'as très bien entendue. Soit tu me dis la vérité, soit tout s'arrête ici.

Il a observé un long silence, ses yeux verts plongés dans les miens. Ils exprimaient une insondable tristesse.

— Je suis désolé, Rei. Vraiment désolé.

Ce sont ces mots qui m'ont brisée. Nous avions déjà eu des différends, bien sûr, mais il ne m'avait jamais présenté des excuses que du bout des lèvres. Cette fois, il était sincère.

Sincère et définitif.

— Tu penses que je ne vaux même pas la peine qu'on me dise la vérité ?

— Je ne te mérite pas, Rei. Nous savons tous les deux que tu serais bien mieux sans moi.

Ce fatidique dimanche après-midi, avant de me tourner le dos, il a essayé de m'adresser un dernier sourire, mais ce n'était qu'une grimace douloureuse.

Comme s'il ignorait à quel point un sourire peut blesser.

Quant à moi, je n'aurais jamais imaginé qu'il puisse aussi facilement déchirer ma cage thoracique, puis s'en aller sans se retourner, mon cœur ensanglanté entre les mains.

*

Le souffle court, je pousse la barre une dernière fois. La sueur ruisselle sur mes yeux et mes bras tremblent sous l'effort que je leur impose. Ce n'est qu'à cet instant que je réalise que les premiers rayons du soleil inondent le plafond. Depuis quand ? Combien de séries ai-je bien pu enchaîner ?

Celle-ci est de trop, à l'évidence. Alors que j'essaie de soulever les haltères jusqu'à leur support, mes muscles refusent d'obéir. Mon dos se cambre. Je n'y arriverai pas. J'essaie de pencher la barre sur le côté.

La porte de la salle s'ouvre à la volée. Écrasée par le poids monstrueux des disques, je laisse échapper un gémissement. Au moment où mes bras cèdent, deux mains se saisissent de la barre, la soulèvent et la déposent sur le rack avec un claquement sec. Soulagée de ce fardeau, je peux enfin respirer librement.

— Merci, dis-je, haletante, en m'asseyant sur le banc de musculation. J'étais vraiment à deux doigts de… Oh, c'est toi !

Kieran hausse un sourcil.

— Tu as l'air déçue.

Je m'essuie le front en soulevant un pan de mon tee-shirt.

— Comment va ton bras ? je demande.

Je le surprends à contempler mes abdominaux. Il cligne des yeux puis, revenu à la réalité, il s'éclaircit la gorge.

— Oh ! Rien de grave.

Il retrousse sa manche pour exposer sa blessure, mais je ne vois que les veines qui courent sur ses bras remarquablement sculptés. Il est évident qu'il s'est entraîné ces derniers temps, et qu'il n'y est pas allé de main morte.

Je me mords la lèvre. Je me demande à quoi peut bien ressembler le reste de son corps, à présent.

Kieran esquisse un sourire.

— Reynolds ? Tu as la tête ailleurs ?

— Ah oui, ton bras.

Je saisis son poignet et le tourne de façon à pouvoir inspecter la peau qui, grâce à la poussière d'étoile, s'est déjà largement régénérée autour de la morsure. Merde. Ce côté-là de l'avant-bras est encore plus sexy que l'autre.

— Ça m'a l'air parfait, dis-je.

— Ouais, pas de quoi s'inquiéter, réplique-t-il avec un sourire franc.

— Qu'est-ce que tu fais ici ?

— Je n'arrivais pas à dormir.

— Bienvenue au club.

Je désigne les haltères et m'étends sur le dos afin de réaliser une nouvelle série de développés couchés.

Il se positionne à la tête du banc, afin de me prêter assistance si nécessaire. Cette fois, je prends soin de compter mes mouvements, histoire de ne pas présumer de mes forces. Après un temps d'hésitation, il demande :

— Tu crois qu'on a fait le bon choix ?

— Il va falloir être plus précis…

— J'ai confiance en Maîtresse Minyi, mais rester muets, les bras croisés, après ce qui s'est passé… J'ai peur que nous commettions une erreur. Et Bea n'est pas la seule à avoir perdu la vie. Ces liquidateurs étaient des professionnels expérimentés. Ils possédaient des armes et des artefacts.

Il secoue la tête.

— À en croire Minyi, ils ont tous été tués le même jour, peut-être au même moment. À quel genre de monstre ont-ils eu affaire ? Il devait être gigantesque, ou d'une force exceptionnelle.

— Ou extrêmement intelligent.

— Les nécros ne sont pas réputés pour leur quotient intellectuel, Reynolds.

Ayant achevé ma série, je dépose la barre sur son support.

— Il pourrait s'agir d'une exception. Nous ne savons pas tout à leur sujet, loin de là. D'ailleurs, avais-tu déjà entendu parler de jeunes nécros ?

— Non, jamais. Et puisque tu en parles, je crois que tu me dois des explications. Je suppose que tu n'as pas informé le Syndicat de ta découverte, je me trompe ?

— Non, je n'en ai parlé à personne. Et vu que cette *découverte* nous a sauvé la vie, je compte bien m'en tenir là.

— C'est bien.

— Hein ?

— J'ai dit « c'est bien ». Je sais que tu respectes le Syndicat et que tu as approuvé toutes ses décisions jusqu'à ce jour. Je suis heureux de constater que tu es enfin capable de penser par toi-même.

Je plisse les yeux.

— Et toi, d'où te vient cette soudaine méfiance à l'égard du Syndicat ?

Son expression se ferme. Depuis que je le connais, jamais il n'a exprimé de doutes au sujet de ceux qui nous gouvernent.

— Je me dis que les directeurs devraient prendre des mesures. Nous pourrions suggérer à Maîtresse Minyi d'avancer l'heure du couvre-feu. Cela dit, cette décision serait extrêmement impopulaire. J'ai entendu dire qu'on avait dénombré pas mal de blessés, lorsque la dernière manifestation à Washington Square a dégénéré. Imposer des règles plus strictes pourrait carrément provoquer des émeutes. La dernière chose dont avons besoin, en ces circonstances, c'est que les tensions tournent à la guerre civile.

Je m'accorde quelques instants pour considérer sa suggestion.

— Et si nous faisions confiance à ma tante et laissions le Syndicat se charger du problème ?

— Le Syndicat n'est pas tout-puissant, malgré ce que les médias voudraient nous faire croire. Les directeurs ont pris de bonnes décisions pour protéger la ville, mais ils n'ont ni les moyens de sauver le monde... ni même la volonté de le faire.

Ses derniers mots restent suspendus dans les airs.

— Qu'est-ce qui te fait dire une chose pareille ?

Kieran détourne le regard.

— C'est à cause de Cassie... et de ma famille. Mais c'est une chose dont je ne me sens pas encore prêt à parler. Sauf avec Maîtresse Minyi.

Ces mots éveillent ma curiosité. Kieran s'est toujours montré réticent à parler de sa famille et je ne lui ai jamais posé de questions. À présent, je pense à la façon dont Minyi a justifié l'embauche de Kieran. « Il se trouve que Kieran traverse une passe difficile. Je ne fais que lui donner un coup de pouce pour réparer certaines erreurs. » Redoutant qu'il ne se braque, je ravale toutes les questions qui me brûlent les lèvres.

— Alors tu lui fais confiance, mais tu te méfies du Syndicat ?

Il hausse un sourcil.

— Tout comme toi, qui préfères cacher l'existence du jeune nécro.

Un souvenir me revient en mémoire. *Une berge enneigée. Une boule de fourrure dorée. Des fleurs d'un rouge éclatant sur le blanc immaculé.* Je ferme les yeux.

— Mon instinct m'a déjà joué des tours.

— Tu n'es pas la seule. Mais pour ce que ça vaut, je pense que tu ne t'es pas trompée, cette fois.

Je m'assieds sur le sol en caoutchouc pour procéder à quelques étirements. Kieran s'installe en tailleur devant moi, préoccupé. Le silence s'installe et se prolonge jusqu'à ce que je n'y tienne plus.

— Allez, dis-moi ce qui ne va pas.

— Il y a une chose que j'aurais dû te dire, l'année dernière.

Tous mes muscles se tendent.

— Tu avais raison. J'étais jaloux de toi, mais pas de tes succès. Tu étais constamment première au classement. Moi, je devais me surpasser pour espérer atteindre la cinquième place, malgré l'aide que tu m'apportais. J'avais l'impression d'être un fardeau. Tu étais là pour moi, mais je ne pouvais pas te rendre la pareille. Je ne t'ai pas parlé du poste que j'ai décroché auprès de Maîtresse Minyi, parce que je voulais me prouver que je pouvais être ton égal. Et puis Tim m'a battu à plate couture.

Il semble découragé, vulnérable, vaincu par l'impuissance. Je me prends à détester ce système inhumain qui prétend traduire notre intelligence, notre détermination et nos compétences par un simple rang au classement.

— C'est pour ça que tu as cessé de venir à la bibliothèque ? Parce que tu te sentais vulnérable ?

— Oui. En quelque sorte. Enfin, pas exactement.

Il ouvre et ferme mécaniquement les mains.

— Alors c'était à cause de l'autre fille ?

— Quelle autre fille ?

— Allez, quoi, tu peux tout me dire, maintenant. Nous ne sommes plus ensemble. Ça n'a plus d'importance.

Il fronce les sourcils. Jamais il n'a eu l'air aussi sérieux.

— Il n'y avait pas d'autre fille. Il n'y en a jamais eu d'autre que toi.

— Alors pourquoi m'as-tu menti, semaine après semaine ?

Il observe une longue pause.

— Je ne voulais pas que tu me juges.

— Et tu penses que me cacher la vérité était une solution ?

— J'avais un problème personnel. Une affaire de famille. Je pensais que tu ne pourrais pas comprendre. Et pour être honnête, mon point de vue n'a pas changé. Je n'en suis pas moins désolé.

Avant que je ne puisse le questionner, la porte s'ouvre, et Everly passe la tête dans l'entrebâillement.

— Salut ! Vous vous entraînez ?

— Oui, je réponds.

— Non, lâche Kieran au même instant.

Everly affiche une mine perplexe.

— OK, je vois ! Ça vous dérange si j'utilise le tapis de course ?

Je lance un coup d'œil furtif à Kieran, mais il s'obstine à éviter mon regard. Notre conversation est officiellement terminée. C'est aussi bien comme ça. Il a fait son choix, et ses motivations ne me regardent plus.

L'intrusion d'Everly n'est qu'un rappel que la compétition est loin d'être terminée. Un seul d'entre nous peut l'emporter, ce qui signifie que mon succès dépend de la défaite de Kieran.

Et je ne compte pas lui faire de cadeau.

CHAPITRE 25

À l'heure du dîner, Kieran et moi nous présentons séparément dans la salle à manger du Sanctuaire. Chacun sait désormais que l'alliance que nous avons nouée durant la première épreuve a fait long feu. Au menu extravagant de ce soir, saumon d'Alaska rôti aux herbes et au miel, et travers de porc braisés du Nebraska. Je remplis mon assiette, puis je vais m'asseoir entre Everly et Mia. Kieran choisit la compagnie de Yuna, Taz et Langston, à l'autre bout de la table. Tim tente sa chance avec Noëlle, mais elle le dissuade d'un regard glacial. Dawn dîne seule dans son coin de pâtisseries chipées sur le chariot à desserts.

Je consulte l'horloge au-dessus de la porte. Les cloches ont dû commencer à sonner, mais aucun son extérieur ne nous parvient ici. C'est la première fois que je ne les entends pas depuis l'adoption du couvre-feu. Pourtant, mon cerveau ultra conditionné jurerait percevoir leur carillon.

Un bourdonnement dans ma poche me distrait de cette hallucination auditive. Tandis qu'Everly et Mia discutent avec passion, je jette un coup d'œil discret à mon téléphone.

Jie jie
Maman m'a raconté ce qui s'est passé à
Riverside Park. Est-ce que tout va bien ?

Maura. Mes doigts se serrent autour de l'appareil. Pas un mot de son absence à l'issue de la première épreuve. J'envisage d'ignorer son message, mais je choisis de lui demander des comptes.

Moi
Je ne t'ai pas vue après le Tournoi.

Jie jie
Pardon. :–(Le travail va finir par me tuer !
J'ai téléchargé la vidéo sur mon ordinateur
portable.
Je la regarderai dès que possible.

C'est toujours la même chose avec elle. À quoi je m'attendais, au juste ? Le portable vibre de nouveau dans ma main.

Jie jie
Je sais que ça ne compensera pas
mon absence,
mais j'espère que ça t'aidera.
Surtout, ne dis RIEN à maman !
FICHIER CRYPTÉ REÇU

Les portes de la salle viennent de s'ouvrir. Lorsque je quitte l'écran des yeux, je vois entrer Nick Valentine.

Il a troqué son smoking pour une exocombinaison recouverte d'un long manteau de cuir noir.

— Ce soir, c'est moi qui suis de service, annonce-t-il en nous adressant un sourire ensorcelant. Alors terminez votre plat en vitesse et suivez-moi.

Je rempoche mon téléphone. Le décryptage du fichier joint au message de Maura devra attendre.

Une fois nos assiettes débarrassées, le Fantôme nous conduit de couloirs en escaliers jusqu'à une porte noire au centre de laquelle figure la lettre S tracée en ronds et en déliés à la peinture dorée. Elle s'ouvre d'elle-même sur des ténèbres impénétrables.

Alors que je me tiens à ses côtés, Nick Valentine m'adresse un clin d'œil puis, d'un geste affecté, me fait signe d'entrer.

— Après vous, mademoiselle Reynolds.

Le cœur battant, j'avance dans l'inconnu.

En l'absence totale de lumière, je marche à l'aveuglette, les bras tendus devant moi, afin d'éviter toute collision. Je n'entends que le son de ma propre respiration et les pas des autres concurrents qui me rejoignent l'un après l'autre. Enfin, la porte se ferme et nous nous retrouvons prisonniers du néant.

— Bienvenue à la deuxième épreuve, fait la voix du Fantôme, qui nous parvient de toutes les directions.

Au même instant, des rayons de lumière argentée apparaissent sur le sol, courent sous nos pieds, s'élèvent et s'entrecroisent de façon à former des structures de plus en plus complexes. En quelques secondes, nous nous trouvons plongés au cœur d'une réplique holographique de Manhattan, avec ses parcs, ses bâtiments et ses gratte-ciel les plus emblématiques.

— Comme vous le savez, poursuit Nick Valentine, les nécros se mettent en chasse à la tombée de la nuit.

C'est cette réalité que doivent affronter quotidiennement maîtres et liquidateurs.

Le visage baigné d'une lueur bleutée, nous contemplons avec émerveillement les détails de ce paysage urbain. Nous sommes une tribu de titans penchée sur le damier parfait des avenues et des rues, de la pointe nord de l'île jusqu'aux quais de Battery Park. La flèche de l'Empire State Building frôle le bout de mon nez, et mes pieds sont solidement campés au centre de Koreatown.

— Sitôt la nuit tombée, nous sommes privés de tout moyen de transport : voitures, motos et même chevaux, que l'odeur des nécros épouvante. Nous ne pouvons nous déplacer qu'à pied, mais cela ne doit pas nous empêcher de prendre notre envol.

Une liste de noms apparaît au-dessus de l'hologramme.

ÉQUIPES PARTICIPANT À LA DEUXIÈME ÉPREUVE :

DAWN CHO ET TAZ DIAZ
EVERLY EVANOFF ET YUNA PARK
KIERAN CROSS ET TIM BECKETT
LANGSTON BROWN ET MIA KNIGHT
NOËLLE CARTIER ET REI REYNOLDS

À l'autre bout de la salle, Noëlle me lance un regard glacial. Les lèvres serrées, elle affiche un profond dégoût, comme si je n'étais qu'un vieux chewing-gum collé sous la semelle de sa botte. À l'évidence, elle ne m'a pas encore pardonné d'avoir fait main basse sur ses fanions.

— Au cours des deux prochaines heures, vous pourrez étudier cette carte holographique avec votre coéquipier. Je ne peux vous dévoiler aucune instruction avant le début de l'épreuve, mais je vous conseille vivement d'exploiter la vue particulière qui s'offre à vos yeux. Tâchez de penser en liquidateurs, et souvenez-vous que seuls les concurrents capables de s'adapter à tous types de situations ont une chance de l'emporter.

La liste disparaît, aussitôt remplacée par un compte à rebours indiquant cent vingt minutes.

— Bonne chance à tous. Si vous avez des questions, je crains que vous ne deviez y trouver vous-mêmes les réponses. Pour ma part, vous m'excuserez, mais j'ai des monstres à liquider.

Sur ces mots, il sort le demi-masque en ivoire de la poche intérieure de son manteau, le plaque sur son visage et disparaît comme par magie.

Nous sursautons lorsque sa voix désincarnée se fait à nouveau entendre.

— La phase préparatoire de l'épreuve commence… maintenant.

Prenant mon courage à deux mains, je rejoins Noëlle, qui arpente le West Village.

— Hé, on dirait qu'on va devoir travailler ensemble, dis-je, en esquissant un sourire.

Pour toute réponse, elle pose sur moi un regard méprisant qui signifie très clairement : « Tu n'es qu'une misérable bouseuse. »

— Tu as perdu ta langue ?

— Je n'ai aucune envie de faire équipe avec toi.

— Oh, parce que vous pensez que ça m'enchante, Votre Altesse ? je grogne.

— Je ne te permets pas de m'appeler comme ça !

— J'arrêterai quand tu cesseras de te comporter comme une petite conne prétentieuse.

Dans la salle, le silence se fait. J'ai dû parler un peu trop fort.

Noëlle en reste statufiée.

— Retire ça, marmonne-t-elle d'une voix à peine audible.

Ma mâchoire se contracte.

— Certainement pas.

Ses narines palpitent. Elle fait un pas vers moi, les poings serrés.

— Retire ça, je te dis.

— OK, je retire, mais je n'en pense pas moins.

Sa main file vers mon visage. Je saisis son poignet au vol et lui porte un coup de genou à l'abdomen. Elle balaie ma jambe d'appui et nous roulons toutes les deux sur le sol. Elle tente de m'infliger une clé d'étranglement, mais je lui mords le bras si fort qu'elle pousse un hurlement déchirant.

— Enfin de l'action ! s'écrie joyeusement Tim.

Everly et Langston attrapent Noëlle par les bras. J'essaie de lui coller un direct avant qu'ils ne la tirent hors de ma portée, mais Kieran me ceinture.

— Garde ton énergie pour l'épreuve finale, murmure-t-il à mon oreille.

Je ne le trouve pas très convaincant. En vérité, je crois qu'il regrette de ne pas avoir le cran de corriger son propre coéquipier.

Everly ne cache pas son mécontentement.

— Vous allez vous calmer, toutes les deux, ou vous préférez qu'on appelle le Fantôme ?

Pour toute réponse, Noëlle et moi lâchons quelques grognements inintelligibles. Estimant l'incident clos, les binômes reprennent leur examen de l'image tridimensionnelle. Tous, à l'exception de Taz et de Dawn, qui se tiennent à des angles opposés de la salle, ignorant délibérément leurs présences respectives.

Les bras croisés, Noëlle étudie l'hologramme.

« Souvenez-vous que seuls les concurrents capables de s'adapter à tous types de situations ont une chance de l'emporter. » Je me répète l'avertissement de Valentine. Sur le terrain, comme nous, les liquidateurs ne peuvent choisir ceux avec qui ils travaillent.

Je dois trouver un moyen de communiquer efficacement avec la partenaire qui m'a été imposée. Notre avenir en dépend.

Je respire profondément et me dirige vers elle. La voyant se tendre, je dis aussitôt :

— Tu as raison. Je n'aurais pas dû te parler comme ça. Je te présente mes excuses. Compte tenu de ce qui s'est passé durant la première épreuve, je comprends que tu ne meures pas d'envie de faire équipe avec moi. Seulement, je crois que c'est précisément pour cette raison que nous avons été associées. Les maîtres veulent savoir si nous sommes capables de mettre de côté nos différends pour travailler en commun. Et nous qualifier pour la finale.

À nouveau, ses yeux lancent des éclairs.

— Et tu crois avoir la moindre chance ?

— Et pourquoi pas ?

— Parce que tu as été repêchée, répond-elle.

Son visage exprime le plus extrême mépris.

— Écoute, tu as beau avoir réalisé un sans-faute lors de l'examen final, il se trouve que j'ai été choisie par le maître du Financial District. Il croit en mes capacités. Il doit bien y avoir une raison, tu ne crois pas ? Allez, soyons raisonnables et essayons de collaborer.

Noëlle laisse échapper un long soupir.

— De toute façon, je n'ai pas le choix.

Elle ne déborde pas d'enthousiasme, mais au moins avons-nous cessé de nous sauter mutuellement à la gorge.

Pour la première fois, je me dis que notre association pourrait peut-être (je dis bien peut-être) nous mener quelque part.

CHAPITRE 26

Deux heures plus tard, je réalise que je suis une parfaite idiote… et que nous n'arriverons jamais à rien.

CHAPITRE 27

La deuxième épreuve débute là où la première s'est achevée. Une foule compacte a investi les trottoirs qui bordent Columbus Circle. Les uns brandissent des portraits géants de leurs concurrents préférés, les autres nous filment à l'aide de leur téléphone portable tandis que nous nous apprêtons à descendre d'un imposant van noir. Les drones qui bourdonnent dans le ciel réalisent des plans aériens de notre arrivée. Bientôt, ils se lanceront à notre poursuite, où que le Tournoi nous mène.

Assise sur l'une des banquettes du véhicule, j'attends l'autorisation de débarquer, le cœur battant. J'exécute ma petite danse des doigts. Le pouce contre l'auriculaire gauche, l'annulaire gauche, puis les deux majeurs contre les pouces opposés.

Aujourd'hui, il ne s'agit pas seulement d'un rituel réconfortant. Mon exocombinaison vibre au contact de ma peau. Je sens l'électricité courir dans ses fibres, comme si elle venait de prendre vie. C'est un modèle réglementaire, pas une reproduction que nous portons lors des séances d'entraînement. Chaque commande correspond à une fonction particulière : le pouce contre l'auriculaire active le camouflage ; l'annulaire, le blindage ; les deux majeurs, les fusées d'appoint permettant d'effectuer un saut d'une longueur équivalent à deux cents fois la taille de l'utilisateur…

Auriculaire. Le tissu qui recouvre mes jambes reproduit la couleur et la texture de la banquette. *Annulaire.* Le matériau se dilate, puis la couche la plus proche de ma peau se remplit de gel. À la surface, il ondule puis durcit jusqu'à former des plaques rigides semblables à des écailles. La troisième commande reste pour l'heure sans effet.

Compte tenu de leur coût de fabrication exorbitant, ces combinaisons sont en nombre restreint. En théorie, seuls les maîtres et les liquidateurs sont autorisés à les porter, si bien qu'aucun d'entre nous ne s'attendait à bénéficier d'un tel privilège. Ce n'est que lorsque je croise le regard sombre de Kieran que je comprends ce qui nous vaut cette opportunité. Un frisson me saisit. Je cherche sur le tissu un accroc, une déchirure ou une trace de morsure. En vain. Les fibres autoréparatrices garantissent à ce vêtement une durée de vie bien supérieure à celui qui le porte. Qui l'a porté avant moi… Et dans quelles conditions a-t-il perdu la vie ?

Langston est le premier à débarquer, suivi de Tim, dont l'apparition soulève un tonnerre d'applaudissements. Dans sa combinaison, on le croirait tout droit sorti d'un cauchemar. Ses biceps, comprimés par l'épaisse gouttière qui court le long de la manche et abrite les composants technologiques internes, semblent encore plus volumineux que d'ordinaire. Le tissu qui gaine ses mollets ondule, une manifestation de l'énergie qui lui permettra de broyer le crâne des nécros sous la semelle de ses bottes, aussi facilement que s'il s'agissait de pastèques. Lorsqu'il frappe du pied et lâche un rugissement triomphant, toute la chaussée tremble brièvement. Chacun voit en lui un sérieux candidat à la victoire.

Après Dawn et Everly, c'est à mon tour de me présenter devant le public.

Lorsque je sors la tête du véhicule, je suis accueillie par un concert d'acclamations. Je bondis sur le trottoir et enchaîne quelque pas. La combinaison accompagne si précisément mes mouvements que j'ai l'impression de ne fournir aucun effort. Je suis en apesanteur. Aérienne. Je n'avais jusqu'alors jamais pris conscience du fardeau que constituait mon propre corps.

Toutes les caméras sont braquées sur mon visage, mais je ne trouve pas en moi le sourire que je voudrais leur offrir. Combien de personnes assistent à la retransmission ? Les directeurs étudient-ils mon comportement ? Ici et maintenant, je pourrais crier ce que j'ai juré de taire. Ainsi, tous les habitants de la ville connaîtraient la vérité.

À l'instant où j'ouvre la bouche, Yuna émerge du van et attire à elle toute l'attention. Les caméras se détournent. Mon moment est passé. Je rejoins la file des concurrents. Les nerfs à vif, j'ôte la chaîne de ma mère et serre le pendentif dans la paume de ma main. Je ne dois pas oublier que j'ai plus d'une promesse à tenir.

— Ces gens n'ont pas mieux à faire que de rester plantés durant des heures derrière des barrières dans le seul but de nous apercevoir ? murmure Everly du coin des lèvres.

Derrière nous, Mia, perchée sur ses jambes interminables, traverse la place en roulant des hanches, comme si elle se trouvait sur le podium d'un défilé de mode.

J'ai un peu de peine pour Taz qui, à sa suite, nous fait l'effet d'un lutin monté sur ressorts. Constatant que son apparition ne suscite pas l'enthousiasme de la foule, elle fait la grimace et marmonne un juron.

— Selon ma tante, dis-je à l'adresse d'Everly, avant la Disparition, près d'un million de personnes se pressaient chaque année à Times Square, le soir du nouvel an, juste pour voir un ballon tomber.

— Aucun intérêt. Sauf pour les nécros. Pour eux, ce serait buffet gratuit à volonté. Bon appétit, les gars !

— Et bonne année, j'ajoute en m'esclaffant.

Noëlle et Kieran ayant rejoint la file, nous attendons la suite du protocole.

Lorsque Nick Valentine fait enfin son apparition, il est accueilli par un tel déluge d'acclamations que je m'étonne de ne pas voir se briser toutes les fenêtres des bâtiments alentour. Dans mon seul angle de vision, je dénombre sept cas d'évanouissement parmi la foule. Un individu écarte les pans de sa chemise et supplie le Fantôme de signer un autographe sur ses pectoraux.

Nick Valentine se place devant nous, une mallette métallique sous le bras.

— Chers demi-finalistes, bienvenue à la deuxième épreuve du Tournoi annuel, annonce-t-il de la voix à la fois suave et puissante qu'il réserve à ses prestations télévisées.

Il ouvre la mallette. Nous découvrons cinq enveloppes crème portant le sceau noir du Syndicat.

— Les règles sont très simples. Chaque binôme va recevoir une enveloppe. À l'intérieur, il trouvera une énigme à caractère unique qui, s'il la résout, le mènera à une deuxième, puis à une troisième énigme.

À chaque étape, il recevra un indice qui lui permettra de déterminer le lieu d'arrivée commun à toutes les équipes. Les concurrents se déplaceront à pied, tout autre moyen de transport – voiture, moto, bus ou vélo – étant strictement prohibé. Seuls les trois premiers binômes à franchir la ligne d'arrivée se qualifieront pour la phase finale du Tournoi.

Une course. Noëlle me jauge du regard. Elle doit se demander si elle gagnerait du temps à me pousser sous les roues d'une voiture afin de poursuivre l'aventure en solo. Qu'elle essaie un peu pour voir. Si elle tente de me faire tomber, je l'attrape par sa saleté de queue-de-cheval et je l'entraîne avec moi.

Je m'avance pour choisir une enveloppe, mais Noëlle me grille la politesse. Elle brise le sceau, en sort une fiche cartonnée puis me tourne le dos pour la lire. J'envie Langston et Mia qui, penchés sur leur énigme, discutent déjà avec animation. Ils n'ont pas fait des étincelles au cours de la première épreuve, mais leur capacité à travailler en équipe leur offre une chance non négligeable de se qualifier pour la finale.

À ma grande stupéfaction, Noëlle replace le document dans l'enveloppe. Alors qu'elle se dirige vers l'angle sud-ouest de Central Park, je la retiens par le poignet.

— Hé, où tu crois aller, comme ça ? je lance, sans cesser de sourire, bien consciente que les caméras sont braquées sur nous.

Noëlle lâche un soupir agacé, comme si c'était moi qui jouais avec ses nerfs.

— Écoute, dit-elle, je n'ai pas le temps de m'occuper de toi. Suis-moi en silence et tâche de ne pas me déranger. Si tu te tiens tranquille, on en aura terminé en un rien de temps.

— Te suivre en silence ? je répète, estomaquée.

— Exactement. Je ne t'en demande pas plus.

— Tu as conscience que cette épreuve repose sur notre capacité à coopérer malgré nos différends, comme le font tous les liquidateurs ?

— Je n'aurai pas de difficulté à travailler avec de vrais liquidateurs. Ce que tu ne seras jamais. Maître Sasha a beau t'avoir choisie, je suis sortie première de mon institut. De nous deux, je suis la seule qui mérite de me trouver ici.

Je suis frappée par la dureté de ses propos. Et vu qu'en théorie elle a raison, je me trouve à court d'arguments. Aussi, lorsqu'elle fait à nouveau volte-face, je la saisis fermement par le bras et lui glisse à l'oreille.

— Tu as raison. Tu as travaillé dur et tu as prouvé que tu étais la meilleure. Tout le monde s'attend à te voir gagner. Moi, je n'ai aucune réputation à défendre. Je suis un joker, ce qui signifie que je peux faire strictement ce que je veux. Et à ce moment précis, il n'y a rien qui me ferait plus plaisir que de te démolir.

Sur ces mots, je la libère et me régale de la voir frotter son poignet endolori.

— Tu es complètement dingue, dit-elle, visiblement ébranlée.

Je lui souffle un baiser, lui arrache l'enveloppe et prends connaissance de la première énigme.

Maison de verre, dressée haut dans le ciel.
Neptune, Saturne, l'œil de Jupiter.
Les secrets du cosmos, tous réunis,
En orbite autour d'un second soleil.
Levez ce grand mystère
Et vous trouverez le premier indice.

En orbite autour d'un second soleil ?

— Le planétarium du musée d'Histoire naturelle, je murmure. Il y a là-bas une énorme maquette du système solaire. La sphère qui représente le soleil contient une salle de spectacle tout entière.

— Waouh ! dit Noëlle d'une voix blanche. Quelle intelligence prodigieuse. Je me demande ce que je ferais sans toi.

Sur ce, elle continue à trottiner droit devant elle. Je réalise qu'elle se dirigeait déjà vers Uptown via Central Park Avenue, soit l'itinéraire le plus direct vers le musée. Je sens le rouge me monter aux joues, mais cette gêne s'évanouit lorsque j'essaie de la rejoindre à petites foulées et me retrouve propulsée à deux mètres de hauteur.

Tandis que mes bras battent les airs et que mes bottes me propulsent tels des bâtons sauteurs, j'ai les pires difficultés à contrôler mes déplacements. Moins de hauteur, plus de distance. Ma combinaison stocke l'énergie cinétique produite par chacun de mes mouvements et la convertit en une force motrice qu'il me faut apprendre à maîtriser.

Constatant que Noëlle a déjà pris le pli, je m'efforce de reproduire ses gestes et parviens à rattraper mon retard. Nous nous engageons sur Central Park Avenue, une escadrille de drones à nos trousses. Les spectateurs massés sur les trottoirs applaudissent à tout rompre. Bientôt, ma foulée se fait plus ample et plus fluide. Convaincue d'être l'image même de la grâce, je souris aux caméras. Je bondis avec l'élégance d'une gazelle… jusqu'à ce que j'estime mal l'angle d'une courbe et manque d'entrer en collision avec un chariot à hot-dogs. Refroidie par cet incident, je ravale mon ego et tâche de me montrer plus prudente.

Alors que nous laissons Columbus Circle derrière nous, le vent qui glisse sur les courbes profilées de nos combinaisons charrie une discrète odeur de crottin de cheval. Sans tenir compte des feux de signalisation, nous dépassons aisément les taxis qui filent sur l'avenue. Lorsque le trottoir est encombré, nous nous engageons sur la piste cyclable, indifférentes aux coups de klaxon des véhicules qui nous frôlent d'un peu trop près.

Enfin, à l'angle de la 77e Rue, apparaît sur notre gauche un véritable château de conte de fées, une forteresse dont les ailes en pierre rousse encadrent un petit palais de marbre blanc. Sitôt franchies ses hautes portes, nous découvrons le Centre de la Terre et de l'espace, un cube de verre haut comme un immeuble de douze étages. Il étincelle sous les rayons du soleil. Les vitres rectangulaires dont il est composé reflètent les nuages qui dérivent paresseusement dans le ciel new-yorkais. À l'intérieur est suspendue une gigantesque sphère blanche : le planétarium.

Bang !

Au loin s'élève un panache de fumée jaune. L'un des binômes aurait-il déjà trouvé sa première énigme ?

Au-delà des portes vitrées, la cour intérieure semble étrangement déserte. Noëlle, qui marche quelques pas derrière moi, observe les lieux d'un regard suspicieux.

— Où sont passés les visiteurs ? demande-t-elle.

Je m'engage dans une porte à tambour, mais elle ne bouge pas d'un centimètre. Nous essayons les deux autres, sans plus de résultat.

— Ils ont dû les verrouiller intentionnellement, dis-je. Dans le cas contraire, c'est que nous avons mal interprété l'énigme.

— C'est peu probable. Regarde. Tout y est.

Elle désigne les planètes qui, derrière les parois de verre, orbitent autour de la sphère. Je reconnais Jupiter et Saturne, aux anneaux si caractéristiques.

— De plus, toute cette partie du musée a été évacuée.

— « Levez ce grand mystère », je récite. Mais quel mystère ? Nous rêvons d'intégrer le corps des liquidateurs, pas de devenir astrophysiciennes.

Noëlle lève les yeux au ciel.

— Je vais essayer de trouver une autre entrée.

Un bourdonnement familier parvient à mes oreilles. Alors que les opérateurs de drones s'efforcent en règle générale de garder leurs appareils hors de notre champ de vision, j'en vois plusieurs en vol stationnaire au-dessus de nos têtes. L'un d'eux plane beaucoup plus haut que les autres, bien au-dessus du bâtiment.

— Que nous a dit Valentine, hier soir ? je demande.

— Que nous devions penser en liquidateurs.

— Pas seulement. Il a dit que nous devions nous déplacer à pied, mais que rien ne devait nous empêcher de « prendre notre envol ». Ensuite, nous avons eu deux heures pour étudier la ville « du dessus ». Ce n'est pas un hasard.

Noëlle lève la tête vers le sommet de la structure et pâlit.

— Tu penses qu'il y a une ouverture là-haut ? Ce cube mesure au moins trente mètres, nous n'avons pas de harnais et il n'y a pas la moindre prise pour grimper.

— Ce ne sera pas nécessaire. Il nous suffit de sauter. Tu as forcément regardé la vidéo dans laquelle on voit Maître Hassan bondir jusqu'au dernier étage d'un immeuble…

— Tu me prends pour qui ? Il a réalisé un saut équivalant à deux cents fois sa propre taille.

— Exact. Du coup, trente mètres, ça devrait être du gâteau.

— Attends une seconde, Rei…

Je fais craquer mes phalanges et fléchis les genoux, un pied posé derrière l'autre.

— Je… Je ne peux pas ! s'étrangle Noëlle.

— Comment ça, tu ne peux pas ?

Elle lève les mains et approche les pouces de ses majeurs. Son visage est inexpressif, mais sa voix tremblante trahit un profond état d'anxiété.

— C'est une chose de regarder une vidéo. C'en est une autre de…

Elle hésite.

— … de la mettre en pratique ?

Elle acquiesce d'un hochement de tête.

— Pour une fois, je suis d'accord avec toi. Mais pour le meilleur et pour le pire, c'est pour relever ce genre de défi que tu as voulu participer à ce Tournoi.

— Je n'ai rien voulu du tout. J'ai juste réussi mon examen.

— Et tu laisserais une rivale qui a collectionné les C te priver de la chance de ta vie sous prétexte que tu n'as pas le cran d'effectuer ce saut ?

— Tu as obtenu des C ?

— Non ! Et ce n'est pas la question ! Écoute, nous formons une équipe, toutes les deux. Je ne pourrais pas te laisser tomber, même si j'en mourais d'envie. Ce qui, figure-toi, est le cas. Non, je ne ferai pas ça, parce que aucun liquidateur n'agirait de la sorte, et c'est la seule chose qui compte.

Noëlle prend une profonde inspiration.

— OK, très bien ! s'exclame-t-elle en pliant les genoux à son tour. Mais je te préviens : si je me casse le cou, mon oncle te le fera payer très cher.

Malgré moi, un sourire se dessine sur mes lèvres.

— Qu'il en discute avec ma tante.

Sur ces mots, je joins mes pouces et mes majeurs. Aussitôt, ma combinaison se met à vibrer. Je lâche un hoquet lorsque je sens ses fibres se compresser à hauteur de mes mollets, comme si d'énormes ressorts entraient en tension. Je lève les yeux vers l'objectif, un balcon de pierre qui longe le périmètre du cube de verre, à une dizaine de mètres de hauteur. Lorsque la pression menace de me broyer les jambes, je me tourne vers Noëlle.

— Prête ?

Elle hoche la tête.

— Trois. Deux. Un. C'est parti !

Mes mâchoires claquent à l'instant où je suis propulsée dans les airs avec une violence inattendue. Trop vite. Trop loin. Je dépasse largement le balcon… et me trouve bientôt à la hauteur du sommet du cube.

J'y suis presque…

Je tends les bras dans l'espoir de m'agripper à l'arête la plus proche, mais suis trop courte de trente centimètres lorsque ma trajectoire balistique atteint son apogée…

… et m'entraîne à nouveau vers le sol.

Épouvantée, je sens mon estomac remonter dans ma gorge. J'ai l'impression de revivre le jour où, âgée de six ans, j'ai expérimenté pour la première fois la sensation de chute libre, sur la pente la plus raide d'une montagne russe. À ceci près que rien, cette fois, ne me sauvera du désastre : ni freins, ni ceinture de sécurité. Tétanisée, je suis incapable de crier.

Puis je vois Noëlle, trente mètres plus bas, me regarder filer vers le sol.

Cette petite conne n'a pas sauté.

La colère me ramène aussitôt à la raison. Je place l'annulaire au contact de mon pouce et sens la combinaison basculer en mode blindage. Certes, je n'ai jamais chuté d'une telle hauteur, mais c'est aussi la première fois que je suis équipée d'un matériel technologique de pointe dont le coût de fabrication s'élève à plusieurs millions de dollars.

Je réalise alors que le balcon se trouve sur ma trajectoire. Noëlle pousse un hurlement, mais la gravité, qui s'en fiche royalement, accroît progressivement ma vitesse.

Mes jambes heurtent la rambarde de pierre. Je tente un roulé-boulé, cependant la combinaison, comme verrouillée autour de mes membres, a pris le contrôle de mes mouvements. L'onde de choc se propage à mes chevilles, à mes jambes et à mon torse. Elle poursuit sa course le long de mes bras jusqu'à l'extrémité de mes doigts. Mon corps est semblable à un gong martelé simultanément par une dizaine de mailloches. Je vacille tandis que le phénomène s'atténue puis, les genoux en compote, je m'effondre sur le dos.

Trois des drones qui viennent d'immortaliser mon face-à-face avec la mort descendent à ma hauteur. L'un d'eux produit un son aigu semblable à une plainte, comme s'il regrettait de ne pas m'avoir vue me vider de mon sang.

Noëlle, qui s'est enfin décidée à passer à l'action, vole par-dessus la balustrade et se réceptionne souplement sur le balcon.

— Est-ce que ça va ? demande-t-elle.

Je me relève péniblement.

— Oui, je crois, mais ce n'est pas grâce à toi.

— Je sais.

Je détecte dans sa voix une intonation inhabituelle, comme si elle me présentait à demi-mot des excuses.

— Je me posais encore des questions au sujet de certaines… variables, poursuit-elle. Te regarder sauter la première m'a aidée à y voir plus clair.

Un flot d'insultes me monte aux lèvres, mais une nouvelle détonation se fait entendre avant que j'aie pu les lui cracher au visage. Cette fois, c'est une fusée éclairante rouge qui décrit une courbe dans le ciel, à quelques kilomètres au nord. Une seconde équipe est venue à bout de sa première énigme et a signalé sa position. Nous prenons du retard.

J'ai reçu une bonne leçon au cours de ma première tentative de saut. Je sais désormais qu'il est préférable de ne pas interférer lorsque la combinaison prend le contrôle. C'est elle qui m'a précipitée sur le balcon, histoire de limiter les dégâts. Cette fois, je vais la laisser faire et calculer en temps réel les mouvements les plus susceptibles d'assurer ma survie.

Je me remets en position puis, les yeux rivés sur le sommet du cube, j'active à nouveau la commande de saut. La combinaison entre aussitôt en action. Elle analyse ma cible, calibre la puissance et l'angle de propulsion en fonction de mon poids et de la résistance du sol. Mes genoux se plient automatiquement. Je sens l'énergie fourmiller sur ma peau.

Cette fois, je n'ai pas l'impression d'être un boulet de canon, mais un oiseau de proie. Mes bras demeurent un instant plaqués le long de mon corps, puis se positionnent au-dessus de ma tête, à la manière d'un plongeur.

Solides comme l'acier, mes doigts se referment sur une arête supérieure du cube. Je m'y hisse sans peine et découvre une mallette en aluminium posée pile au centre de la vaste plaque de verre. *Gagné.* Je trottine jusqu'à elle et en saisis la poignée au moment précis où Noëlle se plante à mes côtés. Sans même lui adresser un regard, je soulève les fermoirs et m'empare de l'enveloppe qui se trouve à l'intérieur.

— Reynolds... dit-elle.

— Économise ta salive, je l'interromps en déchirant le rabat. Plus vite nous franchirons la ligne d'arrivée, plus tôt nous serons débarrassées l'une de l'autre.

Avant qu'elle ouvre la bouche, je lis l'énigme à haute voix.

Dans les plis de velours rouge, à la lumière éclatante,
Les étoiles naissent et prennent leur envol.
Triomphe de l'art noir et de l'émotion,
Levez-vous, malgré les siècles d'oppression.
Vous, le duc, la reine et vos innombrables hérauts,
Bénis par le dieu qui veille sur le prochain indice.

— « Triomphe de l'art noir et de l'émotion », répète Noëlle à voix basse. Un autre musée, tu crois ? Mais de quel dieu est-il question ? Là où naissent les étoiles... « Velours rouge », « lumière éclatante »...

— Non, pas un musée. Je pense plutôt à un théâtre ou à une salle de concert. Le duc... Je parie que c'est un surnom.

Je ferme les yeux et imagine que je suis de retour à la résidence, dans la chambre de Zaza. Je vois tourner un vinyle sur la platine. J'entends le son brillant d'une trompette et la voix émouvante d'une femme.

— Le duc, c'est Duke Ellington, j'annonce. Et la reine, Ella Fitzgerald, la reine du jazz.

— Elle a dû jouer un peu partout dans cette ville...

— C'est vrai, mais c'est à l'Apollo Theater qu'elle a commencé sa carrière.

Le visage de Noëlle s'illumine.

— Apollon, le dieu de la musique et de la poésie !

Bang !

Nous sursautons tandis qu'un panache de fumée orange s'élève au-dessus de nos têtes pour célèbre notre succès. Avant même que nous n'ayons pu nous en réjouir, une fusée bleue fend les airs, à quelques blocs en direction de l'est.

Je retourne la fiche cartonnée et découvre trois lettres imprimées en caractères gras.

— A, R, M. Qu'est-ce que ça peut bien signifier ?

— Valentine a parlé de plusieurs indices. Je suppose que nous ne comprendrons pas de quoi il s'agit tant que nous n'aurons pas récupéré les autres.

Alors que nous nous préparons à regagner le sol, je regarde Noëlle droit dans les yeux et lui demande :

— Cartier, tu es au courant que des concurrents sont morts au cours des épisodes précédents ?

Elle recule d'un pas.

— Et pourquoi tu choisis ce moment précis pour me le rappeler ?

— J'ai besoin de savoir que je peux te faire confiance. Que je peux compter sur ta parole lorsque tu fais une promesse. Mettons de côté la qualification... Tu dois comprendre que si l'une de nous trahit l'autre, tout ça pourrait très mal finir pour nous deux.

Elle semble troublée, et je suis presque convaincue de m'être fait comprendre lorsqu'elle répond sobrement :

— OK. Je prendrai ça en considération.

Sur ces mots, elle bondit du cube de verre.

Que pouvais-je attendre de cette saleté de Noëlle Cartier ?

CHAPITRE 28

Lorsqu'une tempête s'abat sur New York, comme cela arrive deux ou trois fois par an, on entend rouler le tonnerre avant que la moindre goutte de pluie ne tombe. Quand le phénomène se produit, les habitants s'empressent de regagner leur domicile, l'air anxieux et les yeux tournés vers le ciel de plomb. Un vent furieux chahute jupes et cravates. Bientôt, on voit des bouteilles en plastique vides et de vieux journaux tourbillonner au coin des rues, à la manière de buissons errant dans une ville du Far West. L'électricité statique est presque palpable. Chacun attend, sans mot dire, que l'enfer se déchaîne.

C'est précisément ce que je ressens tandis que nous atteignons le quartier de Harlem. Noëlle ne s'est jamais montrée très bavarde, mais le silence qu'elle observe à présent me fait l'effet d'une menace.

Nous courons le long d'une fresque d'où jaillissent des personnages aux couleurs vibrantes, puis nous passons devant un bar bondé qui retransmet le Tournoi en direct sur des écrans géants. Sur l'un d'eux, je reconnais Langston et Mia qui, tout sourire, viennent de résoudre leur troisième et dernière énigme.

Partagée entre l'étonnement et la consternation, je lâche une bordée de jurons. Nous n'avons même pas atteint notre deuxième destination. De ce fait, la qualification pour la finale apparaît de plus en plus improbable.

Soudain, sans prévenir, Noëlle pique une accélération fulgurante. Refusant de me laisser distancer, je m'élance dans son sillage. Quelques secondes plus tard, ma combinaison émet un signal d'alerte indiquant que je dépense plus d'énergie qu'elle ne peut en régénérer.

— Moins vite, Cartier ! je m'écrie, tandis qu'elle slalome entre les véhicules au croisement de deux artères saturées.

— Moins vite ? s'étonne-t-elle. Tu tiens absolument à être éliminée, Reynolds ? Eh bien, ce sera sans moi !

— Si ta combinaison tombe en rade et que je dois te porter jusqu'à la ligne d'arrivée, là, tu peux être certaine qu'on perdra. Hé, bordel, est-ce que tu m'écoutes ?

L'alarme régulière se change en une plainte stridente qui s'intensifie et me vrille les tympans. Je raccourcis très légèrement ma foulée. Inévitablement, la minable Noëlle commence à creuser l'écart.

Lorsqu'elle tourne à droite dans la 125e Rue, j'ai presque un bloc de retard.

Au moment où elle disparaît de mon champ de vision, j'entends un coup de klaxon suivi d'un lugubre crissement de pneus.

Saisie d'angoisse, j'accélère l'allure. Parvenue au carrefour, je découvre ma coéquipière étendue face contre terre sous le chapiteau lumineux de l'Apollo Theater. J'enjambe le capot d'une voiture puis, me préparant au pire, je me précipite à son secours. Avant même que je ne m'accroupisse à ses côtés, elle laisse échapper un gémissement et roule sur le dos sans recourir à mon aide.

— Oh, mon Dieu ! je m'étrangle. Ton visage…

Elle porte une main tremblante à sa joue ensanglantée.

— Pas un mot, s'il te plaît, avertit-elle.

— Tu ne veux pas que je te dise de quoi tu as l'air ?

— Non. Je ne veux pas entendre : « Je te l'avais bien dit. » Ça, c'est *ma* spécialité.

— Il va pourtant falloir vous faire une raison et descendre de vos grands chevaux, Votre Majesté, parce qu'il se trouve que *je vous l'avais bien dit*, que c'est un fait établi, et que j'avais même lourdement insisté.

Un automobiliste ouvre la portière de son véhicule et s'écrie :

— Besoin d'une ambulance ?

Des passants aux mines anxieuses commencent à se rassembler autour de nous. Je me penche au-dessus de Noëlle. Elle secoue vivement la tête. À première vue, sa combinaison a encaissé l'essentiel du choc.

— Non merci, je réponds au conducteur. Ça ne sera pas nécessaire.

— J'ai des pansements et de la lotion désinfectante dans mon sac, annonce un badaud.

Un autre me tend une bouteille d'eau minérale que je confie à Noëlle.

— Merci, dit-elle d'une voix à peine audible, une main toujours plaquée sur son visage.

Jusqu'alors, je croyais qu'elle essayait de dissimuler l'étendue du désastre. Or je réalise qu'elle s'efforce en réalité de cacher les larmes qui ruissellent sur ses joues.

— OK, tout va bien, dis-je.

J'agite les bras et invite les curieux à reculer, puis me positionne de sorte à faire rempart de mon corps.

— Merci à tous, j'ajoute. Elle va bien. Vous pouvez circuler.

Tandis que la foule se disperse, je saisis Noëlle par les épaules et l'aide à se relever. Elle embaume le miel et le magnolia.

Je lève les yeux vers le sommet du théâtre, bien moins haut perché que celui du planétarium.

— Je vais grimper sur le toit et voir si je peux mettre la main sur le deuxième indice, j'annonce. Pendant ce temps, recharge ta combinaison. Fais une série de sprints, ou des sauts en étoile, comme tu voudras.

D'un geste vague, elle écarte mon conseil.

— Si ça te chante… Moi, je vais plutôt passer par l'entrée, dit-elle en se mettant en marche.

Au milieu de ce chaos, refroidie par notre expérience du musée, j'ai complètement ignoré les portes vitrées qui donnent accès au hall éclairé par de grands lustres Art déco. Noëlle pousse l'une d'elles, puis foule le tapis rouge délavé. Son pas est traînant. Sa combinaison pèse lourdement sur ses épaules. À l'évidence, elle ne lui apporte plus aucune assistance.

Chassant le sentiment de malaise que ses difficultés m'inspirent, je bondis sur le chapiteau du théâtre et m'inquiète de l'entendre grincer sous mon poids. Je ferais mieux de ne pas m'y attarder, sous peine de détruire cette structure plus que centenaire.

Je m'élance et atteins la rambarde d'une fenêtre qui donne sur un bureau, au-dessus de l'entrée. La peinture s'écaille entre mes doigts et se disperse dans le vent en petits nuages gris cendre. Prenant appui sur le rebord, je me propulse jusqu'à la barre de métal branlante qui soutient la haute enseigne lumineuse de l'Apollo. La sentant à son tour prête à céder, je me suspends à une corniche, me balance dangereusement au-dessus de la rue et me hisse enfin sur le toit du théâtre.

Je parcours du regard la forêt de cheminées et de conduits d'aération. Sur ma gauche, je vois briller le métal d'une mallette. *Bingo*.

Avant d'avoir pu me réjouir de ce succès, un hurlement à glacer le sang retentit à l'intérieur du théâtre.

En un éclair, je regagne le trottoir et pénètre dans la vieille salle de concert. Les cris se sont tus, faisant place à un silence sépulcral. La porte se referme derrière moi. Tenant la mallette à la manière d'un bouclier, j'avance à pas prudents. Les yeux plissés, je tâche de percer l'obscurité.

— Noëlle ? je lance.

— Rei ? dit une voix brisée par les sanglots. Est-ce que c'est toi ?

Est-elle blessée ? S'agit-il d'un piège au cœur même de l'épreuve ? Dois-je courir au secours de ma coéquipière ou battre en retraite et appeler des renforts ? Je dois me décider, et vite, car chaque seconde d'hésitation pourrait me coûter cher.

— Où es-tu ?

— Par ici, sur la scène. Aide-moi, s'il te plaît…

L'acoustique particulière de la salle amplifie sa voix plaintive.

— Tu es blessée ?

— Ma jambe, gémit-elle. Je... Je ne peux pas la bouger.

Maudissant notre malchance, je lâche un juron.

— Garde ton calme et continue à parler. Qu'est-ce qui s'est passé ?

Ma main libre rencontre le velours d'un fauteuil. Ainsi, je localise la travée qui descend en pente douce vers la scène. Je poursuis ma progression. L'épaisse moquette qui étouffe le son de mes pas pourrait tout aussi bien permettre à d'éventuels ennemis de se déplacer autour de moi en toute discrétion.

— Je ne sais pas, pleurniche Noëlle.

— Comment ça, tu ne sais pas ?

— Les lumières se sont éteintes au moment où je suis entrée.

Le bout de ma botte heurte une surface dure qui renvoie un son creux. Je me baisse et pose les doigts sur une des marches en bois qui, je le devine, permettent d'accéder à la scène. Je les gravis, le cœur battant à tout rompre, la mallette fermement serrée contre mon torse.

— Et ensuite ?

— Et ensuite, répond Noëlle, tout près de mon oreille, *il était trop tard*.

Soudain, on se saisit de moi. Mes agresseurs sont nombreux, même si je ne peux déterminer leur nombre. Je laisse échapper un cri avant qu'une main plaquée sur ma bouche ne me réduise au silence. Je parviens à la mordre et à porter un grand coup de mallette à l'individu qui se tient derrière moi. Ce dernier pousse un grognement, puis trébuche vers le bord de la scène.

On m'attrape par le coude. De nouveau, je donne un coup de mallette au jugé et entend le son satisfaisant du métal cognant un crâne.

Hélas, mes adversaires repartent à l'assaut. Ma coéquipière m'a tendu un piège. Je me débats à présent dans l'obscurité contre un ennemi bien supérieur en nombre. Bientôt, je me retrouve plaquée au sol, incapable de faire un geste. On m'arrache la mallette, on me fourre un bâillon dans la bouche puis on m'évacue de la scène.

Je médite la trahison de Noëlle lorsqu'un cri perçant se fait entendre. Alors, tout s'éclaire.

Ce n'est pas elle qui hurle.

C'est ma propre voix qui déchire le silence.

Ou du moins, une simulation quasi parfaite, diffusée par un haut-parleur installé sur la scène afin de tromper ma coéquipière, tout comme je viens d'être trompée. Une stratégie digne d'un polymorphe : ils ont volé ma voix pour précipiter sa perte.

C'était une ruse, depuis le début, et je n'ai pas su la déjouer.

Tout à coup, la scène s'illumine. Je découvre alors mes assaillants. Ils sont six, équipés de lunettes à vision nocturne et vêtus de l'uniforme du Syndicat. Aussi surpris que moi de se trouver ainsi exposés en pleine lumière, ils commettent l'erreur de relâcher leur emprise. Maintenant que je connais mes adversaires, je sais cependant où frapper pour leur faire mal, et je n'hésite pas une seconde.

Cependant, avant que j'aie pu porter le premier coup, ils joignent les mains derrière la tête et battent en retraite dans les coulisses en abandonnant la mallette. À l'évidence, ils respectaient une procédure préétablie.

— Reynolds ! lance Noëlle. Par ici !

Cette fois, l'appel ne provient pas du haut-parleur. Aucun doute, c'est bien elle, et non son double numérique. Je place la main en visière sur mon front pour me protéger de l'éclat des projecteurs et l'aperçois au fond de la salle, campée devant la console d'éclairage.

Je cours à sa rencontre.

— Eh bien, on a fini par y arriver ! lance-t-elle. Tu as fait du bon travail.

— Ah bon ? Tu veux dire, en tombant dans ce piège et en me laissant capturer ?

Elle hausse les épaules.

— Coup de bol, lorsque je suis entrée ici, le hasard m'a conduite directement au poste de sécurité. Sur les écrans de surveillance, j'ai vu deux types postés ici, à la régie lumière, mais ils ont dû abandonner leur position quand tu as commencé à cogner leurs collègues comme un chien enragé dopé aux stéroïdes. Du coup, tu as trouvé la troisième énigme, pas vrai ?

— Je suppose qu'elle se trouve là-dedans, dis-je en lui remettant la mallette.

Elle sort l'enveloppe, en brise le sceau puis, à ma grande surprise, me confie la fiche cartonnée. Presque malgré moi, je suis étrangement touchée par ce geste.

Là où un pont relie deux mondes,
là où la terre rencontre les vagues,
Là où les âmes de pierre se perdent en monologues.
Sentinelles silencieuses égarées dans la brume...
Granit, quartz, schiste de Manhattan.
Un miracle d'équilibre, de force et d'adresse,
C'est ce qu'il vous faudra pour relever le défi.

— Je sais où nous devons aller, annonce Noëlle alors que je n'ai pas encore achevé la lecture de l'énigme.

— Ah bon ? Et qu'est-ce que tu suggères ?

— Il y a un endroit sur la rive de l'Hudson qui colle à cet indice. C'est à cinq kilomètres d'ici, juste à côté du George Washington Bridge, le pont qui reliait Manhattan au New Jersey.

— Alors qu'est-ce qu'on attend pour se mettre en route ?

— Hé, n'oublions pas le deuxième indice.

Je retourne le document et lis :

— O, R, Y. Ce qui, combiné à la première, nous donne…

— … ARMORY, complète Noëlle.

— L'UES Armory ! je m'écrie. C'est un vieux dépôt d'armes de la Garde nationale dans l'Upper East Side. Il est désaffecté depuis que le gouvernement a renoncé à toute autorité sur le territoire de Manhattan au profit du Syndicat. C'est probablement là que se trouve la ligne d'arrivée.

Noëlle secoue la tête.

— Nous ne le saurons pas avec certitude tant que nous n'aurons pas trouvé le troisième indice, tempère-t-elle.

— Le problème, c'est que l'endroit dont je te parle se trouve à l'opposé du George Washington Bridge. En allant directement au dépôt, nous gagnerons un temps précieux, et nous aurons encore une chance de battre les autres binômes.

— Mais si tu te trompes…

— Qu'est-ce que le mot ARMORY, ou « armurerie », pourrait désigner d'autre ?

— Tout dépend du troisième indice, insiste Noëlle.

— Mais…

— Que ferait ta tante, Reynolds ? m'interrompt-elle. Est-ce qu'elle emprunterait un raccourci dans une situation comme la nôtre ? Si c'est ce que tu crois, alors je suis prête à te suivre.

Oh, voilà qu'elle s'en remet à mon jugement, à présent. Elle me laisse prendre la décision qui nous mènera au triomphe ou au fiasco.

— Maîtresse Minyi est efficace, mais aussi extrêmement méticuleuse. De toute sa vie, jamais elle n'a grillé une étape.

— Alors, qu'est-ce qu'on fait ?

Je sens ma résolution s'affermir. Je lui adresse un signe de tête.

— Tu as raison. Pas de raccourci. Nous devons trouver le troisième indice.

Noëlle esquisse l'ombre d'un sourire.

— Dans ce cas, je t'invite à me suivre.

CHAPITRE 29

Les rayons du soleil dansent sur les flots pollués de l'Hudson. Nous nous déplaçons vers le nord sur la piste cyclable, une étroite bande d'asphalte bordée d'arbres qui circule entre le fleuve et la voie rapide. Devant nous, tendu d'une rive à l'autre, se dresse le Washington Bridge, ce pont reconverti en point de contrôle des véhicules qui assurent le ravitaillement de Manhattan.

— Tu as déjà envisagé de quitter la ville ?

Roland m'a déjà posé cette question, presque mot pour mot.

— Non. Pour être honnête, je n'y ai jamais pensé.

— Vraiment ?

— Toute ma famille est ici. Enfin, ce qu'il en reste… J'y ai aussi tous mes amis. Et toi ?

Noëlle se tourne vers la rive opposée.

— Moi, j'y pense sans arrêt.

Elle baisse la tête et précipite sa foulée. J'accélère dans son sillage.

Bientôt, j'aperçois un spectacle curieux au bord de l'eau. Je crois d'abord voir des individus rassemblés sur le rivage, tournés vers le large, tels des spectateurs assistant à un concert. Puis je remarque qu'ils demeurent parfaitement immobiles. Je me demande ce qu'ils peuvent bien attendre.

Puis, alors que nous nous rapprochons, je réalise qu'il s'agit en réalité de pierres de tailles et de textures variées, posées en équilibre les unes sur les autres par groupes de trois, quatre ou cinq.

— On y est, annonce Noëlle. Les pierres de Sisyphe.

J'ai souvent entendu parler d'elles, toujours à voix basse et avec le plus grand respect. Ces pierres datent de bien avant la Disparition. Elles sont l'œuvre d'un artiste prénommé Ulysse. Des années durant, chaque fois que le vent, les vagues ou un vandale les renversait, il les redressait patiemment, au prix d'un travail acharné.

Depuis la Disparition, plus personne ne les entretient. C'est inutile. Pourtant, investies d'une forme de magie, on dit qu'elles demeurent constamment dressées, comme si plus rien ne pouvait les abattre. Du moins, quand elles veulent bien se montrer…

— « Sentinelles silencieuses égarées dans la brume », je récite. Ma tante pense que ces pierres sont douées de raison, comme les artefacts. Elles choisissent quand et à qui elles veulent bien apparaître.

— Je pense qu'il s'agit d'un mythe, réplique Noëlle. En tout cas, elles sont toujours là pour moi.

C'est étrange. Je suis passée par ici un nombre incalculable de fois, et je n'ai jamais pu les observer.

Noëlle pose une main sur l'œuvre la plus proche. Aussitôt, un grondement puissant se fait entendre de l'autre côté de la rivière. Les vagues se font plus hautes et le sol tremble sous nos pieds. Les colonnes de pierre oscillent sur leur base, mais ne s'effondrent pas.

Stupéfaite, je vois un objet brillant émerger lentement des flots. Qu'est-ce que c'est ? Le périscope d'un sous-marin ? Le mât d'un bateau ? Non, c'est un panneau de signalisation attaché à un poteau tordu, une flèche blanche sur fond bleu indiquant une circulation à sens unique. Dans les secondes qui suivent, je vois apparaître un lampadaire, une guirlande de lanternes chinoises, puis le garde-corps de ce qui ressemble fort à un escalier de secours arraché au mur d'un immeuble. Cet étrange assemblage s'élève de plus en plus haut au-dessus de la surface. Au pied de la structure, au plus près de la rive, je découvre sept rangées de colonnes en cuivre de hauteurs et d'intervalles croissants. La huitième rangée est occupée par une plateforme soutenant un mur métallique criblé de trous.

— Mon Dieu, murmure Noëlle, partagée entre la peur et l'émerveillement. Qu'est-ce que c'est que ce truc ?

Lorsque le grondement s'interrompt, le panneau de signalisation se trouve suspendu à une vingtaine de mètres de hauteur. Tout cela n'est qu'un empilement de métal rouillé, un léviathan constitué de déchets rassemblés au plus profond de la misère métropolitaine. Je me demande si je dois le qualifier de tas de ferraille ou d'installation artistique, lorsque je comprends enfin à quoi nous avons affaire.

— « Un miracle d'équilibre, de force et d'adresse », dis-je. C'est un parcours d'obstacles. Le troisième indice doit se trouver tout là-haut.

Noëlle ne peut pas détacher les yeux de la structure.

— Ça n'a pas l'air trop compliqué, dit-elle.

J'étudie attentivement l'amoncellement d'objets métalliques. La première partie devrait être assez simple. Il suffit de sauter de colonne en colonne. Hélas, je ne vois pas comment escalader le mur rouillé. Les trous sont trop étroits pour servir de prises. Je balaie la berge du regard à la recherche d'un objet qui pourrait me faciliter la tâche. En vain.

Je marche jusqu'au fleuve et pose un pied sur la première colonne afin d'estimer sa stabilité. Aussitôt, l'eau reflue jusqu'au deux suivantes, exposant le lit de la rivière. Je choisis celle de droite et m'élance, mais elle est trop instable pour soutenir mon poids. Je suis instantanément précipitée dans l'eau glacée.

— Reynolds ! crie Noëlle.

— Tout… Tout va bien.

Par chance, le pilier que j'ai essayé d'atteindre ne mesurait pas plus d'un mètre, mais les plus élevés pourraient représenter un risque bien plus important.

Trempée jusqu'aux os, je reprends place sur la première colonne. De nouveau, la rivière recule jusqu'aux deux suivantes.

— Je ne comprends pas… Elles sont identiques. Comment aurais-je pu savoir ?

— Attends un instant, dit-elle en désignant un point situé sous mes pieds. Il y a un signe, ici, sur le socle.

À peine suis-je descendue de mon perchoir pour l'observer que les eaux se referment et submergent ce que Noëlle vient d'apercevoir.

— Prends ma place, j'ordonne.

Noëlle se hisse sur la colonne. Comme je l'avais prévu, le fleuve reflue, et je découvre, tracée sur la pierre, une flèche pointant vers l'autre pilier.

— À gauche, maintenant.

Noëlle bondit sur la colonne que je viens de lui indiquer. Reculant jusqu'aux trois suivantes, les flots dévoilent une nouvelle flèche.

— L'une de nous va devoir rester en bas pour lire les indications.

Noëlle reste muette. Les yeux baissés, elle se refuse à regarder les obstacles les plus élevés. Elle a peur. Le vertige, sans doute. Si nous échangeons nos places, je devrai lui accorder toute ma confiance. Si elle commet la moindre erreur, je terminerai au fond de l'Hudson. À l'inverse, si elle se lance sur le parcours et se fige à mi-course, nous ne serons pas plus avancées.

Tout bien pesé, nous n'avons pas le choix.

— Noëlle…

J'attends qu'elle se tourne vers moi pour lui tendre la main.

— Je vais grimper, mais je compte sur toi pour ne pas me laisser tomber, OK ?

Elle hésite un instant, puis consent à accepter mon aide.

— Sois prudente, dit-elle en se laissant tomber sur la berge. Si tu perds l'équilibre, je ne pourrai rien faire pour toi.

J'étudie une dernière fois l'ensemble du parcours, prends mon élan puis, en trois sauts, me retrouve juchée sur la troisième rangée de colonnes. Comme prévu, les eaux se séparent et laissent apparaître une flèche indiquant la direction suivante.

— Deuxième en partant de la gauche ! annonce Noëlle.

Ainsi, suivant ses indications, je bondis de pilier en pilier tout en prenant soin de ne pas regarder vers le bas. Je tâche de faire le vide dans mon esprit et de me concentrer sur sa voix.

Hélas, la série de colonnes face à laquelle je me trouve à présent me semble hors de portée. Et même si je parviens à me hisser à une telle hauteur, le vent qui souffle par rafales risque d'entraîner ma chute. Je suis trempée et frigorifiée. Le pilier sur lequel je suis juchée tremble sous l'assaut des vagues, et j'ai à peine assez de place pour y poser les pieds. Dans ces conditions, la moindre erreur sera fatale.

— Arrête de gamberger ! s'écrie Noëlle.

— Pardon ?

— Sers-toi de ton corps, pas de ton cerveau. T'inquiète, je vais réfléchir pour nous deux. Focalise-toi sur ton prochain objectif.

Je voudrais bien l'y voir. D'un mouvement des doigts, je réactive ma combinaison. Malgré l'extrême exiguïté de mon perchoir, je fléchis les genoux, inspire profondément…

… et prends mon envol.

Une bourrasque fouette mon visage tandis que je file vers la dernière colonne. Je m'y pose tant bien que mal, en déséquilibre, les talons au-dessus du vide. Le cœur au bord de lâcher, je vacille, les bras battant les airs comme les ailes d'un moulin, puis je parviens à me stabiliser.

Me voilà parvenue devant une dernière rangée de sept colonnes. Au-delà se dresse la plateforme qui soutient le mur de métal rouillé.

— Et maintenant ? je demande.

— Celle du centre, crie Noëlle, vingt mètres plus bas.

Je m'élance aussitôt, mais à l'instant même où mes pieds quittent le sol, je sens que j'ai mal dosé mon effort. Le saut va m'emporter bien au-delà de la colonne. Prise de panique, je bats des bras et des jambes de façon désordonnée. Par chance, la pointe de ma botte gauche frôle le bord du pilier. Rassemblant toute mon énergie, je parviens à donner un puissant coup de pied qui prolonge mon vol plané de quelques mètres et me permet de m'agripper d'une main à la plateforme.

Mâchoires serrées, je m'y hisse à la seule force des bras. Le souffle court, je m'autorise enfin à regarder vers le bas et constate que les eaux ont reculé tout autour du parcours, dévoilant une mallette en aluminium posée sur le lit du fleuve. Noëlle se précipite parmi les rochers recouverts d'algues et de vase, mais au moment où elle la touche, le mur de métal auquel je tourne le dos s'illumine. Je fais volte-face et constate que les petits trous dont il est constellé s'illuminent deux par deux, selon un ordre aléatoire, comme les ampoules d'une guirlande électrique.

— Elle est coincée ! s'écrie Noëlle en tirant rageusement sur la poignée de la mallette.

— Est-ce que tu peux l'ouvrir ?

Elle lance un regard anxieux au mur d'eau brunâtre dressé à quelques mètres d'elle. Quelle que soit la force qui le retient, il pourrait à tout moment céder et l'emporter. D'une main tremblante, elle soulève le couvercle de la mallette. Chose étonnante, elle n'y trouve pas une enveloppe, mais un sac transparent contenant deux tiges longues et étroites semblables à des pics à glace.

Bang !

Une fusée éclairante jaune s'élève dans le ciel. Une autre équipe aurait-elle trouvé le troisième indice ?

— Passe-moi ces tiges ! je crie.

Noëlle les lance aussitôt avec une force et une précision remarquables, mais un coup de vent en modifie la trajectoire. Je me penche en avant, m'en saisis, mais vacille dangereusement au bord de la plateforme. Tout en bas, les eaux du fleuve retenues par un barrage invisible se mettent à gonfler, tel un ballon sur le point d'éclater. Redoutant le pire, Noëlle jette un regard désespéré en direction du rivage.

Sur le mur qui me fait face, les trous cessent de rougeoyer.

Lorsque je retrouve enfin l'équilibre, les flots se stabilisent et la paroi s'illumine à nouveau.

Je comprends alors que toutes nos actions sont liées. Si Noëlle quitte son poste, je ne pourrai pas franchir l'obstacle qui se présente devant moi. Et si j'échoue, elle sera emportée par l'Hudson. « Un miracle d'équilibre, de force et d'adresse, c'est ce qu'il vous faudra pour relever le défi. » En dépit des apparences, ce défi ne consiste pas en une course d'obstacles. C'est notre confiance mutuelle qui est mise à l'épreuve. Je compte sur elle. Elle compte sur moi. Nous ne triompherons pas l'une sans l'autre.

Je saisis les tiges et les introduis dans les trous allumés à cet instant précis.

Je dois faire vite, car leur disposition change d'une seconde à l'autre de façon imprévisible.

Une bourrasque me frappe de plein fouet alors que je tente d'atteindre un trou plus élevé. Je heurte violemment la paroi et me retrouve suspendue par une main à une tige unique qui glisse lentement hors de son logement en émettant un grincement inquiétant. Au prix d'un effort surhumain, je soulève mon corps à la force d'un bras et parviens *in extremis* à assurer ma prise.

Enfin, je me hisse au sommet du mur.

Aussitôt, un grondement se fait entendre. Le barrage invisible vient de céder. Noëlle se met à courir, les flots boueux déferlant sur ses talons. Je pousse un cri d'effroi, mais elle atteint la berge saine et sauve.

Lorsqu'elle lève les yeux vers moi, un sourire éclaire son visage.

De la hauteur où je me trouve, au-delà de la jungle de ferraille, la fin du parcours m'apparaît d'une simplicité enfantine. Je m'accroche à un lampadaire tordu à l'horizontale, me balance avec grâce à un vieux cadre de vélo puis me laisse glisser le long d'un câble métallique jusqu'à l'épave d'un taxi. Le toit s'affaisse sous mon poids, mais je bondis vers l'escalier de secours, m'accroche à la rambarde, l'enjambe et me réceptionne sur le palier.

Le panneau sens unique s'illumine. Sa flèche pointe en direction de l'est. Cinquante mètres m'en séparent. Cinquante mètres de *vide*, et la promesse d'une très, très longue chute.

J'ai commis l'erreur de regarder en bas. Confrontée à ce gouffre, le vertige me saisit, et le souffle me manque. Je n'ai pas assez d'espace pour prendre mon élan. Je dois m'en remettre entièrement aux performances de ma combinaison.

C'est à peine si j'entends crier mon nom. « Reynolds. Reynolds. » Je suis coupée du reste du monde, comme si les flots m'avaient submergée. Quand soudain…

— … bouge-toi les fesses, pauvre nulle !

Par réflexe, j'agrippe la balustrade. Je me redresse, me tourne vers Noëlle qui, debout sur la rive, me hurle des insultes.

— Tu oses me traiter de pauvre nulle alors que tu es là, tranquille, à te tourner les pouces ?

— Et qu'est-ce que j'y peux, moi, si c'est toi qui te trouves là-haut ? Allez, bon sang ! plus qu'un obstacle. Lance-toi, espèce de poule mouillée !

— Moi, une poule mouillée ?

— Pire que ça ! Tu es faible. Tu es une trouillarde. Tu mouilles ton froc, ma vieille !

— Attends un peu qu'on soit face à face, sale petite…

— Et quoi ? Qu'est-ce que tu comptes me faire ? Tu n'es même pas foutue de terminer ce parcours.

— Ah oui ? Eh bien, c'est ce qu'on va voir !

— Oh, je meurs d'impatience !

Hors de moi, je place le pouce au contact de mes majeurs. Ma combinaison revient à la vie. J'attends que le bourdonnement électrique se transforme en un sifflement aigu pour sauter par-dessus la rambarde et filer dans les airs à la vitesse d'une balle. J'entre en collision avec le panneau dans un fracas de ferraille assourdissant. Mon pied gauche heurte violemment le poteau qui le soutient, mais c'est sans importance. J'ai réussi. J'ai relevé le défi.

Une fusée éclairante décolle à proximité du rivage pour annoncer notre succès aux habitants de la ville. Je me tourne vers Noëlle. Son visage n'exprime plus la moindre hostilité. Au contraire, elle arbore une expression triomphante.

Craaaaak.

Mon sourire se fige. Le poteau auquel je suis agrippée est en train de céder.

— Non… je murmure sur un ton suppliant. Non, non, non…

Alors, dans un craquement lugubre, le métal se brise net.

Je tombe comme une pierre dans les eaux glacées de l'Hudson River.

CHAPITRE 30

Le froid glacial me fait l'effet de mille aiguilles qui me transpercent la peau. L'eau est si nauséabonde que je réprime un haut-le-cœur. Cette puanteur est semblable à celle qui accompagne les nécros à leur sortie des égouts.

Le poteau s'est plié en deux autour d'un de mes pieds. Il m'entraîne avec lui dans les profondeurs de l'Hudson. Je me démène pour l'en déloger tout en gardant la tête hors de l'eau, mais à l'évidence, c'est un combat perdu d'avance.

Un instant avant que les flots ne se referment sur moi, j'aperçois une inscription au dos du panneau qui m'entraîne vers le fond : « Piste ».

Comment ça, *piste* ? Tandis que je coule à pic, je lève les yeux vers la surface dans l'espoir d'apercevoir une dernière fois la lumière du jour, mais l'eau est parfaitement opaque. Mes poumons se contractent douloureusement. Je ne tiendrai pas plus longtemps…

Alors que mes pensées commencent à se brouiller, j'entends un corps heurter la surface de l'eau. Des mains saisissent mon pied, tirent dessus avec une force phénoménale et le libèrent sans songer à me ménager. La douleur me ramène brutalement à la réalité. J'entrevois des cheveux blonds qui ondulent autour de moi. Des mains se referment sur mes épaules, puis de puissants battements de jambes me conduisent à la surface.

Quelques secondes plus tard, je suis étendue sur le dos, les yeux ouverts sur un ciel sans nuages. Des pierres blessent mon dos. Je tourne la tête sur le côté et crache une gorgée d'eau putride.

— Eh bien, lâche une voix familière à mes côtés, on dirait que quelqu'un s'est offert un petit aller-retour dans l'au-delà.

Tremblant de tous ses membres, Noëlle essore ses cheveux.

— Tu as plongé dans l'Hudson pour me sauver la vie ?

— Je t'avais bien dit que je ne te laisserais pas tomber, réplique-t-elle avec un sourire. Je t'ai poussée à bout pour te convaincre d'accomplir le dernier saut, mais il faut *toujours* que tu pousses le bouchon un peu trop loin.

Puis, constatant que des larmes roulent sur mes joues, elle ouvre de grands yeux étonnés.

— Oh, tu pleures ? Arrête ça immédiatement. Je te signale que nous n'avons pas encore trouvé le troisième indice.

— Le panneau à sens unique, je gémis. J'ai vu le mot « piste » inscrit à l'arrière.

Noëlle fronce les sourcils.

— Qu'est-ce que ça signifie ?

Puis son visage s'éclaire.

— L'Armory Track ! C'est un stade d'athlétisme couvert sur Fort Washington Avenue. Il est tout près d'ici, de l'autre côté de la voie rapide.

L'odeur de la sueur et de la piste artificielle me revient en mémoire.

— Je connais cet endroit, dis-je. C'est là que ma sœur participait à des épreuves d'athlétisme. Je m'y rendais souvent, le week-end, pour l'encourager depuis les tribunes.

— Le problème, c'est que le passage piéton le plus proche se situe à des kilomètres.

— Dans ce cas, nous allons prendre un chemin plus direct, dis-je en me remémorant la carte holographique que nous avons étudiée la veille.

Noëlle me considère d'un œil perplexe, puis se tourne vers la route, où les véhicules circulent à plus de quatre-vingts kilomètres heure.

— Non merci, tranche-t-elle. Ce sera sans moi.

— Allez, ne fais pas ta *poule mouillée*. Je vais te montrer. Tu n'auras qu'à m'imiter.

Je laisse échapper un bref éclat de rire.

— La dernière arrivée est une *grosse nulle*, j'ajoute, avant de me mettre à courir en direction de la voie rapide.

Elle se lance aussitôt à ma poursuite. Nous sprintons côte à côte jusqu'au parapet de béton qui sépare la promenade de la chaussée goudronnée, puis nous nous élançons dans les airs, planant aussi haut que le permet notre équipement.

À trois blocs d'immeubles de la ligne d'arrivée, l'heure n'est plus aux stratégies élaborées. À l'issue de mon premier saut, je me réceptionne au sommet d'un immeuble et reprends aussitôt mon envol. Noëlle et moi sommes au coude à coude lorsque j'aperçois la large banderole à damier tendue d'un bout à l'autre du toit triangulaire de l'Armory Track.

— La ligne d'arrivée, dis-je. Personne ne l'a encore franchie.

Contre toute attente, nous sommes le premier binôme à nous présenter au point de contrôle final. Dopées par cette découverte inespérée, nous prenons de la vitesse, nous nous posons à un angle du toit, et tâchons d'adapter notre foulée au plan incliné recouvert d'ardoises qui n'offrent que peu d'adhérence.

Alors que nous nous trouvons à moins de trente mètres de la ligne d'arrivée, deux silhouettes atterrissent derrière nous : Tim et Kieran. Le premier, désavantagé par son poids, s'est réceptionné à quatre pattes et peine à se relever. Le second se lance immédiatement à notre poursuite. Son pas vif et léger résonne sur les tuiles comme des gouttes de pluie.

Constatant que nous bénéficions d'une avance confortable, Tim pousse un cri rageur. Il se remet debout et se précipite vers nous, tel un rouleau compresseur hors de contrôle. À grandes enjambées, il comble rapidement son retard.

Puis, du coin de l'œil, je le vois plonger en avant. Essaie-t-il d'atteindre la bannière avant nous ? Il n'a strictement aucune chance de nous coiffer au poteau. À cet instant, je réalise que je me suis trompée sur ses intentions. Lancé à pleine vitesse, il percute délibérément son partenaire, le propulsant vers ma coéquipière.

— Attention ! hurle-t-il.

Noëlle fait un pas d'écart afin d'éviter la collision.

N'ayant rien à quoi se raccrocher, Kieran dévale la pente raide du toit sur un pied, puis son genou se tord selon un angle insolite en produisant un craquement qui n'annonce rien de bon. Il s'affale sur les tuiles et poursuit sa glissade sur le ventre, tête vers l'avant.

J'oublie alors tout le reste. L'épreuve, le Tournoi. Tout ce qui compte, c'est que Kieran ne mérite pas de mourir. Pas ici. Pas comme ça.

— Reynolds ! crie Noëlle tandis que Tim, sourire aux lèvres, franchit la ligne d'arrivée. Qu'est-ce que tu fous ?

Ce que je fous ? Je me précipite au secours de Kieran, évidemment !

Je prends de l'élan, puis je plonge à mon tour sur le ventre au moment où il bascule dans le vide. Alors qu'il tourne vers moi des yeux emplis d'effroi, ma main se referme sur son poignet. Je coince une botte dans la gouttière pour interrompre notre glissade, mais nous restons suspendus dans le vide, dix mètres au-dessus du trottoir.

— Remonte ! je grogne.

Je sens la gouttière plier peu à peu sous notre poids. Kieran, lui aussi, perçoit le danger imminent.

— Rei, laisse-moi partir.

— Dans tes rêves.

Enfin, il saisit mon avant-bras puis, se servant de moi comme d'une échelle, il se hisse vers le toit. À peine a-t-il touché au but que le tuyau de métal émet un ultime grincement, puis se brise net.

Je pousse un cri, mais des mains puissantes me retiennent par les chevilles. Je sens qu'on s'active au-dessus de moi. On m'allège du poids de Kieran, puis on me tire et on me dépose sur les tuiles, saine et sauve.

Sans me laisser le temps de souffler, Noëlle m'attrape par les poignets et me remet sur pied. Ses yeux lancent des éclairs, mais elle ne laisse pas éclater sa colère. D'un hochement de tête, elle désigne Kieran, qui boite vers la ligne d'arrivée, les traits tordus par la douleur. Sans échanger un mot, nous l'attrapons par les épaules et l'aidons à parcourir les dix derniers mètres.

*

Les secouristes transportent Kieran jusqu'à l'ambulance stationnée à l'entrée de l'Armory Track. Mia et Langston font leur apparition du côté est du toit au moment précis où, les précédant de quelques secondes, Everly et Yuna franchissent la ligne d'arrivée.

— On s'est plantés, halète Mia, le buste penché en avant et les mains posées sur les genoux. On a un fait un détour par l'armurerie de l'East Side.

Si Noëlle m'avait écoutée, nous aurions commis la même erreur, et cela nous aurait coûté notre place en finale du Tournoi.

Dawn et Taz, eux, n'atteindront jamais le toit de l'Armory Track. De tous les obstacles qu'ils ont affrontés au cours de cette épreuve, le travail en équipe constituait le plus insurmontable.

Plus tard, dans l'après-midi, Nick Valentine avertit les finalistes qu'ils doivent regagner le Sanctuaire.

Une fois sur place, nous trouvons les lieux plus déserts que jamais. Dans la salle à manger, Everly et Yuna s'installent côte à côte. Kieran est resté à l'hôpital, où il se fait opérer du genou. Noëlle, quant à elle, se tient aussi loin de moi que possible. Elle n'a pas décroché un mot depuis que nous avons terminé l'épreuve. Je ne peux pas lui en vouloir. C'est ma faute si Tim nous a volé la victoire.

Lorsque le Fantôme vient s'adresser à nous, il n'arbore pas son éternel sourire. Au contraire, il a l'air singulièrement sur les nerfs.

— Je sais que vous êtes tous sur les rotules, déclare-t-il, et que vous avez besoin de vous reposer avant la finale. Je serai donc aussi bref que possible. Tout d'abord, au nom de tous les maîtres, je tiens à féliciter mesdemoiselles Reynolds et Cartier pour l'acte d'héroïsme qu'elles ont accompli. Aujourd'hui, jeunes filles, il est fort probable que vous ayez sauvé une vie.

À l'autre bout de la salle, Noëlle, la mine sombre, croise les bras et baisse les yeux vers le sol. Elle se moque de cet éloge. Elle ne pense qu'à notre défaite… et à la trahison de Tim.

— Comme vous le savez, l'un de vos camarades se remet actuellement d'une grave blessure, poursuit Nick Valentine sur un ton plus sombre.

Tim a l'audace de rire à cette annonce.

— Les liquidateurs s'enorgueillissent de respecter un code d'honneur extrêmement exigeant, gronde le Fantôme. Ceux qui le violent s'exposent à de sévères conséquences.

Il se dirige vers Tim et frappe ses mains l'une contre l'autre. Son visage, d'ordinaire si ouvert et chaleureux, n'est plus qu'un masque de mépris. Il se penche vers le vainqueur du jour et lui adresse un sourire cruel.

— En raison du comportement indigne de M. Beckett, ici présent, les maîtres ont décidé à l'unanimité que seuls cinq concurrents seraient autorisés à participer à l'épreuve finale.

Tim blêmit. Son sourire se fige.

Puis, pour la première fois, j'entends Noëlle rire à gorge déployée.

CHAPITRE 31

C'est la dernière fois que nous avons vu Tim. Il n'a eu d'autre choix que de quitter les lieux, lorsque huit régulateurs se sont présentés pour procéder à son expulsion du Sanctuaire. Il nous a laissé des petits cadeaux d'adieu : des assiettes et des verres brisés dans la salle à manger, des meubles cassés dans les chambres et l'empreinte de son poing dans un mur du couloir principal.

Le lendemain matin, au sortir de la douche, je découvre deux employés occupés à réparer la porte de sa chambre, arrachée à ses gonds. Plus loin, un troisième s'efforce de faire disparaître d'une cloison trois mots couleur rouille qu'il pourrait bien avoir tracés avec son propre sang :

VOTRE HEURE VIENDRA.

Ignorant le malaise que m'inspire cette menace, je regagne ma chambre. Pour l'heure, je n'ai qu'une idée en tête : le poulet frit prévu au menu de ce soir…

quand, soudain, je bute contre un cadavre ensanglanté étendu au pied de mon lit.

Je pousse un hurlement. Le macchabée tressaille, ouvre de grands yeux affolés, puis lance un chapelet de jurons particulièrement grossiers. Je reconnais alors, sous la barbe qui mange le visage du mort-vivant, la cicatrice qui court de la joue au menton.

— Maître Sasha ?

— Bonjour, petit rat, dit-il d'une voix rauque.

Mille questions se bousculent dans ma tête. Serai-je éliminée si je lui adresse la parole ? Et comment diable s'est-il introduit dans ma chambre ? Le maître du Financial District se relève péniblement. Je peux enfin l'observer de la tête aux pieds.

Pour commencer, le sang qui souille son visage n'appartient pas à un nécro. Sa queue-de-cheval est en bataille et d'une saleté répugnante. Il a une méchante blessure à la tempe. Son exocombinaison est immaculée, mais la façon dont il boite et la position inhabituelle de son bras racontent une tout autre histoire. Une seule question me brûle les lèvres. Une question qu'aucune personne sensée ne se risquerait à poser à un maître.

— Qui vous a fait ça ?

— La question n'est pas *qui*, mais *quoi*. Je te laisse deviner.

— Des nécros, dis-je, puisque c'est la seule réponse possible.

— Mieux que ça.

— Oh ! Vous voulez parler des créatures qui ont tué Roland et les autres liquidateurs ?

Maître Sacha secoue la tête avec consternation.

— Tu ne peux pas comprendre. Enfin, pas encore. T'a-t-on déjà parlé de l'artefact perdu ?

— J'ai entendu des rumeurs, comme tout le monde…

— Imagine un artefact si puissant qu'il pourrait raser la ville jusqu'à ses fondations, un peu comme une bombe atomique. Qu'en ferais-tu, s'il était en ta possession ?

Mon cerveau entre en ébullition. Quelle réponse peut-il bien attendre ? Je ne veux surtout pas commettre de bévue.

— Je le rapporterais aux Archives.

— Là où toute personne autorisée pourrait en faire usage ? Et s'il tombait entre de mauvaises mains ? Serais-tu irresponsable au point de laisser une chose pareille se produire ?

Je me mords la lèvre et reconsidère ma réponse.

— Je le cacherais.

Maître Sasha acquiesce d'un hochement de tête.

— Maintenant, dis-moi, t'es-tu déjà rendue dans le bureau de Maîtresse Minyi ?

— Oui, de nombreuses fois.

— Y as-tu vu un coffre-fort ?

— Je… Je ne crois pas. Pourquoi cette question ?

Maître Sasha fait un pas vers moi. Sa silhouette imposante et ses muscles saillants occupent tout mon champ de vision. La peur me saisit lorsqu'il pose sur mes épaules de larges mains calleuses qui pourraient réduire mes os en poussière. Une lueur sauvage brûle dans ses yeux.

— Tu dois trouver ce coffre, Rei, et t'emparer de tout ce qu'il contient.

— Vous voulez que je pille le coffre de ma tante ?

— Tu dois faire ce que je te demande.

J'ai déjà entendu des arguments plus convaincants… Derrière lui, je remarque un sachet en plastique vide sur le sol : ses caramels. S'il s'est promené durant la nuit avec des confiseries plein les poches, il n'est pas étonnant que les nécros lui aient mené la vie dure. C'est une invitation au massacre.

— Combien en avez-vous avalés ? je demande.

— Tout le paquet. Il ne m'en reste plus.

Cette conversation est si absurde que je commence à me demander si je ne suis pas en train de rêver.

— Voulez-vous que j'aille vous en chercher ?

— Impossible. Ils viennent de chez moi.

Je ramasse le paquet et essaie d'en déchiffrer le texte imprimé dans un alphabet qui m'est inconnu.

— Si vous me donnez votre adresse, je pourrai…

Il s'empare de l'emballage et le froisse dans son poing.

— Ces cochonneries ont parcouru des milliers de kilomètres avant de finir dans ma poche. Les frais de livraison suffiraient à nourrir une famille pendant des semaines. Mais c'est un vice, tu comprends ? Un souvenir de mon pays d'origine et un investissement modeste en comparaison de ce que cette ville dépense pour assurer sa sécurité. Modeste, mais injustifié. Je suis moi-même terriblement injustifié.

— Avec tout le respect que je vous dois, Maître Sasha…

Je réalise à cet instant qu'il est en plein délire, probablement à cause de ses blessures. Il reste quelques heures avant le crépuscule. Il est encore temps de le faire soigner.

— Nous devrions aller voir un médecin.

— Pas le temps, grogne-t-il, bien que le simple fait de transférer son poids d'un pied sur l'autre le fasse grimacer de douleur. Toutes mes recherches mènent à ta tante. Je vais te conduire au manoir de l'Upper West Side. Immédiatement.

Me voici confrontée à un sérieux dilemme. Je souhaite rester loyale envers Minyi, bien sûr, mais comment refuser mon aide à celui qui m'a choisie, et que je suis prête à suivre où qu'il aille, comme un marin suit les étoiles ?

— On ne pourrait pas en reparler demain ? Après l'épreuve finale. J'ai besoin de rester concentrée…

— Non. Il nous reste peu de temps. Ils arrivent, Rei.

Soudain, je n'ai plus une goutte de salive.

— Qui ça ?

— Les oubliés, dit-il. Ils n'épargneront personne.

Une vibration se fait entendre avant que j'aie pu exiger davantage d'explications. Maître Sasha sort son téléphone de la poche intérieure de son manteau de cuir, jette un coup d'œil à l'écran et lâche un juron.

— Je dois te laisser.

Sur ces mots, à ma grande satisfaction, il se baisse, met un genou à terre et pose une main sur son cœur. Voir celui que j'ai toujours considéré comme un dieu vivant se prosterner devant moi est proprement surréaliste.

— Rei Reynolds, déclare-t-il solennellement, pour le salut du Syndicat et des citoyens de cette ville, tu dois découvrir la vérité. Je t'en conjure. Mon chauffeur attend devant le Sanctuaire pour te conduire au manoir. Tu es la seule à qui j'ai confié ce secret.

J'ai soudain l'impression que la deuxième épreuve du Tournoi n'est pas tout à fait terminée… et que l'on vient de me soumettre une quatrième énigme.

— Une minute… Vous pensez qu'il existe un artefact capable d'annihiler la ville ? Et vous croyez que ma tante le cache dans son bureau ?

Il hoche la tête.

— Maître Sasha… Même si vous dites vrai, ce dont je doute fortement, comment suis-je censé trouver ce coffre-fort et le forcer sans me faire attraper ?

— Je cherche cet artefact depuis si longtemps, Rei. Celui-là seul nous permettra d'en finir une bonne fois pour toutes avec les nécros.

Mon cœur s'emballe. *En finir une bonne fois pour toutes avec les nécros ?*

— Mais quel objet au monde pourrait receler un tel pouvoir ? dis-je.

— Comment le saurais-je ? réplique-t-il.

— Eh bien, parce que vous êtes… vous.

Il laisse échapper un éclat de rire.

— Je ne suis pas devin, Rei. J'ai conscience que mes explications sont des plus sommaires, mais je t'ai dit tout ce que je savais. Je me pose beaucoup de questions, et c'est à *toi* que je demande d'y répondre…

Il pose un doigt sur mon front.

— … car tu es intelligente, petit rat. Très intelligente. Je suis certain que tu perceras ce mystère. En tout cas, je veux m'en convaincre, car le destin de Manhattan en dépend.

Le destin de Manhattan ? Rien que ça ?

Il se redresse et décroche enfin son téléphone, qui n'a pas cessé de vibrer. Il le porte à son oreille puis incline lentement la tête.

— Bonne chance pour demain, Rei Reynolds. J'ai le sentiment que tu vas en avoir besoin.

Sur ces mots, il quitte la pièce.

*

Après avoir nettoyé les taches de sang, je m'étends sur mon lit et contemple le plafond. Dans le couloir, j'entends les concurrents se diriger vers la salle à manger, mais j'ai perdu l'appétit.

Je consulte l'heure sur mon téléphone. La nuit tombera dans une heure. Si je me veux me rendre au manoir, je dois me mettre en route sur-le-champ. Pourtant, je ne peux me résoudre à accomplir ce que Maître Sasha m'a demandé : pénétrer dans un bâtiment placé sous haute surveillance et commettre un délit d'une extrême gravité sans être arrêtée par les agents de sécurité – ou pire, par Minyi en personne –, le tout avant la tombée du jour.

En désespoir de cause, je rédige un SMS à la seule personne qui en sache davantage que moi au sujet de ma tante.

Moi
Salut, jie jie.

Je me demande combien de temps je devrai attendre avant de recevoir une réponse, mais mon téléphone vibre presque aussitôt.

Jie jie
Salut toi.
Quoi de neuf ?

Moi
Pas grand-chose. Je viens de recevoir
la visite d'un maître. Il avait l'air plus mort
que vif, mais il a dû se faire virer
de l'au-delà avant de ressusciter
dans une décharge à ordures.

Jie jie
Pardon ?

Moi
Rien. Laisse tomber. À part ça, tu sais si tante Minyi a un coffre-fort dans son bu

Mes doigts restent suspendus au-dessus du clavier numérique. Je me mords l'intérieur de la joue, puis modifie le message.

Moi
Rien. Laisse tomber. Comme c'est bientôt Noël, je me demandais ce qu'on pourrait offrir à tante Minyi. J'avais pensé à un truc utile pour son bureau. Genre, un coffre-fort, où elle pourrait ranger ses documents importants, ou ses bijoux.
On pourrait le décorer ensemble, qu'est-ce que tu en dis ?
À moins qu'elle n'en ait déjà un, évidemment.

J'occupe les secondes qui suivent à me ronger les ongles. Un nouveau message s'affiche à l'écran.

Zaza
Salut ! J'ai piqué ta brosse à cheveux. T'inquiète, je ne vais pas prélever ton ADN pour te cloner.

Alors que je termine la lecture de cet étrange message, une alerte m'indique que j'ai reçu un nouveau message de Maura. Ma réponse à Zaza attendra.

Jie jie
Pas de bol, elle a déjà un coffre.

Mon rythme cardiaque s'accélère. Maître Sasha avait donc raison ?

Moi
Ah bon ? Et qu'est-ce qu'elle y range ? Lol.

Bon sang, mais qu'est-ce qui me prend ? Ce « lol » n'a strictement aucun sens. Je patiente quelques secondes, le temps de reprendre mes esprits, avant de composer un autre message.

Moi
Question : tu ferais quoi si quelqu'un
de très important te demandait de faire
un truc super dangereux et pas très légal ?

Jie jie
Ça dépend. Quoi, par exemple ?

Moi
Genre, poignarder dans le dos quelqu'un
qui t'est très proche ? Au sens figuré, bien sûr.

Jie jie
Ça aussi, ça dépend. La victime serait
quelqu'un de ta famille ?

Moi
Oui.

Jie jie
Alors non. Jamais. La famille passe
avant tout, mei mei. Toujours. Surtout
après ce que nous avons vécu ensemble.

La culpabilité me submerge. Bien sûr, Maura a raison. Qu'est-ce qui m'a pris ? Comment ai-je pu sérieusement envisager de pénétrer par effraction dans le bureau de ma tante pour lui voler… je ne sais quoi, tout ça parce que Maître Sasha me l'a demandé ? Malgré l'admiration que je lui porte et malgré la gratitude que je lui voue depuis qu'il m'a repêchée, il n'est pour moi qu'un étranger. Un étranger puissant et vénérable, certes, mais un étranger tout de même. Comment ai-je pu, ne serait-ce qu'une seconde, envisager de trahir ma propre famille ?

Je me glisse hors de la chambre. Dans le couloir, l'odeur délicieuse du poulet frit me chatouille les narines. J'entends les concurrents bavarder gaiement dans la salle à manger. Je ne peux retenir un bref éclat de rire. Qu'est-ce qui ne tourne pas rond chez Maître Sasha ? Manque-t-il de sommeil ou a-t-il sombré dans la paranoïa ? Je tourne le dos à la porte du Sanctuaire, à la voiture dont le moteur tourne au ralenti, au chauffeur qui attend un passager qui ne se présentera jamais. Pourtant, un avertissement résonne en écho sous mon crâne.

Les oubliés. Ils n'épargneront personne.

Réprimant un frisson, je chasse ces mots de mon esprit et cours retrouver mes camarades.

CHAPITRE 32

Au matin de l'épreuve finale, nous découvrons cinq clés étiquetées à nos noms alignées sur la table de la salle à manger.

— Salut, Rei ! lance Everly.

Elle sirote un verre d'eau par petites gorgées, comme s'il contenait un alcool fort. Elle arbore un sourire crispé. Son regard, lui, n'exprime que de l'appréhension.

Le petit déjeuner est servi, mais les chaises réservées aux maîtres sont inoccupées.

— Salut, dis-je à mon tour en choisissant une place près de l'entrée.

Nos effectifs ayant été réduits de vingt à cinq participants, je n'ai que l'embarras du choix.

— Salut, Yuna.

L'intéressée répond d'un discret signe de tête. Elle plie savamment une serviette de façon à lui donner la forme d'un cygne, puis la dépose dans l'assiette vide d'Everly. Elle en a des dizaines autour d'elle. Une véritable armada.

Noëlle, assise de l'autre côté de la table, lâche un morceau de sucre dans son café. Puis un autre. Puis encore un autre. Puis un quatrième.

— Arrête de me surveiller, Reynolds, assène-t-elle sans quitter sa tasse des yeux.

— Pardon. C'est juste que je n'ai jamais vu quelqu'un mettre autant de sucre dans son café.

— C'est comme ça que ma mère le prenait. Je ne sais pas pourquoi j'ai copié cette habitude.

— Ça doit être horriblement sucré.

— Un peu que c'est sucré ! Quatre sucres, je te laisse imaginer…

— C'est touchant que tu aies gardé cette manie de ta mère.

On n'entend que sa cuillère tinter dans la tasse.

— À vrai dire, je n'ai pas beaucoup d'autres souvenirs d'elle. J'ai perdu mes deux parents le jour de la Disparition.

Elle observe une pause, fronce les sourcils puis ajoute :

— Je ne sais vraiment pas pourquoi je vous raconte tout ça.

— Overdose de sucre, sans doute, dis-je pour plaisanter.

Elle me fusille du regard.

— Tu sais, moi aussi, j'ai perdu mes parents, je révèle. Ils ont été tués par les nécros.

— Ils avaient violé le couvre-feu ?

Des nuages de fumée grise tourbillonnant au-dessus du brasier. Des vagues de chaleur insoutenables. L'air qui se raréfie.

Je sens ma gorge se serrer.

— Non. Il y a eu un incendie.

Everly et Yuna affichent un air détaché, mais je sais qu'elles sont suspendues à mes lèvres.

— Sans que l'on sache pourquoi, le feu s'est déclenché au milieu de la nuit, pendant que tout le monde dormait. Nous avons dû sortir pour attendre les secours. Les noctiphages sont arrivés les premiers... Mes parents ont donné leur vie pour sauver la mienne.

Noëlle peine à dissimuler son trouble.

— Je suis désolée.

— Désolée qu'ils m'aient sauvé la vie ?

Elle ouvre de grands yeux épouvantés.

— Mais non ! Je suis désolé qu'ils soient morts.

— Oh, pourquoi faut-il que tu me le rappelles ? je gémis.

— Désolée, désolée ! s'écrie-t-elle en battant si énergiquement des bras qu'elle manque de renverser sa tasse.

Je m'autorise enfin à éclater de rire et bascule en arrière sur ma chaise.

— C'est bon. Je te faisais marcher. Mais je te remercie pour les condoléances.

Je me tourne vers Everly et Yuna.

— Et vous, vous avez perdu de la famille ?

— Ma sœur et ma mère, le jour de la Disparition, répond Everly.

Yuna se lance dans le pliage d'une énième serviette avant de répondre :

— Idem. Mon père et mes deux frères aînés se sont volatilisés sur le chemin du travail. Quant à mon petit frère, Jae, je ne l'ai pas revu depuis deux ans.

— Que lui est-il arrivé ? je demande.

— Il s'est fait la malle. Mais je vais le retrouver, et ce jour-là...

À notre grand étonnement, elle écrase le cygne entre ses mains.

— ... je le tuerai.

— Elle... Elle plaisante, bégaie Everly. N'est-ce pas que tu plaisantes, Yuna ?

L'intéressée hoche la tête, sans convaincre personne.

Everly laisse échapper un rire nerveux.

— Eh bien, quelle ambiance ! commente-t-elle. On dirait un jeu débile, à la fin d'une soirée pyjama. Genre, « lève un pouce si au moins un membre de ta famille a été victime de la Disparition, lèves-en deux s'ils ont été sauvagement assassinés par un nécro ».

— Vous vous amusez bien ? lance soudain une voix sur un ton sévère.

Kieran se tient sur le seuil de la porte. Il porte sur nous un regard incrédule, comme si nous avions tout à coup des tentacules ou plusieurs têtes.

— C'était… C'était une blague, précise Everly.

Kieran cligne des yeux à plusieurs reprises, puis il lève les deux pouces. Sans demander plus d'explications, il se laisse tomber sur une chaise et se sert une tasse de café.

— Vous ne mangez pas ? demande-t-il.

— On attend l'arrivée des maîtres, j'explique.

Une fois de plus, je m'abstiens de lui poser des questions sur sa famille.

— Et moi qui craignais d'être en retard… murmure-t-il.

Dans le silence qui s'ensuit, l'estomac de Yuna se met à gargouillcr. Lc rougc aux joucs, elle contemple d'un œil gourmand un plat en argent garni de tranches de bacon.

— Toutes mes excuses, dit-elle.

Nous échangeons un regard puis, unis par un accord tacite, nous commençons à remplir nos assiettes. Je fais main basse sur deux beignets fourrés à la confiture de fraises.

— Sérieusement, qu'est-ce qu'ils fabriquent ? je demande à Kieran. Tu crois que c'est encore un coup tordu ? Que ça fait partie de l'épreuve ?

— Tu as du sucre glace sur le menton, répond-il en saupoudrant ses flocons d'avoine de cannelle en poudre.

Ignorant sa remarque, je pioche une cuillerée dans son bol.

— Il est déjà neuf heures. Les précédentes épreuves ont débuté beaucoup plus tôt.

— Pour autant, ils ne nous ont jamais communiqué d'horaire précis, dit Kieran en me tendant l'une des serviettes de Yuna. Sans blague, essuie-toi le visage. Ça commence à devenir gênant.

Sans le quitter des yeux, je lèche la confiture qui a coulé sur mes doigts.

— Et maintenant, voilà que tu t'en es collé sur la joue.

Il pose le pouce au coin de mes lèvres et le fait glisser jusqu'à ma pommette. Je sens alors mon ventre s'embraser. Je prends la serviette et m'essuie rageusement la bouche et le menton. Mon visage est brûlant. Bon sang, j'aurais mieux fait de le laisser tomber du toit.

Lorsque l'horloge murale annonce neuf heures trente, Everly repousse sa chaise et se lève.

— Bon. Voyons les choses en face. Soit quelque chose a mal tourné, soit il y a un truc qui nous échappe. Je suis d'avis d'aller chercher les maîtres. Ou Nick Valentine, ou toute personne qui pourrait nous renseigner. Yuna et moi, on commence par le couloir nord.

— OK, dit Kieran. Je couvre l'aile ouest.

— Entendu. Cartier, tu t'occupes de l'aile est ?

— Je n'ai pas d'ordres à recevoir de ta part, rétorque Noëlle.

Everly esquisse un sourire espiègle.

— Oh, toutes mes excuses ! Laisse-moi reformuler : pourrais-tu avoir l'extrême amabilité de t'occuper de l'aile est ?

Noëlle lève les yeux au ciel.

— Oui, ça peut se faire.

— Génial. Rei, peux-tu contacter Maîtresse Minyi ? Tu as son numéro, n'est-ce pas ? On nous a interdit d'utiliser nos téléphones au cours des deux premières épreuves, mais on ne nous a rien dit au sujet de la finale.

— C'est fait, dis-je en envoyant le SMS que je viens de rédiger.

Everly approuve d'un hochement de tête.

— OK. Tiens-nous au courant. On se retrouve tous ici dans quinze minutes pour faire un point.

Tandis que mes camarades commencent à quitter la salle à manger, je repense à la phrase qu'Everly vient de prononcer :

« Soit quelque chose a mal tourné, soit il y a un truc qui nous échappe. »

Je contourne la table et m'attarde près des chaises réservées aux maîtres. Contrairement aux nôtres, elles ressemblent à des trônes, avec leurs dossiers dorés et leurs épaisses assises tapissées de velours. Je m'assieds sur celle de Maître Sasha.

« Ils n'épargneront personne. »

Ce souvenir suffit à me flanquer la chair de poule. A-t-il dit vrai ? Et si je m'étais trompée ? Et s'il n'avait pas prononcé ces mots sous l'effet d'un accès de paranoïa ?

Mon pied heurte quelque chose sous la table. Je me penche sous la nappe pour voir de quoi il retourne.

Alors, mon esprit se met à bégayer puis se fige.

— Oh, mon Dieu ! je murmure, les yeux écarquillés.

Kieran s'arrête net dans l'encadrement de la porte.

— Tu viens, Reynolds ?

Je me redresse vivement et me cogne le crâne contre le bord de la table.

— Hein ?

— Est-ce que tu comptes rester ici à te tourner les pouces ?

Puis il découvre mon expression épouvantée.

— Hé, quel est le problème ?

Pour toute réponse, je soulève la nappe. Aussitôt, ses traits s'affaissent.

— Nom d'un chien…

— Va chercher les autres, je déclare. Dis-leur de rappliquer. *Immédiatement.*

CHAPITRE 33

À neuf heures quarante, nous voilà de nouveau réunis dans la salle à manger. J'ai poussé tous les meubles contre le mur du fond. Nous nous tenons tous les cinq à l'endroit où se trouvait la table, formant un cercle autour de ma découverte.

Everly siffle entre ses dents.

— Ça, c'est ce que j'appelle un *énorme* trou, dit-elle.

En effet, son diamètre est un peu plus long que mon bras.

— Assez large pour que les maîtres s'y soient faufilés, estime Kieran.

— Vous pensez qu'ils ont creusé une galerie dans le sol du Sanctuaire ? s'interroge Noëlle. Comme des taupes ?

Je m'accroupis pour examiner les abords de la cavité. Je cherche des taches de sang ou des traces de lutte, mais je ne découvre rien de probant. Je me mets alors à genoux puis glisse la tête dans les ténèbres.

Apercevant une tache claire, je sors mon téléphone, active la lampe de poche et distingue un objet à demi enfoui dans une couche de débris.

— Est-ce que c'est ce que je pense ? commente Kieran, penché au-dessus de mon épaule.

Yuna glisse un bras dans le trou et en remonte une tasse à liseré doré.

— Ces mugs-là sont réservés aux maîtres, fait observer Kieran.

Yuna porte l'objet à ses narines et réprime un haut-le-cœur.

— Zircadiazicazine, dit-elle.

Triple-Z. C'est le somnifère ultrapuissant qui nous a été administré avant la première épreuve.

Everly lâche un petit rire incontrôlé.

— Pourquoi les maîtres auraient-ils pris du Triple-Z ?

— Ils n'ont peut-être pas eu le choix, suggère Kieran.

— Vous pensez qu'ils ont été drogués ? Et que quelqu'un les a kidnappés ?

— Ça paraît assez invraisemblable, mais…

« Ils arrivent. Ils n'épargneront personne. »

Je secoue la tête, comme pour en chasser la voix de Maître Sasha.

— OK, pas de panique. Ça fait sans doute partie de l'épreuve.

Je scrute la salle à la recherche de caméras dont la présence nous aurait jusqu'alors échappé.

— Que ça fasse ou non partie de l'épreuve, il va falloir enquêter.

— Tu suggères qu'on saute dans ce trou ? s'étrangle Noëlle, comme si on venait de lui proposer de lécher les pneus d'un taxi. Je te rappelle que nous ne savons ni où il mène, ni qui l'a creusé, ni qui nous attend à la sortie. Si les maîtres ont été kidnappés, je ne tiens pas à rencontrer ceux qui ont réalisé ce tour de force.

Un lourd silence suit sa déclaration. Elle a raison. Les maîtres sont des demi-dieux. Qui pourrait être assez puissant pour les neutraliser ? Plus j'y pense, moins je crois à cette hypothèse. Tout bien considéré, je suis convaincue que tout ceci fait partie de l'épreuve finale.

Pourtant, l'avertissement de Maître Sacha ne cesse de me tourmenter.

— Les clés, dit Everly en désignant la table. À quoi elles servent ?

— J'ai ma petite idée, répond Yuna.

Alors que tous les regards se tournent vers elle, elle rougit puis déclare d'une toute petite voix :

— Ces derniers jours, j'ai exploré le Sanctuaire de fond en comble. Et je crois avoir trouvé un passage secret.

✷

Nous récupérons les clés, puis nous suivons Yuna jusqu'à la bibliothèque. Haute de plafond, la pièce dispose de fauteuils confortables, d'élégantes tables basses et d'une cheminée électrique où brûle un feu ardent. Les murs sont tapissés de livres du sol au plafond, des milliers de volumes poussiéreux et d'ouvrages plus récents. Bien entendu, les biographies des membres les plus influents du Syndicat occupent une place de choix. En couverture d'un magazine, Maître Sasha semble perdu dans ses pensées. Sur le cliché en noir et blanc, ses yeux apparaissent presque blancs, plus perçants encore qu'au naturel. Sous son portrait, sa citation la plus célèbre est reproduite : « Tuez sans remords, vivez sans regrets. »

Yuna s'approche de la cheminée. Les flammes se reflètent sur sa combinaison. Elle tend les mains en avant, paumes ouvertes, comme pour les réchauffer puis, sans crier gare, les plonge dans le brasier.

— Non ! je crie en me précipitant à son secours.

Elle recule aussitôt, et je constate qu'elle ne souffre d'aucune brûlure.

Je m'avance puis, avec une extrême prudence, je place à mon tour mes doigts au contact du feu. Il ne dégage aucune chaleur.

— Il y a quelque chose derrière, dis-je.

Je tâtonne quelques instants, puis mes doigts se posent sur un interrupteur.

Clic. Les flammes disparaissent, révélant une étoile à cinq branches sculptée sur le mur du fond. Chaque pointe est percée d'un trou de serrure. Un pour chacun de nous.

À peine y avons-nous inséré nos clés qu'un grondement ébranle toute la pièce. Nous reculons à la hâte lorsque le feu se ranime. Cette fois, la chaleur qui en émane est bien réelle. Les livres se mettent à trembler tandis que les rayonnages s'enfoncent lentement dans le sol, révélant de hautes vitrines brillamment éclairées.

Des vitrines bourrées à craquer d'armes de toutes sortes, de toutes formes et de toutes tailles. Des armes à feu et des javelots électriques, mais aussi des équipements de protection et des boîtiers d'extension destinés aux exocombinaisons.

Le sourire de Yuna est celui d'une petite fille lâchée dans un magasin de jouets.

— Je crois que je vais prendre le lance-grenades, annonce-t-elle.

CHAPITRE 34

Le tunnel, pour parler délicatement, ne sent pas la rose.

Sans doute nous trouvons-nous à proximité des égouts. Nous progressons en file indienne dans la pénombre. Derrière moi, Kieran hoquette de dégoût. Des déchets de nature inconnue craquent sous la semelle de nos bottes. Nos lampes de poche balaient les parois grossièrement taillées, mais elles peinent à dissiper les ténèbres qui s'ouvrent devant nous.

Bientôt, le plafond de la galerie s'abaisse, si bien que je dois fléchir les genoux pour ne pas m'y cogner la tête. Encombrée d'une imposante mitrailleuse, Noëlle halète comme une bête de somme. Everly et Yuna, qui ferment la marche, se tiennent prêtes à ouvrir le feu dans l'hypothèse où nous serions pris à revers.

Soudain, dans le faisceau de ma lampe, je distingue des traces de pas humains mêlées à des empreintes de noctiphages.

— Il y a quelque chose qui ne colle pas, je murmure.

— Rien ne colle, dans cette histoire, maugrée Noëlle.

D'un geste, je lui intime le silence.

— Si les maîtres ont été drogués, ils n'étaient pas en état de marcher.

— Dans ce cas, qui a bien pu passer par ici ? demande Kieran. Par ailleurs, les nécros ne sont pas capables de procéder à un enlèvement. Tout ce qu'ils savent faire, c'est dévorer leurs victimes.

Nous échangeons un regard lourd de sens. Sans prononcer un mot, je le supplie de ne pas mentionner le nom de Boba, le bébé noctiphage.

— Ces traces ont très bien pu être laissées à des moments différents, suggère-t-il.

— Mais dans le cas contraire, ça voudrait dire que quelqu'un contrôle les nécros, intervient Everly.

— Exact. Et celui ou celle qui détient ce pouvoir pourrait s'emparer de Manhattan. Dans un tel cas de figure, seuls les maîtres pourraient l'en empêcher mais… oh, mon Dieu…

— Il est trop tôt pour tirer des conclusions, j'interviens. Et si ce n'était qu'une mise en scène ? Nous sommes peut-être, sans le savoir, en train de participer à l'épreuve finale. Il pourrait y avoir des caméras cachées n'importe où.

— On ne va pas tarder à être fixés, réplique Kieran en désignant une tache plus claire droit devant nous. On arrive au bout du tunnel.

Nous enjambons un monticule de gravats, franchissons un ruisseau d'eau boueuse puis découvrons, boulonnée à un mur de briques, une échelle métallique menant à une plaque circulaire. La lumière qui filtre entre ses interstices nous permet de ranger nos lampes de poche.

Je me hisse avant les autres jusqu'au premier barreau puis me fige.

— Un problème ? demande Kieran.

Le grondement produit par les roues d'un véhicule résonne sur les parois de la galerie.

J'achève mon ascension, colle mon oreille au disque de fonte froid et crasseux, puis le pousse de toutes mes forces. Je passe la tête dans l'ouverture et constate que j'ai débouché...

... au beau milieu d'une rue.

Désorientée, je cligne des yeux afin de m'accoutumer à la lumière du jour. Les moteurs rugissent lorsque les feux de signalisation passent au vert. Un coup de klaxon me déchire les tympans. Je baisse la tête, puis le châssis d'un bus lancé à pleine vitesse passe à quelques centimètres de mon crâne.

— Qu'est-ce qui se passe, là-haut ? interroge Kieran.

Je remets en place la plaque d'égout, et nous nous trouvons à nouveau plongés dans l'obscurité. Alors que je tente de rejoindre mes camarades, mon pied glisse sur un barreau. Je perds l'équilibre. Je tente vainement de m'agripper à un barreau, mais ma main se referme sur le vide. Je tombe comme une pierre, la peur au ventre, mes membres battant désespérément les airs...

... et atterrit dans les bras de Kieran.

— C'est bon, je te tiens, dit-il.

Entre la frayeur qui m'a saisie et le contact des mains de Kieran sur ma peau, mon cœur est au bord de la rupture.

— Vous n'avez jamais pensé à sortir ensemble, tous les deux ? plaisante Everly. Vous êtes vraiment faits l'un pour l'autre.

Noëlle et Yuna gloussent bêtement.

Lorsque Kieran me dépose, je recule d'un pas et désigne l'échelle.

— Bonne nouvelle ! Ce tunnel ne mène pas au repaire secret d'un super-vilain, mais au quartier de Midtown.

— Ça n'a aucun sens, grogne Noëlle.

— Oh, j'ai du réseau ! s'exclame Everly.

Ses doigts courent déjà à toute allure sur les touches de son téléphone. Soudain, ses traits s'affaissent.

— Bon sang, regardez un peu ça !

Nous nous regroupons pour lire l'article affiché à l'écran. Il a été publié quelques minutes plus tôt.

— « La finale du Tournoi a été reportée à une date non encore communiquée, je lis à haute voix. Rassemblés devant le siège du Syndicat, les fans exigent des explications. »

— Comment ça, *reportée* ? s'étrangle Noëlle. Qu'est-ce qu'on est censés comprendre ? Pourquoi personne ne nous a rien dit ?

Effondrée, Everly s'adosse à la paroi de la galerie.

— Ça signifie que notre découverte ne fait pas partie de l'épreuve finale. Les maîtres ont bel et bien disparu.

Cette conclusion nous fait l'effet d'un cataclysme. Sans les maîtres, plus rien ne peut protéger Manhattan.

— Et maintenant, qu'est-ce qu'on fait ? gémit Noëlle.

— On va retourner au Sanctuaire, répond Kieran. On étudiera les images captées pas les caméras de sécurité. Combien d'heures avant le crépuscule ?

Everly consulte son téléphone.

— Un peu plus de sept heures.

Kieran me donne un coup de coude.

— Des nouvelles de Maîtresse Minyi ?

Je secoue la tête.

Il pose une main sur mon épaule.

— Rien ne prouve qu'elle a subi le même sort que les autres. Si elle était de service hier soir, elle pourrait tout simplement être en train de dormir.

Seule cette lueur espoir me permet de mettre un pied devant l'autre et de suivre mes camarades jusqu'au Sanctuaire.

— Je vais encore essayer de joindre ma tante, dis-je au sortir de la galerie. Je vous rejoins au poste de sécurité.

Avant de quitter la salle à manger, Noëlle m'adresse un regard est franc et ouvert. Tout le mépris dont elle m'accablait semble s'être envolé.

— Je sais ce que tu ressens. Tu redoutes de perdre un être cher. J'espère sincèrement que ta tante est saine et sauve.

Ma gorge se serre.

— Elle l'est. Il faut qu'elle le soit…

Noëlle hoche la tête.

— Même si elle a été enlevée, nous la retrouverons. Et nous la libérerons… ensemble.

Je me demande quelle personne Noëlle serait devenue si la Disparition n'avait jamais eu lieu. Si ses parents étaient encore en vie. Je repense au moment où Nick Valentine a annoncé son triomphe lors de la cérémonie de remise des diplômes. À cet instant où aucun de ses camarades n'est venu la féliciter. À l'évidence, sa froideur a toujours été un rempart. Face au drame qui la touchait, elle a endurci son cœur pour éviter qu'il ne se brise.

Cependant, cette compassion inattendue pourrait n'être qu'un stratagème. Ceux qui ont enlevé les maîtres bénéficient forcément de complicités au sein du Sanctuaire. Noëlle et moi ne sommes plus coéquipières. Je n'ai aucun moyen de connaître avec certitude ses véritables intentions, ni de savoir à qui va sa loyauté.

Même si l'épreuve finale n'est plus à l'ordre du jour, la compétition est loin d'être terminée.

CHAPITRE 35

« *Bonjour, vous êtes bien sur la messagerie de Minyi Reynolds, maîtresse de l'Upper West Side. Je ne suis pas joignable pour le moment, mais…* »

La lueur bleutée et vacillante de l'écran du poste de sécurité illumine le visage de mes camarades. Je viens de raccrocher pour la onzième fois. J'ai beau avoir perdu tout espoir de joindre Minyi, je presse mécaniquement le bouton d'appel.

De nouveau, la sonnerie résonne à mon oreille, interminable et exaspérante.

— Rei… murmure Kieran, quittant des yeux les images du Sanctuaire désert.

Je l'ignore. Il prend ma main.

— Rei. Je ne crois pas qu'elle…

— Je sais, je gronde en rempochant l'appareil. Mais ferme-la, OK ? *Ferme-la.*

Je me tourne vers l'écran et le fixe jusqu'à ce que ma vision se brouille.

— Si ça se trouve, sa batterie est déchargée, ajoute-t-il, malgré mon avertissement.

Sa voix tremble imperceptiblement. J'avais oublié qu'il avait, lui aussi, toutes les raisons de s'inquiéter pour Minyi.

— « Fiasco du Tournoi annuel, lit à haute voix Noëlle, qui n'a pas quitté son téléphone des yeux. Le silence du Syndicat relance de vieilles théories : diverses sources remettent en cause l'existence même des nécros. »

Elle lève les yeux au ciel puis ajoute :

— Eh bien, il y en a qui se régalent.

— Qui ça ? demande Everly. Les théoriciens du complot ?

— Non, pire. Les médias traditionnels.

— Nom d'un chien…

Vlan !

Nous sursautons de concert. Quelque part dans le bâtiment, une porte vient de claquer. Nous entendons des pas précipités. Sur l'écran de sécurité, nous découvrons la silhouette de Nick Valentine, qui court à toutes jambes vers notre position. Quelques instants plus tard, il fait irruption dans le poste de sécurité, masque à la main, le manteau en lambeaux. Il s'accorde trois secondes pour reprendre son souffle, puis il nous adresse un sourire factice.

— Bien le bonjour, chers concurrents !

Nous le considérons dans le plus grand silence.

Everly frappe du poing sur la table, si fort que la tasse abandonnée par un gardien bascule dans le vide, se brise sur le lino et déverse son contenu sur les bottes du Fantôme.

— Bon sang, mais où est-ce que vous étiez passé ? demande-t-elle.

Il expire de façon étrange, par brèves saccades. Je suppose qu'il s'agit d'un rire, mais l'effet est totalement manqué.

— Il vaut mieux que vous ne le sachiez pas, répond-il.

Yuna vient se planter face à lui et saisit délicatement ses mains.

— Les maîtres sont-ils encore en vie ? s'enquiert-elle sans détour.

Nick Valentine sursaute. Cet homme, héros du Syndicat dont le tableau de chasse compte plus de deux mille nécros, *sursaute*. D'une main tremblante, il approche le masque de son visage, comme s'il n'aspirait qu'à disparaître à jamais.

— Inutile de fuir, monsieur Valentine, ajoute Yuna. Nous n'allons pas… Nous ne *pouvons* pas vous faire du mal.

Mâchoires serrées, le Fantôme glisse le masque dans la poche de son manteau.

— Entendu, jeunes gens, dit-il, ignorant délibérément la question de Yuna. Il faut que vous m'écoutiez attentivement. Sachez que les maîtres tiennent à vous féliciter pour les exploits que vous avez accomplis. Au cours de la semaine qui vient de s'écouler, vous avez fait preuve de compétences solides, d'un courage et d'une perspicacité hors du commun. Ce faisant, vous avez prouvé que vous représentez l'avenir de cette ville. En conséquence, nous avons décidé d'honorer votre valeur en vous promouvant officiellement au rang de liquidateur. Tous les cinq. La décision prend effet sur-le-champ.

Plongés dans un profond état de sidération, nous l'observons sans dire un mot.

Enfin, il écarte largement les bras, nous adresse un sourire grimaçant et s'exclame :

— Surprise, les enfants ! Bienvenue au Syndicat !

CHAPITRE 36

— C'est une blague ? s'étrangle Kieran.

Le Fantôme serre les mains derrière son dos.

— Pas le moins du monde, répond-il.

— Alors nous sommes tous nommés liquidateurs ? dit Yuna. Comme ça, en un claquement de doigts ?

— En effet, mademoiselle Park. Toutes mes félicitations à vous cinq. À présent, si vous voulez bien me suivre…

— Hé, pas si vite, intervient Everly. Qu'est-ce que vous faites du Tournoi ?

Ses yeux lancent des éclairs.

— Il est évident que vous nous cachez quelque chose. Alors n'essayez pas de nous faire croire que la situation est sous contrôle, et dites-nous pour quelle raison cette décision a été prise.

— Je viens de vous l'expliquer. Vos compétences sont tout simplement…

— Par pitié, épargnez-nous votre baratin ! grogne Everly. Évidemment que nous sommes compétents, courageux et perspicaces. En théorie, nous sommes tous qualifiés pour devenir liquidateurs. Mais pourquoi *maintenant* ? Pourquoi ne pas respecter le processus normal et attendre le résultat de la finale ?

— Eh bien…

Nick Valentine jette un coup d'œil à sa montre.

— … parce qu'il fera nuit dans deux heures.

Everly ouvre des yeux épouvantés.

— Vous n'êtes pas sérieux ? Nous n'avons pas reçu la formation réglementaire.

— Certes, mais ça ne saurait tarder. De plus, nous sommes conscients que vous n'êtes pas des liquidateurs chevronnés. Nous vous confierons des missions en accord avec vos capacités, et je peux vous garantir que vous passerez la majeure partie de cette nuit à la surface, à distance du danger.

— Dans vos rêves ! s'exclame Everly. Il n'en est pas question. Avant d'obtenir son accréditation définitive, un liquidateur doit occuper un poste d'assistant pendant deux ans… et non deux *heures* ! Les maîtres sont morts, voilà la vérité. Vous ne nous demandez pas de vous aider, mais de nous sacrifier.

— Les maîtres ne sont pas morts. Ils sont portés disparus.

— Oh, mais alors ça change tout ! ironise Everly. Toutes mes excuses ! Non, pardonnez-moi, mais je n'ai pas signé pour ça. Je voulais intégrer le corps des liquidateurs pour faire de New York un endroit plus sûr. Mais sans maître, sans entraînement… je refuse de finir en pâtée pour nécro. Je laisse tomber.

Sur ces mots, Everly quitte la pièce en claquant rageusement la porte.

— Attends ! implore Yuna en se précipitant dans son sillage.

Nick Valentine s'interpose.

— Non. N'intervenez pas. Un liquidateur doit être prêt à offrir sa vie pour le salut de Manhattan. Ceux qui ne s'en sentent pas capables ont parfaitement le droit de renoncer. Je ne les retiens pas.

Kieran, Yuna et moi demeurons immobiles. Noëlle se mord la lèvre, mais ne fait pas un pas en direction de la porte.

— Je vous remercie, dit le Fantôme, visiblement soulagé. Vous avez gagné mon respect et ma gratitude éternelle. Même si votre intronisation au sein du Syndicat revêt un caractère quelque peu informel, vous aurez désormais accès à toutes ses ressources, y compris à la collection intégrale des artefacts.

Il nous regarde l'un après l'autre.

— Cependant, votre mission de cette nuit ne consistera ni à traquer les nécros, ni à les attirer hors de leurs trous, ni à les éliminer… à moins, bien sûr, que votre vie ou celle d'un citoyen se trouve menacée. Quoi qu'il arrive, souvenez-vous que votre rôle ne consiste pas à détruire ce que vous détestez, mais à protéger ce que vous aimez. À assurer la sauvegarde de la ville dans laquelle vous avez grandi. Des millions de New-Yorkais ne survivent aujourd'hui que dans l'espoir d'un avenir meilleur, d'un monde où ils pourront vivre en paix, le jour comme la nuit, débarrassés à jamais des nécros…

Il lève un poing rageur.

— … Et nous seuls avons le pouvoir d'exaucer leur vœu.

Nous observons un long silence.

— Super, dis-je enfin dans un souffle. Ça ne nous met pas du tout la pression.

— Dans le cadre du Tournoi, l'élimination constituait pour vous la pire des hypothèses. Ce soir, lorsque la nuit tombera, il n'y aura plus de place pour les rivalités. Vous formez désormais une équipe, que cela vous plaise ou non. Est-ce bien compris ?

— Pouvons-nous espérer recevoir des renforts ? demande Noëlle.

— Je crois que je n'ai pas été suffisamment clair... Comprenez bien que *vous* êtes les renforts. Quant à moi et aux autres liquidateurs, nous allons tâcher de localiser les maîtres tout en gardant les nécros à distance.

— Mais pourquoi avez-vous besoin de nous ? Même si les maîtres ont disparu, n'y a-t-il pas suffisamment de liquidateurs pour protéger la ville ?

Nick Valentine reste impassible, mais sa voix exprime une profonde tristesse.

— C'était encore le cas il y a une semaine. Plus maintenant.

Noëlle pâlit. Yuna fronce les sourcils.

— Qu'est-il arrivé ? demande-t-elle.

— Nous avons subi de lourdes pertes.

— Pouvez-vous être plus précis ?

Le Fantôme garde le silence. Le regard que lui lance Yuna ferait trembler tout homme de moindre stature.

— La majorité des liquidateurs ont plus de mille nécros à leur tableau de chasse, déclare-t-elle. Face à des spécimens ordinaires, ils sont potentiellement invincibles. Alors, allez-vous enfin nous dire ce qui a causé leur mort ?

— Ils sont tombés dans une embuscade.

— Pourtant, les nécros chassent le plus souvent seuls, n'est-ce pas ? Et dans le pire des cas, par groupe de deux ou trois, jamais plus.

— L'enquête de nos services est toujours en cours.

Une lueur de folie dans les yeux, Yuna se rue soudain sur Valentine. Ce dernier esquive la charge sans difficulté, saisit son bras et le tord derrière son dos. D'un geste fluide, il dégaine son arme automatique et en place le canon sur la nuque de notre coéquipière. Son flegme légendaire a fait place à une rage qu'il semble presque incapable de contrôler.

— Je vous invite à me présenter des excuses, gronde-t-il. Immédiatement.

Mais au lieu de reconnaître ses torts, Yuna tourne la tête, se hisse sur la pointe des pieds et glisse quelques mots à l'oreille du Fantôme.

Il recule, la libère et murmure :

— Vous ne savez pas de quoi vous parlez. C'est impossible.

— Qu'est-ce qui est impossible ? demande Kieran.

— Rien, répond Yuna. Juste… un espoir.

J'éprouve un sentiment étrange. Je repense à ce qu'elle a dévoilé au sujet de ses frères, des deux qui ont disparu, et du plus jeune.

Jae.

Nick Valentine la repousse, puis lâche sur un ton méprisant :

— Une absurdité à laquelle je vous conseille de renoncer avant que le soleil se couche, mademoiselle Park. À présent, tous les cinq, il est grand temps de vous équiper.

*

Dans la paume de ma main, le Jeton étincelle aux derniers rayons du jour. Si, en théorie, nous avons désormais accès à tous les artefacts, il est trop tard pour nous rendre au département des Archives. Dieu merci, il nous reste ceux que le sort nous a attribués. Le mien a beau être inutile, je suis autorisée à en faire pleinement usage.

Adossée à la façade de marbre du siège du Syndicat, dans le quartier de Midtown, je sens le froid s'engouffrer dans ma combinaison. À travers la visière de mon casque, tout m'apparaît nimbé d'un voile argenté. Au-dessus de moi, d'austères drapeaux frappés de l'emblème étoilé claquent dans le vent du soir. Au loin, la flèche de l'Empire State Building se perd dans le brouillard qui se répand dans la ville comme la fumée d'une cigarette.

J'entends le carillon des cloches annonçant le couvre-feu. L'odeur âcre des grains de café emplit mes narines. Les régulateurs chargés de les répandre sur le seuil de chaque porte ont achevé leur tournée. Il n'y a plus âme qui vive.

Manhattan, ville fantôme.

Kieran franchit la porte vitrée et descend les marches jusqu'au trottoir. Outre le javelot fixé dans son dos, deux poignards sont suspendus à sa ceinture. Il tient son casque sous le bras.

— Je n'ai pas vu de brouillard aussi épais depuis la Disparition, dit-il.

Ce qui, nous le savons tous les deux, est très exagéré.

Je n'oublierai jamais cette brume, impénétrable, si opaque qu'on ne pouvait voir sa propre main en la portant devant son visage. Tous ceux qui s'y sont perdus n'ont jamais reparu.

Tous, à l'exception de ma sœur.

Kieran s'adosse à mes côtés. Comme s'il ne suffisait pas qu'il me dépasse d'une bonne tête, il m'adresse un sourire satisfait qui fait grimper ma pression sanguine.

Il désigne le chapelet de munitions placé en diagonale autour de ma poitrine.

— Sympa ton écharpe. On dirait que tu as finalement été élue reine de la promo.

— Je me demande qui a bien pu gagner, cette année, dis-je.

— Oh, ça ne fait aucun doute...

Il me lance un regard profond. Je sens mon ventre se serrer jusqu'à ce qu'il ajoute :

— ... Moi, évidemment !

Son rire sonore se répercute à l'infini dans la rue déserte. Le rouge aux joues, je pose les mains sur son torse pour le repousser violemment. Il m'attrape par les poignets puis me tire jusqu'à lui. Je perds l'équilibre et tombe dans ses bras.

Alors, tout se précipite. Nos corps sont étroitement serrés, nos visages à quelques centimètres l'un de l'autre. Sa chaleur envahit ma peau telle une coulée de lave. Mon cœur s'emballe. J'ai l'impression de me trouver au sommet d'un gratte-ciel, les yeux braqués sur le vide. Je n'ai jamais souffert du vertige, mais cette fois...

Kieran a cessé de rire. Son regard se pose brièvement sur mes lèvres. Il hésite. Il s'interroge. Ses doigts remontent lentement le long de mes bras puis se posent sur mon menton. Ses pupilles dilatées ressemblent à deux petites lunes noires occultant le soleil.

Je voudrais me convaincre de lui résister.

Puis j'y renonce.

Parce que je sais ce que je veux. Ce que je n'ai jamais cessé de vouloir depuis que je l'ai vu quitter la bibliothèque. L'une de ses mains se promène à hauteur de ma taille. Je ressens tout le désir qu'il a refoulé depuis notre rupture.

Il y a entre nous tant de mots que nous n'avons pas prononcés… Peut-être y a-t-il d'autres moyens d'exprimer ce qui nous hante.

Pareil à la ville qui nous entoure, il demeure immobile et muet. Je ferme les yeux. Son regard grave agit sur moi tel un aimant. Il m'attire toujours plus près, me pousse irrésistiblement vers ses lèvres…

Une sirène stridente vient déchirer le silence. Le dernier avertissement avant la fin du jour. Je m'arrache aux bras de Kieran comme si je venais de recevoir une décharge électrique. Je frotte mes bras et étouffe un juron. *Mais qu'est-ce que j'étais en train de faire ?*

— Désolé, marmonne-t-il. Je ne voulais pas…

— Tout va bien.

— Non, Rei. Tout ne va pas bien.

Il frotte son visage entre ses mains.

— Je ne peux pas m'empêcher de penser à toi.

— Kieran, je soupire. Ce n'est pas le moment.

— Mais est-ce que ce moment viendra un jour ?

— Je… Je ne sais pas.

Il hoche la tête. Il fuit mon regard. Après quelques secondes de silence tendu, il demande :

— Tu as essayé de rappeler Maîtresse Minyi ?

Soulagée de l'entendre changer de sujet, je sens les muscles de mes épaules se relâcher.

— Je crois que j'ai saturé sa boîte vocale.

J'esquisse un sourire timide qui s'estompe aussitôt.

— Il y a tellement de choses que je voudrais lui dire. Nos relations n'ont pas été faciles, ces derniers temps. C'est le moins que l'on puisse dire. J'ai été sérieusement contrariée d'apprendre qu'elle t'avait repêchée, mais c'est surtout à moi que j'en voulais. J'avais l'impression de l'avoir déçue. De l'avoir laissée tomber, en quelque sorte.

— Le seul véritable échec, c'est d'abandonner avant d'avoir tout tenté, dit Kieran. Même si Maître Sasha ne t'avait pas choisie, tu n'en serais pas restée là. Tu n'es pas du genre accepter la défaite. Tu aurais trouvé un autre moyen. Tu défierais même les étoiles, si elles allaient contre ta volonté.

— Peut-être, mais ça ne change rien au fait que je ne me suis pas qualifiée pour le Tournoi. Ça peut sembler sans importance, vu ce qui s'est passé aujourd'hui, mais avoir consacré autant d'effort en vue d'un objectif et m'être plantée dans la dernière ligne droite, c'est un flop que j'ai du mal à avaler.

— Je comprends. On nous a toujours enseigné que les notes étaient essentielles. Ceux qui nous gouvernent ne raisonnent qu'en termes de compétition. En réalité, lorsqu'un nécro a décidé d'avoir ta peau, il se fiche pas mal que tu aies obtenu la note maximale en anatomie non humaine.

Un an plus tôt, ou même après la cérémonie de remise des diplômes, cette déclaration m'aurait probablement mise hors de moi. Je n'ai jamais poursuivi qu'un seul but, intégrer le corps des liquidateurs, et c'est pourquoi j'avais besoin de ces foutues notes. Aujourd'hui, je regrette d'avoir laissé des chiffres imprimés sur un bout de papier définir ma valeur et conditionner mon estime personnelle.

— Prends le cas des finalistes, poursuit Kieran. Seuls deux sur cinq sont sortis majors de promo. Tu penses que nous sommes moins compétents qu'eux ? Tu devrais être fière de ce que tu as accompli, et de ce que tu es devenue. En tout cas, moi, je suis fier de toi.

Puis il ajoute, un ton plus bas :

— Et c'est aussi le cas de ta tante.

Ma gorge se serre. Le dernier rayon de soleil disparaît à l'horizon. La ville s'abandonne aux ténèbres. La sirène se tait. Tout n'est plus que silence.

La porte vitrée s'ouvre à la volée, puis le Fantôme fait son apparition. Sous son bras, il tient son demi-masque blanc et un mystérieux sac en tissu. Il est accompagné de deux individus casqués, visière baissée. Seule leur taille me permet d'identifier Yuna et Noëlle.

Nick Valentine ouvre le cordon du sac puis distribue à chacun de nous un manteau noir du modèle réglementaire porté par les maîtres et les liquidateurs.

Je glisse cérémonieusement les bras dans les manches. J'éprouve le poids du cuir, mais aussi celui des responsabilités qui pèsent désormais sur mes épaules. La couche extérieure est épaisse et robuste, la doublure douce et délicieusement tiède. Déjà, je ne sens plus le vent froid qui balaie la rue.

Tandis que les premiers grains de poussière d'étoile se mettent à pleuvoir, je surprends mon reflet dans la porte vitrée. J'en ai le souffle coupé : une authentique liquidatrice se tient devant moi.

J'ai l'air d'une vraie terreur.

Et j'ai un look d'enfer.

— Vous commencerez votre patrouille par binômes, en suivant un itinéraire prédéfini, puis vous vous séparerez si aucun incident grave ne se produit, explique le Fantôme. Vous pourrez ainsi couvrir davantage de terrain. Faites en sorte que vos armes soient constamment chargées, et gagnez le refuge le plus proche si vous vous retrouvez à court de munitions.

Il remet à chacun de nous une boîte de fusées de détresse que nous glissons dans le compartiment de notre combinaison prévu à cet effet.

— Il ne me reste plus qu'à vous souhaiter bonne chance, liquidateurs. Je vous donne rendez-vous à l'aube.

Sur ces mots, le Fantôme place le masque sur son visage. L'artefact étincelle durant une fraction de seconde, puis Nick Valentine disparaît comme par magie.

Que le spectacle commence.

Alors que Noëlle et Yuna prennent la direction de l'est, Kieran me tire par la manche.

— J'ai une faveur à te demander. S'il m'arrive quelque chose au cours de la nuit, je veux que tu remettes une lettre à Cassie.

Il désigne la poche intérieure de son manteau réglementaire.

— Quelqu'un devra prendre soin d'elle si jamais il m'arrive malheur…

— La ferme.

— Pardon ?

Je plante un doigt au centre de son torse.

— Tu prendras soin d'elle toi-même, Kieran Cross. Et ne t'avise pas de nous faire faux bond. Compris ?

Un sourire malicieux éclaire son visage.

— Tes désirs sont des ordres, Rei Reynolds.

CHAPITRE 37

Selon la façon dont l'expérience se termine, progresser dans une ville privée d'éclairage public peut tenir soit du rêve, soit du cauchemar.

Je me sens électrisée. Combien d'années ai-je passées à imaginer le moment que je suis en train de vivre ? Enfin, je suis libérée des règles bureaucratiques qui m'ont jusqu'alors contrainte à assouvir ma soif de vengeance en toute illégalité. Je ne suis plus cantonnée aux stations de métro abandonnées, ni contrainte de récupérer des munitions dans le dos de Minyi.

Ce soir, plus rien ne s'oppose à ma colère.

Soudain, je sens le sol trembler sous la semelle de mes bottes. À peine avons-nous le temps de nous écarter de la chaussée qu'une créature à la gueule écumante déboule à l'angle de la rue. Rien, pas même l'odeur entêtante de café, ne peut masquer la puanteur qui l'accompagne.

Affamé de chair humaine, le nécro charge droit sur moi, indifférent au pistolet automatique que je braque dans sa direction. Une arme qui m'apparaît tout à coup bien dérisoire face à ces trois cents kilos d'amas putride lancés à pleine vitesse… jusqu'à ce que la balle NN cloue le monstre sur place et creuse un cratère sanglant dans son abdomen. Une averse d'entrailles luisantes s'abat sur le trottoir dans un chuintement écœurant.

— Oups, fait la voix de Kieran à l'intérieur de mon casque. On aurait dû apporter un parapluie.

— À six heures ! je crie en prenant pour cible un deuxième nécro qui zigzague sur l'asphalte, gueule grande ouverte, prêt à engloutir la première tête humaine qui se trouvera à sa portée.

Yuna me grille la politesse. Elle bondit, javelot pointé vers l'ennemi, et le harponne mortellement à la gorge.

— Hé, fais gaffe, Park ! je grogne. Tu as foncé droit dans ma ligne de tir.

— Tu crois que je vais te regarder augmenter ton score en me tournant les pouces ?

Je ne vois pas son visage derrière sa visière argentée, mais le ton de sa voix est on ne peut plus éloquent.

— Et il est préférable d'économiser les munitions, ajoute-t-elle.

Pour toute réponse, j'oriente mon arme dans sa direction et ouvre le feu. Elle tressaille, puis se tourne vers le monstre qui, un instant plutôt, fonçait dans son dos, et n'est plus pour l'heure qu'une masse informe de chair sanguinolente. Un tir parfait.

— Tu disais ? je lance avec un sourire glacial.

— Ça suffit, toutes les deux ! gronde Kieran. On a une mission à accomplir.

— On se sépare. Cartier, avec moi.

Je me remets en route à petites foulées, parcours quelques dizaines de mètres, puis réalise que personne ne me suit. J'interromps ma progression et l'appelle :

— Cartier ?

Enfin, elle se décide à me rejoindre. Sa démarche est hésitante, étrangement mécanique.

— C'est bon. J'arrive.

Avant que je puisse l'interroger sur les raisons de son trouble, le vent porte jusqu'à nos oreilles un chant fantomatique. Ce ne sont pas trois ou quatre voix qui constituent ce chœur, mais bien davantage. Pour être honnête, je les trouve beaucoup trop nombreuses.

Le moment est venu de suivre l'itinéraire que le Fantôme a attribué à notre binôme. Perchées au sommet des bâtiments, nous inspectons le périmètre de tous les blocs jusqu'à la 1re Avenue. Nous sommes si proches de l'East River que nous entendons le clapotis de l'eau trouble contre ses berges de pierre.

Je perçois un bourdonnement étrange. Redoutant de voir un nécro jaillir de nulle part, je fais un tour sur moi-même avant de réaliser que ce son provient du haut-parleur intégré à mon casque.

— Noëlle ? C'est toi ?

Le son s'interrompt.

— Je fredonne, dit-elle. Je ne peux plus supporter ce silence.

— OK, mais pas trop fort.

Elle hâte le pas et se remet à chantonner dans une langue étrangère, aux sonorités douces et fluides. J'ai conscience que cette mélodie pourrait nous distraire, mais je ne fais rien pour l'en dissuader. Comme elle, le silence me donnait l'impression d'être enfermée dans un cercueil.

À l'intersection de Madison Avenue, je plisse les yeux afin de percer l'obscurité.

— Je vois quelque chose, droit devant, je déclare. On dirait… une pancarte.

La voix de Yuna résonne sous mon casque

— En plein Koreatown ?

— Affirmatif.

— Oh, elle a des jambes !, fait observer Noëlle.

Nous nous écartons du parcours établi par Nick Valentine pour nous rapprocher de l'anomalie.

— Combien ? demande Kieran.

— Deux. C'est un citoyen qui viole le couvre-feu, ou un nécro qui se fait passer pour tel.

Yuna et Kieran nous rejoignent au carrefour suivant.

— Il n'y a qu'un moyen d'en avoir le cœur net, dit ce dernier.

Un homme se tient au milieu de la rue, entre un restaurant coréen et un bar karaoké. Il brandit une pancarte sur laquelle figure l'inscription : « PAS MON GOUVERMENT ».

— Un nécro camouflé soignerait son orthographe, je fais remarquer.

— Alors c'est encore pire, grogne Noëlle d'une voix dégoulinante de mépris. C'est l'un d'entre eux.

L'homme porte un tee-shirt orné du slogan « Le Syndicat ment », imprimé en rouge sur le drapeau noir étoilé. La poussière d'étoile forme une auréole autour de son crâne dégarni.

— Les citoyens ne sont pas autorisés à quitter leur domicile après le coucher du soleil ! je lui crie. Vous devez immédiatement gagner un abri.

— Sinon quoi ? rétorque l'homme. Vous allez m'arrêter ? Eh bien, venez, je vous attends !

Kieran fait quelques pas vers l'inconnu.

— Monsieur, il est impératif que vous…

— Je vous défends de me toucher, bande de sales collabos ! Vous coupez l'électricité pendant la nuit et vous nous gardez prisonniers dans nos propres appartements ! Pourquoi ? Pour qui ?

— Monsieur… Vous n'ignorez pas que des créatures homicides investissent les rues à la tombée du jour.

— C'est ça, bien sûr. On les connaît par cœur, vos mensonges. Bla-bla-bla !

Sur ces mots, il nous adresse un doigt d'honneur et conclut :

— Je suis dehors depuis un quart d'heure et je n'ai encore rien vu.

— Au moment où vous verrez quelque chose, il sera trop tard, dis-je d'une voix aussi posée que possible. Si vous êtes sans domicile, je vous invite à gagner immédiatement le centre d'hébergement d'urgence le plus proche.

— Je n'ai pas besoin de me planquer. La seule chose qui menace ma vie et ma liberté, c'est ce soi-disant gouvernement qui impose ses règles depuis maintenant plus de dix ans. On en a ras le bol, vous comprenez ? Avant, j'étais libre de faire ce que je voulais, le jour comme la nuit. Aller en boîte. Me balader dans le parc. Cracher dans le métro. Vous autres, les salauds du Syndicat, vous nous avez privés de tout !

Aucun de nous ne prend la peine de souligner que cracher dans le métro était formellement interdit bien avant l'existence du Syndicat. Je serre les dents et tâche de me montrer diplomate.

— Votre frustration est compréhensible, cher monsieur, mais sachez que nous n'avons d'autre objectif que d'assurer votre sécurité.

— Ne me prenez pas pour un con. Vous savez aussi bien que moi que je ne cours aucun danger. Franchement, est-ce que vous connaissez ne serait-ce qu'une personne qui se soit fait bouffer par ces prétendus nécros ?

— Oui, je réponds sans perdre mon calme. Mes parents.

— OK, mais est-ce que vous les avez vus se faire tuer ?

— Oui.

— De vos propres yeux ?

— Oui.

L'homme secoue la tête. Il n'est pas près de se laisser décourager.

— Vous êtes aveugles. Tous. Et ça fait des années que je le répète. Toute cette histoire de nécros n'est qu'une invention destinée à garder le peuple en cage.

Puis il se tourne vers le ciel et crie à pleins poumons :

— Venez me chercher, les monstres !

Sans autre forme d'avertissement, Kieran se porte à son contact et le saisit à la gorge. L'inconnu s'étouffe sur son propre cri. Ses yeux saillent de leurs orbites comme ceux d'un poulet en caoutchouc.

— Maintenant, écoute-moi bien, tête de con. La vérité, c'est qu'on se fout royalement que tu vives ou que tu crèves.

La voix de Kieran est dépourvue de toute compassion.

— Si je n'ai pas encore planté mon poignard dans ta sale tronche d'abruti, poursuit-il, c'est parce que je ne voudrais pas abîmer ma lame sur ton crâne anormalement épais. Pour le reste, sache que je pourrais t'éliminer sans que ça me fasse ni chaud ni froid, et que personne n'en saurait jamais rien.

En ces circonstances, je suis ravie de retrouver le Kieran de la cérémonie de remise des diplômes. Son regard fiévreux exprime une rage froide, mais parfaitement contrôlée.

Le souffle venant à lui manquer, l'homme hoquette quelques mots inintelligibles. Des taches violettes marbrent son visage.

Kieran approche la bouche de son oreille.

— Qu'est-ce que tu dis ? demande-t-il sur un ton moqueur. Tu crois que tes petits copains anti-Syndicat vont venir à ton secours ? Je ne vois personne ici. J'ai bien l'impression qu'ils t'ont laissé tomber.

Cette fois, l'homme reste silencieux.

— Je parie que les leaders de ta bande d'excités ont annoncé un grand rassemblement. Je me trompe ? C'est ce qu'ils font croire à tous leurs nouveaux partisans. Mais ils t'ont abandonné, mon pote. Tu es tout seul face aux monstres auxquels ils prétendent ne pas croire, parce qu'ils savent que les nécros sont bien réels. Ton cadavre mutilé constituera une preuve éclatante. Ce soir, tu seras sacrifié à une cause à laquelle personne, absolument personne, ne croit.

Sur ce, Kieran relâche son étreinte. L'homme tombe à genoux. Il tousse et crache, une main sur son cou douloureux. Noëlle fait un pas dans sa direction pour lui prêter assistance, mais Kieran s'interpose.

— S'il tient à mourir de cette façon-là, c'est son problème. Nous, on a des questions plus urgentes à...

— Vous ne me ferez pas renoncer à mes convictions, râle l'inconnu en se redressant péniblement. Ma femme... elle était tout pour moi. Je refuse de croire qu'elle s'est fait attraper par je ne sais quel monstre tout droit sorti d'un film d'horreur. Non, ça n'a pas pu se passer comme ça. C'est autre chose qui l'a tuée. Une chose bien réelle. Le Syndicat... Mais vous ne pouvez pas comprendre.

Tandis qu'il se lamente, j'entends un grincement métallique contre l'asphalte. En plissant les yeux, je vois la plaque circulaire située à ses pieds se déplacer de quelques centimètres.

— Monsieur, éloignez-vous immédiatement de cette bouche d'égout, dis-je.

Mais il reste sourd à mon avertissement.

— D'où viendraient-ils, ces nécros ? poursuit-il. Depuis que la pandémie a frappé le pays, il y a des années, les habitants et les entreprises ont commencé à quitter la ville. New York était en train de mourir, et le gouvernement le savait ! Puis il y a eu cette prétendue Disparition – comme par hasard –, et les autorités ont bouclé l'île pour empêcher la population de se tirer…

Je dégaine mon pistolet automatique.

— Il faudrait être sourd et aveugle pour ne pas trouver ça suspect ! crie-t-il à l'instant où la plaque se soulève. Toute cette histoire n'est qu'une vaste…

BANG ! Propulsé à la verticale, le disque de fonte brise les rotules du manifestant dans un craquement à soulever le cœur. Alors que ce dernier s'affale sur le flanc, une créature à la face hérissée de tentacules jaillit de l'ouverture, attrape ses chevilles et l'entraîne vers le trou béant.

— Maman ! hurle l'homme.

J'ouvre le feu. Le monstre convulse tandis que les balles criblent sa peau. Un sang brunâtre inonde la chaussée. Lorsque les charges NN explosent à l'intérieur de son corps, un son semblable au sifflement d'une bouilloire jaillit de l'orifice répugnant qui lui sert de bouche.

Yuna et Kieran se portent au secours du manifestant. Ils l'attrapent par les épaules et le tirent à l'écart.

— Mes jambes ! hurle-t-il. Je vais crever !

— Fermez-la, bon sang ! gronde Yuna.

— Qu'il reste ici, suggère Kieran d'une voix inhabituellement grave. La sélection naturelle fera le reste.

L'homme pâlit.

— Par pitié. Non, je vous en supplie. Plus jamais je ne violerai le couvre-feu, je le jure. Oh, la façon dont il m'a attrapé…

Secoué d'un frisson, il vomit un flot de bile.

— Je n'ai nulle part où aller. Et je ne veux pas mourir. Pas comme ça. S'il vous plaît…

Yuna laisse échapper un soupir.

— Je vais le conduire au centre d'hébergement le plus proche.

— Tu ne peux pas faire ça toute seule, fait observer Kieran. Je vais t'escorter.

— Je ne peux pas marcher, larmoie le blessé.

Kieran lâche un grognement, le soulève du sol puis, sourd à ses hurlements de douleur, le hisse sur ses épaules sans plus de ménagement que s'il s'agissait d'un bagage.

— Couvre-moi, Park, dit-il.

— Bien reçu, répond Yuna.

Elle effectue un bond qui la propulse à l'angle de la rue. Kieran, lui, n'a d'autre choix que de courir dans son sillage. À mesure qu'ils s'éloignent, leurs voix transmises par les haut-parleurs de nos casques se font bientôt indistinctes.

Mes yeux s'attardent sur la silhouette de Kieran.

Je ne veux pas qu'il parte.

Je veux me convaincre que nous nous retrouverons à l'aube. Sains et saufs, tous les quatre.

Je me penche pour étudier le cadavre du nécro.

— Tu as entendu son cri ? demande Noëlle, pâle comme la mort.

Je donne un coup de pied dans la carcasse, qui tombe aussitôt en poussière. Si seulement ils pouvaient tous disparaître aussi facilement…

— Eh bien quoi ? Ça t'a fichu la trouille ? On se fout pas mal du bruit qu'ils font en crevant. Les éliminer, c'est tout ce qui importe. C'est dans ce but que nous sommes devenues liquidatrices, non ?

— Si. Sans doute.

Ma question semble l'avoir brutalement ramenée à la réalité.

— On devrait se remettre en route. La patrouille est loin d'être terminée.

Je ne fais aucune observation, mais son comportement a éveillé ma curiosité.

Nous longeons la façade austère d'une église ceinte d'une clôture en fer forgé. D'innombrables bandelettes de soie rouge vif ont été nouées aux barreaux en mémoire des citoyens tués par les nécros au cours de la semaine.

J'en compte cinq.

Combien de temps s'écoulera-t-il avant que les New-Yorkais apprennent que les maîtres ont disparu à leur tour ?

CHAPITRE 38

Tante Minyi m'a maintes fois répété que deux qualités essentielles différenciaient un maître d'un liquidateur : l'expérience et la patience. Selon elle, la première me viendrait avec le temps, au prix d'un travail acharné ; pour la seconde, il valait mieux ne pas y compter.

Rien d'étonnant, dès lors, à ce que je craque à l'instant où Noëlle sursaute pour la quatrième fois en raison d'un banal coup de vent.

Je me plante en travers de son chemin et ôte mon casque afin que notre conversation reste confidentielle. D'un signe, je lui fais signe de m'imiter.

— Pourquoi tu es restée quand Valentine a expliqué que nous étions libres de renoncer ? je lui demande.

— Pour la même raison que toi. J'ai toujours rêvé de devenir liquidatrice.

— J'ai pourtant l'impression que tu rechignes à aller au contact des nécros.

Son expression s'assombrit.

— Tu as la gâchette assez facile pour nous deux, tu ne crois pas ? Tu devrais être ravie de pouvoir en éliminer davantage que Yuna.

— Ne me prends pas pour une idiote. Qu'est-ce que tu me caches, Noëlle ?

Depuis la cérémonie de remise des diplômes, je ne l'ai jamais vue perdre contenance. Pas même lorsque sa combinaison est tombée à plat en public, devant l'Apollo. À présent, je ne vois qu'une fille aux cheveux collés sur le front par la sueur, au visage dévoré de tics et aux joues écarlates. Elle semble sur le point d'entrer en éruption.

— Tout va bien, d'accord ? J'ai enfin tout ce que je désirais !

D'un geste ample, elle désigne la rue obscure et désolée.

— Ça, c'est l'avenir auquel je me suis préparée depuis la Disparition. Tout se passe exactement comme prévu.

— Et qu'est-ce qui était prévu, au juste ?

À ces mots, je la sens flancher.

— Quoi ?

— Tu viens de dire que tout se passait exactement comme prévu.

— Je parle de mon ambition de devenir liquidatrice, évidemment. Écoute, je ne veux pas en parler. Pour le moment, faisons en sorte de rester en vie jusqu'à demain matin.

— Une minute. Je ne vais pas me contenter de...

— S'il te plaît, Rei.

Sensible à l'épuisement et à la vulnérabilité qui émane de tout son être, je décide de ne pas pousser plus loin mon interrogatoire.

Rien ne presse. Tôt ou tard, je trouverai un moyen de briser ses défenses.

Nous remettons nos casques et reprenons le cours de notre patrouille. Comme si la menace que fait peser sur nous l'armée de monstres tapis dans les ténèbres ne suffisait pas, le brouillard se fait plus bas et plus dense à mesure que nous progressons au cœur du quartier de Midtown. Bientôt, nous sommes contraintes de ralentir l'allure.

— Hmmm.

Je garde mon arme tendue à bout de bras, prête à faire feu.

— Hmmm-hmmmmm...

— Qu'est-ce que tu fais, Rei ?

— Je chantonne.

— On dirait un vieux radiateur cassé.

— Je fais ce que je peux.

— Je sais.

— Quelle chanson fredonnais-tu, tout à l'heure ?

— Une berceuse que je tiens de mes grands-parents. Ma grand-mère chantait comme une casserole, mais mon grand-père avait une voix extraordinaire.

— Ils vivent à Manhattan ?

Noëlle marque un temps d'hésitation.

— Non. Les autres membres de ma famille ont la chance d'être en sécurité, à l'autre bout du monde. Je suis seule à être restée dans cette prison.

— Tu dois garder espoir. On ne sait pas de quoi l'avenir sera fait. Si nous parvenons à détruire les nécros, les ponts et les tunnels seront rouverts. Les habitants pourront vivre en sécurité, de jour comme de nuit. Et toi, tu pourras retrouver ta famille.

— Et revoir enfin des types cracher dans le métro.

— Tu me vends du rêve, Cartier !

Soudain, Noëlle s'immobilise.

— Je ne suis pas comme toi, Reynolds. Je n'ai pas pour objectif d'améliorer mon tableau de chasse. Ni de sauver la ville, comme Everly. Ni de protéger ses habitants, comme le Fantôme.

— Alors qu'est-ce que tu fais ici ? je demande, déconcertée.

Elle observe une pause puis répond :

— Mon oncle vit dans le New Jersey, sur l'autre rive de l'Hudson River. C'est un homme d'affaires qui trempe dans la politique lorsque cela sert ses intérêts. C'est à cause de lui que nous sommes venus vivre dans ce pays, car il avait trouvé un emploi pour ma mère. Mais quand mes parents ont disparu, il s'est comporté comme si je n'avais jamais existé.

— Tu veux dire…

Je m'accorde quelques instants de réflexion.

— … que tu vis seule à New York ? Depuis quinze ans ?

— Des voisins se sont occupés de moi, au début, mais ils ont tenté de quitter la ville et je n'ai plus jamais entendu parler d'eux.

Une bourrasque chasse fugitivement le brouillard au-dessus de nos têtes. Noëlle lève les yeux vers le ciel étoilé, y cherchant presque une réponse.

— Quand mon oncle a découvert que j'étais la meilleure élève de mon institut, il s'est décidé à reprendre contact. Il m'a promis que si je devenais maîtresse ou liquidatrice… en gros, une personnalité en vue capable de nouer des liens avec les puissants de la ville… je pourrais rentrer chez moi et retrouver ma famille… enfin, ce qu'il en reste.

Je pourrais lui expliquer que son oncle aura beau tirer toutes les ficelles dont il dispose, il n'aura jamais le pouvoir de faire tomber les barrages qui interdisent tout accès au monde extérieur, mais ce serait enfoncer une porte ouverte. Son regard exprime une profonde tristesse. Je sais qu'elle ne se fait pas plus d'illusions que moi.

— Désolée, dit-elle en chassant une larme qui roule sur sa joue. S'il te plaît, oublie ce que tu viens d'entendre…

Avant de pouvoir regretter mon geste, je la prends dans mes bras et la serre de toutes mes forces. Durant de longues secondes, elle demeure raide comme un piquet, puis elle expire profondément et s'abandonne à mon étreinte.

— Ce que j'ai pu te détester au début, Noëlle… Et je déteste toujours ta façon de rester super jolie, même quand tu pleures. Mais ce que je déteste le plus, c'est que tu aies été livrée à toi-même si longtemps. Mais maintenant… tu as une équipe à tes côtés… et une amie loyale.

Avant qu'elle ait pu répondre, un cri glaçant se fait entendre, aussitôt suivi d'une forte détonation et d'un sifflement aigu. Enfin, une fusée de détresse fend le brouillard au-dessus de nos têtes.

Mon sang se fige dans mes veines.

Quelque chose a mal tourné.

Brutalement ramenées à la réalité, nous bouclons les jugulaires de nos casques. Un second coup de feu retentit. De nouveau, une fusée s'élève dans le ciel, à plusieurs blocs de la première. Nous nous figeons, glacées d'effroi.

— Qu'est-ce qu'on fait ? murmure Noëlle.

— On respecte le protocole, dis-je d'une voix ferme, gardant mes nerfs sous contrôle.

Elle hoche la tête et redresse les épaules.

— Je vais me diriger vers l'est.

— Mais…

— Tout ira bien. J'ai une équipe à mes côtés, maintenant. Tu te souviens ?

Je suis terrifiée à l'idée de la laisser seule, mais le temps nous est compté. Nous échangeons un dernier signe de tête avant de progresser à vive allure dans des directions opposées.

Je laisse l'instinct me guider. Tandis que je me concentre sur les mouvements réguliers de mes bras et de mes jambes, deux nécros jusqu'alors embusqués derrière une montagne de sacs-poubelle me prennent en chasse. J'ignore à quelle distance ils se trouvent. Je n'entends que leurs grognements affamés et le cliquetis sinistre de leurs serres sur la chaussée.

Exploitant les capacités de ma combinaison, j'accélère la cadence et n'entends bientôt plus que mon propre souffle précipité. Je m'immobilise à moins d'un bloc de là, à l'endroit où j'ai vu la fumée de la fusée d'éclairage se dissiper. Adossée à la façade d'une banque, je tiens mon arme serrée contre mon torse et étudie les lieux à travers la baie vitrée qui forme un angle au carrefour suivant. Il n'y a pas âme qui vive. Suis-je arrivée trop tard ?

Quelque chose ne tourne pas rond.

La rue n'est pas seulement déserte. Je n'y vois ni corps, ni tache de sang, ni même l'étui vide de la fusée de détresse qui vient d'être tirée ici même, il y a moins de deux minutes.

Soudain, j'entends une respiration hachée dans mon casque. Je penche la tête et vois la silhouette casquée d'un de mes coéquipiers approcher à grands pas, de l'autre bout de la rue. À cette distance, je suis incapable de l'identifier. Tout ce que je peux affirmer, c'est qu'il a abdiqué toute prudence. Il progresse de porte en porte par bonds successifs, scrutant l'intérieur de chaque boutique à la recherche du moindre signe de vie. Dans sa hâte, il ne peut voir l'ombre qui se dresse au sommet d'un immeuble, de l'autre côté de la rue, ni le petit objet sphérique qui file à vive allure vers le trottoir.

— GRENADE ! je hurle à pleins poumons.

L'engin explosif produit un tintement métallique au contact du sol, rebondit à deux reprises puis s'immobilise aux pieds du liquidateur. Ce dernier tourne la tête sous l'effet de la surprise, une fraction de seconde avant que la grenade n'explose dans une énorme boule de feu, pulvérisant instantanément les vitrines alentour.

Je plonge à plat ventre et me couvre la tête pour me protéger de la pluie d'éclats de verre. Mes oreilles sifflent. Profondément désorientée, je me redresse, pose un genou à terre et braque mon arme vers le toit du bâtiment. Hélas, il est trop tard. La silhouette qui se tenait là-haut a disparu depuis longtemps.

Une fumée noire obscurcit l'atmosphère. Je n'ai d'autre choix que d'ignorer le sentiment de panique qui entrave mes mouvements et de me traîner vers le lieu du désastre.

Vers celui ou celle qui a encaissé toute la puissance de l'explosion.

CHAPITRE 39

La victime est étendue sous un auvent, à une vingtaine de mètres du lieu de l'explosion. Sa visière de polycarbonate présente des fissures semblables à une toile d'araignée. Son casque, lui, est parcouru de bosses et de rayures. Elle a dû sauter assez haut pour éviter le pire, mais n'a pas pu échapper aux éclats de grenade. Malgré son extrême solidité, sa combinaison présente de nombreuses déchirures. Sous le tissu, je distingue des lacérations sanglantes.

— Ça va aller, je halète en cherchant l'attache du casque d'une main tremblante.

J'aperçois mon reflet dans la visière fracturée. « Ç'aurait pu être toi », semble-t-il me dire. Tout à coup, je me sens totalement dépassée. L'air me manque. Ma respiration est trop rapide. La buée brouille ma vision. Je me sens prise au piège, submergée par un soudain accès de claustrophobie. Bon sang, je crois que je vais vomir. J'ôte mon casque, le laisse tomber à mes côtés et inhale l'air glacé.

Je tombe à quatre pattes, puis m'allonge de tout mon long. Je demeure ainsi, immobile, les ongles enfoncés dans l'asphalte, jusqu'à ce que la tête cesse de me tourner.

Que ferait Minyi dans une telle situation ?

Reste calme. Si tu n'abordes pas chaque problème l'un après l'autre, tu risques de perdre pied.

J'étudie la poitrine de la victime et constate qu'elle se soulève lentement, mais régulièrement. Je suis soulagée. Tant qu'elle respire, la poussière d'étoile pourra faire effet. Problème suivant : le sang qui s'est échappé de ses blessures ne tardera pas à attirer tous les nécros des environs.

Enfin, je parviens à ôter son casque. Des cheveux courts, noir de jais. Des pommettes d'un blanc de porcelaine. Un petit nez délicat. Les yeux fermés et la peau plus pâle que d'ordinaire, Yuna a l'air plus morte que vivante. Un filet écarlate court sur sa joue. Il s'écoule d'une entaille à l'œil d'un peu plus d'un centimètre provoquée par un éclat de polycarbonate.

Je commence par ôter ce fragment, puis j'entreprends de retirer les morceaux de métal qui criblent le reste de son corps. De jour, mieux vaudrait les laisser en place afin de prévenir toute hémorragie. Pour l'heure, je dois impérativement l'en débarrasser avant que la poussière d'étoile, accomplissant son œuvre de guérison, ne referme les plaies sur ces corps étrangers. Si ce phénomène se produisait, ils ne pourraient être retirés qu'au prix d'une longue et douloureuse opération.

Alors que je suis en train de nettoyer une vilaine entaille à l'abdomen, Yuna reprend connaissance. Lorsque ses yeux vitreux se posent sur mes doigts plongés dans son ventre, elle pousse un hurlement épouvanté, comme si elle se croyait aux prises avec un pilleur d'organes, puis elle me donne un violent coup de genou au visage.

Je tombe sur les fesses et pousse un juron. Je porte une main à ma joue meurtrie et la barbouille par inadvertance du sang de ma camarade.

Toujours en proie à la confusion causée par l'explosion, Yuna tente de se traîner loin de moi, mais la douleur la cloue sur place.

— Si j'étais toi, je ne ferais pas un geste pour le moment, je l'avertis. Tu as reçu des éclats un peu partout. En plus, vu la distance à laquelle tu as été projetée, tu t'es peut-être cassé quelque chose.

Yuna ouvre grand ses yeux injectés de sang. Quelques secondes s'écoulent, puis ils se fixent sur moi.

— Oh, c'est toi qui m'as fait ça ?

Son visage exprime une hostilité qui dépasse en intensité les regards les plus haineux de Noëlle.

— Non. On t'a lancé une grenade.

J'essuie les taches écarlates qui maculent ma combinaison. Reste à espérer que le Syndicat dispose d'un service de blanchisserie à la hauteur de ce qu'ils imposent à leurs agents.

— Maintenant, tiens-toi tranquille. Il reste un éclat dans ton épaule.

Son regard s'assombrit.

— Merci, dit-elle.

— Tu n'as pas l'air convaincue, je fais observer.

— C'est que…

Elle se raidit lorsque j'extrais le dernier morceau de métal. Le processus de cicatrisation est déjà en cours. Ses blessures scintillent d'un éclat doré.

— … je n'aime pas être redevable envers qui que ce soit.

— Dans ce cas, tu n'as qu'à considérer que tu as déjà payé ta dette. Si tu ne t'étais pas pointée la première à ce carrefour, c'est moi qui aurais sauté sur cette grenade.

Elle porte délicatement les doigts à son œil blessé, mais la plaie est déjà presque refermée.

— Tu as descendu le salaud qui m'a fait ça ?

J'ai un goût amer dans la bouche.

— Non. Il s'est tiré juste après l'explosion.

— Tu as vu son visage ?

— Il t'a prise pour cible depuis le toit d'un immeuble. Je n'ai pas de superpouvoirs, Yuna.

— Vraiment ? Tu as pourtant vu tomber la grenade.

Yuna se masse les tempes et ajoute :

— J'espère qu'il s'agissait d'un de ces tarés anti-Syndicat. Dans le cas contraire, ça voudrait dire qu'il y a un traître dans l'organisation.

Je parcours les lieux du regard.

— Où est Kieran ?

— Lorsque nous avons vu les fusées, nous n'étions pas encore arrivés au centre d'hébergement. Alors nous nous sommes séparés. Il était censé mettre le manifestant à l'abri. Je devais inspecter le premier site de tir de fusée, puis le rejoindre au second.

Le visage grimaçant, elle parvient enfin à s'asseoir.

— Il vaudrait mieux qu'on arrive avant lui au point de rendez-vous. Ces deux fusées de détresse étaient probablement un piège.

À ces mots, l'angoisse me saisit.

— Noëlle ! je m'exclame en me relevant d'un bond. Elle s'est dirigée seule vers le lieu indiqué par la seconde fusée.

— Pars la première. Moi, je vais devoir attendre quelques minutes, le temps que mes blessures aient entièrement guéri.

— Tu me demandes de te laisser seule, après ce que tu viens de subir ?

— J'ai connu pire, Reynolds. Tu peux me croire. J'ai appris à survivre à des circonstances catastrophiques.

— Mais tu n'as jamais dû affronter un noctiphage de trois cents kilos qui rêve de t'arracher les entrailles.

— Qu'est-ce que tu en sais ? répond-elle avec une pointe d'amusement.

Que peut-elle bien trouver de drôle à mon avertissement ?

— Une nuit ou l'autre, tu finiras par comprendre de quoi je parle. Mais pas ce soir. Pour le moment, je vais te porter.

— Mon poids va exiger une quantité d'énergie supplémentaire qui va altérer l'autonomie de ta combinaison. Je t'assure, il vaut mieux que tu me laisses ici.

— On pourrait le regretter.

— Pourquoi tiens-tu tellement à prendre des risques pour sauver ma peau ?

— Parce que si tu étais à ma place, je compterais sur toi pour faire de même. C'est aussi simple que ça. Allez, en route ! On a déjà perdu beaucoup trop de temps.

Elle plisse les yeux. Elle a compris que je ne fléchirais pas.

— Très bien. Comme tu voudras. Alors, comment on va s'y prendre ?

*

Si un habitant insomniaque du quartier de Midtown avait regardé par la fenêtre cette nuit-là, il n'aurait pas été surpris de voir deux liquidateurs progresser dans le brouillard.

Mais deux adolescentes couvertes de sang, l'une juchée sur le dos de l'autre comme s'il s'agissait d'une nouvelle discipline olympique, c'est une autre histoire.

— Plus vite, Reynolds ! braille Yuna.

Son casque rebondit contre le mien à chaque foulée. Estimant qu'une protection cabossée et privée de visière vaut mieux qu'un enfoncement crânien, nous avons jugé plus sage de ne pas nous en débarrasser.

Ma combinaison émet une alerte de surcharge continue. Sourde à cet avertissement, j'affermis ma prise autour des cuisses de Yuna et prends de la vitesse. Sous la semelle de mes bottes, le trottoir scintille comme la surface d'un lac gelé. Me concentrant sur mes mouvements, j'avale en quelques secondes une distance que j'aurais mis quatre à cinq minutes à parcourir sans assistance biomécanique. Hélas, je sais ce qu'il va m'en coûter. Outre le « bip » entêtant qui résonne sous mon casque à intervalles réguliers, je sens le tissu de ma combinaison monter en température aux articulations en raison d'une friction excessive. De petits nuages de vapeur nimbent mes épaules. Bientôt, je le sais, de la fumée s'en échappera. Au pire, Yuna disposera d'un lance-flammes humain pour combattre les nécros avant que nous n'ayons atteint la 30e Rue.

— Oh, tu as vu ça ? lance soudain Yuna. Là-bas, un bloc vers le sud, il y a quelqu'un sur le toit !

Malheureusement, il m'est impossible de lever la tête tout en maintenant une vitesse de soixante-cinq kilomètres heure sans prendre le risque d'entrer en collision avec un feu de signalisation ou une bouche d'incendie.

— Dépose-moi à la prochaine intersection, dit Yuna.

— Ça te fera quatre cents dollars, je réponds, haletante. Pourboire non compris.

— Les taxis sont devenus hors de prix, de nos jours.

— C'est l'inflation. On ne peut rien y faire.

Je fais halte, le temps de laisser Yuna mettre pied à terre, puis nous nous remettons en route côte à côte. Exception faite des traces de sang qui souillent sa combinaison, rien n'indique qu'elle a failli être pulvérisée quelques minutes plus tôt. Le tissu autoréparateur masque toute trace de ses blessures, et si elle éprouve encore la moindre douleur, elle le dissimule à la perfection.

— On ne doit pas être loin. Au coin de la prochaine rue, je pense.

Le brouillard qui planait au-dessus de la ville au crépuscule enveloppe désormais tous les bâtiments. Des lampadaires et des arbres aux branches squelettiques déchirent çà et là ce voile fantomatique. Je réprime un frisson. Si nous sommes invisibles aux yeux des nécros qui traînent dans les parages, nous n'avons pas davantage de chance de les voir approcher.

— Est-ce qu'on devrait…

Yuna ne me laisse pas le temps d'achever cette phrase. Elle m'attrape par le coude et me tire dans l'ombre d'une entrée en forme d'arche. Elle pose un doigt sur ses lèvres pour m'intimer le silence.

Le vent se lève, charriant jusqu'à nos narines une épouvantable odeur d'œuf pourri.

Mais ce n'est pas un nécro que je distingue dans la brume.

C'est un corps inerte et brisé, au milieu de la chaussée. Un être humain, sans l'ombre d'un doute, à en juger par sa combinaison de liquidateur couverte d'une mince couche de poussière d'étoile, mais que rien ne nous permet d'identifier.

— Il faut lui venir en aide, je chuchote. Nous assurer que…

— Impossible, m'interrompt Yuna. Tu as déjà vu un nécro abandonner un corps intact derrière lui ? C'est forcément un humain qui a fait le coup. Tout ça sent le piège à plein nez, et tu le sais aussi bien que moi. On devra attendre le lever du soleil pour récupérer le corps.

Dévastée, je pose une main sur mon cœur, incapable de réprimer le désespoir qui me saisit.

— Il faut que je sache de qui il s'agit.

Yuna me dévisage.

— Ce serait de l'inconscience, soupire-t-elle.

— Ouais, je sais.

Quelques secondes s'écoulent avant qu'elle ne dégaine son arme.

— OK. Je vais te couvrir. Mais ne te fais aucune illusion. Je ne donnerai pas ma vie pour sauver la tienne.

C'est plus que je n'osais espérer. Je prends une profonde inspiration, puis vide mes poumons dans un hurlement rageur, afin de me débarrasser de la peur qui m'étreint.

L'opération est sans effet, cela va sans dire.

Avant que l'effroi ne me paralyse, je quitte notre refuge et m'élance dans les ténèbres.

CHAPITRE 40

Comme le rideau d'un théâtre, la brume s'ouvre sur la silhouette immobile du liquidateur affalé face contre terre.

Avant même de retourner le corps, je sais qui se trouve là, étendu à mes pieds.

Son manteau froissé est semblable à une grande fleur de deuil. L'asphalte est si sombre et si humide que je ne remarque la large tache de sang qui s'est formée autour de sa tête qu'à l'instant où j'y pose le pied. Lorsque je découvre la blessure qui lui a été fatale, c'est comme si la terre cessait dc tourner : un orifice parfaitement circulaire, à l'arrière de son crâne.

Une plaie par balle.

L'œuvre d'un humain.

Je porte une main à ma bouche et me mords le pouce jusqu'au sang pour ne pas crier. Sous le choc, je ne ressens aucune douleur.

La poussière d'étoile s'agglutine vainement autour du trou dont le casque est percé. Elle peut soigner les plaies les plus profondes tant que le blessé respire encore, mais elle ne peut pas ramener un mort à la vie.

Soudain, je revois le pire instant de mon existence. J'ai cinq ans. Figée de terreur, le visage ruisselant de larmes, je vois ma mère vider son chargeur en direction du nécro qui tire sur la tête de mon père comme sur un bouchon de champagne récalcitrant. Puis les os craquent, les chairs se déchirent, et le monstre l'avale en une bouchée.

Maman se tourne vers moi, le regard éperdu de rage et de désespoir. « Cours, Rei. » J'entends sa voix en ce moment même, aussi clairement que je l'ai entendue ce jour-là, mêlée au crépitement des flammes. « Cours avant qu'il ne soit trop tard. »

C'est ce que je désire le plus au monde.

Fuir ce cauchemar.

Fuir ce monde de violence, d'injustice et de cruauté, cette réalité où ceux qui me sont chers disparaissent les uns après les autres.

Je ferme les yeux puis tourne Kieran sur le dos. Je ne veux pas le regarder. Je ne veux même pas imaginer ses yeux grands ouverts derrière la visière d'argent. Une balle pourrait à tout moment me frapper, mais je n'oublie pas les dernières paroles que nous avons échangées. Ce qu'il m'a demandé de faire, et que j'ai refusé, convaincue que nous verrions tous deux l'aube se lever.

« S'il m'arrive quelque chose au cours de la nuit, je veux que tu remettes une lettre à Cassie. »

Je glisse une main dans la poche intérieure de son manteau, mais mes doigts se referment sur le vide. Je serre les dents et me force à ouvrir les yeux. Où est passée cette foutue lettre ?

La poche est vide, cela ne fait aucun doute, mais le plus inattendu, ce sont les mèches de cheveux qui s'échappent du casque de Kieran. Kieran ?

Je plaque une main sur ma bouche pour étouffer un cri puis, d'un geste malhabile, je soulève la visière.

Noëlle me fixe de ses yeux devenus gris ardoise. Ses dents sont serrées, comme si rien, pas même la mort, ne pouvait l'arracher à l'horreur de ses derniers instants.

Je pose une main sur sa joue glacée. Il y a moins d'une heure, nous sommes tombées dans les bras l'une de l'autre. Je lui ai redonné confiance en lui assurant qu'elle avait une équipe à ses côtés. Qu'elle pouvait compter sur moi. Que j'étais son amie. Qu'elle ne se battrait plus jamais seule. Et c'est parce que je n'ai pas su tenir ma promesse qu'elle a perdu la vie.

Puis un constat plus terrible encore s'impose à moi : je suis soulagée. Oui, soulagée de me trouver en présence de ce cadavre, et non de celui de Kieran. Un lourd sentiment de culpabilité s'abat sur mes épaules.

La voix de Yuna résonne sous mon casque.

— Reynolds. Quelque chose approche. Laisse tomber le corps et rapplique en vitesse.

Du bout des doigts, je ferme les paupières de Noëlle, puis me redresse lentement.

— Non. Qu'ils viennent. Je suis fatiguée de fuir.

Malgré les années qui se sont écoulées depuis la mort de mes parents, rien n'a changé. Tant que les nécros souilleront cette ville, tant que le sang de ses habitants ruissellera dans les caniveaux, la promesse que je leur ai faite restera lettre morte.

— Il n'est plus question de fuir, mais de survivre.

Je dégaine mon arme et plante mes talons dans le sol.

— Je n'abandonnerai pas Noëlle. Je ne les laisserai pas la dévorer ou se disputer ses restes. Je ne laisserai rien ni personne la toucher, ni monstre, ni humain. Jusqu'à ce que le soleil se lève, ceux qui s'y essaieront devront d'abord me passer sur le corps.

Ma déclaration reste sans réponse. Je suppose que Yuna a déjà décampé sans demander son reste, puis j'entends trois fortes détonations. Des étincelles pleuvent sur la chaussée, puis trois fusées de détresse filent dans le ciel de Manhattan, semblables à des comètes écarlates.

J'entends le pas léger de Yuna, qui vient se poster à mes côtés.

Il ne reste plus qu'à espérer que Kieran ou d'autres liquidateurs en patrouille, où qu'ils se trouvent, aperçoivent notre signal. C'est un appel à l'aide, mais aussi une déclaration de guerre.

Le moment est venu. Nous sommes prêtes. Nous vous attendons.

CHAPITRE 41

Yuna contemple le visage de Noëlle.

— Je n'arrive pas à le croire… soupire-t-elle.

— Le plus triste, c'est qu'elle n'a jamais voulu devenir liquidatrice.

— Elle n'est pas la seule.

J'ouvre de grands yeux incrédules

— Qu'est-ce que tu veux dire ?

Yuna s'accroupit et pose une main sur le front de Noëlle.

— Nous avons tous une bonne raison de vouloir rejoindre le Syndicat. Pour certains, c'est juste une étape, un moyen d'atteindre le but qu'ils se sont fixé.

Sur ces mots, sans me laisser le temps de demander des explications, elle murmure une courte prière puis entreprend d'ôter le manteau de Noëlle.

— Qu'est-ce que tu fiches ?

Je suis scandalisée. J'aurais compris qu'elle s'empare de son casque ; en dépit de l'orifice à hauteur de la nuque, sa visière intacte lui offrirait une meilleure protection. Mais prendre son manteau, symbole de tant d'années de sacrifices et d'efforts acharnés, constitue à mes yeux un sacrilège.

— Arrête ça !

Sourde à mon ordre, Yuna extrait les deux bras sans vie des manches du vêtement.

— Contrôle tes émotions, Reynolds. Tu ne réalises pas à quel point nous sommes vulnérables, en cet instant précis ? Que cela te plaise ou non, Noëlle n'a plus besoin de ce manteau, et c'est le meilleur appât dont nous disposons. Mieux vaut mettre toutes les chances de notre côté, tu ne crois pas ? Alors bouge-toi un peu, et file-moi un coup de main.

Yuna étale le manteau ensanglanté sur l'asphalte et le dispose de façon à lui donner une forme vaguement humaine. Après quoi, je l'aide à déplacer le corps jusqu'au parc situé à l'angle de la rue. À peine l'avons-nous étendu sur l'herbe que la puanteur nous enveloppe, cette combinaison familière d'œuf pourri et de chair en décomposition.

En cette occasion particulière, ce n'est pas l'odeur qui me frappe, mais son intensité. Ce n'est pas un nécro qui approche, mais une meute.

Nous nous accroupissons derrière le tronc d'un énorme chêne. Je dois respirer par la bouche pour ne pas vomir dans mon casque.

— Combien y en a-t-il, selon toi ? je demande. Dix ? Quinze ? Davantage ?

— Aucune idée. Pour le moment, vérifie que tes armes sont chargées.

Yuna contrôle son équipement. Ses mouvements sont aussi lents, précis et méthodiques que ceux d'un neurochirurgien procédant à une opération. À mes yeux, son calme a quelque chose de terriblement agaçant.

— Tu n'as pas l'air de t'inquiéter plus que ça, je chuchote.

— Pourquoi, je devrais ?

— N'importe quel maître transpirerait à grosses gouttes à la perspective d'affronter une vague de dix nécros.

— Eh bien moi, je reste au sec.

La puanteur se fait si intense que j'ai à présent son goût sur la langue. Soudain, le brouillard commence à se dissiper. J'ignore si je dois m'en réjouir ou le déplorer. Nous pourrons observer les mouvements de l'ennemi, tout comme il pourra étudier les nôtres.

Les noctiphages se présentent les premiers. Ils sont quatre, qui se déplacent d'une zone d'ombre à l'autre dans le plus parfait silence. Le plus grand d'entre eux arbore des crocs si démesurés qu'il ne peut joindre ses mâchoires. Ils dépassent de sa gueule, aussi longs et fins que des aiguilles à tricoter. Les cornes acérées qui saillent de part et d'autre de son crâne n'ont pas l'air moins redoutables.

Au milieu de la rue, une plaque de fonte jaillit comme un bouchon de champagne et retombe sur la chaussée dans un fracas métallique. Un nécro à la peau grisâtre et caoutchouteuse tendue sur un squelette déformé s'extrait lentement de la bouche d'égout. Son menton ruisselle de salive. À la vue des noctiphages, il se fige. L'espace d'un instant me vient l'espoir qu'ils vont s'entredéchirer. Puis je vois cinq, six, sept de ses congénères apparaître à leur tour. Leurs queues de reptile et leurs appendices ridés forment des traînées de boue fétide sur la piste cyclable.

Les deux meutes se rassemblent autour du manteau sanglant de Noëlle. Les monstres semblent… attendre quelque chose. Quoi ? Je n'en ai pas la moindre idée.

Le visage de Yuna exprime la même perplexité. À ma connaissance, les différentes espèces de nécros se livrent d'incessantes guerres territoriales. Ils n'agissent jamais de façon concertée. Ils ne se regroupent jamais pour chasser en meute. Dans le combat qui nous oppose à eux, c'est le seul avantage que la division tactique ait jamais pu exploiter. Elle a toujours établi ses patrouilles en vertu du principe que maîtres et liquidateurs n'auraient jamais à affronter plus de deux monstres à la fois.

À l'évidence, nos ennemis ont évolué.

J'effectue un rapide point logistique. Compte tenu de nos compétences et de notre arsenal, nous devrions sans difficulté tenir à distance les nécros surgis des égouts. Les quatre noctiphages m'inquiètent davantage. Celui auquel j'ai été confronté dans la station de métro semblait avoir développé une résistance inhabituelle aux balles NN.

Les prendre par surprise reste l'option la plus réaliste. Je ne peux pas vraiment compter sur Yuna, qui n'a aucune expérience du terrain, mais si elle parvient à repousser les nécros à la peau grise, je crois avoir une chance, aussi infime soit-elle, de neutraliser les noctiphages.

Je me tourne vers Yuna pour lui faire part de mes intentions, mais elle secoue énergiquement la tête et tend le bras dans la direction opposée. Alors, je vois mon plan s'effondrer sous mes yeux. Le sol se met à trembler tandis qu'une meute d'abominations insectomorphes investit la rue. J'aperçois une créature semblable à un mille-pattes qui se déplace sur la façade d'un immeuble, puis une espèce de scarabée dont la tête n'est qu'une mâchoire béante. Je compte six monstres, plus repoussants les uns que les autres.

Les paumes ruisselantes de sueur, je parcours les lieux du regard. Je ne cherche plus qu'à fuir, désormais. Il faudrait une dizaine de liquidateurs pour espérer vaincre un aussi grand nombre de nécros. Je pose la main sur le tronc qui, seul à présent, nous sépare de la mort.

Il ne me reste qu'une solution.

— Je vais les distraire, j'annonce.

— Mais qu'est-ce que tu racontes ?

— C'est ma faute si tu te retrouves prise au piège. Mais je peux encore me racheter en te laissant le temps de t'échapper.

Elle observe quelques secondes de silence, puis déclare :

— C'est la pire stratégie de tous les temps.

— Écoute-moi, je t'en prie. Nous n'avons aucun moyen de nous en sortir vivantes toutes les deux. Tu ne mérites pas de mourir à cause de moi.

— Non, c'est toi qui vas m'écouter, d'accord ? C'est moi qui vais les distraire. Toi, tu cours vers la droite, tu sautes jusqu'au toit de ce bâtiment, là-bas, et tu dégommes autant de nécros que possible.

Elle sort de sa poche un morceau de marbre en forme de croissant de lune. Son artefact. Le mien étant totalement inutile, j'avais écarté la possibilité d'en faire usage.

Mais la Quatrième Griffe de Courage, elle, est très loin d'être inefficace.

Yuna pose un baiser sur l'objet placé dans sa paume, puis elle le lance en direction de la rue. La Griffe rebondit sur quelques mètres en émettant un cliquetis discret. Les nécros les plus proches se détournent du manteau de Noëlle. Dans un concert de grognements et de claquements de mâchoires, ils dressent la tête, et tous leurs regards se portent sur l'artefact.

Durant quelques secondes, rien ne se produit.

Puis la Griffe prend vie. Elle se déforme et enfle démesurément jusqu'à ce que se dresse devant nos yeux la silhouette majestueuse d'un fauve. Une épaisse crinière et des traits sévères apparaissent, comme sculptés par un artiste invisible. Ses pattes massives frappent l'asphalte avec une telle force que l'asphalte se fissure. Le gigantesque lion de marbre se cabre au beau milieu de Madison Avenue, secoue sa tête énorme et lâche un rugissement à réveiller les morts.

Courage, l'une des deux statues de lion qui encadrent l'entrée de la Bibliothèque publique de New York.

Lancé à peine vitesse, il dévaste l'assemblée de nécros avec la force d'un tsunami. Il bondit sur les insectomorphes puis, tel un chat jouant avec une souris, les broie joyeusement entre ses puissantes mâchoires. Les créatures sorties des égouts le prennent à revers. Courage recrache la patte du monstrueux scarabée et rugit de plus belle.

— Qu'est-ce que tu attends, Reynolds ? s'écrie Yuna.

Brutalement ramenée à notre triste situation, je m'élance et parviens à traverser la rue sans me faire remarquer. Mes fusées d'appoint me propulsent à dix mètres de hauteur. Avant même d'atterrir sur le toit le plus proche de la zone de combat, je dégaine mes armes et ouvre le feu. Une balle traverse de part en part la mâchoire d'un nécro à peau grise agrippé à la crinière de Courage. Ses autres assaillants battent en retraite, mais je n'interromps par mon tir de barrage, étourdie par le staccato des détonations et le cliquetis des douilles qui pleuvent à mes pieds.

Les cris d'agonie de l'ennemi forment le chœur le plus mélodieux que j'aie jamais entendu.

Lorsque j'ai vidé mes deux chargeurs, le sol est jonché de cadavres. Je suis en train de réapprovisionner ma seconde arme lorsque le plus imposant des noctiphages lève la tête dans ma direction. Mon cœur s'emballe. Ses yeux noirs se posent sur moi, puis il s'élance vers ma position, aussitôt suivi par ses trois congénères. Lorsque Courage s'interpose, les monstres le prennent d'assaut. Un premier coup de serre brise son museau, le second emporte une partie de sa crinière. J'ai beau opposer un tir nourri, les nécros se servent de son torse comme d'un bouclier. Le majestueux lion de marbre est sur le point d'être taillé en pièces.

Ce dernier fait face au noctiphage pour engager un duel à mort à proximité d'un feu de signalisation. Les morsures répondent aux morsures, puis l'une de ses pattes ouvre une plaie sanglante dans la fourrure de son ennemi.

Le nécro pousse un hurlement déchirant puis se décide enfin à reculer.

Courage, toujours très digne malgré sa face brisée, ne quitte pas le monstre des yeux. Ce dernier baisse la tête en signe de soumission. Le sang jaillit de la plaie béante qui partage en deux sa face hideuse.

Puis, sans crier gare, il plante ses cornes dans la poitrine du lion, où apparaissent de profondes fissures. Les noctiphages lancent alors l'ultime assaut. Mes balles sont impuissantes à réfréner ce déchaînement de violence à l'état brut. Courage se débat tandis que la meute s'acharne à lui briser les pattes. Malgré la bravoure qui l'anime, rien ne peut les sauver de la destruction. Vaincu, il s'affale sur le flanc et pousse un miaulement désespéré. Bientôt, les nécros piétinent ses restes épars. Lorsque la poussière se dissipe, il ne reste rien du roi des fauves. Rien, sauf l'artefact qui lui a donné vie, reposant dans une mare de sang noir.

Le nécrophage dominant le prend dans sa gueule répugnante et l'avale tout rond.

Satisfaites, les quatre créatures s'alignent le long du trottoir et m'observent en silence, tels des vautours impatients de fondre sur un mourant. Je brandis mon arme et presse la détente.

Surgi de nulle part, le mille-pattes s'interpose. Sa queue mobile et élastique encaisse l'impact et détourne la balle. Il bondit sur la façade du bâtiment où je suis perchée, puis se déplace vers le toit, les crochets au bout de ses pattes lui servant de piolets. Ses yeux rouges étincellent d'une lueur triomphale, comme s'il savourait par avance le festin que je vais malgré moi lui offrir.

Je le prends pour cible. Les balles qui criblent sa carapace lui arrachent un long cri de douleur. Pourtant, alors que des morceaux de son corps tombent en pluie sur le trottoir, il poursuit son ascension. Sa tête apparaît au-dessus de la gouttière. Je cesse de tirer, recule et patiente jusqu'à ce qu'il se soit entièrement hissé sur le toit. Je le laisse ramper dans ma direction et ne presse la détente qu'à l'instant où je peux voir le fond de sa gorge béante et sentir son haleine brûlante sur mon visage.

La balle traverse son cou et vient se loger dans son abdomen. Lorsqu'elle explose, son corps est instantanément dispersé en un millier de fragments.

Tout en bas, ce qui reste des nécros sortis des égouts se lance aussitôt à l'assaut de l'immeuble et entreprend de l'escalader brique par brique.

D'un revers de manche, j'essuie les entrailles grisâtres qui souillent ma visière.

— Park ! Où est-ce que tu es ? J'ai besoin d'aide.

— Reste concentrée sur les petits gris. Je compte sur toi.

— Quoi ? Mais qu'est-ce que tu fous ?

À peine ai-je prononcé ces mots que je vois une silhouette glisser entre les arbres, droit vers les noctiphages qui assistent au spectacle depuis le trottoir. Yuna brandit son javelot.

Elle compte les prendre à revers mais, même si elle y parvient, elle ne bénéficiera pas longtemps de l'effet de surprise.

Saisie d'horreur, je vois frémir le museau d'un des monstres, puis, dans un grognement de basse, ses babines se retrousser sur des crocs acérés. Il fait volte-face au moment précis où Yuna bondit dans les airs.

De la pointe du javelot jaillit un arc électrique qui embrase le ciel nocturne. Il s'enroule autour du cou de l'ennemi, tandis que ses congénères, les oreilles basses, fuient le déluge de foudre. Même à la distance où je me trouve, je vois leurs yeux noirs brûler de haine.

— Replie-toi ! je hurle.

Pour l'heure, je ne peux pas lui venir en aide. Je dois repousser les nécros gris qui, aiguillonnés par le tumulte ambiant, escaladent la façade avec une énergie décuplée. Ils n'hésitent plus à se bousculer pour atteindre le toit en premier.

Un second coup de foudre éclaire brièvement la scène dantesque qui se déroule au pied du bâtiment. Contre toute attente, Yuna toujours debout, solidement campée face à quatre noctiphages. Seule. Elle se faufile entre eux avec la vivacité d'une flamme, glisse entre leurs pattes, cible les parties les plus vulnérables de leur anatomie. Elle bondit d'une créature à l'autre, fait de leurs corps des tremplins et sème dans son sillage un tourbillon de destruction. Je me souviens de la mention figurant dans son dossier : « prodige du taekwondo ». Aussi flatteur soit-il, ce compliment ne reflète pas ce qu'elle est en train d'accomplir. Son javelot est une extension de son corps. Grâce à lui, elle frappe, bloque les attaques et rétablit constamment son équilibre. De chacun de ses mouvements émane une confiance absolue. Son pas souple et léger me rappelle les entrechats des danseuses du Metropolitan Ballet.

Une chose est certaine : elle n'en est pas à son coup d'essai. Quoi qu'elle m'ait caché, son expérience au combat vaut largement la mienne.

Le grincement d'une serre contre le métal m'arrache à ces réflexions. Je focalise mon attention sur le nécro gris dont la moitié du corps se trouve déjà au-delà de la gouttière. Je m'empare d'un nouveau chargeur et constate, ce faisant, que je serai bientôt à court de munitions.

Le nécro se traîne jusqu'à moi. Je lui donne un violent coup de pied, il saisit ma botte. Au lieu de retirer ma jambe, je la soulève afin de pouvoir glisser mon arme sous ma cuisse, entre les mâchoires du monstre. Ce dernier frémit sous l'impact, mais refuse de lâcher prise.

Soudain, je sens ma semelle restée au contact du sol perdre toute adhérence. Je suis sur le point de basculer dans le vide. Une goutte de sueur glacée roule entre mes omoplates. Je plante mon pied entre l'abdomen et le thorax de la créature puis place mon pouce au contact de mon majeur.

Ma combinaison me propulse vers l'arrière, me libérant de l'emprise du nécro, mais mon dos percute une cheminée d'aération. Le souffle coupé, je termine ma course à plat ventre, lorsqu'une explosion me déchire les tympans. Puis, dix mètres plus bas, un choc sourd et humide interrompt les cris stridents des nécrophages.

La peur au ventre, je me redresse et baisse les yeux vers le champ de bataille.

Une masse de cadavres jonche le trottoir. La dernière balle devait être défectueuse, mais elle a explosé au moment providentiel, balayant toutes les créatures encore agrippées à la façade.

Une plainte parvient alors à mes oreilles. Cette fois, il s'agit d'une voix humaine, on ne peut pas s'y tromper. Un seul noctiphage est encore en état de se battre : le plus massif de la meute.

Face à lui, Yuna est toujours, elle aussi, en état de combattre, mais l'un comme l'autre manifestent d'évidents signes d'épuisement. Tandis que le monstre se traîne sur le ventre, elle esquive aisément la charge et en profite pour le frapper à la tête. Il recule de quelques mètres. Ne lui laissant aucun répit, elle reste à son contact.

Mais lorsqu'elle brandit son javelot afin de lui porter le coup de grâce, le nécro bondit sur elle avec une énergie inattendue. Il a feint l'agonie, avant de prendre appui sur la montagne de corps qui s'élève dans son dos pour lancer son attaque. Terrifiée, je vois Yuna tomber à la renverse et heurter violemment le sol. Elle se relève tant bien que mal, tourne les talons et se retrouve bloquée par un amoncellement de cadavres.

— NON ! je m'égosille.

Nos regards se croisent. Ses yeux expriment une terreur animale. Ses lèvres bougent. Elle ne prononce que trois syllabes. Ce n'est qu'un souffle, si ténu que je l'entends à peine à l'intérieur de mon casque.

— Retrouve Jae.

Les serres du noctiphage fendent l'air dans un éclair d'argent.

SHHHH-CRACK.

Une brume sanglante jaillit du cou de Yuna.

Le son produit par la rupture de ses vertèbres résonne longuement, plus puissant qu'un coup de feu.

Je suis incapable de faire un geste. Incapable de *respirer*.

Sa tête roule sur la chaussée puis achève sa course dans le caniveau.

Un bourdonnement emplit mes oreilles. Mon champ de vision périphérique se brouille, comme si je regardais une vidéo en basse qualité. Tout s'est passé si rapidement…

Le noctiphage hume la base sanglante du cou de sa victime. Après un instant de réflexion, il saisit le tronc entre ses mâchoires et jette le cadavre vers le trottoir. Ce dernier atterrit tout près de la tête tranchée, éclaboussant le visage de ma coéquipière de boue mêlée d'entrailles et de sang.

J'arrache mon casque et vomis dans la gouttière.

Le monstre tourne vers moi ses yeux perçants. Il lèche tranquillement ses blessures, comme s'il avait tout son temps.

Je m'abandonne à un dernier haut-le-cœur. La poitrine me brûle. J'ai l'impression qu'un poison mortel coule dans mes veines, étouffant toute autre sensation.

J'essuie la bile accumulée à la commissure de mes lèvres, puis je redresse la tête.

Je laisse le poison agir, me consumer tel un feu de forêt, m'imprégner d'une inextinguible rage.

Je prends une profonde inspiration.

Puis je saute du toit de l'immeuble.

CHAPITRE 42

Mes bottes heurtent le trottoir. Le sang bat à mes tempes, tel un tambour de guerre au son duquel je marche vers l'ennemi. Je saisis le javelot serré dans le poing de Yuna. Il ronronne entre mes doigts, indifférent au sort de son ancienne propriétaire.

La peur qui m'a tenaillée depuis le crépuscule s'est évanouie. Mon esprit est vide. J'ai l'impression d'évoluer dans un rêve. Seuls me semblent réels le javelot, solide et pesant dans ma paume, et la colère froide qui m'habite.

Le noctiphage avance d'un pas lourd. Un grognement sourd s'échappe de sa gorge. Je montre les dents et gronde à mon tour. Il se ramasse sur les pattes arrière, prêt à bondir.

Je ne lui en laisse pas le temps. La foudre jaillit du javelot. Je tends le bras à m'en faire mal, aussi loin que possible, et plonge la pointe de l'arme dans la gueule hideuse du monstre. L'arc électrique claque comme un fouet au-dessus de ma tête et s'abat sur lui dans un roulement de tonnerre à déchirer les tympans. Bravant la fumée âcre qui me brûle les yeux, je frappe encore et encore en bondissant hors de portée des serres avides du nécro.

— C'est quoi, ton problème ? je crie, sans cesser de lui infliger de profondes blessures.

L'un de ses flancs s'affaisse. Son poitrail se soulève à un rythme saccadé. À bout de force, il n'oppose plus qu'une faible résistance.

— Alors, qu'est-ce que tu attends ? Vas-y, attaque !

Bientôt, le corps du monstre est secoué de tremblements incontrôlables. Une écume écarlate fuse de sa gueule.

— Tu te souviens des liquidateurs que tu as dévorés ? je hurle. Tu t'es régalé, charogne ? Est-ce que ça en valait la peine ?

Mon regard croise celui du noctiphage. Quelque chose a changé. La façon dont il cligne des yeux me rappelle ceux d'un de ses congénères, ceux d'un être d'une autre nature, inoffensif, non corrompu par le mal. Je crois y lire une expression qui ressemble beaucoup… à de la culpabilité.

Le flux électrique s'interrompt. Le nécro exhale un soupir de soulagement, mais ce répit est de courte durée.

Je plante la pointe du javelot dans son orbite gauche, pousse la puissance au maximum puis, les dents serrées, je pèse de tout mon poids sur le manche afin qu'il ne puisse pas se dégager.

Alors que son corps a depuis longtemps cessé de bouger, je garde la pointe de l'arme fichée dans le crâne du monstre. Fascinée par la fumée qui s'échappe de sa fourrure calcinée, je ne peux me résoudre à lâcher prise. Une minute plus tard, le manche du javelot manifeste de sérieux signes de surchauffe. Lorsque j'imprime une dernière poussée, j'entends craquer os et cartilages. L'arme chauffée à blanc se fend en deux, puis éclate en un millier de fragments. La plupart rebondissent sur ma combinaison, mais une poignée d'entre eux atteignent la partie exposée de mon visage.

J'ôte un éclat de mon front. Un filet de sang coule jusqu'à mes yeux, jetant un voile écarlate sur tout ce qui m'entoure.

Mes jambes tremblantes peinent à me porter. Épuisée, je sens la gravité me pousser vers l'asphalte. Je vacille, enchaîne quelques pas hésitants, puis m'effondre sous un abribus.

Il règne sur le champ de bataille un silence absolu. La ville semble plus déserte que jamais. Un rayon argenté caresse ma combinaison. À présent que le brouillard s'est dissipé, la lune apparaît entre deux bâtiments, glissant paresseusement en direction de l'ouest. Je n'ai pas dormi depuis près de vingt-quatre heures.

Je ne me sens pas capable de rester plus longtemps éveillée, mais le soleil n'est pas encore levé, et une horde de nécros pourrait à tout moment débouler à l'intersection la plus proche. Je suis à court de munitions et j'ai détruit le javelot de Yuna. Jamais je ne me suis sentie aussi vulnérable.

Je me redresse péniblement et me traîne jusqu'à la dépouille de Yuna, ou ce qu'il en reste. Je porte sa tête jusqu'à la pelouse où gît le cadavre de Noëlle, puis j'entreprends la tâche exténuante de déplacer son corps. À bout de souffle, je nettoie son visage des répugnantes projections dont il est maculé.

Enfin, je me résous à entreprendre une fouille dans l'espoir de récupérer de quoi me défendre. Dans le manteau de Yuna, je trouve un chargeur ne contenant plus que deux balles ; Noëlle a perdu l'intégralité de son équipement, y compris son artefact. J'envisage d'éventrer le noctiphage que je viens de neutraliser, mais l'entreprise paraît hasardeuse. En outre, à la seule pensée d'inspecter les entrailles du monstre, je suis prise d'un haut-le-cœur qui me contraint à renoncer.

Clac. J'introduis le chargeur de Yuna dans la crosse de mon arme. Le refuge le plus proche se trouve à plusieurs blocs de ma position. En attendant l'arrivée d'hypothétiques renforts, c'est tout ce dont je dispose pour assurer ma défense.

Je m'adosse à un chêne, mon arme posée sur les genoux. Je lève les yeux vers le ciel. Avant la Disparition et l'instauration du couvre-feu, je ne m'étais jamais émerveillée devant le spectacle de ces millions d'étoiles semblables à des diamants. Aujourd'hui, c'est un privilège rare de pouvoir les observer.

— C'est magnifique, je murmure à l'adresse de mes camarades tombées au combat. J'aimerais tellement que vous puissiez voir ça…

Quelque part dans le parc, une brindille craque. Je tressaille, puis braque mon arme vers les ténèbres.

Visage ensanglanté et manteau déchiré, un jeune homme émerge de la végétation. À cette vue, mon cœur s'emballe.

— Kieran ? dis-je d'une voix éraillée.

J'éprouve une bouffée d'espoir si ardente que les larmes me montent aux yeux.

— Tu es vivant…

Il esquisse un sourire puis il hoche lentement la tête, trop ému pour prononcer le moindre mot. Il avance d'un pas lent, avec une extrême prudence, comme si j'étais un animal blessé qu'il redoutait d'effrayer. Lorsqu'il découvre les deux corps étendus à mes côtés, il affiche une grimace douloureuse.

Puis il me tend les bras.

Je m'abandonne à son étreinte. Je sens ses lèvres frôler mon cou.

Alors, sans l'ombre d'une hésitation, je lui tire une balle dans la tempe.

Je sens tout son corps se raidir, puis son emprise s'affermir autour de mon torse. Ses mâchoires béantes hérissées de crocs démesurés ne se trouvent qu'à quelques centimètres de ma gorge. Je me libère à l'instant où le polymorphe, retrouvant sa forme originelle, s'effondre à mes pieds en poussant des bêlements pathétiques, jusqu'à ce que la charge explosive ne fasse éclater sa tête comme une pastèque.

Avant même que les cris de la créature se soient estompés, j'entends des pas précipités. Je me tiens prête à faire feu lorsque le vent porte à mes oreilles une voix familière.

— Rei ? Rei, est-ce que c'est toi ?

— Tante Minyi ?

Une seconde silhouette s'approche depuis la lisière du parc. Lorsque je découvre son visage déformé par l'angoisse, je comprends qu'il ne peut s'agir d'un autre nécro. Ces créatures sont capables de reproduire la voix *ou* d'adopter l'apparence d'un être humain, jamais les deux en même temps.

Pourtant, avant qu'elle ne puisse m'atteindre, je trouve la force de hurler :

— Stop ! Un pas de plus et je fais feu !

Minyi se fige et lève les mains en l'air.

— Je suis désolée, je bredouille, les larmes aux yeux. Mais je dois… Je dois m'assurer qu'il s'agit bien de toi. Je t'ai entendue avant de te voir. Tu dois me dire quelque chose, n'importe quoi. Je t'en supplie.

Lorsqu'elle ouvre la bouche, je vois une ombre se déplacer, quelques mètres dans son sillage, puis un nécro charger à découvert, mâchoires grandes ouvertes.

BANG.

Ma dernière balle déchire la gorge du monstre, qui expire sur-le-champ dans un flot de bile noire.

Tout sourire, tante Minyi continue à avancer. Toujours sans un mot. Mes doutes se changent alors en une terrifiante certitude et je crie :

— Non, reste où tu es ! Reste où tu es, sinon je tire !

J'ai beau garder mon arme pointée sur sa poitrine, le monstre ne cède pas à ma ruse. Il fait quelques pas de plus puis, certain que je suis à court de munitions, dévoile des dents tranchantes comme des rasoirs.

Saisie de panique, je secoue frénétiquement la tête.

— Comment… Comment est-ce possible ? J'ai entendu ta voix. *J'ai entendu ta voix !*

Mon regard se pose sur le corps mutilé des deux nécros que je viens d'abattre. *On m'a tendu une embuscade.* C'est une idée folle, une théorie absurde que je me refuse à envisager, car cela signifierait que ces monstres sont désormais capables de coordonner leurs assauts. Si c'était le cas, cette révélation dépasserait en horreur tout ce qui s'est déroulé au cours de cette nuit maudite.

Manhattan et ses habitants seraient définitivement perdus.

Le cou de Minyi se met à enfler, puis sa peau se déchire pour révéler le nécro qui a usurpé son apparence. Il promène sur les corps de Yuna et de Noëlle un regard gourmand : des proies faciles qui ne se défendront pas.

— N'y pense même pas, je gronde, tremblant de tous mes membres.

Je pose une main sur mon baudrier à la recherche d'une dernière balle qui aurait pu m'échapper, puis la glisse dans ma poche que je sais déjà vide. Je n'ai rien pour combattre ce monstre. J'aurais dû emporter un javelot, par mesure de sécurité. À présent, je n'ai plus aucun espoir.

Mes doigts se referment alors sur un objet métallique pas plus grand qu'une pièce d'un cent.

Le Jeton de métro.

Mon artefact.

— S'il te plaît, je murmure en le pressant contre ma poitrine. Je ne sais pas quels sont tes pouvoirs, mais fais quelque chose, je t'en supplie.

Le nécro se précipite sur les corps de mes amies, gueule grande ouverte et crocs dégoulinants de salive. Par réflexe, je fais rempart de mon corps dans l'espoir insensé de les protéger.

C'est ainsi que je vais mourir. En m'offrant en sacrifice.

Puis je sens une vibration sur mon torse.

Une vague de chaleur déferle dans tout mon corps. Elle se propage en un instant jusqu'à l'extrémité de mes membres.

Un dôme de lumière ondoyante balaie tout ce qui m'entoure. Le monstre est instantanément pulvérisé. Les arbres ploient sous ce souffle puissant. Les branches s'embrasent. Les feuilles sont réduites en cendres.

La lumière dorée s'estompe peu à peu en émettant un son qui ressemble à un long soupir.

La peau brûlante, je me balance quelques instants d'un pied sur l'autre, puis m'effondre, exténuée. Le Jeton m'échappe des mains et tombe dans l'herbe sans que je puisse le rattraper.

Ma tête repose sur le mollet de Noëlle. Alors que ma vision se brouille, je distingue trois silhouettes penchées au-dessus de moi. Un insigne métallique brille sur la poitrine de l'un d'eux : les onze étoiles du Syndicat.

Leurs lèvres bougent, mais leurs propos sont à peine intelligibles, comme s'ils discutaient au fond d'une piscine.

« C'est elle ? » demande l'un d'eux.

« Je crois », répond un autre.

Malgré l'état de confusion dans lequel je me trouve, cette voix ne m'est pas tout à fait inconnue.

« Peut-elle vraiment être la clé ? » dit le troisième.

Qui sont-ils ? De quelle clé parlent-ils ? Qu'est-ce que cela signifie ? J'aimerais les questionner, mais c'est un combat perdu d'avance. Après ce que je viens de vivre, je n'ai même plus la force de chuchoter.

Il ne me reste plus, enfin, qu'à sombrer.

CHAPITRE 43

Je n'ai pas toujours considéré que les nécros méritaient d'être exterminés jusqu'au dernier.

Durant les vacances d'hiver, je n'avais que douze ans lorsque j'ai lu un livre que je ne pouvais tout simplement pas me résoudre à lâcher. À la nuit tombée, j'ouvrais la fenêtre de ma chambre puis, sans quitter ma page des yeux, je recueillais dans un bocal un peu de poussière d'étoile afin de pouvoir poursuivre ma lecture.

Ce soir-là, comme à son habitude, Tofu a sauté sur le lit et enfoui sa tête au creux de mon bras.

Quelques heures plus tard, des aboiements stridents m'ont tirée du sommeil dans lequel j'avais sombré sans même m'en apercevoir. J'ai ôté le livre encore ouvert qui recouvrait mon visage, et j'ai plissé les yeux pour percer l'obscurité de la chambre.

— Tofu ?

Il se tenait devant la fenêtre, les babines retroussées dévoilant ses crocs, et poussait des grognements tels que je n'en avais jamais entendu.

La puanteur des égouts.

Il était le premier à l'avoir sentie.

À mon tour, je me suis tournée vers la fenêtre.

Cette fenêtre que j'avais omis de fermer et qu'un nécro suspendu à la traverse s'apprêtait à franchir.

J'ai bondi du lit, saisi ma ceinture, puis fouetté les pattes ridées du monstre jusqu'à ce qu'il batte en retraite. Le souffle court, j'ai claqué le battant, tourné la poignée et tiré les rideaux. Enfin, j'ai ouvert une boîte de café et en ai dispersé les grains sur le rebord intérieur. Comment avais-je pu être aussi négligente ?

J'ai serré Tofu dans mes bras, le visage enfoui dans sa fourrure, jusqu'à ce que je cesse de trembler. Le regard affolé, il léchait mon visage et couinait à fendre l'âme. Contrairement à ce que certains prétendent, les chiens ressentent les émotions des humains ; Tofu me comprenait mieux que la plupart de mes congénères.

Dix minutes après, je me suis postée devant la porte de la chambre de Minyi, hésitante. Tofu s'agitait près de moi, prêt à me protéger d'une nouvelle intrusion. Malgré l'heure tardive, ma tante devait se lever moins d'une heure plus tard pour prendre son service de nuit. Aussi, tout bien pesé, ai-je décidé de ne pas la réveiller.

Jc mc suis rcnduc dans la cuisinc, à l'autrc bout dc l'appartement, pour vérifier que toutes les fenêtres étaient fermées. Dehors, sous la poussière d'étoile qui tourbillonnait au gré du vent léger, tout était calme. Estimant que nous n'avions plus rien à craindre, je suis allée me recoucher.

Une semaine plus tard, au beau milieu de la nuit, j'ai été réveillée par un fracas de verre brisé suivi d'un concert de grognements. Une photo de Maura repo-sait sur le sol, cadre brisé. Je me suis glissée hors du lit et j'ai essayé de maîtriser Tofu, qui cavalait comme un possédé aux quatre coins de la chambre. Dans la pénombre, j'ai renversé une lampe et me suis cogné le petit orteil contre le coin de la bibliothèque. Lorsque j'ai réussi à l'attraper par la peau du cou, il s'est débattu vigoureusement, tout entier tendu vers la fenêtre.

Ou plutôt, vers ce qui se trouvait derrière.

Terrifiée, les membres tétanisés, je ne quittais pas des yeux les rideaux tirés.

J'ai pointé un doigt vers Tofu et ordonné d'un ton ferme :

— Toi, tu m'attends ici.

Il m'a regardée avec des yeux ronds, l'air de dire : « J'imagine que tu plaisantes ! »

Je lui ai adressé un regard sévère, puis j'ai relâché ma prise sur son cou. Il a laissé échapper un petit gémissement et s'est assis bien sagement. J'ai débranché la lampe, ai saisi le pied à deux mains, comme s'il s'agissait d'une batte, puis j'ai avancé vers la fenêtre.

D'une main, j'ai ouvert les rideaux.

Derrière la vitre, quatre yeux noirs et inexpressifs scrutaient la pénombre de la chambre, à moins de dix centimètres de mon visage.

Ils n'étaient pas braqués sur moi, mais sur mon chien.

Tofu s'est remis à gronder, les oreilles plaquées à l'arrière du crâne. Le nécro a alors écarté les mâchoires et produit un son inhabituel.

Un son qui ressemblait à un aboiement.

Dans le reflet de la fenêtre, j'ai vu Tofu se figer.

Puis perdre la tête.

Tous crocs dehors, sans cesser de hurler à la mort, il a sauté sur le rebord pour griffer la vitre et y cogner sa gueule écumante.

Le nécro a aussitôt pris la fuite. Tandis que j'essayais de faire taire Tofu, que rien ne semblait pouvoir apaiser, j'ai entendu une porte s'ouvrir au bout du couloir.

Lorsque Minyi a fait irruption dans ma chambre, elle m'a trouvée assise en tailleur, le chien sur mes genoux. Je le berçais, je le cajolais, je faisais glisser mes doigts dans sa fourrure. Il avait cessé d'aboyer, mais son corps était encore agité de tremblements.

— Que se passe-t-il ? a demandé Minyi, pistolet NN au poing.

Elle scrutait la pénombre, prête à éliminer toute menace. Elle venait de se réveiller, mais ses yeux étaient étonnamment vifs et mobiles.

J'ai montré la fenêtre.

— Nous avons eu un visiteur. Dieu merci, il n'est pas entré.

Tante Minyi a lâché un long soupir, puis elle a baissé son arme. Elle s'est approchée de la fenêtre et a vérifié que tout danger était écarté.

— Ils sont extrêmement agités, depuis quelque temps.

Elle a fermé les rideaux, puis s'est baissée pour gratter Tofu derrière les oreilles.

— Dès demain, je ferai poser des barreaux, a-t-elle dit.

— Ma tante ?

— Oui, Rei ?

— Tu crois que les nécros peuvent se faire des amis ?

Elle a cligné des yeux, puis elle a éclaté de rire.

— Bien sûr que non, ma chérie, m'a-t-elle assuré en me donnant une tape affectueuse sur la tête. Ils n'ont rien de commun avec nous, ni même avec les animaux. Ce ne sont que des anomalies.

Je n'en ai pas demandé davantage, et l'ai laissée regagner sa chambre. Pourtant, je ne pouvais cesser de penser à ce nécro et à la façon dont il avait essayé d'aboyer. Et, tout au fond de moi, je ne pouvais m'empêcher de penser que ces créatures, tout comme moi, pouvaient parfois souffrir de solitude.

CHAPITRE 44

Un unique coup de sirène m'arrache à un sommeil sans rêves. Tous mes muscles, y compris ceux dont j'ignorais jusqu'alors l'existence, me font horriblement souffrir. Je rejette la couverture dans laquelle on m'a enveloppée. Elle est aussi fine qu'un drap, usée jusqu'à la corde. Moi qui me croyais au Sanctuaire, je réalise que je suis enchaînée par les chevilles aux barreaux d'un lit métallique.

Mon sang se glace. On m'a dépouillée de ma combinaison et de mon manteau pour me revêtir d'une tunique d'hôpital affreusement rêche. Je porte une main à mon cou et découvre avec un vif soulagement que le pendentif de ma mère s'y trouve toujours. Je ne me serais pas pardonné de l'avoir perdu.

Quant au Jeton…

Je me souviens… Il m'a échappé des doigts avant de rouler dans l'herbe. Cet éclat doré, cette chaleur intense… C'est mon artefact qui a causé ce phénomène.

J'inspecte la cellule dans laquelle je me trouve : le plafond bas, les murs austères et les instruments chirurgicaux alignés sur un chariot de bloc opératoire.

Je me demande si la porte en acier est censée m'empêcher de fuir ou me protéger de ce qui m'attend à l'extérieur.

J'examine les anneaux qui entravent mes chevilles. Celui qui a choisi de me laisser les mains libres a commis une erreur irréparable, mais je lui voue une gratitude éternelle. Je me penche hors du lit aussi loin que le permettent mes chaînes. Lorsqu'elles se tendent, je bande les muscles de mes jambes et reste en équilibre précaire au-dessus du vide. Du bout des doigts, j'atteins le chariot. Je le tire vers moi, millimètre par millimètre, et parviens à m'emparer d'un scalpel.

À l'instant où je m'attaque à la serrure de mes anneaux, l'alarme se remet à hurler, cette fois de façon prolongée. Malgré le son strident qui me vrille les tympans, je dois rester concentrée ; l'un de mes ravisseurs pourrait à tout moment faire irruption dans la pièce. Je poursuis mes efforts jusqu'à ce que l'un des mécanismes cède avec un « clic » libérateur. Le second oppose un peu plus de résistance, mais il finit par rendre les armes sans que quiconque ne vienne m'en dissuader. À l'évidence, le signal d'alerte ne m'était pas destiné.

Je pose les pieds sur le sol de béton rugueux puis je titube vers la porte. Tout autour, le mur a été grossièrement rafraîchi à l'aide d'une bombe de peinture, mais il me suffit de plisser les yeux pour distinguer les graffitis que l'on a tenté de faire disparaître.

Où suis-je ?

À ma grande consternation, la porte ne dispose ni de verrou ni de poignée permettant de l'ouvrir de l'intérieur. Ce qui signifie, en toute logique, que je vais devoir attendre qu'un de mes ravisseurs me rende visite. Je m'empare de trois autres scalpels et les glisse entre mes doigts : voilà une arme aussi redoutable qu'une serre de noctiphage. Enfin, je m'adosse au mur le plus proche de l'entrée.

Tandis que je patiente, tendue comme un arc, les pensées se bousculent sous mon crâne. Combien de temps suis-je restée endormie… ou plutôt inconsciente ? Qui m'a conduite ici ? Où sont passés les corps de Yuna et de Noëlle ? Kieran est-il toujours en vie ? Mon regard s'attarde sur les instruments disposés sur le chariot. Mes geôliers avaient-ils l'intention de me charcuter ? Pour quelle raison ? J'essaie de me rappeler les instants qui ont précédé ma perte de connaissance, mais ce souvenir a déjà sombré dans les recoins les plus obscurs de ma mémoire. Il se dérobe à toutes mes tentatives de l'exhumer.

Tout ce dont je me souviens, c'est d'avoir entendu une voix familière.

Une série de « bip » de l'autre côté du mur me fait tressaillir. J'affermis ma prise autour des scalpels et me tiens prête à frapper.

Les gonds émettent un grincement discret. La pointe d'une botte apparaît, aussitôt suivie d'une jambe nue. Une femme vêtue d'une robe de chambre déchirée se glisse à l'intérieur de la pièce. Ses cheveux noir de jais sont sommairement rassemblés en chignon à l'arrière de son crâne. Elle ôte l'une de ses bottes et la place dans l'entrebâillement de la porte pour éviter qu'elle ne se referme.

Elle regarde le lit vide, puis se tourne vers moi. Son visage est maculé de sang, mais il ne trahit aucune émotion.

Ne prenant aucun risque, je me rue sur elle, scalpels pointés vers sa gorge. Elle recule vivement, saisit mon poignet, tord mon bras derrière mon dos, puis plante deux doigts au creux de ma clavicule. Je perds aussitôt toute sensation dans le bras droit. Les lames m'échappent et tintent sur le sol. Je m'arrache à son emprise, me baisse pour en ramasser une et vise le ventre. Elle tourne les hanches *in extremis*. La lame fend le tissu de sa chemise de nuit. Une tache de sang fleurit sur la soie, mais le visage de la femme reste de marbre.

— Arrête, Rei ! s'exclame tante Minyi. C'est moi !

— Laissez-moi, par pitié, je supplie entre deux sanglots. Je sais… Je sais que vous avez volé son visage.

— Non, implore-t-elle. C'est bien moi, je le jure.

Je secoue la tête.

— Je vous ai entendue parler, avant que vous ne vous transformiez…

Elle me prend dans ses bras et me serre de toutes ses forces.

— Je ne sais pas ce qui t'est arrivé, mais j'aurais dû être à tes côtés, murmure-t-elle. Je te demande pardon.

Je penche la tête en arrière et me force à regarder cette femme que je croyais avoir perdue à jamais.

— Si c'est vraiment toi, dis-moi quelque chose que nous sommes les seules à savoir.

Elle n'hésite pas une seconde.

— La quatrième fête des mères que nous avons célébrée après ton adoption, tu m'as fabriqué un bracelet à breloques. Tu y avais suspendu un petit chat noir, un bol de ramen et une coupe gravée du chiffre 1.

— Tu t'en souviens ? dis-je d'une voix étranglée.

— Si je m'en souviens ? Ma chérie, c'est le cadeau le plus précieux que j'aie jamais reçu.

Sur ces mots, elle ouvre les bras.

— Je sais que tu dois te poser mille questions, mais les réponses devront attendre. J'y répondrai quand nous serons parvenues à faire sortir tout le monde. Il n'y a pas un instant à perdre.

Je prononce alors les mots qui me brûlent les lèvres.

— Tu... Tu as été enlevée ?

— Oui, comme tous les maîtres.

Elle glisse une main dans sa poche et en sort deux clés.

— Mais ils ne nous tiendront pas longtemps enfermées, ajoute-t-elle.

— Je ne comprends pas... Dis-moi au moins qui nous a kidnappées. Je veux savoir à quoi nous sommes confrontées.

Minyi s'accorde un instant de réflexion.

— À des individus capables de faire le bien comme le mal. L'un d'eux m'a remis ceci.

Elle me remet les deux clés, puis brandit une poche en plastique transparent remplie d'un liquide clair où flottent deux pouces tranchés net et deux globes oculaires. Elle en extrait un de chaque, les fourre dans sa poche, puis me confie le sachet.

— Tu en auras besoin pour tromper les scanners biométriques, dit-elle d'une voix sinistre.

Elle ôte sa seconde botte.

— Enfile ça, et prends celle qui bloque la porte avant de sortir.

— Et toi ?

— Je me trouverai une autre paire.

Enfin, elle m'explique la teneur de son plan. Ce n'est qu'à la fin de son exposé, lorsque je la surprends à faire tourner son alliance machinalement, que je mesure à quel point elle a masqué son extrême nervosité. Au cours des jours qui viennent de s'écouler, elle a si souvent répété ce geste que la peau de son annulaire est à vif.

Elle prend ma main. À ma grande surprise, je vois des larmes briller dans ses yeux.

— Une dernière chose, Rei. Ce fut pour moi un honneur et une joie de voir s'épanouir la jeune femme brillante et courageuse que tu es devenue. Ta mère serait très, très fière de toi.

Je ravale mes propres larmes et m'efforce d'ignorer la boule qui grossit dans ma gorge.

— J'ai eu le meilleur des modèles, dis-je.

Son sourire se fane. Elle m'étreint à nouveau en prenant soin de garder son visage dans l'ombre. Elle inspire profondément puis bloque sa respiration. Lorsqu'elle expire enfin et fait un pas en arrière, ses traits ont retrouvé leur impassibilité.

— On y va.

Elle franchit la porte. J'enfile aussitôt la botte qui faisait office de cale.

Nous progressons dans un couloir étroit, faiblement éclairé. Au plafond, des ampoules rouges pulsent au rythme de l'alarme. Nos ombres se découpent sur le sol de béton. Le son est si puissant que je dois avancer les mains plaquées sur mes oreilles, le sachet que m'a confié Minyi coincé sous le bras.

Nous passons plusieurs intersections plongées dans la plus complète obscurité. Je m'attends à tout instant à entendre un martèlement de bottes, des voix hurlant des ordres et le claquement métallique des culasses que l'on arme, mais rien de tel ne se produit.

— C'est toi qui as déclenché l'alarme ?

— Non. Elle se met à brailler toutes les cinq minutes. À croire que les incidents se multiplient et qu'ils n'ont pas assez de personnel pour restaurer l'ordre. Aucun de nous n'a pu fermer l'œil depuis notre arrivée. À l'exception de Sasha, cela va de soi. Celui-là, il ronfle comme grizzli.

— Maître Sasha ? Il est vivant ?

Minyi esquisse un sourire.

— Bien sûr. Et je parie qu'il sera ravi de te revoir.

Quelques dizaines de mètres plus loin, le couloir aboutit à une galerie qui part dans deux directions opposées.

— Occupe-toi des cellules situées sur la gauche. On se retrouve dehors. Surtout, respecte bien mes instructions.

— OK. Je libère les maîtres, puis je cours. Inutile de les escorter jusqu'à la sortie.

— Et ?

— S'il t'arrive quoi que ce soit, je ne t'attends pas.

— Tu dois me le promettre, Rei.

— Je te le promets.

Elle prend mon visage entre ses mains et pose son front contre le mien. Pendant que nous nous tenons immobiles, l'alarme s'interrompt. S'ensuit un silence des plus inquiétants.

— Vas-y, dit Minyi d'une voix ferme.

— Encorc un instant. Tu nc tc fâchcras pas si jc tc pose une question ?

— Je ne peux pas le garantir.

Oh ! Voilà une discussion qui commence sous les meilleurs auspices.

— Es-tu au courant, pour l'artefact perdu ?

— Oui.

— Est-ce qu'il est en ta possession ?

Le regard que me lance Minyi me fait regretter toutes les décisions qui, au cours de ma vie, m'ont conduite à cet instant crucial.

— Qu'est-ce qui te fait penser une chose pareille ?

Constatant que je reste muette, elle m'indique d'un signe de tête la direction de la galerie qu'elle m'a chargée de libérer.

— Dépêche-toi.

Maudissant Maître Sasha et ses révélations, je me mets à courir, malgré mes bottes trop larges qui martyrisent mes chevilles nues.

Ainsi, ses soupçons étaient infondés.

Cependant, pour quelque raison obscure, ce constat est loin de m'apaiser.

Le premier individu que je surprends ne me voit ni ne m'entend approcher. Il apparaît à l'angle d'un couloir, vêtu d'une blouse blanche, un porte-bloc à la main. Je le plaque au sol et l'écrase de tout mon poids. Je le saisis à la gorge et étouffe le cri épouvanté qui menace de jaillir de sa gorge. Il se débat tant qu'il peut, les yeux exorbités. Je m'efforce de faire taire en moi toute empathie tandis qu'il hoquette et suffoque. J'aurais mieux fait de l'assommer d'un coup de poing à la tempe.

Minyi m'a avertie qu'il me faudrait neutraliser tous ceux dont je croiserais la route, mais je n'étais pas préparée à ça. On m'a appris à éliminer les nécros, pas mes frères humains.

— Je suis désolée, dis-je à ma victime, une seconde avant que la vie ne l'abandonne.

Tandis que je cherche du regard une cachette pour dissimuler le corps, il me vient une idée. J'ôte sa blouse et la passe par-dessus ma chemise de nuit. Je glisse dans la poche droite le sac contenant le pouce et le globe oculaire. Dans l'autre, je trouve plusieurs marqueurs, un chronomètre et une dizaine de menottes en plastique.

Un étui suspendu à la ceinture du mort attire mon attention. En l'ouvrant, je découvre le Taser le plus lourd que j'aie jamais manipulé : un modèle disposant de plusieurs cartouches d'azote comprimé et doté d'une puissance potentiellement létale.

Quel genre de scientifique peut bien porter une arme dans l'exercice de ses fonctions ? Et d'une telle dangerosité, qui plus est ?

Soudain, un cri de douleur me fait bondir. Il emplit le couloir comme un train lancé à pleine vitesse. Je jette un regard prudent à l'angle de la galerie dont a surgi ma victime, et découvre une porte blindée pareille à celle de ma cellule.

Je ramasse le porte-bloc. Il rassemble plusieurs pages de notes manuscrites et de données chiffrées dont le sens m'échappe. La dernière est accompagnée de la photo d'un jeune homme à la mine sombre légendée « Sujet XIX ». L'espace d'un instant, je crois être victime d'une hallucination, puis je me rends à l'évidence.

— Tim, dis-je dans un souffle.

C'est lui, sans l'ombre d'un doute. À un détail près.

Ses yeux.

Ils sont intégralement noirs, d'une paupière à l'autre, comme si ses pupilles occupaient toute la surface de ses globes oculaires.

J'ai déjà observé ce phénomène. La femme du Syndicat venue assister à notre dernière session d'entraînement au combat, avec ses lunettes de soleil, sa jambe bionique et ses vêtements si élégants.

Contre toute attente, le corps du scientifique est alors agité de soubresauts. Affolée, je pose un genou à terre et l'assomme pour de bon d'un coup de porte-bloc à l'arrière du crâne. Après avoir lié ses poignets et ses chevilles, je détache la page où figure le cliché de Tim, la plie en quatre et la fourre dans ma poche. Enfin, consciente que ses complices pourraient rappliquer à tout moment, je me remets en route.

Alors que je me dirige vers les cellules dont Minyi m'a indiqué l'emplacement, ce que je viens de découvrir ne cesse de me tourmenter. Qu'ont-ils fait à Tim ? A-t-il été enlevé, lui aussi ? Se trouve-t-il ici, prisonnier dans ce labyrinthe de couloirs anonymes ? Je repense en frissonnant au chariot garni de scalpels, de crochets et de pinces. Aurais-je subi le même sort, si Minyi n'était pas venue à mon secours ?

Quant au cri entendu quelques instants plus tôt… J'ai cru reconnaître celui d'un noctiphage.

À présent, je n'en suis plus si convaincue.

CHAPITRE 45

Parvenue à l'intersection suivante, je lance un coup d'œil à l'angle du couloir. Je découvre deux gardes aux vêtements sombres et dépareillés : une fille, adossée à un mur, et un garçon qui chevauche une chaise à l'envers.

Je fais un pas en avant et braque le Taser sur eux en criant :

— Les mains sur la tête !

Affolé, le garçon tombe lourdement de sa chaise en voulant s'écarter de ma ligne de tir. Sa complice brandit un long poignard.

— Hé, t'es qui, toi ? aboie-t-elle.

— Je vous ai demandé de mettre les mains sur la…

Pour toute réponse, elle se rue sur moi.

J'esquive la charge, saisis le garde tombé au sol par la peau du cou et pointe l'extrémité du Taser entre ses côtes.

— Lâche ton arme, ou je fais griller ton petit copain.

La fille sourit.

— Vas-y. Ne te gêne pas. La douleur forge le caractère, et il en a bien besoin.

Bon sang ! Ces deux-là sont à peine plus vieux que Cassie.

— Tiens-toi tranquille, ou tu le regretteras, je marmonne à l'oreille de mon otage.

Je lui cogne la tête contre le mur, tourne les hanches et évite d'extrême justesse la lame qui siffle à quelques centimètres de mon cou. À l'évidence, cette fille est sous-entraînée. Ses mouvements sont répétitifs, brusques et sans grâce. Chaque coup manqué accroît sa rage et sa frustration.

À son énième tentative, d'un geste sec et précis, je lui arrache le poignard aussi facilement que si elle me l'avait remis de son plein gré. Elle lâche un beuglement et me saute à la gorge. Ses ongles frôlent mes joues, menaçant de me crever les yeux. Au lieu de tenter de m'écarter, je l'attrape par la nuque et lui flanque un puissant coup de tête. Elle s'effondre aussitôt, sans connaissance.

— Je reconnais bien là ma championne, fait une voix dans mon dos.

Je pivote sur les talons et me retrouve face à la porte d'une cellule. Derrière l'étroite grille qui y est percée, je reconnais les yeux bleus de mon mentor.

— Maître Sasha !

Réfrénant un haut-le-cœur, je sors de ma poche le pouce et l'œil que Minyi m'a remis, puis les place au contact des scanners logés dans le mur. La porte s'ouvre aussitôt, et les maîtres sortent un à un de la salle où ils étaient retenus.

Je reviens sur mes pas afin de ligoter les gardes, mais une femme à l'allure imposante me retient par le coude.

— Je vais m'en charger, mademoiselle Reynolds, déclare-t-elle.

— Comme vous voudrez… Maîtresse Aaliyah.

Je suis si impressionnée de me trouver en sa présence que j'en perds l'usage de la parole. J'ose à peine la regarder, de crainte de m'embraser spontanément par la seule force de son charisme.

Avec ses grands yeux perçants et le foulard constellé de perles qui retombe majestueusement sur ses épaules, la maîtresse du Lower East Side est plus belle encore que sur ses portraits officiels. Comme le Fantôme, elle est associée à un artefact emblématique : l'Ostrea, une huître perlière qui lui confère le pouvoir de transformer tout ce qu'elle touche en nacre, le revêtement solide et irisé qui tapisse l'intérieur de certains coquillages. Nul avant elle n'avait pu la domestiquer. Depuis qu'elle a fait don au musée d'Art moderne d'une collection de cent nécros pétrifiés par ses soins, on lui attribue le surnom de « Reine des perles ».

L'attention qu'elle me porte me fait rougir jusqu'à la pointe des oreilles. Aucun mot ne saurait exprimer l'euphorie qui est la mienne. Maîtresse Eliza, rencontrée lors du petit déjeuner qui a précédé la première épreuve du Tournoi, m'adresse un clin d'œil. Maître Jagdeep, de Chelsea, me salue au passage. Je m'efforce d'apparaître détendue, mais je suis à deux doigts de défaillir.

Ce n'est que lorsque les larges mains de Maître Sasha se posent sur mes épaules que mon âme égarée se réincarne.

— Je savais que tu en étais capable, dit-il à voix basse tandis que les autres maîtres ouvrent la voie. Tu resteras à jamais dans l'histoire celle qui a sauvé les habitants de New York.

— Tout le mérite en revient à Maîtresse Minyi, je fais observer.

Maître Sasha secoue énergiquement la tête.

— Je veux parler de l'artefact perdu.

Je le considère d'un œil vide. Son expression s'assombrit.

— Rei… J'ai entendu les gardes parler du phénomène qui s'est produit avant que tu ne sois capturée. Cette intense lumière dorée, semblable à l'explosion d'une bombe nucléaire, qui a anéanti les nécros qui te menaçaient. Tu as récupéré l'artefact dans le bureau de Minyi, comme je te l'avais demandé…

— Non, ce n'est pas ainsi que cela s'est passé.

Maître Sasha me dévisage longuement. Je ne lis plus dans ses yeux l'admiration qu'il me portait quelques instants plus tôt.

— Pourtant… tu as utilisé l'artefact perdu, insiste-t-il. Il doit forcément être en ta possession.

Son mécontentement croissant attire l'attention des autres maîtres. Je me sens fondre sous l'intensité de son regard.

— Je… Je suis désolée. Je n'avais avec moi que le Jeton, mais…

Ses lèvres ne forment plus qu'une ligne très fine.

— Je n'aurais pas dû te faire confiance. Cette nuit, nous aurions pu en finir pour de bon avec les nécros. *En finir*, tu comprends ?

Il adresse un signe à ses pairs, puis tous se mettent à courir.

Je m'élance dans son sillage, mais j'ai les pires difficultés à suivre la cadence.

— Vous m'avez demandé de trahir ma propre famille ! Et ma tante ne laisserait jamais un artefact aussi puissant dans son bureau, qu'il soit sous clé ou non !

— Comment peux-tu être aussi catégorique ? réplique-t-il d'une voix à peine audible, couverte par le bruit de nos bottes.

Nous nous engageons dans une galerie si étroite que nous sommes contraints de progresser en file indienne.

— Je lui ai posé la question, tout à l'heure.

Maître Sasha éclate d'un rire sans joie, aussi froid et plat qu'une pierre tombale. Touchée au vif, je l'interroge :

— Je peux savoir ce qui vous fait rire ?

— J'étais comme toi autrefois. Aveuglément loyal. Incapable de remettre en question mes certitudes. J'ai travaillé pour le gouvernement du pays où je suis né. Ma femme m'avait mis en garde contre leurs agissements, mais il a fallu que je voie son corps mutilé et celui de mes deux fils, pendus comme des quartiers de viande dans une chambre froide, pour que je me réveille enfin.

Le vent qui souffle dans le tunnel se fait glacial.

Maître Sasha grimace un sourire.

— C'est un événement qui ne figure dans aucun volume de mon autobiographie.

BOUM !

Une violente explosion secoue tout l'édifice. Devant nous, un objet métallique heurte le sol.

Je titube, les bras écartés pour tester de garder l'équilibre. Un sifflement vrille mes tympans, puis une fumée opaque déferle dans le tunnel.

— On se replie ! crie Maîtresse Aaliyah en couvrant son visage de son voile afin de protéger ses voies aériennes.

Hélas, à l'instant où nous faisons demi-tour, une herse en acier tombe du plafond et nous stoppe net. Nous voilà piégés comme des rats de laboratoire dans un labyrinthe expérimental.

Tandis que ses collègues cherchent désespérément un itinéraire de repli, Maître Sasha m'attrape par le poignet.

— Reste en retrait. Dès que l'occasion se présente, fuis sans te retourner. Si tu parviens à regagner le manoir, nous avons encore une chance de sauver cette ville.

Je libère mon bras.

— Non, dis-je. Je me battrai avec vous. Je suis une liquidatrice, maintenant. Je ne laisserai personne derrière moi.

— Tu oublies qui nous sommes, Rei. Les maîtres de Manhattan. Nous plaçons notre devoir au-dessus de tout le reste. Combattre et vaincre, telle est notre devise. Si tu restes avec nous, nous ne pourrons garantir ta sécurité. Alors fais-moi confiance et remets-moi ce Taser, puisqu'il est évident que tu ne sais pas t'en servir.

— J'ai pour mission d'éliminer les nécros, j'explique, en lui tendant mon arme. Je refuse qu'un seul être humain figure à mon tableau de chasse.

Soudain, nous entendons un cri guttural suivi d'un martèlement nerveux.

Maître Sasha désenclenche la sécurité de son arme et adresse un geste aux trois maîtres à ses côtés.

— Ça, c'est ce que nous verrons.

À peine a-t-il prononcé ces mots que deux noctiphages crèvent le rideau de fumée. Maître Sasha me pousse derrière lui puis, de son poing nu, frappe la première créature en pleine face avant de faire feu sur la seconde. Telle une toile d'araignée, un filet jaillit du canon de son arme et enveloppe le corps du monstre, qui s'écroule sur le béton, convulse pendant quelques secondes, puis se fige.

Un cylindre de métal roule sur le sol et rebondit contre la pointe de ma botte. Une épaisse fumée violette s'en échappe. Les yeux me brûlent, mais je parviens à remonter le revers de ma blouse jusqu'à mon nez. Je cherche Maître Sasha, mais j'ai perdu tout sens de l'orientation. Le sang bat à mes tempes au rythme de mon cœur affolé. J'entends à peine le son lourd des corps qui s'affalent autour de moi, les hurlements rageurs ou épouvantés des monstres et des êtres humains, cette symphonie de violence à l'état pur.

Une main jaillit de la brume et me saisit par le coude.

— Par ici, me presse Maître Sasha.

J'ignore où il me conduit, mais, déjà, j'ai un regain d'espoir.

Je trébuche. J'ai l'impression d'évoluer dans un théâtre d'ombres. Tout autour de moi, des silhouettes s'étirent et se déforment, tels des spectres. Sombres ou claires, elles ne m'enveloppent que pour mieux se volatiliser. Tout n'cst plus qu'illusion. Tout, sauf ce poing solidement serré autour de mon poignet.

Alors que Maître Sasha m'entraîne toujours plus loin du tunnel où a eu lieu l'embuscade, le fracas des combats se fait plus diffus. Par miracle, nous ne croisons pas un seul ennemi.

Lorsque l'atmosphère s'éclaircit, je m'arrache à son emprise.

— Je croyais que cette prison était tenue par des humains. D'où viennent ces nécros ?

Maître Sasha continue à avancer.

— C’est une question à laquelle je ne suis pas en mesure de répondre.

— Vous avez promis de me dire toute la vérité, mais je sais que vous me cachez quelque chose. Quelque chose de capital. Qui va tout changer. Répondez-moi, s’il vous plaît : qui dirige cet endroit ?

— Les seules personnes qui en ont le pouvoir.

— Le Syndicat ne travaillerait jamais avec…

Je me mords la joue si fort que je sens le goût métallique du sang sur ma langue.

— … des nécros.

— Et pourquoi pas ?

— Parce que ce sont des monstres ! Même les animaux sauvages peuvent être apprivoisés. Ces créatures, elles, sont incontrôlables. Elles n’ont qu’un but : dévorer les habitants de cette ville. Leur nature fait d’eux la forme de vie la plus éloignée qui soit du genre humain, et cela ne changera jamais.

Maître Sasha se tourne vers moi très lentement, incline la tête de façon que son visage se trouve dans l’ombre, puis il murmure :

— En es-tu absolument certaine ?

Je laisse échapper un cri lorsqu’il me saisit par la gorge et me soulève du sol. Pour la première fois depuis que nous avons fui la zone des combats, nos regards se croisent.

Ses yeux ne sont plus bleus.

Ils sont intégralement noirs.

Sourire aux lèvres, il exhibe sa main libre. Alors, le cœur au bord des lèvres, je vois chacun de ses doigts muer à la manière d’un serpent, la peau se détachant vers l’extérieur pour laisser apparaître des griffes aussi tranchantes que des rasoirs.

Une serre de noctiphage.

Je ne peux plus respirer. Mes jambes battent désespérément dans le vide. Je griffe et mords dans le vain espoir de me libérer de cette main puissante qui n'a plus rien d'humaine.

— Maintenant, tu sais, dit-il.

Son accent est moins prononcé, sa diction plus hachée, plus conforme au parler new-yorkais. Malgré moi, je reconnais cette voix.

— Je n'ai jamais été réellement convaincu par toute cette histoire d'*oubliés*, ajoute-t-il, la bouche tordue par un sourire cruel. Mais au moins, si cela me permet de te tuer, ça en aura valu la peine.

Les cinq griffes se rabattent, pointées vers ma poitrine. Je ferme les yeux, m'apprêtant à éprouver la plus inconcevable des souffrances.

Alors, contre toute attente, un corps entre en collision avec le mien. Le choc m'arrache à l'emprise de Maître Sasha, m'envoie valser dans les airs et m'écraser lourdement sur le sol. Mon épaule gauche craque sous la force de l'impact.

Tandis qu'une douleur indescriptible irradie dans tout mon bras, je lève les yeux juste à temps pour voir Maître Sasha administrer un coup de poing dévastateur à...

... Maître Sasha.

Suis-je déjà morte ? Suis-je victime d'une hallucination provoquée par le choc que je viens de subir ? Mon esprit se refuse à croire ce que je vois : deux hommes, parfaitement identiques, à l'exception des yeux et de la serre de noctiphage qui prolonge le bras de celui qui a tenté de m'assassiner.

— Rei ! s'exclame le véritable Maître Sasha en pointant un doigt vers la galerie. La voie est libre. Il faut que tu te rendes au ma...

Avant qu'il n'ait pu achever sa phrase, le monstre qui a revêtu son apparence plonge une patte monstrueuse dans ses entrailles, si profondément que ses griffes le traversent de part en part. Le sang inonde le béton. Une plainte déchirante s'échappe de la gorge de sa victime.

À l'agonie, le maître du Financial District cherche mon regard, puis il gargouille ses quatre derniers mots :

— N'abandonne jamais, Rei.

Ma vision se brouille. Comme possédée, malgré mon épaule cassée, je trouve la force de me relever. Je suis désarmée, et le polymorphe se tient dans l'axe du tunnel. Je dois trouver un moyen de lui fausser compagnie. Ma survie en dépend.

— Ôte-toi de mon chemin, je grogne.

— Et si je refuse d'obtempérer ? demande le monstre, reprenant l'accent de sa victime dans le seul but de me narguer.

Il avance vers moi en traînant derrière lui le corps de mon mentor encore prisonnier de sa serre. Un mouvement inattendu attire mon attention. Au prix d'un ultime effort, Maître Sacha lève un bras tremblant. Il tient dans sa main le Taser que je lui ai confié. Il m'adresse un dernier hochement de tête.

« N'abandonne jamais, Rei. »

Il presse la détente. Un puissant flux électrique se propage, s'empare du maître et de son double. Impuissante, je regarde leurs visages jumeaux se tordre sous l'effet d'une souffrance indicible. Puis, tandis que Sasha se fige dans la pâleur de la mort, le monstre continue à grimacer. Pire encore, sa face se transforme et… c'est bientôt un tout autre visage qui s'offre à ma vue : celui de Tim.

Tout comme sur sa photo, les yeux de Tim sont intégralement noirs. Il montre les dents et tente de me happer, cependant, les convulsions provoquées par le Taser ne lui permettent plus de coordonner ses mouvements. L'une de ses griffes entaille ma joue, mais j'esquive son attaque et me mets à courir.

Emporté par son élan, Tim perd l'équilibre et s'affale face la première. Il se tortille hideusement sur le béton, reprenant lentement forme humaine.

Avant de m'engouffrer dans le tunnel, je jette un dernier coup d'œil derrière moi. Je le vois lever le poing, comme s'il m'adressait un signe d'adieu, puis dresser le majeur dans une ultime provocation.

*

Je ne sais pas comment je suis parvenue à gravir les marches et à m'échapper de cet enfer souterrain. Aveuglée par la lumière du jour, je tombe à genoux.

Une camionnette est stationnée le long du trottoir, moteur tournant au ralenti. Les portes s'ouvrent. Comme dans un rêve, je sens qu'on s'affaire autour de moi. J'entends des ordres lancés d'une voix affolée. Des mains puissantes, aux gestes précis, se referment autour de mes poings et de mes chevilles. On m'installe sur une banquette. On boucle ma ceinture de sécurité. Les pneus du véhicule crissent sur la chaussée. Quelqu'un dépose un baiser sur mon front.

Derrière la vitre, je vois défiler les ombres de Manhattan.

Puis je perds connaissance.

CHAPITRE 46

Des silhouettes vont et viennent autour de mon lit. Ces individus ont beau prendre des précautions, leurs murmures me font l'effet d'une perceuse électrique contre ma boîte crânienne. Malgré mon ventre vide, la nausée ne me laisse aucun répit. Je sens sur ma peau chacune des fibres du tissu dont on m'a recouverte. C'est comme si mes sens étaient devenus beaucoup trop aiguisés pour le monde réel.

Le temps s'écoule. Des secondes. Des années. Je flotte dans les limbes, ni pleinement consciente, ni tout à fait morte.

Une main caresse mes cheveux, aussi tiède et légère qu'un rayon de soleil. Le fantôme de ma sœur dépose un baiser sur ma joue. Je crie, je la supplie de ne pas m'abandonner, mais les sons qui sortent de ma gorge évoquent à s'y méprendre une feuille de papier que l'on froisse.

Lorsque je me réveille pour la seconde fois, je suis seule, plongée dans la pénombre. J'ai dans la bouche un goût épouvantable, mais la douleur commence à s'estomper.

L'oreiller bruisse sous ma tête lorsque je me tourne sur le flanc. On a déposé six bouquets sur ma table de nuit. Une énorme peluche en forme de gobelet de bubble tea, au sourire craquant et aux grands yeux de style manga, est posée sur ma couette. Un cadeau de Zaza, sans l'ombre d'un doute.

— Nom d'un chieeeen, je gémis, les yeux levés vers le plafond.

Je me trouve dans ma chambre, au manoir. Je veux me passer une main sur le visage, mais quelque chose retient mon bras. Je tourne la tête et aperçois une silhouette prosternée près du lit : une tête, un corps et deux bras, dont l'un repose sur un oreiller, des doigts mêlés aux miens. J'essaie d'ôter ma main, mais leur emprise s'affermit.

J'attrape la peluche et la lance aussi fort que possible sur la tête de l'inconnu. Ce dernier sursaute, puis cligne des paupières.

— Rei, chuchote Kieran.

Il s'éclaircit la gorge puis retire précipitamment sa main.

— Comment tu te sens ? demande-t-il.

— Bon sang, mais où est-ce que tu étais passé ?

Il affiche une expression incrédule, puis fronce les sourcils.

— Ce serait plutôt à moi de te poser la question, rétorque-t-il.

Là, on dirait que j'ai sauté une étape.

— Valentine et moi avons été retenus par une meute de nécros, explique-t-il. Lorsque nous sommes arrivés sur les lieux, nous n'avons trouvé que... les corps de Noëlle et de Yuna. Ensuite, nous avons reçu un appel anonyme nous invitant à nous rendre à une adresse, et c'est là que nous t'avons vue sortir d'une station de métro abandonnée, couverte de tripes et de sang. On aurait dit que tu revenais de l'enfer. Tu ne répondais à aucune question. Tu étais sous le choc.

— Désolée, dis-je d'une voix à peine audible. Je regrette de m'être laissé capturer.

Les traits de Kieran s'adoucissent.

— Je ne te reproche rien, Rei. Mais j'ai eu tellement peur pour toi. J'ai cru que tu avais été tuée, comme les autres. Nous sommes tous infiniment soulagés que tu t'en sois sortie. Zaza, Declan, ta sœur, les maîtres…

Mon cœur bondit dans ma poitrine.

— Ils ont survécu ? Tous ? À part, bien sûr…

Ma gorge se serre.

— … Maître Sasha.

Hésitant, Kieran observe quelques secondes de silence.

— Seule Maîtresse Minyi manque à l'appel. Une autre camionnette a attendu devant la station jusqu'au crépuscule, mais elle n'a pas reparu. Nous n'avons toujours aucune nouvelle. Nous ne pouvons rien confirmer. Est-ce que tu l'as vue ?

— Oui. C'est elle qui nous a permis de nous échapper.

Je ferme les yeux et tâche de me remémorer tous les événements de la nuit. L'alarme avait cessé de fonctionner et la base secrète n'était pas équipée de caméras de surveillance. Comment avons-nous pu nous retrouver pris au piège aussi rapidement ?

À moins que nous n'ayons été victimes d'un stratagème depuis le début.

Je me redresse brusquement contre les oreillers.

— Le Jeton ! Je l'ai laissé tomber dans l'herbe du parc, avant de perdre connaissance. Est-ce que vous l'avez retrouvé ?

— Après la découverte des corps, Valentine a chargé une équipe de passer les lieux au peigne fin. Il paraît que la Quatrième Griffe de Courage a été retrouvée, mais je ne sais pas ce qu'est devenu ton artefact.

— Tu pourrais te renseigner ? Ou envoyer quelqu'un pour s'assurer qu'il n'est pas resté sur place ?

— Oui, bien sûr. Mais pourquoi se donner cette peine ? Ce Jeton ne sert à rien…

Il hausse les sourcils avant d'ajouter :

— Oh ! tu as trouvé un moyen de l'utiliser. Je me trompe ?

— À vrai dire, je n'ai rien fait de particulier, mais il s'est produit quelque chose, un phénomène qui m'a permis d'échapper aux mâchoires d'un noctiphage. Ça m'a sauvé la vie, tout simplement. Aucun autre artefact ne dispose d'un tel pouvoir.

— Qui as-tu croisé, dans cette station, à part les maîtres et les gardes que tu as neutralisés ?

Tim. Je ne parviens pas à chasser de ma mémoire ce visage déformé : ni réellement le sien, ni celui de Maître Sasha.

« Vous me cachez quelque chose. Quelque chose de capital. Qui va tout changer. »

Ce n'est pas à Sasha que je m'adressais lorsque j'ai prononcé ces mots, mais à Tim. Si mon mentor n'était pas intervenu, jamais je n'aurais deviné que je me trouvais en présence d'un polymorphe. Je serais morte, convaincue que le maître nous avait trahis, alors qu'il a donné sa vie pour sauver la mienne.

Cependant, il me manque encore une pièce essentielle du puzzle : comment un humain a-t-il pu changer de forme, un pouvoir dont seuls disposent certains nécros ?

Laissant la question de Kieran sans réponse, je me glisse hors du lit avec la couette, puis me traîne hors de la chambre.

— Hé ! s'exclame Kieran. Où est-ce que tu crois aller, comme ça ?

Certaine qu'il va m'emboîter le pas, je ne réagis pas. Je drape la couette autour de mes épaules et me dirige vers le bureau de Minyi. Je me plante devant la porte, en tourne la poignée et constate avec soulagement qu'elle n'est pas verrouillée. Je reste un instant figée, éblouie par le soleil de midi qui illumine la pièce.

— Combien de temps suis-je restée inconsciente ? je demande, avant de pénétrer dans la pièce et de m'asseoir au bureau.

Kieran apparaît sur le seuil de la porte. Maintenant que je peux l'observer en pleine lumière, je réalise à quel point il est défait. Ses yeux sont injectés de sang et cernés de brun ; ses cheveux en bataille sont d'une saleté repoussante.

— Presque trente heures, répond-il. Selon le médecin, tu t'es cassé la clavicule. Il t'a administré un puissant antidouleur puis, à la nuit tombée, nous sommes allés récolter de la poussière d'étoile.

Il s'approche d'une haute fenêtre, contemple la rue et soupire :

— Bon sang, regarde-les !

— Qui ça ? je demande, les doigts déjà posés sur le clavier de l'ordinateur.

— Les gens, en bas. Ils vont et viennent, comme si tout était parfaitement normal.

— Quelle ingratitude…

— Tu as déjà rêvé d'être comme eux ? Je veux dire… de mener une vie normale ?

— À chacun sa normalité, Kieran.

— Bien dit. Tu as besoin d'un coup de main ?

De mauvaise grâce, je m'écarte pour le laisser accéder au clavier. Il tape une combinaison de lettres et de chiffres sans logique apparente.

— C'est ça, son mot de passe, maintenant ?

— Oui, à cause de toi. Tu sais comment elle s'y est prise ? Elle a ouvert un document vierge, s'est emparée d'un livre sur l'étagère, l'a lancé sur le clavier puis a noté le résultat. J'ai eu un mal fou à le mémoriser, alors par pitié, n'essaie plus jamais de pirater son ordinateur.

Kieran reste penché au-dessus de mon épaule, si proche que ma joue effleure son menton.

— Qu'est-ce que tu cherches ?

Je saisis un nom, puis je presse la touche « entrée ».

— Un truc qui va sûrement te plaire.

Un fichier apparaît dans la fenêtre de recherche.

— « Storm, Sabrina », lit Kieran à haute voix. « Ex-Archange. » Mmmh… Ça me dit quelque chose.

— Je n'ai entendu que des rumeurs à ce sujet, dis-je, en référence à des propos tenus par ma tante que je n'étais pas censée entendre. Archange était une unité d'élite secrète placée directement sous les ordres des dircctcurs. Elle a été dissoute il y a quelques années. Une expérience qui aurait mal tourné, si j'ai bien compris.

Je clique sur le fichier, mais un message d'alerte apparaît, exigeant un second mot de passe.

— Document classifié, zut ! Seuls les maîtres doivent y avoir accès. Réessaie avec le même mot de passe.

Kieran s'exécute. L'ordinateur émet un bourdonnement hargneux. La fenêtre clignote.

Mot de passe incorrect
2 tentatives restantes

— Tu es sûr de ne pas avoir fait une faute de frappe ?

— Non. Je vais recommencer.

Les doigts de Kieran courent sur le clavier.

Brrrr. Plus qu'une tentative.

Une ride barre son front.

— Pourquoi l'accès à ce fichier est-il restreint depuis l'ordinateur d'un maître ? Ils disposent du deuxième niveau d'accréditation, juste après les directeurs.

— Il contient peut-être des données que ces derniers souhaitent tenir secrètes. Tu sais où est mon téléphone ?

— Oui. Je l'ai branché dans ta chambre. Je vais le chercher.

En son absence, je caresse pensivement mon menton. Je lance une nouvelle recherche et tape « Kieran Cross », par simple curiosité et dans l'unique but de passer le temps. Aussi suis-je stupéfaite de constater que son dossier est lui aussi classifié. Pour quelle raison ? Ce n'est qu'un étudiant de Prep récemment diplômé, et non un opérationnel d'exception comme Sabrina Storm. Le système est-il défectueux ? Pourtant, lorsque je tape mon nom, les informations me concernant s'affichent en intégralité.

NOM : REI REYNOLDS
ÂGE : 18 ANS
POSITION : INSTITUT PRÉPARATOIRE
DU FINANCIAL DISTRICT,
LIGUE DES INSTITUTS PRÉPARATOIRES
DU SYNDICAT (DIPLÔMÉE)

Remarques : Finaliste du Tournoi annuel.
Repêchage proposé par Sasha Sokolov,
maître du Financial District (décédé).

Décédé.

Je ferme la fenêtre et enfouis mon visage entre mes mains.

Son souffle à peine perceptible. Son sang inondant le sol. Ses yeux bleus et fiévreux rencontrant les miens, ses derniers mots…

« N'abandonne jamais, Rei. »

Je me frotte les yeux puis expire en frissonnant.

Je n'ai pas encore accepté la mort de Maître Sasha. Ni celle de Yuna. Ni celle de Noëlle. Quelque chose en moi voudrait se convaincre que cette première nuit de patrouille n'était qu'une mise en scène, un piège semblable à celui que l'on nous a tendu à l'Apollo Theater, lors de la deuxième épreuve du Tournoi. Mais en découvrant ce mot sur le réseau interne du Syndicat, avec son caractère froidement officiel, je ne peux plus nier la réalité.

Je me sens engourdie, assommée par le tourbillon de terreur, de doute et de chagrin qui m'a emportée depuis la disparition des maîtres. Malgré mon épuisement, je me prends à redouter le sommeil. Je ne veux plus que mes cauchemars fassent irruption dans la réalité.

— Pourquoi as-tu une photo de Nick Valentine en fond d'écran ? demande Kieran en brandissant mon téléphone.

Les joues en feu, je bondis de mon fauteuil avant même qu'il n'ait pu franchir le seuil du bureau.

— Ça ne te regarde pas ! Rends-le-moi immédiatement !

— Je comprends, tu sais. Nick est beau gosse… et il ne manque pas de charme. Tout le monde craque un peu pour lui. Le problème, c'est que nous travaillons sous ses ordres, maintenant, alors tu ferais mieux de changer de fond d'écran, si tu veux mon avis. Si jamais il voit ça, il va te prendre pour une énorme fayotte.

— Ou il pourrait se sentir flatté, je rétorque. Il est célibataire, tu sais.

— Oh ! Dans ce cas, c'est parfait. Je suis certain que vous serez très heureux, tous les deux. Au fait, il t'a rendu visite, un peu plus tôt. Il a l'air de beaucoup se préoccuper de ton sort. Il t'a même apporté des fleurs, et pas les moins chères.

— Ah ! Ah ! très drôle !

— Je ne plaisante pas. Elles sont dans ta chambre.

Je parviens difficilement à contenir mon étonnement. Le Fantôme est venu à mon chevet ? Il me semble pourtant qu'il a des affaires plus urgentes à régler.

— Avant que tu ne demandes, je ne t'ai rien offert, parce que j'étais trop occupé à veiller sur toi et à t'écouter ronfler. De toute façon, si j'en avais eu l'occasion, je serais plutôt descendu à la boulangerie, parce que moi seul sais que tu échangerais toutes les roses et les pivoines du monde contre un seul pudding à la banane.

Ces mots me plongent dans un état de rêverie. J'enroule machinalement une mèche de cheveux autour de mon doigt et fais mine de ne rien avoir entendu.

— Dis-moi, Kieran, tu penses que le Fantôme me trouve mignonne ?

Kieran me fusille du regard. Je laisse échapper un bref éclat de rire, lui arrache mon téléphone des mains et commence aussitôt à faire défiler mes messages.

Jie jie,
Je sais que ça ne compensera pas mon absence, mais j'espère que ça t'aidera.
Surtout, ne dis RIEN à maman !
FICHIER CRYPTÉ REÇU

J'exporte le fichier codé vers une application de décryptage. Comme je m'y attendais, je vois apparaître une suite de chiffres et de lettres. J'ignore comment ma sœur est entrée en possession de ce mot de passe, et il y a fort à parier que je ne le saurai jamais.

Je me rassieds et double-clique à nouveau sur le dossier de l'agente Storm. Lorsque la fenêtre d'alerte apparaît, j'hésite un instant avant de toucher le clavier : une tentative restante. Si ce code est erroné, ce sera la fin de la partie.

Déterminée, je compose le mot de passe et presse la touche « entrée ».

La fiche de Sabrina Storm s'affiche à l'écran, mais ma joie est de courte durée.

— Qu'est-ce que ça signifie…

À l'exception de son identité et de ses fonctions, le dossier est vierge. N'y figurent ni son âge ni les détails de sa carrière au sein du Syndicat.

— « Directrice du programme Oubliés », je lis à voix haute. Il y a aussi la date de lancement du projet. C'était il y a six ans…

Je recherche « Programme Oubliés » dans la base de données et n'obtiens qu'une entrée classifiée à laquelle le code que m'a transmis *jiě jie* ne me permet pas d'accéder.

Quelle est donc cette opération si secrète que même les maîtres ne sont pas autorisés à en connaître la nature ?

Trois coups frappés à la porte me font sursauter.

— Vous vous amusez bien, tous les deux ? lance une voix espiègle.

Zaza se tient à l'entrée du bureau. Elle porte un petit paquet-cadeau orné d'un ruban doré.

Je me précipite pour la serrer dans mes bras. Elle m'embrasse et me caresse affectueusement les cheveux.

— Moi aussi, je suis contente de te retrouver, ma chérie. Je profite de ma pause déjeuner pour te rendre une petite visite, mais je vais devoir retourner au labo.

— C'est pour moi ? je demande, en désignant le cadeau.

— Oui, répond-elle en me le tendant, mais il ne vient pas de moi.

Il est étonnamment léger, même pour sa taille. À dire vrai, on jurerait qu'il est vide. Mon nom figure sur une étiquette en élégants caractères calligraphiés.

— De qui, alors ?

— Je ne sais pas. Un admirateur anonyme, peut-être. Je l'ai trouvé près de la porte d'entrée.

Je pose le paquet sur le bureau, dénoue le ruban puis découvre une petite boîte ordinaire en carton. Kieran et Zaza m'observent sans chercher à dissimuler leur impatience. Je soulève le couvercle, jette un œil à l'intérieur et plaque une main sur ma bouche pour retenir un cri.

— Qu'est-ce que c'est ? demande Zaza en s'emparant du paquet.

Lorsqu'elle découvre son contenu, elle écarquille les yeux.

— Oh ! Une oreille humaine. Elle a été coupée récemment. Sans doute une déclaration d'amour désespérée.

Grimaçant de dégoût, Kieran lui arrache la boîte.

— Nom d'un chien, Zaza ! On n'a vraiment pas le même sens de l'humour. Qui a bien pu déposer cette horreur ?

— Il n'y a pas une petite carte ?

Kieran marque une pause.

— Si, je crois, répond-il avant de glisser une main dans le paquet et d'en extraire une petite enveloppe tachée de sang.

— Donne-la-moi, dis-je.

— Tu es sûre ?

Je confirme d'un hochement de tête. À contrecœur, il la dépose dans la paume de ma main. Je déchire le rabat et en sors un bristol épais, anonyme. Y figurent trois lignes tracées de la main qui a rédigé l'étiquette.

Times Square. Ce soir, à minuit.

Soyez à l'heure, ou votre maîtresse regagnera son manoir en pièces détachées.

CHAPITRE 47

Je replace soigneusement le bristol dans l'enveloppe.

— Tu ne songes pas sérieusement à te rendre à ce rendez-vous, n'est-ce pas ? demande Kieran.

— Bien sûr que si, je réponds en fermant la boîte.

Mes mains ne tremblent pas. Malgré notre découverte macabre, je me sens étrangement calme.

— Mais c'est un piège, Rei !

— Bien sûr que c'est un piège. Mais ce soir, ils ne nous prendront pas par surprise. Nous serons prêts à nous défendre.

— Ils ont failli te tuer.

— C'est vrai, mais ils ont échoué.

Le regard perçant de Kieran me traverse de part en part.

— Cette fois, ils feront en sorte de ne pas manquer leur coup.

Je n'insiste pas. Notre conversation est dans une impasse, mais il n'est pas question que je renonce.

— Navrée d'interrompre votre échange torride, intervient Zaza, mais qui sont ces « ils » dont vous parlez ? Par ailleurs, comment être sûrs qu'il s'agit bien de l'oreille de Minyi ?

— Elle n'est pas percée. Ce n'est pas la sienne.

— OK. Il n'empêche, quelqu'un a bel et bien été amputé. Ça n'annonce rien de bon. Est-ce que j'aurais manqué quelque chose ?

Je ne lui ai jamais rien caché, pas même mes escapades illégales avant le couvre-feu, mais ce qui est en train de se passer à Manhattan nous dépasse. L'avenir du Syndicat pourrait en être gravement affecté. Ce secret ne m'appartient pas.

— Disons que certains maîtres sont portés disparus. Quant à ces « ils », nous ignorons leur identité. Tout ce que nous savons, c'est qu'ils ont monté une opération clandestine de grande ampleur. Un projet criminel lié aux nécros.

Zaza ouvre des yeux ronds.

— Rei. Tu te souviens des échantillons que j'ai prélevés sur tes plaies, au retour de ta dernière partie de chasse ?

— De quoi tu parles ? s'étonne Kieran.

Zaza écarte sa question d'un geste vague de la main.

— Vu qu'il est presque impossible de se procurer des traces biologiques de noctiphages, j'étais impatiente de les analyser.

— Et ?

Je suis pendue à ses lèvres. Hésitante, Zaza cherche ses mots.

— Une chose très étrange s'est produite. Lorsque j'ai présenté les échantillons à ma directrice de labo, elle m'a ordonné de m'en débarrasser sur-le-champ. Quand je l'ai questionnée, elle est devenue carrément hostile. Elle a menacé de me suspendre pour insubordination.

Je hausse les sourcils.

— Et tu as obéi ? Tu as détruit les prélèvements ?

— Bien sûr que non.

Zaza se tourne vers Kieran puis désigne le couloir d'un hochement de tête. Kieran reçoit le message cinq sur cinq. Il ferme la porte du bureau puis s'assure qu'elle est correctement verrouillée.

— J'ai séquencé l'ADN du noctiphage. Comme je ne disposais pas d'autre échantillon de nécro, j'ai effectué une vérification croisée par comparaison avec des espèces aléatoires. J'ai obtenu une seule correspondance, presque parfaite, exception faite de quelques gènes présentant des mutations spectaculaires.

— Une correspondance ? je répète.

Zaza s'assied au bord du bureau. Son front est barré d'une ride profonde. Elle reste quelques instants perdue dans ses pensées.

— Je me suis d'abord demandé s'il s'agissait d'une erreur, ou si l'échantillon avait été faussé suite à une réaction inconnue de tes cellules au contact direct du noctiphage. Alors j'ai lancé un protocole algorithmique pour soustraire ton ADN du prélèvement. C'est la raison pour laquelle j'ai emprunté ta brosse à cheveux.

— Et moi qui croyais que tu voulais me cloner...

— La prochaine fois, peut-être. Quoi qu'il en soit, j'ai obtenu le même résultat que lors de la première analyse.

J'éprouve une sensation de malaise grandissant. Kieran reste muet. J'ignore s'il est saisi d'épouvante ou s'il ne comprend tout simplement pas un traître mot des explications de Zaza.

— À l'exception des gènes mutants que j'ai mentionnés plus tôt, poursuit cette dernière, le séquençage présente toutes les caractéristiques d'un ADN *humain*.

Les traits de Kieran s'affaissent.

— C'est… C'est impossible.

Zaza laisse échapper un petit rire nerveux.

— Je sais. Il y a forcément un truc qui m'a échappé. J'aurais certainement mieux fait de ne pas vous en parler. Je crois comprendre que vous avez des problèmes plus urgents à régler. Je ne sais pas pourquoi je vous embrouille avec mes théories ridicules…

Je saisis ses mains et les serre avec gratitude.

— Ridicules ? Mais qu'est-ce que tu racontes ? Je n'ai pas besoin de te rappeler à quel point tu es brillante. Nous avons tellement de chance de t'avoir à nos côtés.

Pensif, Kieran se frotte le menton.

— Si nous parvenions à te procurer d'autres échantillons, tu serais en mesure de les analyser ?

Zaza secoue lentement la tête.

— Ma cheffe m'a à l'œil, depuis l'incident. J'aimerais vous aider à tirer cette affaire au clair, mais je ne servirai plus à grand-chose si je me fais virer.

— Pourquoi ne pas effectuer l'analyse ici même, dans un labo du manoir ? suggère Kieran. Si on nous interroge, on dira que l'ordre émane directement du bureau de Maîtresse Minyi. Ce qui, dans un sens, est la stricte vérité.

Je me sens prise de vertige.

— Je vous abandonne cinq minutes. Je vais aller me chercher à boire à la cuisine.

Kieran fronce les sourcils.

— Est-ce que tout va bien, Rei ?

Je lui adresse un sourire forcé.

— Oui, ne t'inquiète pas pour moi. Pendant ce temps-là, dressez une liste du matériel nécessaire pour procéder à l'analyse.

Sur ce, je déverrouille la porte et m'éclipse avant que l'on ne me pose davantage de questions.

La cuisine est un vaste espace aux comptoirs de marbre et aux placards vitrés où sont exposés des verres en cristal et des assiettes en porcelaine. Et des boîtes de thé, bien sûr. Ma tante en raffole. Elle en fait venir des quatre coins du monde, aux saveurs les plus diverses : fleur de cerisier sakura, cardamome, clou de girofle, pu'erh cueilli sur des arbres ancestraux dans des forêts lointaines. Je soulève une théière en céramique, la plus belle de sa collection, celle qui embaume en permanence la pluie et le riz grillé. Elle est pleine à ras bord. Minyi se prépare toujours une tasse avant de partir au travail. Cette fois, elle n'en a pas bu une goutte.

Les mots de Zaza résonnent dans ma tête.

« Toutes les caractéristiques d'un ADN humain. »

« Une seule correspondance, presque parfaite, exception faite de quelques gènes présentant des mutations spectaculaires. »

Je pense à Tim, à ses yeux noirs, à la transformation de ses traits. À sa serre de noctiphage déchirant les entrailles de Maître Sasha.

D'une façon ou d'une autre, dans les profondeurs de cette base secrète, d'où je me suis échappée d'extrême justesse, Tim est devenu l'un des monstres que nous avons juré de détruire. Combien de créatures semblables abritait cet abri souterrain ? Combien de ces monstres ont été créés ?

Je revois le noctiphage qui a tué Yuna. La silhouette sur le toit, avant que la grenade ne la fauche. La blessure par balle à laquelle Noëlle a succombé.

Ceux qui ont commis ce massacre appartenaient-ils à cette espèce ?

Je songe aux paroles sibyllines de ma tante.

« Des individus capables de faire le bien comme le mal. »

Des individus. Pas des humains. Des abominations.

J'attrape un verre dans le placard et le remplis au robinet de l'évier. Je le vide d'un trait puis m'en sers un second. Je bois si rapidement que je manque de m'étrangler. Une main posée sur la poitrine, je suis prise d'une violente quinte de toux. L'eau non filtrée laisse sur ma langue un goût métallique qui me rappelle celui du sang.

Elle savait.

Elle connaissait leur existence.

Il ne peut pas en être autrement.

Elle m'a déjà menti. Un nombre incalculable de fois. Et je m'en suis plainte à Maître Sasha. Mais cette fois, c'est différent.

Cela change tout.

Je repose le verre si brutalement sur le marbre qu'il se brise. Je pousse un juron, puis aspire les gouttes écarlates qui perlent à l'extrémité de mon pouce.

Sans savoir pourquoi, je suis prise d'un rire incontrôlé. C'est la goutte de sang qui fait déborder le vase. Je m'affaisse contre le comptoir puis me laisse glisser lentement jusqu'au sol, le corps agité de tremblements. Des larmes roulent sur mes joues. Je reste étendue là, avec pour toute compagnie la collection de théières de Tante Minyi, riant et pleurant à en perdre le souffle.

— Mademoiselle Reynolds ? Qu'est-ce que vous faites ici ?

Lorsque j'entrouvre mes paupières rougies et gonflées, Declan, l'air préoccupé, est penché au-dessus de moi. Quand il pose les deux sacs en papier kraft qu'il tient à bout de bras, l'un d'eux se déchire, puis une dizaine de pots de crème glacée roulent sur le sol de la cuisine.

— Nom d'un chien, grommelle-t-il en pourchassant un gobelet de sorbet à la menthe. Ce que je peux être maladroit…

Je me redresse et l'aide à ramasser ses achats. Du chocolat à la pomme caramélisée, il n'y a pas deux saveurs identiques.

— Pour qui sont ces glaces ? je demande.

— Vous recevez de nombreux visiteurs, ces derniers temps. J'ai pensé que ces douceurs pourraient leur être agréables.

Il ouvre le tiroir à ustensiles, en sort une longue paire de pinces et commence à ranger les pots dans le congélateur (un réservoir cryogénique modifié à des fins civiles, un dispositif à azote liquide qui permet la conservation des aliments durant la nuit, lorsque la ville est privée d'électricité).

— Ne connaissant pas les goûts de vos amis, j'ai pris un peu de tout.

Il sort du second sac un litre de préparation pour cookies aux pépites de chocolat.

— Vos préférés, me dit-il avec un sourire.

Je considère son offrande sans dire un mot. Un ange passe.

— Est-ce que vous allez bien, mademoiselle Reynolds ?

Voyant une larme unique rouler sur ma joue, Declan pose la brick de pâte sur le plan de travail, puis il me serre dans ses bras. Le visage au creux de son épaule, je suis incapable de retenir mes sanglots.

— Là, là, murmure-t-il en me caressant doucement le dos. Laissez-vous aller, il n'y a pas de honte à avoir. Vous avez fait preuve d'un tel courage, ma pauvre enfant… Il y a bien trop longtemps que vous retenez ces larmes.

— Je n'ai pas pu les sauver. Tim… Il… et Maître Sasha… Zaza a dit que… Tout ce en quoi j'ai cru, toutes ces années…

— Prenez le temps de respirer, mademoiselle Reynolds. Inspiration, expiration. Inspiration, expiration. Voilà, comme ça. C'est très bien.

— J'étais là, Declan, dis-je, lorsque je me sens enfin capable d'aligner deux mots sans m'étrangler. Et je n'ai rien pu faire pour les sauver. Pourquoi ? Peut-être parce que…

Ma gorge se serre. Je suis incapable de terminer cette foutue phrase.

— C'est ma faute. Comme la nuit où Tofu est mort.

— Ne dites pas une chose pareille, dit Declan d'une voix très douce.

C'est pourtant la stricte vérité, et il est bien placé pour le savoir.

Jamais je n'oublierai cette nuit-là.

La seule où j'ai manqué le couvre-feu.

*

C'était en fin d'après-midi, la veille de Noël. J'approchais alors de mes treize ans. J'aidais Declan à décorer l'appartement avec des vases en cristal que nous comptions remplir de poussière d'étoile à la nuit tombée. Un festin attendait Minyi à son retour du quartier général. Nous avions dressé la table pour quatre, mais Maura m'avait adressé un SMS une heure plus tôt pour m'informer qu'elle ne pourrait pas réveillonner en notre compagnie. Je ne l'avais pas revue depuis presque un an.

Particulièrement agité, Tofu courait dans tous les sens et bondissait sur chaque meuble à sa portée, telle une fusée de feu d'artifice ayant échappé à tout contrôle. Declan m'a quasiment suppliée de l'emmener faire un tour, malgré le carillon des cloches annonçant l'imminence du couvre-feu.

— Mais ne tardez pas trop, m'a-t-il avertie alors que Tofu tirait déjà furieusement sur sa laisse. N'allez pas plus loin que l'angle de la rue. Le soleil va bientôt se coucher.

Dans l'ascenseur, j'ai remonté la fermeture Éclair de mon manteau, puis j'ai réalisé que j'avais oublié mes moufles.

Une menorah et un arbre de Noël décoraient le hall d'entrée. Les guirlandes électriques baignaient encore les murs d'une lueur rougeâtre, mais, bientôt, le bâtiment tout entier serait plongé dans l'obscurité. L'agent de sécurité m'a demandé si j'avais besoin d'une escorte, je lui ai promis d'être de retour quelques minutes plus tard.

La rue était déserte, le trottoir jonché de neige et de boue mêlées. Un nuage de vapeur s'échappait de ma bouche à chaque expiration. Tofu trottinait devant moi en agitant la queue. Alertée par le grondement d'un moteur, j'ai levé les yeux et vu un véhicule filer à vive allure, sans doute un retardataire pressé de regagner son domicile sain et sauf.

Tandis que mon chien se soulageait contre un réverbère, j'ai coincé la laisse sous mon bras afin de frotter mes mains frigorifiées l'une contre l'autre. Le froid intense n'était rien en comparaison de la déception que me causait l'absence annoncée de Maura. Je me demandais si c'était ma faute, si j'avais dit ou fait quelque chose qui l'avait poussée à nous faire une nouvelle fois faux bond en cette soirée de réveillon.

Zzzip.

La laisse a filé sous mon aisselle. J'ai poussé un cri, puis Tofu s'est mis à courir en direction de la 74e Rue, entraînant sa laisse derrière lui. J'ai voulu le rattraper, mais j'ai glissé sur une plaque de glace et me suis affalée sur les fesses. Je me suis redressée d'un bond et me suis lancée à sa poursuite en criant son nom.

Alors, les cloches ont cessé de sonner et les sirènes se sont mises à hurler.

J'ai accéléré la cadence afin de ne pas le perdre de vue. Les poumons en feu, je l'ai poursuivi jusqu'à la pointe sud de Riverside Park. Il a sauté par-dessus une clôture et disparu entre les arbres.

Malgré l'obscurité grandissante, je n'ai pas hésité une seconde. À mon tour, j'ai enjambé l'obstacle et continué à progresser, de la neige fraîche jusqu'aux genoux.

Je l'ai trouvé à l'arrêt devant un bosquet de sapins.

— Tofu ! ai-je crié en ouvrant grand les bras. Viens ici, mon chien !

Jamais il n'avait fugué de la sorte. Jusqu'alors, il ne s'était jamais éloigné de moi de plus d'une vingtaine de mètres. J'ai parcouru le parc désert d'un œil inquiet.

— Allez ! Il faut qu'on rentre. Il va bientôt faire nuit.

Au lieu de m'obéir, il est resté planté devant les arbres et s'est mis à grogner.

J'ai sifflé entre mes doigts.

— Allez, Tofu, dépêche-toi de…

Puis ma voix s'est éteinte. Une créature venait de s'extraire de la végétation, le regard anthracite : le nécro que j'avais aperçu à la fenêtre de ma chambre.

Tous crocs dehors, Tofu ne semblait pas décidé à battre en retraite.

J'ai estimé la distance qui le séparait du monstre. Si j'arrivais à le saisir puis à courir sous le couvert des arbres…

J'avais beau n'avoir que douze ans, je savais que c'était sans espoir.

Les sirènes se sont tues, laissant place à un silence de mort.

Le nécro s'est immobilisé. Il s'est ébroué pour se débarrasser de la neige accumulée sur son pelage, a tourné les yeux vers Tofu puis a ouvert grand la gueule.

Comme lors de notre dernière confrontation, le monstre a lâché un aboiement rauque, pareil à la toux d'un vieillard. Cette fois, Tofu a baissé la tête, perplexe et hésitant, puis il a poussé un jappement pathétique.

Alors, j'ai entendu crier mon nom.

J'ai fait volte-face. Sous la poussière d'étoile qui commençait à tomber, j'ai vu Declan courir vers moi dans la clairière enneigée, un pistolet dans chaque main, une escouade de liquidateurs sur les talons.

— Repliez-vous ! a-t-il ordonné en braquant ses armes vers la tête du nécro.

— Attendez ! ai-je hurlé en levant les bras en l'air. Ne tirez pas !

Declan s'est figé.

— Qu'est-ce que…

— Ne tirez pas, ai-je répété. Regardez.

Indifférents à l'arrivée des renforts, Tofu et le monstre n'avaient pas bougé d'un centimètre. Le nécro a fait un pas en avant, ses défenses noueuses traçant des sillons dans la neige.

— Rei… a murmuré Declan.

— Vous devez me faire confiance, ai-je insisté, sans quitter des yeux la créature.

Un phénomène imprévu était en train de se produire. Oui, les nécros faisaient des ravages dans la population. J'étais bien placée pour le savoir. Mais, si d'aventure, ils étaient capables de nouer des liens d'affection ? Si nous pouvions les domestiquer ? Chacun pourrait aller et venir de jour comme de nuit. Humains et nécros pourraient vivre en harmonie. Les enfants n'auraient plus à pleurer la mort de leurs parents.

Le monstre a tendu son énorme tête ridée vers Tofu. *Un geste de soumission*, ai-je pensé. Fascinée, je contemplais ses mâchoires garnies de crocs tordus et tranchants. J'étais convaincue que j'allais l'entendre aboyer à nouveau.

Soudain, les traits de Declan se sont décomposés. Épouvanté par un détail qui m'était invisible, il s'est jeté sur moi. Alors que les coups de feu claquaient autour de nous, il m'a plaquée au sol puis m'a maintenue serrée dans ses bras en faisant de son mieux pour couvrir mes yeux. J'ai eu beau hurler et lui flanquer des coups de pied dans les tibias, je n'ai pas pu le faire lâcher prise.

À bout de forces, tremblante et secouée de sanglots, j'ai cessé de me débattre.

— Je vais vous porter jusqu'au manoir, a dit Declan.

Les liquidateurs ont formé une ligne afin que je ne puisse voir les lieux du massacre, mais j'ai pu distinguer, l'espace d'un instant, de grandes fleurs écarlates dans la neige immaculée.

CHAPITRE 48

Plusieurs minutes s'écoulent sans que nous prononcions un mot. Nous sommes tous deux perdus dans les souvenirs du petit chien qui sommeillait sous la table du salon et engloutissait tout ce qui en tombait plus efficacement qu'un aspirateur. Longtemps après sa mort, j'ai continué à sentir sa présence. Je m'attendais à le trouver recroquevillé au bout de mon lit ou en train de patienter sur le pas de la porte, sa queue battant les airs.

— Depuis des années, j'essaie d'oublier cette nuit affreuse. Je n'ai même pas conservé de photos de lui. Je n'aurais pas la force de les regarder. J'ai commis beaucoup d'erreurs, Declan, mais celle-là, je ne me la suis jamais pardonnée. Je n'ai même pas su en tirer les leçons. Qu'est-ce qui ne va pas chez moi ? Pourquoi je suis incapable d'accomplir quoi que ce soit de positif ?

À ma grande surprise, Declan éclate d'un rire sans joie.

— Vous savez, la nuit où vos parents ont été tués, votre tante a dit la même chose, presque mot pour mot. Je ne suis pas certain que son point de vue ait changé à ce sujet. Elle s'est toujours crue responsable de chaque habitant de l'Upper West Side.

— De chaque citoyen ? Ça représente tout de même près de cent mille personnes. Elle croyait pouvoir mener cette mission toute seule ?

— En effet.

— C'est ridicule.

Declan lâche un soupir.

— Son ambition n'avait pas de limites. Elle visait la perfection et faisait tout pour l'atteindre. Évidemment, elle échouait, la plupart du temps.

Son expression se fait plus sombre.

— Lorsque j'ai réalisé qu'elle était prisonnière d'une spirale destructrice, il était trop tard. J'aurais aimé en prendre conscience plus tôt, mais elle excellait dans l'art de masquer ses sentiments.

Je cherche en vain mes mots. Jamais je n'aurais imaginé que Minyi – si sage, patiente et compatissante – ait pu se comporter de la sorte.

— Et que s'est-il passé ? je demande d'une toute petite voix.

— Vous êtes arrivée dans sa vie tel un boulet de canon, Rei. Un vrai coup de tonnerre. Vous étiez imprévisible, colérique et terriblement mal élevée. Tout enfant aurait été brisé par ce que vous aviez vécu, mais pas vous.

Comme il le faisait lorsque j'étais petite, il s'accroupit, me regarde droit dans les yeux et me saisit par les épaules.

— Vous avez rassemblé les débris de votre passé et vous en avez fait des armes. Oh, ce n'était pas facile, au début…

Il esquisse un sourire mélancolique.

— Je n'oublierai jamais vos premiers jours à FD Prep. Vous rappelez-vous les difficultés que vous rencontriez dans presque toutes les disciplines ?

— Non.

— Vous cachiez vos bulletins pour que votre tante ne les voie pas. Vous êtes revenue à la maison en larmes, après votre première session d'entraînement au combat.

— Je suis sûr que vous inventez toute cette histoire, dis-je.

Il secoue la tête. Son regard exprime un mélange de tendresse et d'exaspération.

— Vous n'avez jamais été parfaite, Rei, mais vous vous êtes toujours refusée à baisser les bras. C'est grâce à vous que votre tante a réalisé qu'il était vain de rechercher la perfection, et qu'elle ne serait jamais l'être quasi divin qu'elle rêvait de devenir. Elle a accepté que nul d'entre nous ne peut devenir ce qu'il n'est pas. Et que tout ce qui importe, c'est d'être assez courageux pour faire de son mieux.

J'étudie les rides bienveillantes qui encadrent son visage plein de sagesse, tandis que ses paroles s'impriment dans mon esprit.

— Je sais que vous avez de nombreux sujets d'inquiétude. Quoi que vous ait dit Mlle Alvarez, il est inutile de vous précipiter. Prenez une tasse de thé ou un bol de crème glacée. Ensuite, avec tout le respect que je vous dois, je vous encourage vivement à prendre une douche. Et si vous devez à tout prix vous passer les nerfs sur quelque chose, cassez quelques assiettes. Évitez tout de même le service en porcelaine, ce sont des pièces de collection.

La gorge nouée, j'acquiesce d'un hochement de tête. Il se lève et fouille dans le tiroir à couverts.

— Declan ?

— Oui, Rei ?

J'essuie mes larmes d'un revers de manche.

— Je vous demande pardon.

— Mon Dieu ! Et pour quelle raison ?

— Je crois que je me suis accidentellement mouchée dans votre veste de costume.

Il cligne des yeux, jette la tête en arrière puis part d'un grand éclat de rire. Alors qu'un sourire se dessine sur mes lèvres, Zaza et Kieran nous rejoignent dans la cuisine. Avant qu'ils n'aient pu s'étonner du désordre, Declan leur présente deux cuillères.

— Mademoiselle Alvarez, monsieur Cross… Puis-je vous proposer un peu de glace ?

— Avec joie, répond Zaza en s'inclinant de façon théâtrale.

— Quel parfum ? demande Kieran.

Tout en m'emparant de la pelle à poussière dans le placard situé sous l'évier, je désigne le congélateur d'un coup de tête.

— Il n'y a que l'embarras du choix.

Lorsqu'elle découvre les pots qui occupent la quasi-totalité des compartiments, Zaza prend mes mains puis m'entraîne dans une danse endiablée. Hilare, Kieran se joint à nous sans retenue. J'aimerais que ce moment ne s'achève jamais.

Mais il est des choses qui ne peuvent durer toujours.

C'est sans doute ce qui les rend aussi précieuses, et vaut que l'on se batte pour les vivre à nouveau.

CHAPITRE 49

À moins de dix heures de notre mystérieux rendez-vous, nous envisageons le crépuscule avec plus d'appréhension que jamais. Informé de la teneur du message trouvé dans le paquet, Nick Valentine promet de nous rejoindre à seize heures. Sitôt Zaza retournée au travail, Kieran s'installe sur le canapé du salon pour s'offrir une sieste bien méritée.

Quant à moi, même si Declan m'a suggéré de prendre une douche de toute urgence, il me reste un point important à régler avant l'arrivée du Fantôme.

Je regagne le bureau de tante Minyi et verrouille la porte derrière moi. La pièce a beau être déserte, je sais que je ne devrais pas m'attarder ici. J'étudie chaque détail, de la bibliothèque à la cheminée en passant par les tapis et les fauteuils disposés près de la baie vitrée.

Si la maîtresse de l'Upper West Side conservait un artefact à la puissance de destruction digne d'une bombe atomique, où le cacherait-elle ?

Les tiroirs sont non seulement déverrouillés, mais ils ne recèlent que de banales fournitures de bureau et un paquet de biscuits entamé. J'en palpe le fond, mais ne détecte aucun compartiment secret. Je monte sur le bureau pour inspecter le globe du plafonnier recouvert d'une épaisse couche de poussière. Je décroche l'immense photo de Times Square. Déstabilisée par son poids, je la dépose au pied du mur et passe une main au dos du cadre.

Rien.

La décoration étant pour le moins épurée, je suis bientôt à court d'inspiration.

Reste la bibliothèque, que j'estime n'avoir examinée que sommairement.

Trente minutes plus tard, le sol est jonché de livres dont j'ai feuilleté hâtivement les pages. Ayant perdu tout espoir de découvrir quoi que ce soit, je croque un biscuit, m'assieds au milieu du chaos et contemple les étagères vides.

Je me relève, les muscles douloureux, et entreprends de tout remettre en ordre. Déterminée à effectuer aussi peu d'allers-retours que possible, je rassemble une pile de volumes plus haute que moi. Alors que je me déplace vers la bibliothèque, je trébuche et m'étale de tout mon long. Mon chargement suit le mouvement et retombe lourdement sur ma tête.

Tout en frottant mon crâne douloureux, je me tourne vers l'objet qui m'a fait perdre l'équilibre. La plante de Minyi repose sur le flanc. Marmonnant un flot de grossièretés, je tâche de la remettre d'aplomb en tirant sur la tige, mais l'arrache tout entière, terre et racines comprises.

Je me penche au-dessus du lourd pot en céramique.

Il est étonnamment peu profond.

Trop peu profond, en tout cas, pour sa hauteur.

Je le retourne, ôte un autocollant qui en couvre la base et aperçoit un trou de serrure.

Je tâche de réfréner mon enthousiasme. Tant que je ne serai pas en possession de la clé, cette trouvaille ne me mènera nulle part.

Je me tourne vers la fenêtre et vois avec appréhension le soleil se rapprocher dangereusement de l'horizon. Le Fantôme devrait arriver d'un instant à l'autre.

Je pose le pot sur le bureau, m'y hisse à mon tour puis, telle une haltérophile, le soulève très haut au-dessus de ma tête. Enfin, je le jette sur le sol de toutes mes forces, où il se brise en mille morceaux dans un fracas assourdissant.

Je saute aussitôt de mon perchoir. Parmi les débris, je remarque un coffret métallique cabossé de la taille d'une boîte à chaussures. Je m'en saisis et me rapproche de la baie vitrée pour l'étudier à la lumière du jour.

Contient-il l'artefact perdu ? Celui qui, à en croire Maître Sasha, pourrait changer le destin de Manhattan ?

Le cœur battant à tout rompre, j'ôte le couvercle et regarde à l'intérieur.

Frappée de stupeur, je n'y trouve qu'une collection d'objets hétéroclites : un carnet relié de cuir, un bouquet fané, une petite conque. Une minuscule bourse en soie contenant deux dents de lait. Une montre cassée. Ce n'est que lorsque je découvre le bracelet à breloques que les pièces du puzzle se mettent en place.

J'en ai les larmes aux yeux. Le bol de ramen, le petit chat noir et la coupe ornée du chiffre 1, celle que j'ai décidé d'ajouter au dernier moment. Le premier cadeau de fête des mères que j'ai offert à tante Minyi. Je ne l'ai jamais vue le porter. J'étais certaine qu'elle s'en était débarrassée.

J'examine les autres objets.

Les initiales ER sont gravées sur le boîtier de la montre : Elliot Reynolds, mon oncle, le défunt mari de Minyi. Le père de Maura.

Je reconnais ces fleurs fanées : c'est le bouquet de mariage de ma mère.

Quant aux dents de lait, ce sont soit celles de ma sœur, soit les miennes.

Enfin, je sors le carnet. Je caresse la reliure de cuir, puis dénoue le cordon qui le maintient fermé. Son dos craque lorsque je l'ouvre à la première page. Le papier jauni exhale un parfum d'encre et de vieux parchemin.

« Propriété de Ru Chen ».

Incrédule, je relis plusieurs fois ces quatre mots.

Ce recueil appartenait à mon père. C'est la première fois que je le vois.

Le papier bruisse sous mes doigts, m'invitant à en explorer le contenu.

Je découvre un croquis sur les deux premières pages. Il est accompagné de caractères chinois que je suis incapable de déchiffrer. Jamais je n'ai ressenti aussi douloureusement cette lacune, ce gouffre qui me sépare de mes parents. Les dessins, cependant, sont aisément identifiables.

Il s'agit d'une copie de la Carte de Randel.

Les pages suivantes présentent des croquis détaillés des artefacts accompagnés d'inscriptions en mandarin. La Corne, le Taureau de bronze de Wall Street, le Médaillon de la commission des taxis, l'Ostrea…

Mon père a dû rédiger ce document au cours des jours qui ont suivi la Disparition. Il y a consigné la description des trésors désormais conservés au département des Archives.

Le carnet serré contre ma poitrine, j'essaie de remettre un peu d'ordre sur le bureau. Pour le reste, je me contente de couvrir les débris du vase d'un tapis et de prier pour que personne ne remarque mon stratagème. Quant au coffret de Minyi, je le cacherai dans ma chambre avant de pouvoir le lui remettre en mains propres et lui présenter mes excuses.

Je file sous la douche, où je me frotte à grand renfort de gel douche au citron et à la rose (mon préféré). Je me débarrasse enfin du sang, de la crasse et de la terre incrustée sous mes ongles. Perdue dans un nuage de vapeur, je regarde l'eau souillée tourbillonner et disparaître dans la bonde. Si seulement elle pouvait aussi emporter les horreurs qui me hantent…

Au sortir de la cabine, je suis comme ressuscitée. Certes, l'expression est sans doute un peu forte, mais au moins puis-je à présent passer des vêtements propres. Je choisis un pantalon de survêtement noir et le sweat délicieusement moelleux que Zaza m'a offert pour mon dernier anniversaire, celui aux oreilles d'ours cousues sur la capuche. Je n'ai jamais trouvé l'occasion de le porter, mais cette soirée, peut-être ma dernière, semble tout indiquée.

À seize heures, je regagne le bureau de Minyi et y découvre trois silhouettes qui se découpent devant la baie vitrée. Installés dans les fauteuils réservés aux invités, les visiteurs dégustent des shawarmas enveloppés dans du papier aluminium.

— Waouh, quelle élégance ! s'exclame Nick Valentine en apercevant ma tenue.

Kieran hausse les sourcils.

— Tu ne comptes tout de même pas combattre les nécros en pyjama ? demande-t-il.

Le troisième individu, qui se tenait jusqu'alors dos à la porte, se tourne pour me regarder.

— Je suis sûre qu'elle s'en sortira très bien.

— Everly ? je m'étrangle.

— Salut, Rei. Ça fait un bail.

— Je... Je ne m'attendais pas... à te trouver ici.

Qu'aurais-je pu dire ? « Contente que tu sois encore en vie. Tu as bien fait de ne pas te battre à nos côtés. Toi, tu as pu voir le jour se lever. Heureusement, tu n'as pas fini comme Noëlle et Yuna. »

Visiblement mal à l'aise, Everly passe une main dans ses cheveux.

— Ouais, je sais. Je n'ai pas arrêté de penser à vous depuis que j'ai décidé de laisser tomber. Vous risquiez votre vie alors que j'étais en sécurité, bien au chaud dans mon lit.

Everly détourne le regard.

— Kieran m'a expliqué ce qui est arrivé à Yuna et à Noëlle.

Je croise les bras sur ma poitrine.

— Tu as sans doute fait le bon choix. Si seulement nous avions été aussi sages que toi, elles seraient encore en vie, ici, avec nous.

— Mais si j'avais pris part à la patrouille, Noëlle et toi n'auriez pas été obligées de vous séparer.

Everly garde les poings serrés sur les genoux.

— Toute ma vie, j'ai méprisé ceux qui reculent devant le danger, ceux qui préfèrent regarder le match depuis la ligne de touche plutôt que de renforcer leur équipe.

Nick Valentine pose une main sur son épaule.

— Nous nourrissons tous des regrets. C'est la façon dont nous apprenons de nos erreurs, sans cesser d'aller de l'avant, qui détermine ce que nous sommes.

— Facile à dire, pour vous. Vous êtes le Fantôme.

— Ce n'est qu'un surnom, et rien de plus. Je ne suis pas moins humain que vous. Vous n'imaginez pas le nombre de coéquipiers que j'ai vus tomber au combat sans pouvoir leur venir en aide.

— Vous devriez recruter davantage. Cela augmenterait les chances de survie des opérationnels sur le terrain.

— Si seulement cela pouvait être aussi simple… soupire Nick Valentine. Tu oublies que les artefacts et les exocombinaisons sont en nombre limité. On ne peut pas se contenter d'équiper un individu d'une arme à feu et d'attendre qu'il se transforme en machine de guerre. Vous êtes bien placés pour savoir que le Tournoi pousse les concurrents à leurs limites. Chaque candidat est placé face à des défis comparables à ceux auxquels il sera confronté dans l'exercice de ses fonctions. Il n'est pas nécessaire qu'il remporte la compétition. Ce qui importe, c'est que les maîtres connaissent ses qualités comme ses points faibles, et lui confient des missions conformes à ses compétences.

— Mais comment savoir si nous disposons des compétences adaptées à la mission de ce soir ? demande Everly.

L'air grave, le Fantôme joint ses mains et déclare :

— Ça, seule l'aube nous le dira.

CHAPITRE 50

Il est dix-neuf heures. Penchée à la fenêtre de ma chambre, je déguste une tasse du thé préféré de Minyi tout en étudiant le carnet de mon père. À mes côtés, un sablier égrène le temps qu'il nous reste avant l'heure du rendez-vous. Nick Valentine en a remis un à chacun de nous afin que nul ne manque à l'appel, le moment venu.

Zaza est assise en tailleur sur le sol jonché de graphiques et de schémas. L'esprit occupé par je ne sais quel calcul, elle mordille la gomme de son crayon puis griffonne quelques chiffres, le front barré d'une ride. La poussière d'étoile qui filtre entre les rideaux baigne mon lit d'une lueur dorée. Un lit dans lequel je devrais me reposer, en ce moment même.

Si j'étais une véritable liquidatrice, je serais capable de demeurer immobile, de vider mon esprit et de plonger dans le sommeil en quelques secondes. Avec des horaires de travail aussi irréguliers, c'est une compétence professionnelle indispensable. Même l'opérationnel le plus endurci ne peut supporter qu'un nombre limité de nuits blanches consécutives avant que la confusion due à la fatigue ne le précipite tout droit dans la gueule d'un nécro.

Kieran n'a pas le même problème. Il a beau se trouver dans la pièce voisine, on peut l'entendre ronfler à réveiller les morts.

— Tu as trouvé quelque chose ? je demande à Zaza.

Elle grommelle quelques mots inintelligibles que je prends pour un « non ».

— Et toi ? dit-elle sans lever les yeux.

— À moins que je sache soudainement déchiffrer les caractères traditionnels chinois, c'est plutôt mal parti.

Je me frotte les yeux. Zaza hoche la tête.

— Tu n'as jamais pris de cours ?

— Si. Je reconnais une trentaine de mots.

— C'est déjà ça. Je ne peux pas en dire autant.

— C'est vrai ! je m'exclame. Je suis sur la bonne voie. Plus que huit mille à retenir. Et encore, je m'en sors bien, vu que le carnet est rédigé en écriture simplifiée. Deux mots peuvent être radicalement différents selon le système employé. J'ai essayé de scanner la page avec l'application Traduction de mon téléphone, mais mon père a dû utiliser des cursives, ou quelque chose comme ça, et ça n'a absolument rien donné.

Le visage de Zaza s'éclaire.

— Oh, mais j'y pense… L'un de mes collègues de labo a étudié dans l'une des meilleures universités chinoises. Il pourrait peut-être nous aider.

Je m'accorde quelques secondes de réflexion. Seule, je n'ai strictement aucune chance de percer les secrets du carnet. Mais serait-il prudent de confier à cet homme le secret des artefacts ? À un employé du Syndicat ?

— Il y a une bonne raison pour laquelle ma tante a gardé ce journal caché depuis plus de dix ans. Soit elle est incapable de le déchiffrer, soit elle estime que son contenu est trop dangereux. Mieux vaut éviter qu'il ne tombe entre de mauvaises mains.

— D'accord. Nous trouverons une autre solution. L'idéal, ce serait un artefact capable de traduire les langues étrangères.

— Si seulement... dis-je en soupirant.

— Ne baisse pas les bras, ma grande. Souviens-toi du Jeton, dont tu n'attendais rien, et pourtant... On devrait faire un tour aux Archives, un de ces jours.

— Si je survis jusque-là, je lui fais observer.

Je tourne une page et découvre un dessin du Masque. Bien que je ne comprenne pas les notes qui l'accompagnent, il me suffit de regarder chaque trait, chaque courbe du croquis pour sentir la passion avec laquelle mon père l'a réalisé. J'ai étudié les artefacts pendant des années, mais c'est comme si je les voyais aujourd'hui à travers ses propres yeux.

Lorsque je lève la tête, je constate avec stupeur que le visage de Zaza ne se trouve qu'à quelques centimètres du mien. J'étais si profondément plongée dans la lecture du carnet que je ne l'ai pas sentie approcher.

— Promets-le-moi, dit-elle d'une voix étrangement chevrotante.

— Quoi donc ? Qu'on ira aux Archives ? Je viens de te dire que...

— Non. Promets-moi que tu survivras.

Je cligne des yeux.

— Eh bien, je l'espère...

— Ne plaisante pas avec ça, Rei. Je veux juste que tu promettes.

Je pose le carnet et la regarde droit dans les yeux.

— Zaza, tu sais comme moi à quels risques les liquidateurs sont exposés.

— Mais les choses ont changé, n'est-ce pas ? murmure-t-elle. Les noctiphages ne sont pas des nécros comme les autres. Ils sont… partiellement humains. Ce qui signifie…

— Un seul échantillon ne nous permet pas de tirer une conclusion définitive.

— Mais…

— Non, ça suffit ! je la coupe. J'ai vu l'une de ces créatures décapiter Yuna et une autre massacrer Maître Sasha. Sous mes yeux, sans pitié ni hésitation. Il n'y a rien d'humain en eux. Ce ne sont que des monstres.

Zaza baisse les yeux.

— Oui, sans doute.

Je lui tends la main.

— Tout ce que je peux te promettre, c'est de vendre chèrement ma peau.

Elle se redresse et se dirige vers la porte. Elle saisit la poignée puis se tourne à nouveau vers moi.

— Je sais à quel point le Syndicat compte pour toi, Rei. Tout ce que je dis, c'est que ceux qui t'ont répété des années durant de t'élever au-dessus du reste, au-dessus des autres, n'ont jamais précisé que tu pourrais aussi tomber de haut.

Sur ces mots, elle quitte la pièce et ferme la porte derrière elle. Troublée par son discours, j'essaie de me replonger dans le carnet.

Lorsque je tourne la page, je sens mon cœur s'affoler.

L'artefact est dessiné de face et de dos. C'est un cercle parfait dont les deux faces portent des inscriptions. Au recto, « Régie des transports de la ville de New York » ; au verso, « Valable pour un trajet ».

Trois lettres NYC occupent le centre du disque.

Le Jeton.

Comme tous les autres, le croquis en reproduit tous les détails, du motif de fond spirographique aux éraflures et autres traces d'usure. Un seul détail diffère de l'artefact que j'ai eu entre les mains : le trou central en forme de Y n'est pas représenté. Il ne présente aucune découpe.

Zaza est de retour, un mug dans chaque main. Je reconnais le bleu vif et envoûtant du thé à la fleur de pois papillon.

— Désolée de m'inquiéter pour toi, dit-elle.

Je m'assieds au bord du lit et lui fais signe de me rejoindre.

— Et moi, je suis désolée de te donner des motifs d'inquiétude, je réplique en prenant la tasse qu'elle me tend.

— Rien de ce que je pourrais dire ou faire ne te fera changer d'avis, n'est-ce pas ?

Son regard implorant me brise le cœur, mais je suis déterminée à accomplir mon devoir. Sa question demeurera sans réponse.

— Buvons au sauvetage de tante Minyi, je suggère.

— Au sauvetage de tante Minyi, répond-elle.

Je vide la moitié de ma tasse avant d'être frappée par l'amertume du breuvage.

— Bon sang, tu n'as pas ajouté de sucre ?

À son tour, elle réprime un haut-le-cœur.

— Pouah ! s'exclame-t-elle. C'est imbuvable. Navrée, mais c'est la première fois que je prépare du thé bleu.

— Heureusement que je t'aime.

Elle sourit, mais ses yeux n'expriment aucune gaieté.

— Moi aussi, je t'aime.

— Hé, regarde un peu ça, dis-je en lui montrant la page du carnet où figure le Jeton. Je crois que mon père s'est trompé. Il a oublié le trou en forme de Y.

Zaza pose la tête sur mon épaule.

— Il n'y était peut-être pas quand ton père l'a dessiné.

— C'est possible. À bien y réfléchir, aucun des livres que j'ai étudiés ne fait allusion à cette particularité.

— Et je te rappelle que leurs auteurs, ces prétendus spécialistes, pensaient que ton artefact n'avait aucun pouvoir.

Je secoue la tête afin de dissiper une désagréable sensation de vertige.

— C'est comme si on en avait détaché un morceau ? Et si j'étais cette pièce manquante ? Cela expliquerait que le pouvoir du Jeton ne se manifeste qu'en ma présence.

— Tu n 'as absolument rien d'un Y, Rei.

Soudain, mon lit me semble dangereusement accueillant. Depuis quand est-il devenu aussi difficile de garder les yeux ouverts ? Incapable de demeurer assise plus longtemps, je me laisse tomber sur le flanc, atterris en douceur sur la couette et tends les bras au-dessus de ma tête.

— Et maintenant, tu en penses quoi ?

Zaza sourit. Elle caresse tendrement ma joue. Son beau visage n'est plus qu'une tache floue au centre de mon champ de vision.

— Tu es épuisée, dit-elle. Repose-toi un moment. Laisse-toi aller.

Alors, comme si elle m'avait jeté un sort, je me mets à rêver.

*

C'est le matin de Noël. Je m'éveille entourée de paquets-cadeaux multicolores aux nœuds extravagants. Des mains anonymes posent l'une des surprises sur mes genoux. Je la déballe et soulève le couvercle. Je découvre la tête tranchée de Minyi, qui m'adresse son plus beau sourire.

Je me réveille en sursaut, le souffle court, les vêtements trempés de sueur. Je suis dans mon lit, la peluche bubble tea posée sur l'oreiller, à côté de ma tête. J'entends un stylo gratter fébrilement le papier, puis s'interrompre. Zaza ouvre des yeux ronds. Je suis frappée par sa pâleur.

— Tu es déjà réveillée ?

Je me précipite hors du lit.

— Quelle heure est-il ?

— Rei…

— Quelle heure est-il ? je répète, un ton plus haut.

Je m'empare du sablier et constate que tout son contenu s'est vidé dans le réservoir inférieur.

— Bon sang, Zaza ! Qu'est-ce que tu as fait ?

— Pardonne-moi, Rei. Il ne voulait pas que tu partes. Il m'a forcée à le faire.

— À faire quoi ?!

— À t'administrer un somnifère. Il m'a dit que tu allais être tuée. Je ne me le serais jamais pardonné, tu comprends ? Tu n'étais pas censée te réveiller avant le lever du jour, lorsque tout serait terminé.

Je reste figée.

« Ils ont failli te tuer. Cette fois, ils feront en sorte de ne pas manquer leur coup. »

« Il ne voulait pas que tu partes. »

« C'est un piège, Rei. »

Il ne voulait pas que je parte.

Kieran.

CHAPITRE 51

Je me précipite dans le salon. Comme je l'avais prévu, je trouve le canapé inoccupé. Kieran a fichu le camp.

— Espèce de sale pourriture de traître ! je grogne, mâchoires serrées, en enfilant mes bottes de combat.

Sourde au plaidoyer de Zaza, je quitte l'appartement. Je sais que ce n'est pas sa faute, qu'il l'a choisie parce qu'elle ferait tout pour me protéger et que cela la rendait facile à manipuler.

Pour cette raison, je le hais de tout mon cœur.

Je m'engage dans la cage d'escalier, dévale les marches jusqu'au dixième étage, puis m'engouffre dans un couloir illuminé par la poussière d'étoile qui dérive derrière les hautes fenêtres. Je me dirige vers la chambre forte où sont stockées les armes et les exocombinaisons du manoir. Je tourne la poignée de la porte blindée. Rien à faire, elle est verrouillée. Cet après-midi, Nick Valentine en a remis la clé à Kieran et l'a chargé de préparer notre équipement en vue de l'affrontement qui s'annonce.

Je suis tellement stupide de lui avoir fait confiance !

S'il survit à cette nuit, je promets qu'il ne fera plus jamais partie de ma vie. Et s'il se montre insistant, je le lui ferai regretter.

Ivre de rage, je donne un coup de pied dans la porte si puissant que j'y laisse l'empreinte de ma botte, puis je regagne l'appartement. Je peux encore me présenter à l'heure au rendez-vous. Seulement, privée de combinaison, je vais devoir parcourir à pied les trente blocs qui me séparent de Times Square.

Je retrouve Zaza debout au milieu de ma chambre.

— Rei, je suis vraiment désolée… balbutie-t-elle, bouleversée, en se tordant les mains.

Je l'attrape par les épaules.

— Je ne t'en veux pas. Je comprends. J'aurais probablement fait comme toi si j'avais été à ta place. Maintenant, tu dois me laisser agir comme je l'entends.

Je l'écarte sans ménagement, ouvre ma penderie et en exhume ma combinaison d'entraînement. Je me change en silence et remonte la fermeture dorsale sans recourir à l'aide de Zaza.

— Ce n'est pas une vraie, n'est-ce pas ? demande cette dernière d'une voix à peine audible.

Par réflexe, je place mes doigts au contact de mon pouce. Bien entendu, sans aucun effet. Je ne pourrai pas non plus compter sur mon javelot. Les armes dont les liquidateurs sont équipés exploitent l'énergie produite par l'exocombinaison à laquelle ils sont associés. La mienne, qui ne fonctionne que durant la journée, exige plusieurs heures de charge sur une prise domestique. Si Kieran n'avait pas convaincu Zaza de m'administrer un sédatif, j'aurais pu faire face à l'ennemi munie de l'équipement approprié. Hélas, je fais devoir me contenter de ce matériel dangereusement inefficace.

— Non, ce n'est pas une vraie, mais c'est toujours mieux que de partir au combat en pyjama.

Dans le dressing de Minyi, je récupère un manteau réglementaire et suspends le javelot dans mon dos. Avant de quitter l'appartement, j'étudie mon reflet dans le miroir psyché.

Je n'ai aucune chance de faire illusion. Je ne ressemble pas à une liquidatrice, mais à une petite fille portant un déguisement.

De retour dans la chambre, je serre Zaza dans mes bras puis, sans prononcer un mot, je quitte les lieux.

Après avoir dévalé d'innombrables volées de marches, je traverse en trombe le hall de l'immeuble plongé dans la pénombre et me fige, hésitante, devant la double porte vitrée. Je contemple la rue déserte et désolée. Les ombres semblent se mouvoir, adopter des formes fantastiques, jubiler, se moquer de moi, me mettre au défi de les braver.

Prenant mon courage à deux mains, je pèse de tout mon poids sur les poignées. La réalité me frappe alors de plein fouet. Même si je parviens à parcourir ces trente blocs en pleine nuit sans être prise en chasse par les nécros, que ferai-je une fois parvenue à Times Square ? Me mettrai-je à genoux pour supplier celui qui m'a fait cadeau d'une oreille coupée d'épargner ma tante adorée ?

J'ai été stupide de faire confiance à Kieran. Je le serais plus encore si je ne faisais pas demi-tour sur-le-champ… Pourtant, tandis que je m'élance sur le trottoir, les paroles d'Everly me reviennent en mémoire.

« Toute ma vie, j'ai méprisé ceux qui reculent devant le danger, ceux qui préfèrent regarder le match depuis la ligne de touche plutôt que de renforcer leur équipe. »

Après avoir découvert le corps sans vie de Noëlle, Yuna aurait pu me laisser tomber. Elle savait que les nécros approchaient. Elle aurait pu gagner le refuge le plus proche, mais elle a choisi de tenir bon et de se battre à mes côtés. Une décision qu'elle a payé de sa vie.

Le jour où Roland m'a retrouvée dans la station de métro abandonnée, il s'est lui aussi exposé à un terrible danger. Il était arrogant, irritant et aussi prétentieux qu'on peut l'être, mais il n'a jamais fait preuve de lâcheté.

Un vent glacial cingle mon visage tandis que je remonte Broadway. Avant la Disparition, c'est à la nuit tombée que la ville prenait vie. À présent, j'ai du mal à reconnaître cette avenue que j'ai si souvent arpentée à la lumière du jour.

Je franchis en courant le carrefour de la 64e Rue, là où sont rassemblées les scènes les plus prestigieuses de la ville. Au centre, l'immense fontaine, d'où jaillissent d'ordinaire de spectaculaires jets d'eau, offre un spectacle très différent : un nécro se prélasse dans les eaux limpides du bassin.

Priant pour qu'il ne m'ait pas remarquée, j'accélère la cadence. Hélas, alors que je suis sur le point d'atteindre l'extrémité opposée du croisement, un clapotis inquiétant parvient à mes oreilles. Le nécro s'extrait de la fontaine, inondant le trottoir, et galope dans ma direction.

Sans exocombinaison pour prolonger ma foulée, je n'ai aucune chance de lui échapper. Sentant une griffe entailler ma nuque, je plonge derrière un arbre, en fais le tour, dos collé au tronc, et prends le monstre à revers. De toutes mes forces, je lui porte un coup de javelot dans le torse à l'instant où il se retourne.

Il hurle et bat rageusement les airs de ses serres. Je ressens une vive douleur à l'épaule. Au même instant, mon pied glisse au bord du trottoir, et je ne conserve l'équilibre qu'en plantant la pointe de mon arme dans l'asphalte. Je m'agrippe à l'arbre et me dérobe d'un cheveu à l'assaut de la créature, qui se laisse emporter par son élan. Avant qu'elle n'ait pu se rétablir, je lâche un cri sauvage, enfonce le javelot dans sa gorge et pèse dessus de tout mon poids. Imprimant des mouvements de bas en haut, j'écoute avec délectation les craquements sinistres des os et du cartilage.

La sueur se mêle à la poussière d'étoile, si bien que la cicatrisation rapide de mes blessures à l'épaule et au cou me cause des démangeaisons. J'ôte mon arme du cadavre déjà en voie de décomposition, puis scrute l'avenue.

Alors, mon cœur fait un bond dans ma poitrine. Je recule, javelot brandi, épouvantée par la masse énorme de ténèbres et de fourrure qui se dresse devant moi.

À quelques mètres, un noctiphage dont les crocs forment un rictus étrange.

Un rictus qui, loin d'être menaçant, exprime presque… de la joie.

Très lentement, je baisse mon arme, puis murmure :

— Boba ? Est-ce que c'est toi ?

CHAPITRE 52

Pendant quelques secondes, rien ne se passe. Finalement, ma dernière heure a peut-être sonné.

Puis le noctiphage roule sur le dos, exposant son ventre. Ses yeux noirs et luisants sont fixés sur moi. Ils expriment presque… de l'adoration.

Je rengaine mon javelot, tends lentement la main puis la pose sur son cou. Je n'ai même pas eu besoin de m'accroupir.

— Eh bien, qu'est-ce que tu as grandi !

Sa queue bat si violemment le trottoir que le béton se fendille.

Soudain, il se met à hoqueter. Son corps est agité de spasmes, comme s'il était saisi d'irrépressibles haut-le-cœur. Affolée, je me hisse sur son poitrail puis, des deux poings, j'imprime une puissante poussée sur sa cage thoracique. Jamais je n'aurais imaginé exploiter ce que j'ai appris dans le quatrième tome du *Manuel d'anatomie non humaine* dans de telles circonstances. Je répète la manœuvre à quatre reprises avant qu'un petit objet brillant jaillisse de la gueule de Boba et roule jusqu'au caniveau.

Je bondis sur le trottoir, m'accroupis et plisse les yeux pour l'examiner.

Sidérée, je m'en empare. Il a beau être souillé de cette salive gluante et rosâtre propre aux nécros, c'est bien le Jeton que je contemple dans la paume de ma main.

Je me tourne vers Boba

— Comment ?

Il dévoile ses innombrables crocs dans ce qui ressemble beaucoup à un sourire.

Les oreilles plaquées contre son crâne, le noctiphage émet un grognement très grave. Il s'assied puis, de toute sa hauteur, me regarde fixement. Je ne comprends pas ce qu'il attend de moi jusqu'à ce qu'il m'invite à me rapprocher de lui d'un petit coup de patte dans le dos. Je plonge une main dans sa fourrure, m'y agrippe puis effectue une brève traction pour m'assurer que je ne lui fais pas mal. Enfin, je me hisse sur son dos.

À peine me suis-je assise que Boba, sans crier gare, se dresse sur ses quatre pattes et se met à remonter l'avenue au grand galop. La manœuvre est si subite que je manque d'être désarçonnée, mais je parviens tant bien que mal à me cramponner à son cou. Au bout du compte, il ne me faut que quelques centaines de mètres pour m'habituer à son ample foulée et adopter une posture plus détendue.

À l'approche de Columbus Circus, il ralentit l'allure et balance son énorme tête, ne sachant quelle rue emprunter.

Je serre les cuisses, mais sa fourrure est trop épaisse pour qu'il enregistre ce signal. Lorsque je tire sur sa crinière de la main gauche, il se met aussitôt à trotter, oreilles dressées, dans la direction que je lui ai indiquée.

— C'est bien, dis-je. On forme une super équipe, tous les deux.

Nous contournons la colonne au sommet de laquelle se dressait jadis la statue de Christophe Colomb, puis Boba s'élance au grand galop dans le prolongement de Broadway. Les cheveux flottant au vent, je sens ses muscles puissants onduler comme des vagues au contact de mes jambes.

Je penche le buste en avant et remarque aussitôt qu'il ne dégage pas la puanteur propre à ses congénères, mais un parfum où se mêlent l'herbe et la boue. Pour la première fois, je me demande si l'odeur caractéristique des nécros ne serait pas uniquement duc à leur habitat. Je n'avais jamais envisagé cette hypothèse.

Tout comme je ne me suis jamais demandé pourquoi Boba se montrait pacifique à mon égard.

Une pensée dérangeante s'impose à mon esprit : et si Boba était comparable à Tim ? Un humain devenu noctiphage ? Et si c'était le cas, si je devais l'abattre… Lequel de nous deux serait le monstre ?

Il n'est pas facile pour moi de m'écarter du chemin que j'ai toujours suivi. D'oublier ce que j'ai appris à l'institut durant ces années, tout ce qui s'est imprimé dans mon cerveau au prix de milliers d'heures d'étude. D'effacer les traumatismes d'enfance qui ont inspiré ma haine et mon dégoût, puis se sont transformés en un ardent désir de vengeance. Car si je dois aujourd'hui remettre en question tout ce que je crois savoir au sujet des nécros, tout ce qui constitue la mission du Syndicat, quel sens donnerai-je au sacrifice des liquidateurs tombés pour cette cause ? À la mort de Maître Sasha ? À celle de mes parents ?

Alors que nous passons en trombe devant un gratte-ciel entièrement recouvert de miroirs sans tain, je me vois, javelot en bandoulière et manteau flottant dans mon sillage, chevaucher la splendide créature dont j'ai su gagner la confiance.

Je contemple le petit disque de métal qui repose dans la paume de ma main. Je l'ai tenu si longtemps et si fermement que le Y percé en son centre s'est imprimé sur ma peau. Et si cette partie-là était manquante ? Quels seraient ses pouvoirs si le jeton était reconstitué ?

Au loin, j'aperçois les écrans publicitaires de Times Square. Ces écrans géants ne sont plus à cette heure que de gigantesques dalles d'un noir profond, semblables aux murs aveugles d'une lugubre forteresse.

Je reconnais la rue où j'ai poursuivi Cassie, lorsqu'elle fuyait avec mon portefeuille. Ici, pas un bruit, pas un souffle de vent. C'est comme si le cœur de la ville avait cessé de battre.

Ce qui signifie, je l'espère, que Nick Valentine et ses équipiers ont attiré les nécros hors de la zone, comme ils l'avaient promis, afin de prévenir toute mauvaise surprise.

Je cherche en vain Kieran et Everly, qui devraient se trouver depuis longtemps sur les lieux. Je tire des deux mains sur la crinière de Boba afin qu'il s'immobilise, puis je mets pied à terre.

— Allez, file, dis-je en posant une main sur son cou. Personne ne doit nous voir ensemble. Ce serait beaucoup trop dangereux.

Il frotte sa tête contre mon épaule et laisse échapper un gémissement. Je lui donne une dernière caresse derrière l'oreille.

— Si je m'en sors vivante, je promets de t'apporter une montagne de gâteaux. *Deux* montagnes de gâteaux. Des puddings à la banane, est-ce que ça t'irait ?

Constatant qu'il n'a aucune intention de décamper, je le repousse de tout mon poids. À contrecœur, le mufle boudeur et la tête basse, il consent à rebrousser chemin. J'ai le cœur brisé de le voir partir, mais je ne supporterais pas qu'il tombe aux mains du Syndicat ou de ceux qui nous ont fixé ce mystérieux rendez-vous.

Je me place au beau milieu de Times Square et j'étudie les lieux sans détecter la moindre trace de combat.

— Je suis là ! je m'écrie en brandissant le bristol qui accompagnait l'oreille coupée. Désolée pour le retard, mais j'ai eu… une légère panne de réveil.

Rien. Personne. Rien que le silence.

— Vous vouliez me voir ? Eh bien, me voilà ! Allez, sortez de votre trou, qu'on s'amuse un peu !

Clic-clac. Clic-clac. Clic-clac.

Je reconnais ce son. Je l'ai entendu, amplifié par les parois de la base souterraine où les maîtres et moi avons été retenus prisonniers.

Le cœur battant, je vois une silhouette féminine apparaître sous l'un des écrans géants. Comme au jour de notre rencontre, elle porte des lunettes de soleil. Tout de blanc vêtue, elle a cette fois choisi un tailleur-pantalon en soie qui épouse à la perfection ses formes athlétiques. Ses cheveux écarlates coupés au carré ondulent à chaque pas. Malgré l'obscurité ambiante, sa prothèse en titane, visible à hauteur de la cheville au-dessus d'élégantes chaussures à talons aiguilles, accroche le moindre rayon de lumière.

Elle s'arrête à un pas de moi et prononce mon nom avec gourmandise.

— Rei Reynolds.

— Agente Storm, dis-je. Ou préférez-vous que je vous appelle Sabrina ?

Ses lèvres roses se tordent en un sourire reptilien.

— À ta guise, jeune fille.

— Vous pouvez ôter vos lunettes de soleil. Je connais votre véritable nature.

— Et de quelle nature s'agit-il, au juste ? demande-t-elle en s'exécutant.

Tandis que son regard noir, sans âme, me traverse de part en part, je suis secouée d'un frisson.

— Vous n'êtes pas humaine.

— Mmmh. J'ai pourtant tous les attributs d'un parfait *Homo sapiens*.

Elle tend les bras et contemple ses ongles manucurés.

— Mais chacun est libre de ses opinions, ajoute-t-elle.

— Vous êtes une abomination… et vous le savez.

— Tout comme le sont de nombreux humains, très chère.

Je serre les poings.

— Vous avez trahi votre espèce. Mi-humaine, mi-nécro.

À ces mots, son sourire se fane.

— C'est précisément à ma loyauté envers mon espèce que je dois ma condition actuelle.

— Qu'allez-vous prétendre ? Qu'un savant fou vous a transmis des gènes mutants ? À moins que vous ayez été assez stupide pour vous infliger cette expérimentation ?

D'un geste fulgurant, l'agente Storm m'attrape par le cou.

— Imaginons un instant que je sois sur le point de t'égorger. Si tu disposais d'un moyen – un seul moyen – d'avoir la vie sauve, préférerais-tu tenter ta chance ou te noyer dans ton propre sang ?

— Je… Je tenterais ma chance, je réponds, impatiente de m'arracher à son emprise.

— Alors nous sommes d'accord.

Elle sourit à nouveau, caresse ma joue du plat du pouce, puis me libère.

Le souffle court, je masse ma gorge endolorie. Mes doigts se referment autour du pendentif de ma mère, comme pour y puiser la force qui me fait défaut.

— C'est peu probable, dis-je.

— Ça, c'est ce que nous verrons.

Elle claque des mains et s'exclame :

— Quoi qu'il en soit, que puis-je faire pour toi, ma chère enfant ?

À ces mots, je sens la colère monter en moi.

— Mais c'est vous qui avez fixé ce rendez-vous !

— Certes, mais c'est *toi* qui attends quelque chose de *moi*. De façon désespérée, ajouterais-je, au risque de te contrarier. Alors j'attends ton offre.

J'entends la voix de tante Minyi. « Patience, Rei. » Surtout, ne pas me précipiter. J'ai besoin de temps pour espérer prendre le dessus. J'inspire profondément et déplie les doigts, phalange par phalange.

— Avez-vous fixé un prix ? je demande.

— Je suis ravie que tu me poses la question, ronronne l'agente Storm.

Elle siffle entre ses doigts. Aussitôt, deux individus massifs jaillissent du bâtiment le plus proche, le musée de cire Madame Tussauds. L'un d'eux porte un plateau d'argent recouvert d'une cloche ; l'autre une serviette en tissu d'un blanc immaculé. Étrangement, l'un a les yeux entièrement noirs, alors que ceux de son complice sont bruns et ronds comme ceux d'un faon, quoique incontestablement humains.

— Combien vous paie-t-elle ? je demande à ce dernier.

Pour toute réponse, il soulève la cloche. Je découvre alors une tranche de viande crue sur laquelle reposent une noix de beurre et quelques brins de romarin.

— Tada ! s'exclame Storm. Régale-toi, ma petite.

Je fronce les sourcils. J'ai forgé de nombreuses hypothèses depuis la réception de son message, mais jamais je n'ai imaginé devoir satisfaire à une telle demande.

— Pardon ?

— Mange, te dis-je. C'est tout ce que je demande. Ensuite, je libérerai ta tante. Je n'ai pas d'autre condition.

Je hausse le menton en signe de défi.

— Me la rendrez-vous morte ou vivante ? Coupée en morceaux, peut-être ?

— Me crois-tu capable d'une telle cruauté ? C'est extrêmement blessant, Rei.

— Vous m'avez fait parvenir une oreille coupée, Sabrina.

— Oh ! Ça ? C'est sans importance. Elle a repoussé depuis longtemps.

— Était-ce la vôtre ?

— Mon Dieu, non ! soupire-t-elle. Lorsque je donne un ordre, j'entends qu'on m'obéisse. L'une de mes nouvelles recrues a failli à cette règle, alors…

Elle porte une main à son oreille, puis joint l'index et le majeur, comme si elle manipulait une paire de ciseaux.

— D'ailleurs, celle qui a repoussé s'avère beaucoup plus réceptive. Mais passons… Pour répondre à ta question, oui, tu retrouveras ta tante immédiatement, vivante, et en un seul morceau.

— Ce qui signifie qu'elle doit être tout près d'ici.

Je considère la tranche de viande crue. Je suis troublée par le regard vide de Storm, mais je tâche de n'en rien laisser paraître.

— Est-elle empoisonnée ?

— Décidément, tu as une bien piètre opinion de moi… Elle ne te fera aucun mal, tout au contraire.

Je plisse les yeux.

— À quels effets secondaires dois-je me préparer ?

Elle écarte grand les bras.

— Tu connais le pouvoir des artefacts, n'est-ce pas ? Eh bien, imagine un tel pouvoir localisé non pas dans un objet, mais dans ton corps. La force, l'agilité, la vitesse. Le don de transformer la matière à une échelle que tu ne peux même pas concevoir, et de ne faire qu'un avec les ténèbres.

Je m'efforce de ne rien laisser paraître du malaise que m'inspire ce discours. À l'inverse, je me penche en avant, comme si j'étais sur le point de me laisser convaincre, puis je murmure :

— Maîtresse Minyi m'a beaucoup appris, dis-je. Cela ne peut pas être aussi simple, n'est-ce pas ?

Certaine d'avoir éveillé mon intérêt, l'agente Storm sourit. L'un des hommes déplie la serviette, puis en sort un couteau et une fourchette.

— Tu sais, Rei, toi et moi avons davantage en commun que tu ne le penses. J'ai vu la façon dont tu as neutralisé le nécro, lors de ta dernière séance d'entraînement. Ensemble, nous formerions un duo exceptionnel.

Je me détourne du plateau.

— Dans quel but, exactement ?

— Nous pourrions mettre fin au mal et à la corruption qui gangrène le Syndicat.

— En coupant les oreilles de ceux qui refusent d'obéir ?

— Ceux qui nous gouvernent t'ont lavé le cerveau en te faisant croire que tous les nécros sont nos ennemis.

— Ils se régalent de chair humaine. Ils ont tué mes parents.

— Ce n'est pas tout à fait exact.

— Je les ai vus à l'œuvre ! je m'emporte en affermissant ma prise autour du couteau et de la fourchette.

— Ce ne sont pas les nécros qui ont mis le feu à ta maison, déclare très calmement l'agente Storm.

Mon cœur bondit dans ma poitrine.

— Ce n'est pas à cause d'eux que ta famille s'est retrouvée sur le trottoir, à la merci du danger, ajoute-t-elle.

Des nuages de fumée grise tourbillonnant au-dessus du brasier. Des vagues de chaleur insoutenables. L'air qui se raréfie. Je ferme les yeux. Je ne dois pas laisser ce souvenir me submerger.

— Comment le savez-vous ? je chuchote.

— Selon toi, qui a causé cet incendie ?

— C'était un accident.

— Les risques qu'un incendie se déclare durant la nuit sont nuls. Les flammes nues ? Interdites. Chaudières à gaz ? Inopérantes en l'absence d'électricité. Alors soit tes parents ont introduit clandestinement du bois de chauffage dans votre appartement, soit il s'agissait d'un acte criminel.

Le sol se dérobe sous mes pieds. J'étais si jeune lorsque j'ai assisté au drame, et tant focalisée sur la mort de mes parents, que je n'ai jamais songé à remettre en question les circonstances de l'incendie.

— Mais… qui aurait eu intérêt à faire une chose pareille ?

— C'est bien, Rei. Tu commences à te poser les bonnes questions.

Comme si une digue venait de se rompre, d'innombrables pensées se bousculent dans mon esprit.

— Ma mère n'était qu'une régulatrice, je murmure.

Contrairement à sa sœur Minyi, elle n'a jamais occupé qu'une place modeste au sein du Syndicat. Mon père, lui, était conservateur en chef du département des Archives. Ne connaissant presque rien de la nature de ses activités, je ne peux pas deviner qui aurait pu vouloir sa mort.

Mais Storm semble en savoir bien davantage.

Je secoue la tête, feignant l'ignorance.

— Et mon père était employé aux Archives.

— Employé aux Archives ? Ma chérie, ton père occupait l'une des fonctions les plus importantes de New York. Lorsque les artefacts sont apparus, il est devenu le maître unique et absolu du département.

Je repense au carnet où il a consigné les croquis.

— Ce qui signifie ?

— Qu'il bénéficiait d'un accès illimité à leurs pouvoirs. Puis il a réalisé que l'un d'eux était assez puissant pour anéantir la ville tout entière.

— Alors il a été réduit au silence parce qu'il n'était pas censé faire cette découverte ?

— Non, répond Storm. Parce qu'il l'a dérobé.

CHAPITRE 53

Je me précipite sur Storm, prête à mordre et à griffer, mais ses hommes me saisissent par les bras et me tirent en arrière.

— Vous mentez ! je hurle.

— Ton père a trahi le Syndicat. Il a volé un artefact au département des Archives.

— Je vous défends de parler de mes parents. Ils ont consacré leur vie au Syndicat. Jamais ils n'auraient…

— Dans ce cas, peux-tu m'expliquer comment tu as réduit en cendres ce noctiphage ?

— Que… Que dites-vous ?

— Lorsque ton équipe est tombée dans une embuscade, l'autre soir.

Je revois les trois silhouettes indistinctes penchées au-dessus de moi, quelques instants avant que je ne perde connaissance, et l'insigne qu'arborait l'un de mes ravisseurs.

— Vous étiez présente ?

— Oh, mon ange… persifle-t-elle. Tu n'as pas encore compris que c'est moi qui ai tout organisé ? Tes amis ont fait preuve d'un courage exceptionnel, lorsqu'ils sont venus en aide à cet imbécile, à Koreatown. Après ça, il a suffi de lancer quelques fusées de détresse pour te séparer de ta partenaire. Pauvre petite poupée désarticulée…

Un bourdonnement sourd emplit mes oreilles, étouffant tout autre son.

— Quel malheur ! ce qui lui est arrivé.

Storm m'adresse un sourire compatissant.

— Sache que je ne tue qu'en cas d'absolue nécessité. Or, elle devait mourir afin que tu prennes conscience des enjeux. Afin que tu fasses enfin usage de ce que ton père t'a laissé. Maintenant, dis-moi très précisément de quoi il s'agit et comment tu t'en es servie, et je n'aurai plus besoin de faire de mal à personne.

— Je ne sais pas de quoi vous parlez.

C'est un mensonge, bien entendu. Je réalise à présent la chance que j'ai eue de perdre le Jeton avant que Storm n'ait pu s'en emparer.

Elle serre les mains derrière son dos.

— Je pourrais t'aider à recouvrer la mémoire. La nuit de l'incendie. Dis-moi comment tes parents sont morts… et comment tu t'en es sortie.

Je me sens faiblir. D'un pas lent et mécanique, elle décrit des cercles autour de moi.

— Une fillette de trois ans réchappant d'une confrontation avec une horde de nécros affamés, voilà qui est fort improbable… Crois-tu qu'ils auraient pu t'épargner délibérément ?

Mes doigts qui cherchent à tâtons. Le cliquetis du métal.

Je serre les dents. Je cherche à repousser les souvenirs qui affluent dans mon esprit. Je presse mes paumes sur mes tempes et ferme les yeux.

— Je ne me souviens pas…

Des yeux noirs et fiévreux dans les ténèbres. Ceux de ma mère.

— Prends ça. Ne t'en sépare jamais. Ne les laisse jamais te le prendre. Maintenant, cours. COURS !

Les bras en l'air, les coudes serrés le long du corps, doigt sur la détente.

BANG. BANG.

J'entends la voix de Storm se mêler à ces échos du passé.

— Quelque chose t'a sauvé la vie. De quoi s'agissait-il, Rei ?

Je ne distingue même plus sa silhouette. Je ne vois que les griffes du nécro déchirant les joues de ma mère tandis qu'elle parvient à se tourner vers moi pour la dernière fois.

— COURS, REI ! hurle-t-elle, une seconde avant que son crâne n'éclate sous la pression des mâchoires qui viennent de la happer.

Attirés par ses cris d'agonie, les autres monstres approchent, mais leurs yeux sont à présent braqués sur moi.

— Réfléchis, Rei, insiste Storm. Qu'est-ce qui t'a sauvée ? Dis-le-moi, je te prie.

Mes jambes se mettent à trembler.

Cours, Rei. Je reste figée. Mes jambes ne me répondent pas. Je veux exaucer le dernier vœu de ma mère, mais mes pieds refusent de bouger tandis que le plus imposant des nécros se repaît de sa chair, puis recrache ses restes sur le trottoir.

— S'il vous plaît, je chuchote, tandis que les monstres forment un cercle autour de moi.

Incapable de détourner mes yeux du cadavre mutilé de ma mère, je serre le pendentif qu'elle m'a confié.

Non, maman, je ne veux pas être mangée.

Lorsque les monstres passent à l'attaque, je tends les bras devant mon visage dans un réflexe de défense dérisoire.

Dans mon poing, le talisman étincelle dans la poussière d'étoile. Un seul symbole, gravé dans l'or. Shǎn*:* 闪. *Éclair. Foudre. Rayonner. Un autre objet est attaché à la chaînette. Un petit disque de métal.*

Valable pour un trajet.

Une sphère de lumière dorée crépite au creux de mes mains et repousse les ténèbres.

Lorsque j'ouvre les paupières, les yeux démoniaques de l'agent Storm ne se trouvent qu'à quelques centimètres des miens. Encore sous le choc de ce souvenir, je bondis en arrière en poussant un cri d'effroi, mais elle m'attrape par les épaules.

— Eh bien ? demande-t-elle.

Le pendentif semble à présent peser une tonne autour de mon cou. À nouveau, je revêts mon masque d'innocence.

— Je me souviens que les nécros mettaient ma mère en pièces, et puis… plus rien.

Mon menton se met à trembler.

— Je suppose que j'ai dû m'évanouir.

Storm scrute attentivement mon visage. Elle espère y déceler des mensonges. Il faut croire que j'ai livré ces demi-vérités de façon plutôt convaincante, puisqu'elle lâche un grognement, me pousse brutalement sur le côté, saisit la tranche de viande sur le plateau et la brandit sous mon nez.

— Nous allons trouver un moyen de te rafraîchir la mémoire. Allez, mange. Le pouvoir s'impatiente.

Soudain, la situation m'apparaît dans toute sa clarté. Ce n'est pas de moi qu'elle se soucie, ni même de mon allégeance à sa cause, mais de mon lien avec l'artefact. Si j'ignore précisément comment en faire usage, elle ne connaît pas sa nature exacte.

C'est un avantage duquel je dois tirer profit.

— Commencez par libérer Maîtresse Minyi, dis-je.

Storm me dévisage longuement, puis adresse un signe à ses complices. Aussitôt, ils s'enfoncent sous un auvent, de l'autre côté de la rue. Une minute plus tard, ils réapparaissent accompagnés d'une femme aux yeux bandés, à la bouche couverte d'un bâillon et aux membres entravés par des liens. Son visage est criblé de coupures et d'ecchymoses. Dans cette situation humiliante, elle ne peut se déplacer que centimètre par centimètre dans la direction que lui indiquent ses ravisseurs, mais elle met un point d'honneur à garder la tête haute.

Je marche à sa rencontre. Storm fait claquer sa langue contre son palais et grimace un sourire.

— Pas si vite, ma chérie. J'ai rempli ma part du contrat. À ton tour, maintenant.

À court de subterfuges, je lève ma fourchette et mon couteau, puis je regarde la pièce de viande que l'on me présente.

— Je ne suis pas trop difficile question nourriture, mais pourriez-vous au moins me dire quoi il s'agit ?

— Tu devrais avoir compris, à présent.

La nausée me saisit. *La force, l'agilité, la vitesse. Le don de transformer la matière à une échelle que tu ne peux même pas concevoir, et de ne faire qu'un avec les ténèbres.*

— De la viande de nécro, dis-je du bout des lèvres.

Les traits de Storm s'animent. Tout cela semble l'amuser au plus haut point.

— Fraîchement abattu, juste pour toi.

Je réfrène un désir ardent de lui planter ma fourchette dans la gorge. Au nom de l'amour que je porte à Minyi, je dois continuer à jouer le jeu.

— Est-ce ainsi que vous vous êtes changée en noctiphage, je demande sur un ton presque courtois.

En avalant un steak de nécro présenté sur un plateau d'argent ?

Son regard vacille.

— Comme je te l'ai dit, je n'avais qu'un moyen de survivre. Une nuit, lorsque j'appartenais au corps des Archanges, les directeurs m'ont confié une mission de dernière minute. Le maître qui devait m'escorter ne s'est jamais présenté, si bien que je me suis retrouvée seule dans un nid de nécros. Étrangement, mon arme n'a pas fonctionné. J'ai tiré plusieurs fusées de détresse. Les renforts ne sont pas venus.

Je détecte un mouvement dans mon champ de vision périphérique. Mon cœur s'emballe, mais je garde les yeux braqués sur l'agente Storm.

— Un malheureux concours de circonstances ? je demande.

— Certainement pas. Quelques jours plus tôt, j'avais déterré des informations extrêmement sensibles. Celles qui, comble d'ironie, ont fini par me sauver la vie.

Perdue dans ses pensées, elle se remet à faire les cent pas.

— J'ai neutralisé deux nécros à mains nues, mais j'ai laissé une jambe dans l'affrontement. Lorsque le troisième s'est présenté, je savais que j'étais perdue. Alors, malgré mes blessures, je me suis traînée jusqu'au cadavre le plus proche, et j'ai tenté ma chance.

Elle s'empare du plateau et me le présente.

— Maintenant, c'est ton tour.

Un frisson court le long de ma colonne vertébrale. Je lance un coup d'œil furtif à ma tante, toujours encadrée par les gorilles de Storm. Un coup de vent balaie l'avenue. Au loin, j'entends quelqu'un siffler entre ses doigts.

— Je suis navrée, mais ma tante m'a toujours interdit d'accepter de la nourriture de la part de gens que je ne connais pas.

Sur ces mots, j'envoie valser le plateau d'un solide coup de poing. Il frappe Storm au front, en un réjouissant coup de gong, puis le steak la gifle sèchement sur la joue droite.

Aussitôt, des coups de feu claquent. Perchée au sommet d'un immeuble, de l'autre côté de l'avenue, une silhouette gainée de noir a pris pour cible les hommes de main, qui s'effondrent, telles des marionnettes désarticulées. Chevelure brune et manteau dans le vent, Kieran, surgi de nulle part, se précipite au secours de Minyi.

Hors d'elle, Storm essuie d'un revers de manche le sang de nécro qui ruisselle sur sa joue. Avant qu'elle n'ait pu s'élancer vers lui, je brandis le couteau et vise la gorge. Elle lève la main juste à temps pour intercepter l'attaque, mais la lame traverse sa paume de part en part.

Tandis que Kieran débarrasse Minyi de son bandeau, Storm, de sa main restée empalée sur mon arme, en saisit le manche puis, d'un mouvement de torsion, l'arrache à mon emprise. Un jet de sang éclabousse nos visages. De sa main libre, elle libère le couteau.

— Si j'étais toi, j'y réfléchirais à deux fois avant d'aller plus loin, lance-t-elle à l'adresse de Kieran.

Sourd à cette menace, il continue à se démener pour défaire les liens de Minyi. Malgré son épuisement, cette dernière se débat tant qu'elle peut, ses rugissements de colère étouffés par le bâillon. Je suis sur le point de les rejoindre lorsque je sens un objet de métal froid peser contre ma tempe, puis j'entends le déclic d'un cran de sûreté.

Mon sang se glace.

Kieran blêmit.

— Tim ? s'étrangle-t-il. Qu'est-ce que tu fous ici ?

— Je suis venu terminer ce que j'ai commencé, gronde ce dernier, tout près de mon oreille.

— Lâche ton arme, mon garçon, ordonne Storm à Kieran. Comme tu vois, ton ami meurt d'envie d'appuyer sur la détente. Décide-toi rapidement. Le temps presse.

— Qu'est-ce qu'ils ont fait de toi, Tim ? demande Kieran, horrifié. Un… Un monstre ?

— Nous préférons le mot « hybride », précise Storm. Ne sonne-t-il pas harmonieusement ?

Tim presse le canon de son arme plus fort encore contre mon crâne.

— Puis-je procéder à l'exécution ? demande-t-il.

Mon regard croise celui de Kieran. Les traits défaits, il ouvre la main avec une extrême lenteur et laisse tomber son fusil à ses pieds.

L'agente Storm hoche la tête, se tourne vers Tim et dit :

— Tue-le.

Tout se déroule alors comme au ralenti. Tandis que Tim dirige son pistolet automatique vers Kieran, je sors le Jeton de ma poche, le porte à mon cou et le place au contact du talisman de ma mère. Au contact du *shǎn* : 闪. Tout comme dans le souvenir que j'ai si longtemps essayé de refouler, l'élément central du caractère s'emboîte à la perfection dans l'encoche en forme de Y de l'artefact en émettant un « clic » discret. Les deux pièces se trouvent enfin réunies.

Tim ouvre le feu.

Au même instant, une lumière d'un autre monde jaillit d'entre mes mains, formant un dôme d'énergie dont je suis le cœur. Il anéantit la balle en plein vol, s'épanouit dans le ciel de New York et baigne les gratte-ciel d'un océan d'or à l'état liquide.

La chaleur du phénomène se propage dans tout mon corps, tandis qu'un chaos de sons envahit ma tête : le fracas métallique d'une rame de métro filant sur les rails ; le vent soufflant dans un tunnel obscur ; des milliers de wagons lancés à pleine vitesse dans le réseau souterrain de la ville, tel un flux sanguin qui la maintient en vie.

Le dôme continue de s'étendre.

Un miracle est en train de se produire sous mes yeux : la résurrection de Manhattan.

Les écrans géants s'illuminent de millions de couleurs. Les images publicitaires s'animent de vêtements, de sodas et de spectacles en vedette à Broadway. Le concert des klaxons se mêle au grondement lointain des automobiles. Les accords d'un big band jaillissent de la sono d'un magasin tout proche. Les feux de signalisation reprennent leur routine sans fin.

Times Square brille de mille feux qui effacent les étoiles au firmament.

Pour la première fois depuis quinze ans, la ville qui ne dormait jamais émerge d'un profond sommeil.

CHAPITRE 54

La bouche béante, Storm contemple les écrans qui illuminent l'avenue comme en plein jour.

— Comment est-ce que…

Hypnotisé par ce spectacle époustouflant, Tim laisse tomber son arme.

Partagée entre la terreur et l'euphorie, je vois la grande affiche exposée dans le bureau de ma tante se matérialiser devant mes yeux : Times Square reprend vie !

Je suis tout entière nimbée de la lumière dorée qui émane du Jeton.

Bientôt, l'émerveillement cède la place à l'inconfort, puis à une vive douleur : la chaleur infernale que cette magie a provoquée. Suis-je semblable au Phénix qui, auréolé de gloire, se consume à son propre brasier ?

L'artefact flotte à quelques centimètres de ma poitrine. Des vagues d'énergie thermique font onduler l'air autour de moi. Mon corps vibre si violemment que le béton se fracture sous mes pieds, formant un réseau de fissures qui s'étend dans un rayon de plusieurs mètres. Je pousse un cri d'animal blessé, prends ma tête entre mes mains, puis tombe à genoux.

On me saisit par-derrière. Une main se referme autour de la chaîne à laquelle est suspendu le Jeton reconstitué et l'arrache à mon cou. Le pouvoir de l'artefact cesse aussitôt de me tourmenter. Je fais volte-face et vois Storm le brandir triomphalement vers les cieux, ses yeux noirs étincelant d'une ferveur religieuse.

— Enfin ! s'exclame-t-elle.

À peine a-t-elle prononcé ce mot que le dôme de lumière se met à clignoter, puis à se rétracter. Soucieuse, Storm observe l'anomalie d'un œil incrédule.

— Attendez. Non. Arrêtez !

Elle adresse un geste à Tim, qui me soulève par le col de la combinaison et me force à me redresser.

— Comment t'y es-tu prise ? Parle immédiatement, sinon…

Sa menace est interrompue par le grondement d'un moteur suivi d'un crissement de pneus. Une Coccinelle Volkswagen rouge vif effectue un dérapage contrôlé à l'angle de la 44e Rue, laissant sur sa trajectoire des traces de gomme brûlée.

L'agente Storm tourne la tête une fraction de seconde avant que le pare-chocs ne la percute de plein fouet et ne l'envoie voltiger à plus de cinq mètres de hauteur.

Sous la violence du choc, elle lâche le Jeton. L'artefact rebondit sur le trottoir, à quelques centimètres d'une grille d'évacuation, roule sur le bitume puis achève sa course sur la bande de peinture jaune qui sépare en deux la chaussée.

Storm termine son vol plané dix mètres plus loin. Son crâne percute un réverbère, qui résonne longuement d'un son caverneux.

Everly baisse la vitre côté conducteur, affiche un air suffisant et lance :

— Dors bien, vieille peau.

Un fusil de sniper est posé au-dessus du tableau de bord.

— Où est-ce que tu as trouvé ça ? s'étonne Kieran.

— Sérieusement, c'est la seule question qui te préoccupe ? Allez, montez !

Kieran fait de son mieux pour hisser Minyi sur la banquette arrière de la voiture. Je me rue vers le Jeton, mais Tim me précède.

Il s'en empare, ouvre grand la bouche, glisse l'artefact sous sa langue et place les bras en croix devant son visage. Saisi d'un spasme, il laisse échapper un bref cri de douleur, puis son corps se met à enfler. Des cornes percent la peau de son front. Ses doigts s'allongent pour former de redoutables serres. Ses dents s'effilent, se fendent en deux et se multiplient jusqu'à ce que des centaines de crocs saillent de ses mâchoires démesurées. Seuls ses yeux noirs échappent à cette transformation. Ils brûlent d'une haine infinie et d'une faim dévorante.

Je dégaine mon javelot.

Sous sa forme strictement humaine, Tim était un colosse. Sous l'aspect d'un nécrophage, il dépasse tous les spécimens que j'ai observés jusqu'alors.

Il n'est pas question de reculer. Je constitue le dernier rempart entre le monstre et mes coéquipiers.

Dans un grondement digne d'un tremblement de terre, Tim charge. Je me plante sur sa trajectoire en position défensive. Je sais pourtant que toute résistance est inutile. Everly hurle quelques mots inintelligibles.

Une masse sombre fend les airs comme une météorite. Je vois des crocs briller dans les ténèbres... Un second noctiphage.

Il s'écrase sur Tim de tout son poids. Ses griffes tracent des sillons sanglants dans son dos puis, les mâchoires solidement verrouillées sur son cou, il le secoue en tous sens comme un chien s'amusant avec un jouet en caoutchouc.

Ce n'est pas Boba. Les membres de cette créature sont plus longs, son torse mieux profilé. Son anatomie rappelle davantage celle d'une panthère que celle d'un ours. J'observe avec fascination le combat qui se déroule devant mes yeux.

Un coup de klaxon m'arrache à cette contemplation. Kieran n'est toujours pas parvenu à faire monter Minyi à bord de la Coccinelle. Je contourne les noctiphages qui, tout à leur duel, semblent se désintéresser de mon cas, puis je sprinte jusqu'au véhicule pour l'aider à pousser Minyi à l'intérieur.

— Ravi que tu aies décidé de te joindre à nous, dit Kieran sur un ton amer.

Je n'en crois pas mes oreilles.

— Que j'aie décidé de me joindre à vous ? Comme si tu m'avais laissé le choix, espèce de salaud !

— Pardon ?

— Va pourrir en enfer. Tu n'as même pas eu le cran de m'administrer toi-même ce somnifère. Il a fallu que tu te serves de Zaza.

À ces mots, ses traits s'affaissent.

— De quoi est-ce que tu parles ? Tu as été droguée ? Mais quand ? Comment ?

Son expression bouleversée ébranle mes certitudes. Avant que je ne puisse répondre, un coup de feu claque. La fenêtre côté passager vole en éclats. Everly pousse un cri perçant. Je m'accroupis derrière la portière ouverte tandis que d'autres balles sifflent. L'une d'elles m'entaille le lobe de l'oreille gauche.

Le visage ensanglanté, Storm se tient debout, de l'autre côté de la rue. Mutilé et tordu à la hauteur du coude, son bras droit pend lamentablement le long de son corps. Des éclats d'os ont déchiré sa veste. Seule sa jambe bionique semble pleinement fonctionnelle. Pourtant, elle n'en paraît pas moins menaçante, et certainement pas moins ivre de rage.

D'une seule main, en opérationnelle expérimentée, elle parvient à recharger son arme. Je vois la poussière d'étoile s'agglutiner sur ses plaies, signe que le processus de guérison est déjà entamé.

— Tu n'iras nulle part, Rei Reynolds, gronde-t-elle.

— Monte, Rei ! crie Kieran, qui a pris place dans le véhicule. Qu'est-ce que tu attends ?

— Démarre, dis-je à Everly. Il faut évacuer Maîtresse Minyi.

— Il n'est pas question qu'on te laisse ici.

— Ne vous inquiétez pas pour moi. Pour une raison que j'ignore, l'artefact ne lui obéit pas. Elle a besoin de moi pour s'en servir. Elle a beau avoir la gâchette facile, elle doit me garder en vie pour le moment. Vous, c'est différent. Je ne peux pas la laisser récupérer le Jeton, et je mettrai tout en œuvre pour l'en empêcher. Ça va saigner, et je ne veux pas que vous vous trouviez sur mon chemin. Alors fichez le camp avant que ses plaies ne se referment.

— Everly, ne fais pas ça... supplie vainement Kieran.

À peine ai-je claqué la portière qu'Everly écrase la pédale d'accélérateur. La petite voiture rouge démarre en trombe. Storm tire sur les pneus à plusieurs reprises, mais ne parvient qu'à dégommer l'enjoliveur de la roue arrière droite. La Coccinelle vire à l'angle de la 45e Rue et disparaît de mon champ de vision.

Un hurlement d'agonie ébranle la place. Le noctiphage venu à mon secours vient de briser la mâchoire de Tim. À l'instant où le Jeton tombe de la gueule grande ouverte de son ennemi, il plante les crocs dans son dos, le soulève du sol et le précipite dans la vitrine du musée de cire Madame Tussauds. Le corps monstrueux de Tim renverse les mannequins des dix maîtres historiques et retombe sans vie sur le tapis rouge de l'entrée.

À ma grande consternation, le Jeton roule jusqu'au trottoir opposé et termine sa course aux pieds de l'agente Storm.

La gueule souillée du sang de Tim, le noctiphage ne me quitte pas des yeux.

Storm considère longuement le monstre, puis, croyant y voir une opportunité, s'exclame :

— Toi ! Qui que tu sois, amène-moi cette fille et je te récompenserai au-delà de toutes tes espérances.

Le noctiphage incline docilement la tête. J'ai été folle de croire que cette créature était semblable à Boba. Mon dernier espoir vient de s'envoler.

Campée à égale distance de Storm et du noctiphage, je rejette la tête en arrière et j'affermis ma prise sur la poignée du javelot. Face au monstre, mon arme ne me sera probablement d'aucune utilité. Contre Storm, en revanche…

Cependant, si je la neutralise, rien n'empêchera le monstre de me dévorer vivante. Si je me rends, si je renonce au Jeton, peut-être ai-je encore une chance de sauver ma peau.

J'entends alors l'écho de la voix de Minyi.

« Cette ville ne peut pas être sauvée. Elle n'en a ni le besoin, ni le désir. »

Puis celle de Maître Sasha :

« Tu perceras ce mystère, car le destin de Manhattan en dépend. »

« Ne pense qu'à ta survie », dit ma tante.

« Notre sort est entre tes mains », insiste Maître Sasha.

« Cours, Rei », supplie ma mère

« Élève-toi au-dessus de tout. »

Je fais face au noctiphage, tends la main gauche dans sa direction et arme mon tir. À l'ultime seconde, je pivote sur un pied. Le javelot décrit un arc très pur, filant dans le plus grand silence en direction de l'agente Storm.

J'éprouve une étrange sensation de paix. Je n'accomplirai pas la promesse faite à mes parents. Dans un instant, je vais mourir seule, ici même. Je n'ai qu'une consolation, celle que l'une des pires créatures qui aient jamais vécu périra avant moi...

Jusqu'à ce que Storm saisisse le javelot au vol, bloquant net la pointe à un cheveu de son visage.

— Non... C'est impossible... Aucun être humain ne peut être doué de réflexes aussi fulgurants.

Un sourire narquois sur les lèvres, elle pose une extrémité de l'arme sur le sol puis, d'un coup de son pied bionique, la brise en deux.

— Je t'offre une dernière chance, m'avertit-elle. Si tu m'expliques comment fonctionne l'artefact, je te laisserai la vie sauve. Je sais me montrer compatissante envers ceux qui rejoignent mon camp.

— Vous pouvez vous la garder, votre miséricorde.

Secouée d'un rire cruel, Storm brandit son pistolet, mais je me dirige déjà droit vers le nécrophage. Si elle a pu vaincre deux nécros à mains nues, pourquoi pas moi ? Soit je survivrai à l'affrontement, soit je mourrai en accomplissant un acte héroïque. D'une certaine façon, ce sera pour moi une libération.

Le monstre charge. Je me place sur sa trajectoire mais, à ma grande surprise, il bondit au-dessus de ma tête à l'instant où Storm presse la détente.

Le corps criblé de balles, il lâche un râle déchirant, mais ne bat pas en retraite. Campé sur ses énormes pattes, il ne vacille même pas, comme si seul lui importait de faire rempart de son corps. Il s'ébroue tel un chien mouillé. Plusieurs balles NN tombent en pluie sur le trottoir. Pas une seule n'a explosé. Intactes, elles brillent à présent comme des gouttes d'or pur, auréolées de la même lumière que celle qui a jailli du Jeton. Est-ce un nouvel effet de l'artefact ?

Les coups de feu cessent. Tandis que Storm recharge son arme, le noctiphage m'attrape par le col du manteau. Me rappelant la façon dont il s'est débarrassé de Tim, je hurle et me débats désespérément. À mon tour, je suis propulsée dans les airs…

… et retombe lourdement sur son dos. J'ai à peine le temps de me remettre du choc et de saisir sa crinière qu'il tourne le dos à l'agente Storm et se lance au triple galop.

— Non ! je crie. L'artefact !

De mauvaise grâce, le noctiphage s'immobilise et fait volte-face. Hélas, il est déjà trop tard.

— Est-ce cela que tu cherches ? s'esclaffe Storm.

Elle se penche pour ramasser le Jeton… qui se dérobe à elle comme une feuille emportée par le vent.

Sidérée, elle se baisse de nouveau, mais l'artefact, cette fois, lui glisse entre les doigts et vient planer devant son nez. Il scintille sous les lumières déclinantes de Times Square, tel un clin d'œil impertinent.

Elle lâche un juron, puis essaie de l'attraper, encore et encore, sans jamais y parvenir. À la cinquième tentative, le Jeton vient se coller entre ses deux yeux. En espérant le piéger à l'endroit où il vient de se poser, elle ne réussit qu'à se flanquer une grande claque sur le front. Elle pousse un cri rageur, tandis que l'artefact dévale l'arête de son nez, puis se perd dans un coin d'obscurité.

Le Jeton lance un dernier reflet provocateur, puis disparaît pour de bon, comme si ses atomes s'étaient soudainement regroupés en une seule particule invisible à l'œil nu.

À ce moment précis, je jurerais entendre un rire flotter dans le vent.

Les yeux de Storm se posent sur moi, deux puits sans fond de rage à l'état brut.

— Espèce de sale petite traînée ! rugit-elle en s'élançant vers moi.

— Je crois que nous ne sommes plus les bienvenus, dis-je à mon nouveau complice noctiphage.

Pendant que les lumières de Times Square s'éteignent une à une, nous fuyons aussi vite que l'ombre qui avale une nouvelle fois Manhattan, et laissons les cris de l'agente Storm se perdre dans la nuit.

*

Le noctiphage me conduit à l'ouest de la ville, là où l'Hudson River bat nuit et jour ses berges de pierre, où le vent souffle une plainte fantomatique entre les mâts des bateaux. Prisonnière d'une spirale de peur et de paranoïa, je scrute continuellement les ténèbres.

Voilà ce qu'il en coûte de n'avoir pour seule protection contre les nécros… qu'un autre nécro.

Lorsque nous atteignons le sentier, le noctiphage s'immobilise puis se couche sur le ventre pour me laisser mettre pied à terre. Pourtant, je demeure à califourchon sur son dos. Il tourne vers moi son énorme tête et m'adresse un regard interrogateur.

— Qui es-tu ? je demande.

Il renifle et remue la croupe pour m'inviter à descendre. Je serre les jambes contre ses côtes et me retiens à sa fourrure. Un grognement agacé résonne au plus profond de ses flancs.

— Tu as risqué ta vie pour moi. Pourquoi ?

Il montre les dents, mais cela n'altère ni ma curiosité ni ma détermination.

— S'il te plaît. Toute ma vie, j'ai pensé que les nécros n'étaient que des monstres sanguinaires, sans âme ni conscience. S'il te plaît, prouve-moi que je me suis trompée.

Le noctiphage reste quelques instants immobile, comme s'il pesait le pour et le contre, lâche un soupir étonnamment humain, puis donne un puissant coup de patte sur le sol. Je reçois le message cinq sur cinq et me laisse glisser le long de son dos.

L'air toujours hésitant, il se tourne pour me faire face. Autour de nous, la poussière d'étoile se fige dans les airs. Les grains se rassemblent pour former une spirale qui se met à danser autour du monstre à une vitesse croissante. La tornade lumineuse se fait bientôt si puissante et d'un éclat si intense que je dois me couvrir les yeux et me pencher contre le vent pour ne pas tomber à la renverse. Un sifflement strident emplit mes oreilles. Lorsque le noir se fait et que la tourmente s'apaise, il ne reste plus qu'un nuage de brouillard blanc qui se disperse rapidement dans l'air nocturne.

Le noctiphage qui se trouvait là quelques secondes plus tôt s'est volatilisé. Alors que j'inspecte les lieux à la recherche d'un indice pouvant expliquer cette disparition, je sens une main se poser sur mon épaule.

Affolée, je fais volte-face.

Une jeune fille aux yeux bruns, grande et mince, se tient devant moi. Sa silhouette scintille, auréolée de la poussière d'étoile qui parsème sa peau mate.

Je retiens mon souffle.

— Salut, *mèi mei*, dit ma sœur.

CHAPITRE 55

— Non… Non, c'est impossible.

Maura se mordille la lèvre.

— Je sais que ça doit être difficile à…

— Tais-toi, je la coupe, en reculant d'un pas.

Je la dévisage. Je vois le blanc de ses yeux. Rien à voir avec ceux de Tim et de l'agente Storm. C'est bien elle. C'est bien ma sœur.

— Tu es l'un d'entre eux, dis-je.

Une pensée révoltante me vient aussitôt à l'esprit.

— Tu as mangé de la chair de nécro.

— S'il te plaît, Rei. Laisse-moi t'expliquer. Je suis différente des hybrides auxquels tu as eu affaire. Je n'ai pas fait ce dont tu me soupçonnes. Je le jure.

— Pourquoi te ferais-je confiance ? Tu…

Ma voix se met à trembler. Ma respiration se fait plus rapide.

— Tu es un nécro.

— Regarde mes yeux, supplie-t-elle. Ils sont semblables aux tiens, n'est-ce pas ? C'est ainsi que l'on différencie les hybrides de mon espèce de ceux qui ont été créés artificiellement grâce à la viande de nécro, comme Sabrina Storm.

Ses paroles peinent à s'imprimer dans mon cerveau. Je suis submergée par la nausée.

— Enfin, je connais la vérité. Je sais à présent pourquoi tu nous fuis depuis toutes ces années. Tu t'es changée en une abomination.

Maura affiche une expression douloureuse.

— Ne dis pas ça, Rei.

— Tu es devenue une saloperie de nécro !

— Mais je n'ai jamais souhaité que cela arrive ! crie-t-elle.

Je reste saisie. Comme tante Minyi, la Maura que je connais ne se laisse jamais dominer par ses émotions. C'est la première fois que je la vois s'emporter contre moi.

Ses épaules retombent.

— Pardonne-moi. Je ne voulais pas... Je te demande juste de réfléchir un instant. La Disparition. Ces centaines de milliers d'innocents qui se sont volatilisés dans la brume...

— Qu'est-ce que cela a à voir avec le fait que tu es devenue un monstre ?

— Tout ! hurle ma sœur. Tu ne comprends toujours pas ? Où ces personnes sont-elles passées, selon toi ? Ne t'es-tu jamais demandé d'où venaient les nécros ?

Cette question me fait l'effet d'un coup de poing à l'estomac.

— Tu te trompes, dis-je. Ces gens sont morts, c'est aussi simple que ça. Il n'y a pas à chercher plus loin.

— Mais j'ai disparu, n'est-ce pas ? fait observer Maura d'une voix très douce. Pourtant, je ne suis pas morte, que je sache. Je suis devenue un nécro.

Saisie de vertige, je m'accroupis et j'enfouis mon visage entre mes mains.

— Es-tu en train de me dire que tous les humains qui ont disparu ont subi la même transformation ?

Maura observe plusieurs secondes de silence.

— Oui, répond-elle.

— Alors ça signifie… que ce ne sont pas des monstres que j'ai éliminés, durant toutes ces années.

Elle détourne le regard.

— Ce n'est pas ta fau…

— Tais-toi, Maura ! La ferme !

Tout le ressentiment que je me suis jusqu'alors efforcée de contenir remonte brutalement à la surface. Je me redresse d'un bond et tente de la saisir par le cou. Elle intercepte mes poignets et n'a aucun mal à me maîtriser.

— Si ce que tu dis est vrai, dis-je d'une voix brisée, cela signifie que je n'ai fait que tuer des humains, depuis le début !

En sanglots, je m'arrache à son emprise.

— Des humains, Maura. Des New-Yorkais ! Et toi qui savais quel sang j'avais sur les mains, tu n'as rien fait pour m'en dissuader !

Son expression s'assombrit.

— J'avais juré de ne rien dire. Si j'avais manqué à ma parole, nous aurions toutes les deux été exécutées. Moi, pour avoir violé ce serment, et toi, pour le seul fait de connaître la vérité. Si je parle aujourd'hui, c'est parce que Storm t'a déjà mise en danger en te révélant le secret des hybrides.

— Et je devrais te remercier ?

— Écoute, je n'ai rien fait pour que nous en arrivions là. Sans la Disparition, je ne serais pas devenue un nécro. Sans papa, je n'aurais pas été changée en hybride. Et si tu ne t'étais pas lancée désarmée à l'assaut de Storm et de ses complices, je n'aurais pas été obligée de venir à ton secours !

J'écarquille les yeux.

— Et j'imagine que c'est aussi ma faute si j'ai une sœur pourrie jusqu'à la moelle !

Maura a l'audace d'afficher un petit air blessé.

— Comment oses-tu dire une chose pareille ? Tu es tellement égoïste, Rei !

Je lâche un son plus proche de l'aboiement que du rire.

— C'est toi qui oses dire ça ? La fille qui fugue pendant des mois sans fournir la moindre explication, puis qui se croit autorisée à réapparaître dans nos vies pour se volatiliser aussitôt ? Tu crois que ça a été facile pour moi ? Je n'ai jamais cessé de m'inquiéter pour toi tout en faisant semblant d'accepter tes allées et venues, ainsi que ta façon de considérer la maison comme un foutu aéroport, tout ça parce que tu as traversé des moments difficiles.

— Je... J'ignorais tout de ce que tu ressentais. Si je t'ai fait souffrir, je te demande pardon. Mais qu'est-ce que j'étais censée faire ?

Je baisse les yeux et contemple la pointe de mes bottes.

— Tout ce que je voulais, c'était te voir plus souvent. Que tu sois là pour moi. Que tu te comportes comme une grande sœur.

— Au moins, tu avais maman à tes côtés, dit-elle avec une pointe de jalousie.

— Tante Minyi est ta mère, dis-je en la regardant droit dans les yeux. Pas la mienne.

Maura recule, comme si je venais de la gifler.

— Eh bien, si tu t'en tiens à une définition strictement biologique, je ne suis pas non plus ta sœur.

C'est comme si elle venait de me plonger un poignard en plein cœur, et elle en a parfaitement conscience. Même lorsque nous n'étions que cousines, avant que mes parents ne soient tués et que tante Minyi ne m'adopte officiellement, Maura a toujours été ma *jiě jie*, ma grande sœur. Et j'ai toujours été sa *mèi mei*, sa petite sœur. Ces mots-là étaient bien plus forts que les liens du sang. Ils exprimaient un amour inconditionnel, une confiance mutuelle qui transcendait nos nombreuses différences.

— Pourquoi ne peux-tu pas faire partie de ma vie comme avant ? je demande, dans un sanglot. Est-ce vraiment trop te demander ?

Maura plaque une main sur son front.

— Tu ne comprends pas. Après la Disparition, il n'était plus question pour moi de redevenir celle que tu connaissais. En vérité, je ne le peux toujours pas. Lorsque je suis revenue, j'espérais sincèrement que notre vie pourrait reprendre son cours normal. Seulement, à l'instant où je t'ai revue après deux ans de séparation, j'ai réalisé que je me berçais d'illusions.

— Pourquoi ?

— Parce que *nous* avions changé, Rei. Toutes les deux. J'étais… brisée. Hantée par les rares souvenirs que je gardais du temps passé dans la peau d'un nécro. Toi, tes parents avaient été massacrés. Tu étais possédée par ton désir de vengeance. J'ai commis l'erreur de te demander comment se passaient tes études. Je me rappelle le dégoût et la haine qu'exprimait ton visage quand tu parlais des nécros. Et la flamme qui dansait dans tes yeux à la seule perspective de les éliminer.

Je sens ma gorge se serrer.

— Et tu pensais que si je découvrais ton secret, je m'en prendrais à toi, dis-je. À ma propre sœur.

— J'ignorais quelle pourrait être ta réaction. Tu aurais pu me dénoncer au Syndicat. Je ne voulais pas prendre ce risque.

Mes lèvres dessinent un sourire amer.

— Tu n'avais pas confiance en moi.

— Te cacher ce secret était un moyen d'assurer ma sécurité, mais aussi la tienne. Sais-tu seulement combien de personnes se lanceraient à mes trousses si elles connaissaient la vérité ? Elles n'hésiteraient pas à s'en prendre à ceux qui me sont chers pour mettre la main sur moi.

Elle pose une main sur mon épaule.

— Je n'avais pas d'autre but que de te protéger.

— Me protéger ?... En me tenant dans l'ignorance ? C'était une grave erreur de jugement. Tu n'aurais pas dû t'inquiéter pour moi. Ces dernières années, je crois avoir prouvé que je peux assurer ma propre sécurité.

— Ce n'est pas l'impression que tu m'as donnée, tout à l'heure, à Times Square, rétorque-t-elle. Je n'aurais pas dû me trouver là. Maman m'a fait promettre de ne pas m'aventurer dans les rues en pleine nuit. Alors me mêler à une fusillade, tu penses... Mais je l'ai fait quand même. Pour toi.

— Eh bien, je te remercie, dis-je sur un ton cassant.

— Il n'y a vraiment pas de quoi, grogne-t-elle.

S'ensuit un silence tendu. Nous sommes dans une impasse, toutes deux bien décidées à ne pas céder. Seulement, je me connais par cœur. Aussi loin que je me souvienne, je n'ai jamais pu endurer très longtemps ces tensions entre nous.

Aussi suis-je stupéfaite lorsque qu'elle me grille la politesse en s'exclamant :

— Mais dis quelque chose, bon sang !

Je suis sur le point de m'emporter lorsque je vois des larmes briller dans ses yeux. Je sens toute colère m'abandonner. Je ne me rappelle pas la dernière fois où j'ai vu Maura pleurer. Je ne sais même pas si ça s'est déjà produit.

Je tourne le dos à la rivière, m'appuie contre la balustrade et lève les yeux vers les étoiles. Une brise salée chahute mes cheveux.

— Si je pouvais remonter le temps, jamais je ne prononcerais les mots qui t'ont fait perdre confiance en moi, dis-je.

— Tu n'as pas à te sentir coupable, Rei. La haine que tu voues aux nécros est parfaitement justifiée.

— Pourquoi es-tu partie aussi longtemps ?

— J'étais en mission d'infiltration auprès de Storm dans le cadre du programme Oubliés, confesse Maura. Elle ne connaît ni ma véritable identité ni ma nature réelle. C'est comme ça que j'ai pu vous aider à vous évader du centre de recherche.

Je mets quelques secondes à recoller les morceaux.

— Les clés… Le sac contenant les yeux et les pouces tranchés. Lorsque j'ai demandé à Minyi à qui nous avions affaire, elle a parlé d'individus capables de faire le bien comme le mal. Elle parlait de toi, n'est-ce pas ?

— Elle parlait de tous les hybrides, *mèi mei*. La plupart d'entre eux ne sont que des hommes et des femmes ordinaires qui se trouvaient au mauvais endroit au mauvais moment. Ils n'ont commis des actes monstrueux que pour protéger leur famille. Ils ne méritent pas de mourir. Ils ont droit à un avenir.

Elle fait une drôle de grimace et ajoute :

— Enfin, presque tous. Jusqu'à ce que nous trouvions un moyen de leur rendre leur humanité, il faut à tout prix empêcher Storm de s'en servir pour prendre le contrôle de la ville.

— Dans la base souterraine, je suis tombée sur deux gamins chargés de surveiller la cellule des maîtres. Je m'en suis débarrassée en moins de deux. Ils n'auraient même pas pu prendre le contrôle de l'épicerie du coin, alors conquérir Manhattan... Ont-ils été transformés en hybrides contre leur volonté, comme Tim ? Ou pendant la Disparition ?

Je frissonne en repensant aux derniers instants de Yuna.

« Retrouve Jae. »

— Je l'ignore, mais je pense que Storm les a mis sur ton chemin précisément parce qu'ils étaient inoffensifs. Elle insistait pour qu'il ne t'arrive aucun mal. J'ai essayé de la convaincre du contraire, mais elle était certaine que ton père t'avait implanté l'artefact perdu, et que tu étais de ce fait la clé qui lui permettrait d'en acquérir le pouvoir.

— Elle s'est pointée à FD Prep pour assister à une séance d'entraînement au combat. Elle a prétendu mener une mission de prospection au service des directeurs, mais je sais à présent qu'elle ne travaillait plus pour le Syndicat. Est-ce à ce moment-là qu'elle a commencé à s'intéresser à mon cas ?

Maura fronce les sourcils.

— Je crois qu'elle était à ta recherche depuis la mort de ton père, mais vu que Minyi a mis beaucoup de soins à dissimuler les preuves de ta filiation, il y a probablement peu de temps qu'elle t'a identifiée.

Ton succès lors de la première épreuve du Tournoi a sans doute confirmé ses soupçons.

Cette révélation me trouble au plus haut point.

— Tu as travaillé pour elle pendant tout ce temps ?

Maura hoche la tête.

— C'était l'idée de maman. Je n'ai pas recueilli beaucoup d'informations durant ma mission d'infiltration, mais le peu que j'ai appris pourrait faire toute la différence à long terme.

— Non… Je veux dire, est-ce à cause de ton travail que nous nous sommes vues si rarement, ces derniers mois ?

Maura hésite.

— Eh bien… oui et non.

— Alors tu m'évitais, c'est ça ?

— En quelque sorte, mais pas pour les raisons que tu t'imagines.

Son regard se perd à l'horizon.

— À mesure que tu grandissais, j'ai commencé à redouter ce que la haine allait faire de toi. La Disparition m'avait déjà volé tant d'êtres chers… Tous mes amis. Et papa.

Oncle Elliot.

Je vois la gorge de Maura se contracter tandis qu'elle cherche ses mots.

Je n'interromps pas ses réflexions. La patience n'a jamais été mon fort, mais je tiens à donner à ma sœur tout le temps que j'ai la mauvaise habitude de lui refuser.

— Maman et toi, vous étiez tout ce qui me restait, poursuit-elle. Bien sûr, j'aurais voulu te dire la vérité, mais j'avais trop peur de te perdre. J'étais devenue l'un des monstres que tu avais juré de détruire jusqu'au dernier.

Sa voix se brise.

— Je suis ce que tu détestes le plus au monde.

Je sens les larmes me monter aux yeux.

— Oh, Maura...

Pour la première fois, je me vois à travers son regard. Je comprends ce qu'elle a pu éprouver chaque fois qu'elle m'a entendue parler des monstres de Manhattan. « Je me rappelle le dégoût et la haine qu'exprimait ton visage quand tu parlais des nécros. Et la flamme qui dansait dans tes yeux à la seule perspective de les éliminer. » Elle devait se sentir si impuissante qu'elle a préféré enfouir son secret et le laisser la consumer vivante, plutôt que de le partager avec moi.

Je la prends dans mes bras et la serre de toutes mes forces. Elle n'oppose pas de résistance. Je pose ma tête sur son épaule, et la laisse pleurer à chaudes larmes sans prononcer un mot jusqu'à ce que sa respiration reprenne un rythme régulier.

— Tu m'as tellement manqué, je chuchote à son oreille. Quand tu as cessé de venir à la maison, j'ai cru que tu me détestais.

Maura a un mouvement de recul.

— Je ne cesserai jamais de t'aimer, *mèi mei*.

— Moi non plus, *jiě jie*.

Je prends une profonde inspiration.

— J'aime tout en toi, même ce que je croyais haïr. Quoi qu'il arrive, tu resteras toujours ma grande sœur.

Maura essuie ses larmes d'un revers de manche.

— Et toi, tu es tout pour moi, Rei. Ne l'oublie jamais. Au fait, de quel droit tu portes mon manteau ?

— Oh, pardon ! Je croyais qu'il appartenait à Minyi.

Elle esquisse un sourire et redresse les revers du vêtement.

— Garde-le. Il te va parfaitement.

Dans un silence complice, nous regardons les vagues danser au clair de lune. C'est ici, au milieu de l'Hudson, que se trouve la frontière qui sépare New York du New Jersey. Au-delà, sur la rive opposée, il ne tombe pas un seul grain de poussière d'étoile. Les fenêtres sont éclairées. Des réverbères illuminent les rues. Tout est parfaitement normal.

Ces lumières me rappellent le Jeton et sa puissance prodigieuse. J'ai toujours considéré que Manhattan était semblable au Phénix, qui se meurt au crépuscule et renaît de ses cendres au lever du soleil. Mon artefact, lui, a en un instant ressuscité Times Square et ses alentours.

— Que s'est-il passé, quand Storm a essayé de s'emparer du Jeton ? je demande.

— Ça, je n'en sais rien, mais je n'ai pas été déçue du spectacle, répond Maura avec un petit sourire.

Ce n'est que lorsque je porte la main à mon cou que je me souviens que le pendentif n'est plus en ma possession.

— Sais-tu que mon père l'a dérobé au département des Archives ?

Maura hausse les sourcils.

— Pardon ? s'étrangle-t-elle.

— En tout cas, Storm en est convaincue. Et je pense qu'elle dit vrai. Je crois qu'il l'a modifié, qu'il en a détaché une partie afin de neutraliser son pouvoir. Ce qui expliquerait la découpe dans le Jeton. Après l'avoir restitué aux Archives sous la forme que nous lui connaissions, il a chargé un orfèvre de transformer le Y en un pendentif qui n'éveillerait pas les soupçons. Pour cela, le caractère *shăn* était parfaitement indiqué… Il n'y a jamais eu d'artefact perdu.

Juste un artefact *incomplet*. Mais maintenant, nous ne savons pas où il est passé.

— L'essentiel, c'est que Storm n'ait pas pu s'en emparer.

Je ferme les yeux et tâche de mettre un peu d'ordre dans mes pensées.

— Tout à l'heure, tu as affirmé que, sans l'oncle Elliot, tu n'aurais pas été changée en hybride. Qu'est-ce que tu voulais dire ?

Maura détourne le regard.

— Seule maman est au courant, et je préférerais qu'elle n'ait jamais rien su.

— Vas-tu me dire de quoi il est question ?

Une minute durant, elle reste silencieuse.

— Pour moi, ces deux dernières années ont été un cauchemar sans fin, murmure-t-elle enfin. Je n'en garde que quelques souvenirs confus, comme celui de la nuit qui a précédé mon retour. Je me souviens avoir émergé dans la rue, juste devant notre ancien appartement. Tu sais, le petit immeuble en grès rouge où tu vivais avec mes parents en mon absence, avant que maman n'emménage au manoir.

Elle prend une profonde inspiration.

— Je ne sais pas ce qui m'a attirée là-bas. J'avais faim. J'étais désespérée. Mais cette nuit-là, papa... *m'a reconnue*.

Ma gorge se serre.

— Mais... comment ?

— J'aimerais le savoir, Rei. Comme je te l'ai dit, ces souvenirs sont très flous. Je suppose que j'ai accompli un geste, ou émis un son qui lui a fait comprendre que j'étais... sa fille.

Chacun des mots qu'elle prononce semble exiger un effort surhumain.

— Ensuite, je crois que j'ai perdu connaissance. À mon réveil, j'étais couverte de sang. Un sang qui n'était pas le mien. Et j'avais repris forme humaine. Papa, lui, était introuvable. Il m'a fallu des semaines pour comprendre et accepter que j'avais… que j'avais…

Maura ne peut achever son récit. Elle se plie en deux et pousse un râle déchirant, comme si elle revivait le drame affreux qui la hante depuis la nuit du drame.

— Je l'ai *dévoré*, Rei.

Je plaque une main sur ma bouche. Je me jure de ne pas prononcer un mot avant qu'elle n'ait terminé son récit.

— Bien entendu, ce n'était pas la première fois que je me nourrissais de chair humaine, car c'était pour moi le seul moyen de survivre. Mais jusqu'alors, aucune de mes victimes ne m'avait rendue à l'état d'être humain.

Je ne veux même pas imaginer les abominations que Maura a été contrainte de commettre lorsque son âme était piégée dans le corps d'un nécro.

— Qu'est-ce qui a changé, cette fois-là ?

— Je n'ai aucune certitude. Juste une théorie. La nuit où l'instinct m'a menée jusqu'à la maison, j'étais si faible et si affamée que je tenais à peine debout. Je n'aurais pas eu la force de l'attaquer. Il savait que je n'en avais plus pour longtemps. Alors il s'est livré à moi. Il a donné sa vie pour sauver la mienne.

Ses larmes gouttent sur la balustrade.

— Et c'est ce dernier acte de compassion qui m'a rendu l'humanité.

Ces mots lourds de sens s'impriment lentement dans mon esprit. Je glisse un bras autour de sa taille et niche ma tête dans son cou.

En cet instant, il n'est plus rien que je puisse dire ou faire. Je ne peux que me taire et être là pour elle...

Je crois discerner de la gratitude dans le sourire qui flotte sur ses lèvres, dans la façon dont elle s'appuie contre moi et lâche un soupir interminable, comme si elle venait de recouvrer la liberté.

— Que vas-tu faire, maintenant, *mèi mei* ? me demande-t-elle.

— Je n'en ai aucune idée.

— Tu es investie d'une mission, Rei, et elle est loin d'être achevée. Cependant, tu dois t'accorder le temps de réfléchir et de recouvrer tes forces. Ne prends aucune décision précipitée. Pas encore. Pas ce soir.

Je regarde les lumières du New Jersey se refléter dans l'Hudson, et j'y vois l'image de ce que pourrait être notre avenir.

— Entendu, dis-je. Pas ce soir. Ici comme là-bas, demain est un autre jour.

CHAPITRE 56

Le lendemain, je passe la matinée à somnoler au chevet de tante Minyi. Je me suis promis de rester auprès d'elle jusqu'à ce que la nuit tombe et que la poussière d'étoile guérisse ses blessures, mais Zaza vient se planter sur le seuil de la chambre, la mine sévère et déterminée. Je sais par expérience qu'il est inutile de lui résister.

Une heure plus tard, je déambule dans le marché couvert de Chelsea. D'une main, je tiens un gobelet de thé au lait et à la mangue additionné de perles de tapioca. De l'autre, je tiens un cahier relié de cuir. Il est un peu plus de midi. À peine filtrée par de hautes fenêtres, la lumière inonde le labyrinthe d'étals où se presse une foule d'habitants affamés.

— Trop mignon ! s'exclame Zaza en me présentant le collier qu'elle vient d'ôter d'un présentoir à bijoux.

Je détache mes yeux du carnet et examine la chaîne en or et le pendentif, un petit gâteau aux fraises du même métal. Je souris en pensant à Boba.

— Sympa, mais pas vraiment ton style.

— Qu'est-ce que tu racontes ? Et toi, mon cœur, qu'est-ce que tu en penses ?

La tête de Bomani apparaît entre les jeans vintage suspendus à un portant. Tout sourire, il pointe un pouce vers le ciel.

— Il t'ira parfaitement, ma chérie.

Zaza lève les yeux au ciel.

— Il est pour Rei, dit-elle.

— Oh...

Il scrute ma tenue. Col roulé noir, jean noir, bottes d'assaut noires, manteau de Maura. En attendant de lui trouver un remplaçant, ce dernier fait parfaitement l'affaire. Storm étant toujours en liberté, j'ai bien l'intention de me fondre dans le décor. Jusqu'à preuve du contraire, elle doit penser que je suis toujours en possession du Jeton. J'ai beau bénéficier de la protection du Syndicat, je sursaute chaque fois que j'entends des talons aiguilles claquer sur le trottoir.

Je place le pendentif sur ma poitrine et prends la pose devant Bomani.

— Alors, tu en penses quoi ?

— Pas de commentaire.

— Pardonnez-moi, fait une voix dans mon dos. Êtes-vous Rei Reynolds ?

Je pivote et découvre un petit garçon aux cheveux bruns et bouclés qui me tend un stylo et une serviette en papier. Derrière lui, sa mère affiche un sourire bienveillant.

— Je vous ai vue à la télé, pendant le Tournoi. Vous étiez tellement cool, surtout sur le parcours d'obstacles ! Pourriez-vous me signer un autographe, s'il vous plaît ?

— Bien sûr, dis-je, à la fois flattée et un peu inquiète d'avoir été reconnue malgré mon intention de me faire discrète.

Lorsque je lui rends la serviette, il m'attrape par le bras et chuchote :

— Est-ce que c'est vrai ?

— Quoi donc ?

Les yeux de l'enfant s'écarquillent.

— Tout ce que les gens racontent. Que vous avez illuminé Times Square en pleine nuit. Que vous allez nous ramener la lumière et chasser les ténèbres. « Celle qui brise la nuit », *Nightbreaker.* C'est comme ça que tout le monde vous appelle, maintenant.

— Je… Je ne sais pas.

— Oh ! Laisse-la un peu respirer, gamin, intervient Bomani en écartant mon admirateur.

Zaza me saisit par les épaules et me pousse vers la sortie. J'entends le garçon crier mon prénom et réclamer des réponses, mais je suis trop secouée pour prononcer un mot. Dans la foule, bon nombre de visages sont tournés vers moi.

— Mon frère habite près de Times Square, dit une femme à celle qui l'accompagne. Lui aussi prétend avoir vu la lumière.

— Tu as l'air plutôt sceptique.

— Comme si une fille de son âge pouvait faire des miracles…

— Et pourquoi pas ?

Zaza chuchote à mon oreille :

— Continue à avancer.

À la sortie du marché, aveuglées par la lumière du jour, nous découvrons une foule de manifestants qui remonte lentement la 15e Rue. J'imagine qu'il s'agit d'un énième rassemblement de militants complotistes, mais je réalise que les slogans sur leurs pancartes ont une tonalité différente.

« Le peuple exige la vérité. »

« Oui à la transparence, non à la tyrannie. »

« Syndicat dissolution ! »

— Qu'est-ce que ça signifie ? je demande.

— Je crois qu'ils reprochent aux directeurs d'avoir annulé le Tournoi sans fournir d'explication, répond Zaza. Après tout, il a été financé par leurs dons et leurs impôts. Tu ne dois pas te sentir visée.

Nous attendons que Bomani nous rejoigne, puis nous nous engageons dans une ruelle pour échapper à la cohue. Je suis si troublée par ce que je viens de voir que je n'entends pas la question que me pose Zaza. Elle me ramène à la réalité d'un coup de coude dans les côtes.

— Tu as dit quelque chose ?

— Je te demandais si tu avais eu des nouvelles de Kieran.

— Non, et c'est très bien comme ça, merci.

À cet instant précis, mon téléphone vibre dans la poche arrière de mon jean. Dans ma hâte de lire ce SMS, je manque de faire tomber mon gobelet.

> **Little Italy Pizzas**
> Ce mardi, 10 % de réduction sur la PIZZA PEPPERONI !

— C'est lui ? demande Zaza.

— Non, rien à voir.

— Son téléphone est sans doute à court de batterie, tente-t-elle de me rassurer. Ou cassé. Ou perdu. Ou, si ça se trouve, il s'est offert une grasse matinée.

— Peu importe. Ça m'est totalement indifférent.

Mon téléphone vibre à nouveau. Je jette un coup d'œil discret à l'écran.

Salaud
Salut. Il faut qu'on parle.

Mon cœur fait un bon dans ma poitrine.

— C'est lui, dis-je.

— Et alors ? Qu'est-ce qu'il raconte ?

Elle penche la tête pour lire le SMS à l'instant où un autre message apparaît.

Salaud
Tu es libre, demain ?

Zaza est incapable de contenir son enthousiasme.

— Tu vois ? Je t'avais bien dit qu'il pensait à toi. Dis-lui oui. Tu en meurs d'envie.

Sans cesser de me mordiller la lèvre, je rédige ma réponse.

Moi
Je pourrais me libérer.

Salaud
Veux-tu que je t'emmène déjeuner ?
Je t'invite, bien sûr.
J'ai réservé pour 13 h chez Rémy.

— Oh, mon Dieu ! s'exclame Zaza. Il t'invite chez *Rémy* ! C'est juste… le restaurant le plus cool de la ville !

— Et aussi l'un des plus inabordables, je lui fais observer en fronçant les sourcils.

À l'époque où nous sortions ensemble, nous ne fréquentions pas les restaurants chics de Manhattan. Nous offrir un repas chez Rémy était proprement impensable.

— Il faut croire que Minyi paie bien ses stagiaires, je grommelle.

— Qu'est-ce que tu attends pour lui répondre ? demande Zaza.

— Je ne sais pas trop.

Assaillie par un tourbillon d'émotions, je ne sais plus très bien où j'en suis.

La dernière fois que j'ai vu Kieran, je lui ai recommandé d'aller pourrir en enfer. Ensuite, il a décampé en compagnie d'Everly, et je suis restée à Times Square pour m'occuper de Storm. Je pourrais demander à Zaza de résumer tout ce que j'ai pu manquer, mais je sais qu'elle enjolivera le tableau, parce qu'elle est indécrottablement optimiste et qu'elle ferait n'importe quoi pour que nous nous remettions ensemble. Je ne veux pas qu'elle présente des excuses en son nom. Je veux les entendre de sa bouche.

Zaza me caresse gentiment le bras.

— Donne-lui au moins l'occasion de se faire pardonner. Il tient toujours beaucoup à toi, tu sais.

— Je ne sais pas trop, je te dis.

Elle m'adresse un sourire un peu triste et me prend la main.

— Tout le monde commet des erreurs, Rei, même les meilleurs d'entre nous. Comme disait mon *abuela*, il y a trop de haine en ce monde pour que nous repoussions ceux qui ont le courage de nous demander une seconde chance. D'ailleurs, techniquement, il n'est question que d'un déjeuner dans un très, très bon restaurant.

— Et il propose de régler la note, intervient Bomani.

Je lâche un long soupir, puis mes doigts se remettent à courir sur l'écran du téléphone.

Moi
C'est d'accord.

Salaud
Génial ! À demain.

*

À treize heures moins cinq minutes, Declan se gare devant le restaurant. Alors qu'il m'ouvre la portière, je vérifie une dernière fois mon rouge à lèvres dans un miroir de poche. Pour le reste, c'est peine perdue. Aucun fond de teint au monde ne pourrait effacer mes cernes. Descendue de la voiture, j'écarte les pans de mon manteau afin de lisser les plis de ma robe.

— Vous êtes ravissante, mademoiselle Reynolds.

— Merci, c'est très gentil.

— Surtout, n'oubliez pas ce que je vous ai dit au sujet de ce garçon.

— Que vous lui briserez les jambes s'il s'avise de me jouer un coup tordu ? C'est noté. Quant à vous, ne vous faites pas de souci pour moi. Je vous contacte s'il me pose le moindre problème.

— Vous me voyez rassuré. Par ailleurs, conformément à vos mystérieuses instructions, j'ai fait livrer quarante kilos de pudding à la banane à l'entrée de la station Rector Street.

— C'est bien aimable. Vous avez toujours été là pour moi, Declan, même lorsque ce n'était pas nécessaire.

Il hoche la tête, en parfait gentleman, mais une lueur malicieuse brille dans son regard.

— Ce fut et ce sera toujours un honneur de vous servir, mademoiselle Reynolds.

Je pousse la porte du restaurant et pénètre dans un hall où sont exposées des sculptures tout en chrome et en métal brossé. De la salle, au-delà d'une cloison translucide où apparaissent d'élégantes silhouettes en filigrane, me parvient l'écho de conversations qui se mêlent à une pièce pour piano classique.

Mes talons claquent sur le marbre tandis que je traverse la vaste pièce. Un employé m'invite à pénétrer dans un salon privé éclairé aux chandelles. Les murs pourpres sont veinés de bleu et de violet, comme la paroi interne d'un cœur.

Lorsque la porte se referme derrière moi, étouffant les sons du restaurant, je me retrouve seule, perplexe, en présence de deux chaises inoccupées et d'une table élégamment dressée.

Ce qui m'étonne le plus, c'est que la bouteille de champagne qui repose dans un seau à glace est débouchée, et que l'une des deux flûtes est à moitié pleine.

Devinant que Kieran a dû se rendre aux toilettes, je m'assieds du côté du verre vide et réfléchis à la façon dont je vais le recevoir.

Un mouvement dans ma vision périphérique me fait lever les yeux.

Je me fige.

La bouteille vient d'entrer en lévitation. Elle se déplace dans les airs avant de se figer en vol stationnaire, le goulot à proximité de ma flûte.

— Champagne ? fait une voix désincarnée.

Médusée, je regarde le liquide doré emplir mon verre, puis la bouteille se poser en douceur dans le seau rempli de glace.

L'air se trouble, comme un mirage scintillant sur une route rôtie par le soleil, puis un individu vêtu d'un smoking bleu marine se matérialise sur la chaise qui me fait face. Les deux boutons supérieurs de sa chemise en soie sont savamment détachés, laissant entrevoir la naissance de sa clavicule. Reflétée par les murs couleur sang, la lumière vacillante des bougies colore sa peau de braises rougeoyantes.

Le Fantôme pose le demi-masque d'ivoire sur ses genoux.

— Je suis ravi que vous ayez pu vous joindre à moi, mademoiselle Reynolds.

— Qu'est-ce que vous faites ici ?

Il m'adresse un sourire à faire fondre les cœurs les plus endurcis.

— Je souhaitais vous rencontrer afin d'évoquer la situation… et de voir comment vous vous en sortiez.

— Où… Où est Kieran ?

— Aïe ! lâche-t-il, l'air meurtri, en posant une main sur son cœur. Ma compagnie vous déplaît-elle à ce point ?

Je lève les yeux au ciel.

— C'est juste que… Il n'a pas mentionné votre présence dans son message d'invitation.

— Rassurez-vous, je ne serai pas long, dit-il. Tolérerez-vous ma présence le temps d'une brève discussion ?

— Il n'était pas nécessaire de vous déplacer. Vous auriez pu m'appeler ou me rendre visite chez moi.

— Au manoir, les murs ont des oreilles, ainsi que des yeux et des langues qu'il n'est pas difficile de délier. Je tenais à ne prendre aucun risque. En outre, espionner ou détourner une conversation téléphonique est un jeu d'enfant, de nos jours. Quoi qu'il en soit, j'ai cru comprendre que vous aviez eu affaire à Sabrina Storm, il y a deux nuits de cela.

Je sens mes entrailles se nouer.

— Comment pouvez-vous être au courant ? Je n'ai pas encore remis mon rapport aux maîtres. Est-ce de Kieran que vous tenez cette information ?

Nick Valentine siffle le contenu de son verre, puis le remplit à nouveau.

— Disons que je me trouvais dans les parages.

Le silence se fait. Je le dévisage, puis considère la bouteille que je viens de voir flotter dans les airs. Soudain, tout s'éclaire.

— Attendez une seconde… Lorsque Storm a essayé de s'emparer du Jeton, il s'est dérobé plusieurs fois avant de disparaître comme par magie… C'était vous qui le teniez, n'est-ce pas ? Vous qui vous êtes joué d'elle ?

Il hausse les épaules.

— Il n'était pas question que je la laisse poser ses sales pattes sur un artefact aussi précieux. Il ne fait aucun doute qu'elle l'aurait employé pour causer à la ville des dommages irréversibles. Mais je suppose qu'elle ne vous a pas fait part de ses intentions.

— Elle a parlé de mettre fin au mal et à la corruption au sein du Syndicat.

Nick Valentine penche la tête en arrière et part d'un éclat de rire si contagieux que je me surprends à glousser avec lui, sans même savoir pourquoi. Puis il secoue la tête et m'adresse un sourire enfantin.

— Je doute qu'elle se soit montrée très convaincante.

À mon tour, je bois une généreuse gorgée de champagne.

— En effet, elle m'a raconté une histoire invraisemblable. Voyez-vous à quoi je fais allusion ? Il y a environ six ans, elle aurait été attaquée par des noctiphages en raison d'un équipement défaillant.

Le Fantôme recule sur sa chaise.

— J'ai entendu parler de ce regrettable incident.

— Alors vous savez probablement à quel prix elle a survécu à cette situation désespérée… Le plus étonnant, c'est que les directeurs lui aient par la suite confié la direction du programme Oubliés. Connaissaient-ils la nature de la mutation qu'elle s'était infligée ?

L'espace d'un instant, Nick Valentine paraît déstabilisé.

— C'est… C'est peu probable. Elle avait toujours fait preuve d'un dévouement absolu envers les directeurs. C'était un de leurs éléments les plus précieux, l'opérationnelle la plus légitime pour diriger ce nouveau projet…

— Et qui de mieux qu'une hybride pour occuper ce poste, pas vrai ?

Tout sourire, je lève mon verre.

— Résumons-nous. Storm avait découvert des informations sensibles concernant le Syndicat. Les directeurs ont décidé de la faire taire en l'envoyant en mission dans un nid à nécros avec du matériel saboté. Leur plan n'a pas fonctionné comme ils l'espéraient, mais un de leurs meilleurs agents est devenu un hybride. Le hasard fait parfois bien les choses, vous ne trouvez pas ?

Il hésite un instant avant de lever sa flûte à son tour.

— Oui, c'est assez bien résumé.

Je trempe mes lèvres dans le champagne et poursuit :

— Que pourrait-on reprocher aux directeurs ? Il était parfaitement logique de confier la direction d'un programme dont les maîtres eux-mêmes ignoraient l'existence à leur combattante la plus fidèle et la plus qualifiée. Comment auraient-ils pu savoir qu'elle se retournerait contre eux ? Qu'elle découvrirait le complot qu'ils avaient auparavant fomenté pour l'assassiner ? Et lorsqu'ils ont enfin pris conscience de leur erreur, il était trop tard. Elle avait déjà pris le contrôle du projet.

— C'est exact, dit Valentine, l'air méfiant. Ainsi, vous approuvez les méthodes des directeurs ?

— Ce n'est pas ce que j'ai dit.

Je pose mon verre.

— Nick… Je peux vous appeler Nick, n'est-ce pas ? Les directeurs *savaient* que les nécros n'étaient autres que des New-Yorkais victimes de la Disparition. Et pourtant, ils nous ont envoyés les massacrer, nuit après nuit.

Le Fantôme garde le silence. Il fuit mon regard.

— Pourquoi ont-ils gardé ce secret ? je demande, les poings serrés.

— Je l'ignore. Mais à présent que vous connaissez la vérité, que ferez-vous la prochaine fois qu'un nécro s'en prendra à vous ? Vous laisserez-vous docilement dévorer, par bonté d'âme ? Ne vous paraît-il pas plus charitable de les éliminer ?

— Vous avez affirmé que notre devoir était de protéger nos semblables, et non d'enrichir notre tableau de chasse. Mais si les nécros appartiennent à notre espèce, peut-on prétendre sauver l'humanité en les massacrant ?

Les bras croisés, Valentine me dévisage longuement.

— Et que suggérez-vous, mademoiselle Reynolds ?

Je pense à Bea, à tous les citoyens qui ont péri à cause de règles (ou de l'absence de règles) que je serais bien en mal de réformer. J'ai conscience que la situation est loin d'être simple. Comme tant d'autres, on ne m'a pas appris à gouverner, mais à tuer.

— Tous ceux qui se dévouent pour le Syndicat, les opérationnels comme les érudits, méritent au moins de connaître la vérité, dis-je.

— Les directeurs ne partagent pas votre point de vue.

— Et s'il existait un moyen de rendre aux nécros leur humanité ? Si nous pouvions faire disparaître cette espèce sans effusion de sang ? Les érudits devraient travailler sans relâche dans cet unique objectif, au lieu de ne se consacrer qu'au perfectionnement de l'armement. N'est-ce pas dans ce but que les directeurs ont créé le programme Oubliés ?

— De vous à moi, mademoiselle Reynolds, malgré ma position élevée au sein du Syndicat, certaines informations dépassent mon accréditation. Il est cependant une chose que nous savons pertinemment, vous et moi : *personne* n'est autorisé à contester la volonté des directeurs.

Je le regarde droit dans les yeux.

— Et s'il me plaît, à moi, de la contester ?

Son sourire se fane.

— Alors ce sera la dernière chose que vous ferez dans ce bas monde.

Le ton glacial sur lequel il a prononcé ces mots me donne la chair de poule. À nouveau, je porte la flûte à mes lèvres et fais semblant d'avaler une gorgée.

— Une menace de mort ? C'est vraiment très élégant.

— Ne le prenez pas personnellement, je vous en prie. Je souhaite simplement vous dissuader de commettre une lourde erreur.

— En bref, vous me recommandez de la fermer.

— Exactement. Je ne voudrais pas vous voir partager le sort de Mlle Park.

Il observe une pause et ajoute :

— Je sais que tout ceci peut vous paraître quelque peu sinistre et inquiétant, mais vous devriez faire confiance aux directeurs. Ils savent ce qu'ils font.

— J'aimerais récupérer mon artefact, dis-je.

— Hélas, j'ai dû m'en séparer.

— Je vois. Vous l'avez déjà remis aux directeurs.

Il finit son verre et le pose sur la table.

— Quelles que soient les apparences, sachez que je suis de votre côté. Vous devez me faire confiance.

Je réfrène une folle envie de lui jeter le contenu de ma flûte au visage.

— Si vous étiez de mon côté, vous ne vous seriez pas emparé du Jeton.

— Vous ne m'avez pas laissé le choix. Si vous n'aviez pas compris qu'il était incomplet, si vous n'aviez pas rassemblé les deux pièces, je vous garantis qu'il se trouverait toujours en votre possession.

— Oh, vous avez raison, tout est ma faute ! Je n'aurais pas non plus dû me rendre à Times Square pour sauver Maîtresse Minyi.

Valentine se lève et me lance un regard sournois.

— Pour être tout à fait honnête, j'ai essayé de vous en empêcher, avec la complicité de votre amie.

— Qu'est-ce que vous dites ?

— Nous nous doutions que Storm était à l'origine du message qui vous avait été adressé, mais nous ignorions ce qu'elle avait en tête. De crainte qu'elle n'essaie de vous transformer en nécro – ce dont elle ne s'est d'ailleurs pas privée –, on m'a chargé de faire en sorte que vous ne vous présentiez pas au rendez-vous.

La voix éplorée de Zaza résonne dans mon esprit. « Pardonne-moi, Rei. Il ne voulait pas que tu partes. Il m'a forcée à t'administrer un somnifère. Il m'a dit que tu allais être tuée. Tu n'étais pas censée te réveiller avant le lever du jour, lorsque tout serait terminé. »

— Ce n'est pas sur ordre de Kieran que Zaza m'a droguée. C'est à cause de vous.

Valentine se dirige vers la porte.

— Elle s'est montrée très compréhensive, et parfaitement lucide quant au danger qui pesait sur vous. Au bout du compte, son concours n'a servi à rien et il est heureux que vous ayez fini par vous en tirer. Sachez que les directeurs se sont montrés très satisfaits, et même impressionnés par la façon dont vous vous êtes sortie de ce guêpier.

Il se retourne pour m'adresser un dernier clin d'œil.

— Jouez habilement vos cartes, mademoiselle Reynolds, et vous occuperez bientôt de très hautes fonctions au sein du Syndicat. Je vous rappelle que le Financial District se cherche un nouveau maître…

Alors, tout ce qui m'entoure s'estompe : la table, les murs, le Fantôme en personne. Je ne vois plus que les murs d'un rouge aussi ardent que la colère qui me submerge.

Je pousse ma chaise en arrière et me dresse d'un bond.

— Nick ? J'ai changé d'avis.

Il se fige sur le seuil de la pièce, les yeux écarquillés, une main posée sur la poignée.

— Je sais que j'ai dit que nous devions cesser d'exterminer les nécros par simple goût de la chasse, mais je tiens à vous avertir : si vous vous changez un jour en hybride…

Je lui sers mon sourire le plus angélique.

— ... je n'hésiterai pas une seconde à vous coller une balle dans la tête.

Son regard sombre et impitoyable reste longtemps braqué sur moi. Son masque repose sur sa cuisse.

— Laissez-moi vous donner un dernier conseil, mademoiselle Reynolds. Si vous dévoilez vos émotions, si vous ouvrez votre cœur à ceux qui vous veulent du mal, ils sauront très exactement comment vous l'arracher. Vous vous ferez beaucoup d'ennemis, mais vous n'aurez jamais qu'un seul cœur. Alors tâchez d'en prendre soin.

Il marque un temps d'arrêt, puis ajoute :

— Ah, au fait ! N'hésitez pas à commander ce qui vous chante. L'addition a déjà été réglée... avec les compliments du Bureau des directeurs.

Lorsque la porte claque, ses paroles restent comme suspendues dans son sillage. Je saisis mon verre, le serre jusqu'à ce que mes phalanges blanchissent, puis le vide d'un trait.

Sans doute devrais-je accepter la peur. À compter de ce jour, les directeurs surveilleront mes moindres faits et gestes. Mon artefact a disparu. Désormais, le danger pèsera continuellement sur moi, prêt à surgir à chaque coin de rue.

Je ne pourrai pas épargner les nécros tant que l'on me soupçonnera de vouloir renverser le Syndicat.

Mais je détiens à présent un secret que je n'ai pas l'intention de taire.

Je dois trouver un moyen. Après tout, si Storm a réussi, au nez et à la barbe des directeurs, à détourner pour sa cause le programme Oubliés, qui sait ce que je pourrais accomplir, si je pouvais pénétrer au cœur même du Syndicat ?

« Je vous rappelle que le Financial District se cherche un nouveau maître. »

La porte s'ouvre. Je redoute de voir réapparaître Valentine, mais c'est Kieran qui passe timidement la tête dans l'embrasure.

— Excuse-moi pour le retard, dit-il en entrant dans le salon.

D'une main, il déboutonne son manteau. De l'autre, il tire la chaise qu'occupait le Fantôme quelques instants plus tôt. Il se recoiffe maladroitement et m'adresse un sourire embarrassé.

— Le chauffeur du bus avait dans les quatre-vingt-dix-neuf ans.

— J'avoue que je suis un peu surprise.

— Et moi donc ! Je me demande si c'est bien légal.

— Non, je veux dire...

J'avais fini par me convaincre que ce déjeuner avec Kieran n'était qu'une ruse mise en place par Valentine.

— En fait, je ne m'attendais pas à te voir.

— Mais je n'ai que quelques minutes de retard, dit-il, décontenancé. Ton SMS disait bien treize heures trente, je me trompe ?

— Mon SMS ?

— Ben oui. Celui où tu m'as invité à déjeuner. Je m'étais promis de t'appeler, mais tu m'as devancé.

Son regard se pose sur la bouteille à moitié vide.

— Sans blague, Rei... Tu as bu ça toute seule ?

Je revois la lueur espiègle dans les yeux de Valentine. « Espionner ou détourner une conversation téléphonique est un jeu d'enfant, de nos jours. »

Tout est clair, à présent. Il nous a trompés tous les deux. Jusqu'au bout, il aura œuvré en artiste de la manipulation.

— Rei… Lorsque nous nous trouvions à Times Square, tu m'as accusé de m'être servi de Zaza pour t'administrer un somnifère. Je te jure que…

— Oublie ça, je réponds sur un ton distant. C'est un simple malentendu.

L'air profondément préoccupé, Kieran se contente de froncer les sourcils.

— Désolée, j'ai beaucoup trop de choses en tête. Mais je vais bien. Tu n'as pas à t'inquiéter pour moi.

— Je ne peux même pas imaginer ce que tu traverses, mais sache que je serai toujours là pour toi.

Il esquisse un sourire presque mélancolique.

— Même si je doute que tu aies un jour besoin de moi.

Ma gorge se serre. Il a ses secrets, j'ai désormais les miens. Nous seuls pouvons décider de les taire ou de les dévoiler. Avec le temps, peut-être les partagerons-nous. Pour l'heure, je ne peux plus faire confiance à personne, mais je sais que je pourrai compter sur lui pour me soutenir. L'affronter lors du Tournoi m'a au moins appris une chose, c'est que nous formons un redoutable duo.

Un jour ou l'autre, je pressens qu'il nous faudra le reformer.

J'ouvre le menu relié de cuir.

— Est-ce que tu as faim ? je demande.

— Je *meurs* de faim.

Il jette à son tour un œil au menu et écarquille les yeux.

— Encore que… Réflexion faite, vu les prix…

— Que dirais-tu de commander *tous* les plats de la carte ?

Je lui adresse un sourire malicieux et ajoute :

— T'inquiète, c'est moi qui invite.

Ouvrage composé par
PCA – 44400 REZÉ

Imprimé en France
par Normandie Roto Impression s.a.s.
61250 Lonrai
N° d'impression : 2402471
S33983/01

#lisez! engagé
www.lisez.com
Pour plus d'informations :
Imprimé sur du papier issu de forêts gérées durablement.

PKJ • www.pocketjeunesse.fr
POCKET JEUNESSE

92, avenue de France – 75013 Paris